重庆师范大学校级出版基金资助项目

教育部人文社科青年项目「宋前小说与公牍文关系研究」资助项目

重庆市社科规划办「宋前小说祝祷礼俗研究」资助项目

何亮 著

汉唐小说文体研究

中华书局

图书在版编目(CIP)数据

汉唐小说文体研究/何亮著. —北京:中华书局,2019.7
ISBN 978-7-101-13892-4

Ⅰ.汉… Ⅱ.何… Ⅲ.①古典小说-小说研究-中国-汉代
②古典小说-小说研究-中国-唐代 Ⅳ.I207.41

中国版本图书馆 CIP 数据核字(2019)第 094616 号

书　　名	汉唐小说文体研究
著　　者	何　亮
责任编辑	吴爱兰
出版发行	中华书局
	(北京市丰台区太平桥西里 38 号　100073)
	http://www.zhbc.com.cn
	E-mail:zhbc@ zhbc.com.cn
印　　刷	北京市白帆印务有限公司
版　　次	2019 年 7 月北京第 1 版
	2019 年 7 月北京第 1 次印刷
规　　格	开本/920×1250 毫米　1/32
	印张 12⅞　插页 2　字数 300 千字
印　　数	1—1500 册
国际书号	ISBN 978-7-101-13892-4
定　　价	65.00 元

目　录

绪　论

　　本书所指汉唐小说的大致范围,包括汉魏六朝至隋唐五代时期的小说作品。把小说历史溯源到汉朝,主要因为此时期的小说才基本具备文体意义的小说概念:"到两汉时期,小说才成为独立的文体,并得到承认。"①"真正从文体的角度把小说作为一个独立门类加以标榜的,是在汉代。"②而将汉唐小说,或者说"古小说",作为中国古代小说史上独立、自成体系的一个段落,则是因其具有较强的内在一致性③。在明确汉唐小说概念及其所涵括

---

① 苗壮:《笔记小说史》,浙江古籍出版社,1998年,第17页。
② 王枝忠:《汉魏六朝小说史》,浙江古籍出版社,1997年,第296页。
③ 见罗宁:《汉唐小说观念论稿》,巴蜀书社,2009年,第1—2页。其实,汉唐小说之称,古已有之。明人郎瑛《七修类稿》论及章回体小说的本质特征时,就说其与"汉唐小说殊矣"。现、当代不少学者,论及汉魏六朝、唐五代小说之时,也常以"汉唐小说"指代:刘叶秋等主编的《中国古典小说大辞典》剖析《顾氏文房小说》的意义时,就说其对"汉唐小说"具有重要参考价值和利用价值。见刘叶秋等主编:《中国古典小说大辞典》,河北人民出版社,1998年,第128页。陈平原《中国散文小说史》揭示《金瓶梅》中的不少伦理价值观念受"汉唐"小说之影响。见陈平原:《中国散文小说史》,北京大学出版社,2010年,第336页。傅璇琮、蒋寅总主编的《中国古代文学通论·隋唐五代卷》称《太平广记》是"汉唐小说"的渊薮等。见傅璇琮、蒋寅总主编:《中国古代文学通论·隋唐五代卷》,辽宁人民出版社,2005年,第515页。

范围的前提下,本书从汉唐小说文体演进具有从"杂糅一种或几种文体"到"众体共生"发展趋势的特点,首先,从学理上对"体"的内涵进行界定;其次,对其每篇作品进行具体的文本分析,统计每篇作品所使用的文本形式,明确"众体"的范围;最后,揭示汉唐小说如何"备""众体"而成"文",即:探讨汉唐小说与融入其中的各文体之间相互影响、相互渗透的关系,从汉唐小说与各文体的交融互动中,揭示其生成、演变的原因及其规律,发掘汉唐小说依附、脱离史传母体,最后走向独立的原因。同时,从"辨体"与"破体"这一文体学视角,融合叙事学、文本学的方法和理论,探讨书牍文、公牍文、祝文、碑铭文等融入汉唐小说对其文体生成和演变的意义。这不仅对汉唐小说文体及其生成、演变的探究,而且对中国小说发展史的探究,以及对古人"破体为文"创作经验的总结,都具有十分重要的价值和意义。

一、研究现状

中国古代小说脱胎于史传,受神话传说、诗歌、辞赋等的影响,在文体构成上有"杂糅众体"的特点。小说文体与其他多种文体杂糅,影响了古代官书目录和正史对它的分类和概念的辨析。20世纪以来,学界基本上也是从"杂糅众体"的视角,考察汉唐小说与某种或者某些文体的相关性,理解和阐释汉唐小说文体的本质特征,并取得了可喜成果。

(一)"杂糅众体"的小说概念

对小说概念的辨析和界定是一个长期难于解决的学术问题。古代官书目录和正史对小说文体的分类一直存在模糊不清的情况,一个很重要的原因就是小说文体在构成上与其他多种文体杂糅。

　　小说一词最早见于《庄子·外物篇》。《庄子·外物篇》提出的"小说"概念,指的是与大道相对立的、浅薄的言论。"小"主要指言论的内容,而不是指其形式。《论语》子夏的"小道"、荀子的"小家珍说"与庄子的"小说"语意相近。庄、荀等人的"小说"概念基本不具有小说文体学的意义,与后世"小说"概念有很大不同。桓谭在《新论》中说:"若其小说家,合丛残小语,近取譬论,以作短书,治身理家,有可观之辞。"①桓谭在《新论》中对小说的看法已突破前人单纯从内容层面定义小说的局限,"进一步从文体学意义上对'小说'作了界定,即'小说'的文体特征是短小琐屑,'小说'之小,已不再仅仅是指内容上的,而且也是指形式上的了"②。据此,一部分研究者认为,"小说"在此指的是一种文体,这种文体接近于现代的杂文。从具有文体学意义的小说概念诞生之日起,学者们就已经认识到了小说文体"杂"的特征。史志目录从《汉书·艺文志》开始,小说因其内容"似子"而"近史",就类属于"诸子略"或子部。《汉书·艺文志》著录的十五家小说,大抵是"浅薄""迂诞"的各种杂史杂记杂说。唐代初年编撰的《隋书·经籍志》,小说名目下开列的书有《燕丹子》《世说新语》《殷芸小说》等具有文学性的叙事作品,也有《郭子》《文对》《俗说》《鲁史欹器图》等从内容到形式都芜杂不纯的非文学性作品。陈洪《中国小说理

──────────

① [梁]萧统编,[唐]李善注:《文选》注江淹《李都尉陵从军》诗,中华书局,1977年,第444页。
② 景凯旋:《唐代小说类型考论》,《南京大学学报》(哲学·人文科学·社会科学)2002年第5期,第112页。

论史》将《隋书·经籍志》中的小说称为"杂纂小说"①。刘知幾
《史通·杂述》亦指出小说"杂"的特点："在昔三坟、五典、春秋、梼
杌,即上代帝王之书,中古诸侯之记。行诸历代,以为格言。其余
外传,则神农尝药,厥有《本草》;夏禹敷土,实著《山经》;《世本》辨
姓,著自周室;《家语》载言,传诸孔氏。是知偏记小说,自成一家。
而能与正史参行,其所由来尚矣。"②《新唐书·艺文志》《宋史·
艺文志》等亦将一部分"小说"归入子部,并杂糅了史部杂传、小说
家、杂家等各类书目。南宋曾慥《类说》是一部自称"集百家之说"
的小说汇抄,摘书252种,包括杂传、杂史、辞书、韵书、诗话等③。
元末明初陶宗仪编的另一部小说汇抄《说郛》情况与此相同。历
代文言小说总集,也是杂采各种文体以之为小说。如《太平广记》
就选用了诸子书《墨子》《庄子》,史书《国语》等,明代焦周《说楛》
中采用了《淮南子》《公羊传》。所谓小说,其实就是各类杂书的总
称。宋郑樵《通志》、明胡应麟《少室山房笔丛》、可一居士《醒世恒
言序》、清翟灏《通俗编》等也认为小说概念庞杂,易与他书相
混淆。

　　近代、现当代学者在界定小说概念之时,主要从两个方面来
进行:第一种与古人"杂"小说的观点一致,将所有与之相似的文
体全部囊括为小说。民国初年,王文濡编印的《笔记小说大观》,

①见陈洪:《中国小说理论史》(修订本),天津教育出版社,2005年,第10页。
②[唐]刘知幾著,[清]浦起龙通释,王煦华整理:《史通通释卷十·杂述第三
　十四》,上海古籍出版社,2009年,第253页。
③[宋]曾慥辑:《类说序》,见北京图书馆古籍出版社编辑组编:《北京图书馆古
　籍珍本丛刊》62,书目文献出版社,1988年,第6页。

即把笔记与小说合为一谈①。杨子坚《中国古代小说史》把汉朝以及以前的神话传说、寓言故事、野史札记、魏晋南北朝的志怪小说、志人小说、唐宋传奇、明清的笔记小说都称为小说②。《汉魏六朝笔记小说大观》《唐五代笔记小说大观》在"前言"中，亦认为小说是泛指一切用文言写的志怪、传奇、杂录、琐闻、传记、随笔之类的著作，内容广泛驳杂，包括天文地理、学术考证、逸事琐闻等③。黄霖等著的《中国小说研究史》将先秦神话、传说、寓言等"丛残小语"，到汉魏六朝的志人琐记、志怪录异，再到唐代传奇、宋元话本，乃至明清时代的长篇小说都称之为小说④；第二种是把小说与其他相似文体的区别作为辨析其概念的重要标准。李剑国《唐前志怪小说史》为了在小说与史书及议论性的文体之间划开界限，认为小说即使在胚胎和雏形阶段，也必须包含"小说的基本因素"，即具有一定的故事性（哪怕是最简单的人物情节），具有一定程度的形象性，要表现出故事的相对完整性和一定的虚构性⑤。李剑国、陈洪主编的《中国小说通史》界定小说的主要原则，亦注重区分小说和与之相似的文体：1.叙事原则。小说作为一种文体首先是叙事文体，叙事原则的确立，就可以首先把小说与

①程毅中在宁稼雨撰的《中国文言小说总目提要》序中，对王文濡把笔记与小说合为一谈发表了自己的看法。他认为这种做法把小说的范围"扩展到了漫无边际"的程度。见宁稼雨：《中国文言小说总目提要》序，齐鲁书社，1996年，第1—2页。

②见杨子坚：《新编中国古代小说史》前言，南京大学出版社，1990年，第2页。

③见上海古籍出版社编，王根林等校点：《汉魏六朝笔记小说大观》出版说明，上海古籍出版社，1999年，第1页。

④见黄霖等：《中国小说研究史》，浙江古籍出版社，2002年，第1页。

⑤见李剑国：《唐前志怪小说史》（修订本），天津教育出版社，2005年，第3页。

非叙事性的文体区别开来;2.虚构原则。小说不是唯一的叙事性文体,史传也是叙事性文体。但小说和史传的本质是一虚一实,虚构原则就可以把同属叙事性文体的小说和史传区分开来;3.形象原则。形象性是文学的基本特性,小说作为一种文学性文体,不能没有形象。虽然对"粗陈梗概"的志人志怪来说,不能苛求文学描写,但可以以之区分杂史杂传和杂传体小说;4.体制原则。小说的体制原则,说的是小说文体是独立的文体,也就是说小说文本是独立的文本,这样就可以把夹杂在史书子书中的某些叙事段落排除在小说概念之外①。李时人《全唐五代小说》在前贤研究成果的基础上,从唐五代小说与六朝志怪、志人小说、非美文的叙事文学作品、纯客观记述轶闻的史传等的区别中,对小说进行了界定②。

　　汉唐小说的"杂",一是内容之"杂",即小说在内容上包罗万象,事无巨细,概可包括;二是形式之"杂":由于史传居于主导地位,小说长期依附于史传,且小说在发展过程中,还吸收了诗歌、辞赋、论说文等文体或其文体元素,在文体结构上明显受到诸多文体的影响。从"破体为文"的视角观之,"一种文体的发展离不开对其他文体优长的借鉴与吸收"③,尤其天生具有亲和其他文体特性的小说更是如此。汉唐小说正是吸收和融合了其他文体或其文体元素来叙述故事。

---

① 李剑国、陈洪主编:《中国小说通史·先唐卷》,高等教育出版社,2007年,第17—21页。
② 李时人编校,何满子审定,詹绪左复校:《全唐五代小说》前言,中华书局,2014年,第19—20页。
③ 雪弟:《小小说散论》,北方文艺出版社,2005年,第98页。

在对小说概念进行辨析的基础上,学界对汉唐小说文体自身进行了分类。关于唐前小说的分类,侯忠义《中国文言小说史稿》从内容和体裁上把唐以前的小说分为志怪、轶事(志人)两个部分①。齐裕焜《中国古代小说演变史》把唐前小说称为古小说,主要包括志怪和志人两大类型②;关于唐小说的分类,侯忠义、程毅中、李时人从唐五代小说使用的语言、唐五代小说对志怪、志人小说的兼容,将其分为文言和白话两个部分。其中,程毅中认为文言部分由轶事小说、志怪、传奇三部分组成,而白话部分主要指唐五代时期的一部分变文和话本③。侯忠义还在《中国文言小说参

---

① 见侯忠义:《中国文言小说史稿》(上),北京大学出版社,1990年,第2页。

② 见齐裕焜主编,吴小如审订:《中国古代小说演变史》,敦煌文艺出版社,1990年,第1页。

③ 侯忠义在《唐代小说简史》中论及唐代小说的范围时说:"唐代小说的范围,不仅仅有传奇,它还应该包括传统的志怪小说和轶事小说在内。"他还指出唐代小说有处于萌芽状态的说书和话本。见侯忠义:《唐代小说简史》,辽宁教育出版社,1992年,第1页。关于唐五代小说中的变文、话本可否用白话小说代称,学界颇有争议。韩国延世大学的全寅初在《唐代小说研究理论模式浅探》一文中,认为唐代的变文、话本是白话小说的一种形式,他把唐五代时期的变文和话本纳入白话小说研究的范围,并把唐文言小说分成志怪、传奇和轶事小说三类。[韩]全寅初:《唐代小说研究理论模式浅探》,见章培恒主编:《中国中世文学研究论集》(上),上海古籍出版社,2006年,第521—533页。李时人在《全唐五代小说》中,整理出属于小说范畴的变文和话本,具体篇目有《伍子胥》《庐山远公话》《韩朋赋》等39种。见李时人编校,何满子审定,詹绪左复校:《全唐五代小说》细目,第48—85页。孙步忠亦认为敦煌变文是中国古代白话小说的滥觞。见孙步忠:《敦煌藏卷中的白话小说是中国白话小说的源头》,《敦煌研究》1999年第3期,第109—114页。本书认同章培恒、李时人、孙步忠等把唐五代小说中的变文、话本归入白话小说的看法。

考资料》中,把整个文言小说分为志怪、传奇、杂录(轶事)三类①,宁稼雨《中国志人小说史》则将文言小说分成志怪、志人、传奇三类②。可见,大部分学者将汉唐小说分成志怪、志人(轶事)、传奇三种类型。唐前小说主要是志怪、志人小说,唐代小说不仅有志怪、志人、传奇,还包括一部分变文和话本。不仅如此,学界还对各类文体的概念进行了界定,探究了它们之间的关系:

1.传奇与志怪。

胡怀琛在《中国小说概论》中,从唐小说每个故事的特点、篇幅的差异、叙事与古文的区别等方面界定志怪和传奇③。苗壮把志怪小说纳入笔记体小说的范畴,从传奇与笔记体小说的区别界定志怪与传奇:"传奇体与笔记体相比较,传奇体注重铺叙,描写细腻,讲究辞采,故事较为曲折生动,结构更加完整,篇幅大大增长,作家创作自觉性加强,有意识地想象虚构,有意识地显露才华,'著文章之美,传要妙之情',注意人物形象的塑造。而笔记体则'纪事存朴,好广向奇',囿于纪实与补史的观念,其记叙多平实,少有铺陈夸饰,往往是粗陈梗概,或截取某些片段与侧面,每则一般都不长,意在广见闻,资谈笑,不以故事的曲折、描写的细腻动人,而以其新奇隽永取胜。因其多取传闻,非同实录,存在一定虚构成分,具有故事性,而有别其他杂著、杂记类笔记,属于小说范畴,为中国古代小说初级阶段的基本形式。传奇体则是笔记

①见侯忠义编:《中国文言小说参考资料》,北京大学出版社,1985年,第1页。
②宁稼雨在《中国志人小说史》中,认为汉唐小说主要经历了魏晋六朝的志怪和志人、唐宋传奇两个阶段。见宁稼雨:《中国志人小说史》,辽宁人民出版社,1991年,第4页。
③见胡怀琛编著:《中国小说概论》,世界书局,1934年,第32页。

体的发展提高,标志着中国文言小说的成熟。"①胡怀琛、苗壮的研究思路对后来的研究者颇有启发,但分类过于细碎,难以把握。李宗为在《唐人传奇》中亦明确指出,进行小说研究必须要区分传奇与志怪:"我们现在要进一步深入地、科学地研究我国的古代小说,对于传奇这样一种有独特源流和特征、又流传久远的小说样式,无论从文学史还是文学评论的角度来看,自然就更有必要将它从庞杂的古小说中区分出来并给予一个专门的名称。"②他认为传奇与志怪最根本的区别在于作者的创作意图。志怪小说的创作主要是一种宗教活动,而传奇的创作则主要是一种审美活动③。然董乃斌在《中国古典小说的文体独立》中则说道:"志怪小说形体短小,文笔简朴等特点,在没有宗教目的的志人小说中同样存在,可见这些特点与宗教目的并无必然联系……用这一点来区分志怪与传奇,恐怕很难弄得清楚。"④

　　事实上,志怪与传奇的界限在唐人小说中确实难以区分,"从史传和志怪发展到传奇是一个渐进的过程,同时晚期的传奇又复趋于志怪和野史别传,所以要把志怪和传奇截然区分,在某些具体小说集上还是有一定困难的","一篇几百字的小说,又如何判断呢? 只能作大概的判定,只能作直感的判定"⑤。他根据传奇

---

① 苗壮:《中国古代小说文体分化略论》,见大连明清小说研究中心编:《稗海新航——第三届大连明清小说国际会议论文集》,春风文艺出版社,1996年,第67页。

② 李宗为:《唐人传奇》,中华书局,2003年,第9—10页。

③ 见李宗为:《唐人传奇》,第12—13页。

④ 董乃斌:《中国古典小说的文体独立》,中国社会科学出版社,1994年,第163页。

⑤ 李剑国:《唐五代志怪传奇叙录》(上),南开大学出版社,1993年,第5页。

和志怪的特征以及志怪与传奇在集子或一篇文章中所占比例的多少(笔记小说除外),把唐代小说集分成传奇集、志怪集、志怪传奇集、传奇志怪集、志怪传奇杂事集等。显然,他也觉得其界限相当模糊。董乃斌《中国古典小说的文体独立》亦认为"从志人志怪小说到传奇小说,并无绝对界限,是相互连接着的,但又是两个阶段,不宜随便混为一谈"①。因此,传奇与志怪文有大体,无定体,没有必要将二者截然区分,但又要看到二者的差异。

2.笔记与笔记小说。

程毅中在《略谈笔记小说的含义及范围》一文中,指出学界目前"对于笔记小说的含义还没有一致的认识"②,并且存在混乱不清的情况,实有廓清的必要。学界目前对笔记小说概念的认识和其所包含的范围,主要有以下几种不同看法:

第一,所有的文言小说都可以称之为笔记小说。上海古籍出版社编辑出版的《唐五代笔记小说大观》"前言"说:"'笔记小说'是泛指一切用文言写的志怪、传奇、杂录、琐闻、传记、随笔之类的著作,内容广泛驳杂,举凡天文地理、朝章国典、草木虫鱼、风俗民情、学术考证、鬼怪神仙、艳情传奇、笑话奇谈、逸事琐闻等等,宇宙之大,芥子之微,琳琅满目,真是万象包罗。"③

第二,笔记小说主要指传奇小说。金克木在《燕口拾泥》一书中,提出"唐人的笔记是传奇"④的看法。陈文新在《文言小说审

---

① 董乃斌:《中国古典小说的文体独立》,第 164 页。
② 程毅中:《略谈笔记小说的含义及范围》,《古籍整理研究学刊》1991 年第 2 期,第 21 页。
③ 上海古籍出版社编,丁如明等校点:《唐五代笔记小说大观》出版说明,上海古籍出版社,2000 年,第 1 页。
④ 金克木:《燕口拾泥》,浙江文艺出版社,1988 年,第 102 页。

美发展史》中,也认为"唐代笔记小说以传奇为骨""传奇精神和传奇风度濡染了笔记"①。

　　第三,笔记小说是文献学概念,不完全是文学概念。李剑国等在追溯志怪、传奇、志人小说、笔记小说等概念的源流时,综合考虑影响志怪、传奇、志人等的因素,认为笔记小说的范围是除志怪传奇以外者②。在概念归属上,"笔记或笔记小说事实上更应该属于文献范畴的概念,而不完全是文学概念"③。他在《文言小说的理论研究与基础研究——关于文言小说研究的几点看法》一文中指出,笔记、笔记小说与志怪、传奇等文言小说是两种不同的观照系统,绝对不能搅合在一起。当用笔记、笔记小说的概念时,不是进行小说和小说史的表述,只是在说明一种文献类型。因此,研究文言小说应尽量避免笔记小说的概念④。刘叶秋在《历代笔记概述》中,亦以"笔记"总领各种小说集,"后人就总称魏晋南北朝以来'残丛小语'式的故事集为'笔记小说'"⑤,同样是把笔记小说作为文献学概念而进行考虑。

　　第四,关于笔记小说与野史笔记的区分,学界有以下不同的看法:

①陈文新:《文言小说审美发展史》,武汉大学出版社,2002年,第322页。
②见李剑国、陈洪主编:《中国小说通史·唐宋元卷》,高等教育出版社,2007年,第401—402页。
③见李剑国、陈洪主编:《中国小说通史·唐宋元卷》,第402页。
④见李剑国:《文言小说的理论研究与基础研究——关于文言小说研究的几点看法》,载李剑国:《古稗斗筲录——李剑国自选集》,南开大学出版社,2004年,第13页。
⑤刘叶秋:《历代笔记概述》,北京出版社,2003年,第1页。

　　第一种观点认为，笔记小说即为野史笔记。董乃斌认为，杂记史料的私人著作，或记一朝之事，或为某人传记，或捃摭遗闻轶事、琐语丛谈，我们统称之为野史笔记，或简称之为笔记。他把志怪小说与志人小说置于野史笔记之中，笔记即是野史笔记①。

　　第二种观点认为，野史笔记主要指志人小说为代表的随笔性文字，重在记载史料，具有史学色彩，而笔记小说重在叙事，具有文学色彩②。

　　第三种观点认为，笔记小说主要指志人小说和志怪小说。苗壮在《笔记小说史》中从题材和内容的角度，把笔记小说分成志怪和志人小说两大类别："笔记小说贯串中国古代小说史始终，志怪、志人小说决非某一阶段所特有，而是笔记小说的基本类型。"③谢谦在其编著的《国学词典》中，也把志怪和志人小说纳入笔记小说的范畴④。蔡静波亦把文言小说分成笔记和传奇两体，他"按照传统习惯，即仍根据题材、内容，将唐五代笔记小说划分为志怪与志人两类进行叙说。所谓'志怪'，顾名思义，为记述怪异的作品……所谓'志人'，就是以记人为主的作品"⑤。他认为志

---

① 见董乃斌：《中国古典小说的文体独立》，第 156—157 页。
② 见石昌渝：《中国小说源流论》，三联书店，1994 年，第 133 页。
③ 苗壮：《笔记小说史》，第 10 页。
④ 见谢谦编著：《国学词典》，中国人民大学出版社，2007 年，第 317 页。
⑤ 关于志人小说的界定，蔡静波在《唐五代笔记小说研究》中认为是指记人为主的作品。见蔡静波：《唐五代笔记小说研究》，陕西人民出版社，2007 年，第 5 页。事实上，志人小说应该是"记载人物言行片段的小说"。见李剑国：《论先唐古小说的分类》，载李剑国：《古稗斗筲录——李剑国自选集》，第 93—94 页。

人和志怪小说都是笔记小说。

　　第四种观点认为，笔记小说和笔记是两个不同的范畴，笔记是著作体式概念，而笔记小说则是文体学概念。因而，不能以笔记小说代称所有的笔记。持此观点的是陶敏、刘再华。他们在《"笔记小说"与笔记研究》一文中指出："尽管笔记与'小说'有亲缘关系，但目录学的'小说'毕竟是纯文学观念尚未建立，文体研究尚不发达的时代产物，不是文体分类的概念，今天不必要也不应该继续用'笔记小说'来指称全部笔记。至于介乎笔记与小说之间的作品，不妨仍称之为'笔记小说'，但应该严格限定为'笔记体小说'，即用笔记形式创作的小说，或被编于笔记中的小说。那些具有较强叙事成分的笔记，作者原是忠实地记录见闻，意在传信，纵涉怪异，也不加虚构、夸饰和渲染，并非'有意为小说'，循名责实，仍当称之为笔记。"①而李剑国则认为笔记小说即为笔记，他把志人小说列入笔记小说的范畴；本来志人小说以塑造人物形象、记录人物语言而著称，但是到了唐朝，志人小说开始萎缩，向历史小说转化，成为纯粹的拾遗补阙的工具，所以应该把唐朝的志人小说称为笔记或笔记小说②。周光培《唐代笔记小说》、周勋初《唐代笔记小说叙录》、丁如明校点的《唐五代笔记小说大观》等在笔记小说版本的整理上做出了很大贡献，但他们也都没有清楚地指出笔记小说划分的具体标准。吴礼权《中国笔记小说史》亦

----

①陶敏、刘再华：《"笔记小说"与笔记研究》，《文学遗产》2003 年第 2 期，第　111 页。
②见李剑国：《唐五代志怪传奇叙录》（上），第 2—3 页。

把志怪和志人(轶事)小说称为笔记小说①。

　　综上所述,学界关于汉唐小说"杂糅众体"的探究,取得了丰硕成果,为本书的研究奠定了坚实的基础。宁稼雨《中国文言小说总目提要》对小说概念界定的原则是"宁宽勿缺"而不泛滥无边:"与传统的目录学有适当的衔接,同时又吸取当代的研究成果,对前人所没有注意的作品也连类而及,有所取舍。"②李时人在前贤研究成果的基础上,针对唐五代小说文体杂糅的特点,从唐五代小说与六朝志怪、志人小说等文体的区别,界定了小说的概念:

　　　　相对于残丛小语和谈片,小说应有因果毕具的完整故事;相对于叙述故事,小说应有超越故事的寓意;相对于粗具梗概的叙事短章,小说应有人物事件的较为细致宛曲的描写;相对于记述轶闻等纯客观的事件记录,小说应有创作主体的蓄意经营;相对于非美文的叙事,小说应有相对藻丽的美学语言,具有形象的可感性;相对于六朝志怪、志人诸作的对其他著述的依附性(必须有先行的或相关的知识才能领会),小说应创造出独立自足的世界;相对于支离散乱的故事

---

① 吴礼权在《中国笔记小说史》中对笔记小说进行了界定。笔记小说是以记叙人物活动为中心、以必要的故事情节相贯穿、以随笔杂录的笔法与简洁的文言、短小的篇幅为特点的文学作品,简单地说,就是具有小说性质、富有文学意趣的笔记作品。他指出,汉魏六朝的笔记小说主要包括志怪和志人(轶事)两大类型。到了唐五代时期,这两种笔记小说分化为国史、事类、杂俎三大派别。并且唐五代时期笔记小说创作的繁荣与发达超过了魏晋南北朝,是中国笔记小说史上的鼎盛时期。见吴礼权:《中国笔记小说史》,商务印书馆,1993年,第3—9页。

② 见宁稼雨:《中国文言小说总目提要》序,第2页。

集锦,小说应有完整的艺术逻辑所形成的统一体,这点与小
说应有独立自足的艺术世界相应;相对于泛记录某一人生现
象的叙事(包括轶闻、谈片乃至完整的故事),小说应在叙述
生活现象时提出促人思考的现实人生问题;相对于前此已有
的叙事作品,小说应有内容(所叙述的生活方面、人生问题
等)和形式(表现方法,包括形象、结构、语言)上的创新意义,
不雷同于前此已有的某一作品,至少有所开拓和表现上的独
特风格(两篇完全相同的小说是没有的,不能并存的,其一篇
必遭淘汰);进而求之,则对于原本缺乏概括意义的人生现象
(人物、事件)的叙述,小说应有(哪怕是较不明显的)社会生
活的典型意义。①

如果完全按照这个标准,不少作品会被排除在小说之外。李时人
还采取了"从宽"的原则,将一些具有小说因素的作品归入《全唐
五代小说》的外编,同样作为小说进行考察。这种界定小说概念
的理念,与李剑国、宁稼雨基本一致②。既考虑了中国古、今小说
观念的差异,又符合小说文体叙事的本质特征;既凸显了艺术价
值较高的小说作品,也没有忽略具备一些小说因素而没有完全达

---

① 李时人编校,何满子审定,詹绪左复校:《全唐五代小说》前言(第一册),第
19—20 页。
② 李剑国对中国古代文言小说的界定,前文已有阐述。宁稼雨《传神阿堵,
游心太玄——六朝小说的文体与文化研究》划定文言小说界限的原则为:
在尊重古人小说概念的前提下,以历代公私书目小说家著录的作品为基
本依据,用今人的小说概念对其进行遴选厘定,将完全不是小说的作品剔
除出去,将历代书目小说家中没有著录,然而又确实可以与当时的小说相
同,或能接近今人小说概念的作品选入进来。见宁稼雨:《传神阿堵,游心太
玄——六朝小说的文体与文化研究》,百花文艺出版社,2002 年,第 8 页。

到小说概念的作品。李时人、李剑国、宁稼雨界定小说概念的原则和方法,《中国文言小说总目提要》《全唐五代小说》《唐前志怪小说辑释》《古小说钩沉》等整理、辑录的汉唐小说作品为本书的研究确定了大致的范围。但是诸贤对汉唐小说"杂糅众体"的研究大多以一种平面的、静止的、相对独立的研究思路来理解汉唐小说"杂糅众体"的问题,而不是从叙事学角度,立体地、动态地、全面系统地探究汉唐小说如何融通诸种文体及其表现元素去叙述一个故事。因而,如何理解汉唐小说"杂糅众体"中的"体"? 如何探析"杂糅众体"中的"众体"? 汉唐小说如何"融合众体"? "杂糅众体"之后具有怎样的文体特征? 这些问题仍然需要进一步探究。

（二）小说文体的源流

在传统目录学家、史学家对小说看法的基础上,目前学者多从小说文体的渊源和演变,探讨汉唐小说文体的源流。但他们对小说文体的来源、形成诸说纷呈,各抒己见。

关于小说文体的起源主要有以下两种观点：

第一,小说文体的起源意为"小说孕育在何处",其源头只有一个。

李剑国《小说的起源与小说独立文体的形成》、萧相恺《〈中国文言小说家评传〉前言:文化的·民间的·传说的——中国文言小说的本质特征——兼论文言小说观念的历史演进》一致认为,研究小说起源应以小说的文体起源为主,重点在于探讨什么文体对小说文体的形成起了决定作用。如对小说的起源和影响小说起源的因素不加以区分,就会误把跟小说有渊源的事物及文体与小说文体的起源不恰当地关联在一起,导致小说概念与小说本体

的错位①。石昌渝《中国小说源流论》从整个小说发展史的视野,
追源溯流,梳理了史传文学作为小说母体的意义②。董乃斌《中
国古典小说的文体独立》直接指出小说脱胎于史传文学:"中国的
古史著作是后世小说最初也是最根本的寄生地,小说的原始胚
基,就附着在古史著作身上。"③陈才训《源远流长:论〈春秋〉〈左
传〉对古典小说的影响》一文,不仅对"小说文体的起源"与"影响
小说文体形成的因素"进行区分,还阐释了诸子散文在主题寓意、
神话在精神(即浦安迪所说的"神韵")和素材上对古典小说的影
响,并论证了孕育小说文体形成的因素是史传:"子书、神话都是
与小说有渊源关系的文体,但是小说文体并非直接起源于它们,
是史传孕育了小说文体。"④

　　第二,小说文体的源头存在"多祖"现象,受子书、神话传说、
史书、辞赋等的影响而生成。

　　20世纪60年代以前,受鲁迅《中国小说史略》将神话与传说
纳入小说源头加以考察的影响⑤,研究者多从神话传说中追溯小
说的源流,探讨其对小说产生、发展的意义;60至90年代,学界扩
大了小说文体研究的视野,他们着眼于小说的叙事性、虚构性、故

---

① 见李剑国:《小说的起源与小说独立文体的形成》,《锦州师范学院学报》
　(哲学社会科学版)2001年第3期,第1页;萧相恺:《〈中国文言小说家评
　传〉前言:文化的·民间的·传说的——中国文言小说的本质特征——兼
　论文言小说观念的历史演进》,《明清小说研究》2003年第1期,第5页。
② 见石昌渝:《中国小说源流论》,第1—4页。
③ 董乃斌:《中国古典小说的文体独立》,第101页。
④ 陈才训:《源远流长:论〈春秋〉〈左传〉对古典小说的影响》,中国社会科学
　出版社,2008年,第14页。
⑤ 见鲁迅:《中国小说史略》,人民文学出版社,2007年,第17页。

事性,一般把史传、神话、寓言作为小说的三大源头。吴志达《古
小说探源》认为,探讨古小说的渊源,要研究各文学样式之间互相
渗透、融化的关系,先秦寓言、叙事散文、史传文学,特别是大量的
杂史杂传,对小说文体的形成,有重要影响①。王枝忠《汉魏六朝
小说史》具体论析了神话传说、寓言、史传、先秦诸子对小说文体
的影响②。杨义从文体发生学的角度,明确指出中国古典小说存
在"多祖现象",受子书、神话、史书等其他文体之影响。但小说在
发展的不同时期,诸文体对其的影响明显不同:从汉魏六朝小说
到唐小说,神话和子书的作用相当显著。可从小说长期演变和成
熟上看,史书影响则更为深远。"多祖"所遗传的基因,在汉魏六
朝小说艺术构成形态上,表现为多重文化和文体因素的共构。到
了唐代,小说构成形态开始了相当自觉的多重文化和文体的融
合,融合的关键在于唐人以诗的才情观照小说③。赖振寅《中国
小说》从叙事学剖析了神话传说、诸子散文中的寓言、史传文学中
的杂文逸事对中国古代小说生成的意义,得出神话、诸子散文、史
传是小说源头的论断④;21世纪至今,对小说文体源流的研究不
仅在视角和方法上有了重大突破,而且成果卓著。研究者进一步
论述了神话传说、史传、诸子散文等影响小说文体形成的方式,还

①见吴志达:《古小说探源》,《武汉大学学报》(人文科学版)1986年第6期,
　第103—105页。
②王枝忠在《汉魏六朝小说史》中,从不同角度论证了先秦时期虽尚无具体
　的小说作品,也没有关于小说的概念,但有对小说的产生和成长发生过影
　响、提供过营养的文体和著作,如神话传说、寓言、史传等。见王枝忠:《汉
　魏六朝小说史》,第6页。
③见杨义:《中国古典小说史论》,人民出版社,1998年,第21—22页。
④见赖振寅主编:《中国小说》,同济大学出版社,2007年,第123页。

具体探讨了诗歌、辞赋、骈文与唐小说文体生成的关系,如崔际银《诗与唐人小说》、吴怀东《唐诗与传奇的生成》、邱昌员《诗与唐代文言小说研究》、陈文新《传统小说与小说传统》和《文言小说审美发展史》等。

关于汉唐小说文体演变的研究,主要着力于考察唐小说的来源和形成。关于唐小说的来源,大致有以下几种观点:

第一,唐小说源于志怪。

鲁迅在《中国小说史略》中,最先提出唐小说源于志怪①。这种观点得到了不少研究者的认同,如侯忠义《唐人传奇》论述唐人传奇比六朝小说进步时,就有唐传奇源于志怪之说②。

第二,唐小说是在杂史杂传的基础上发展成熟的。

20世纪90年代,王运熙在《中西学术》第2辑发表《简论唐传奇与汉魏六朝杂传的关系》一文,明确提出唐传奇中的不少作品在体制上显然受到汉魏六朝杂传作品的影响③。孙逊、潘建国《唐传奇文体考辨》,亦特别强调了杂史杂传对传奇文的直接影响④。潘建国在《中国古代小说书目研究》中,从杂传与传奇小说在篇幅、语言、取材等方面的相似,认为代表中国文言小说最高成就的唐传奇源于杂史杂传:"传奇就是继承人物杂传的文体传统,结合唐代其他文化、文学因素而诞生的一种新文体,传奇和人物杂传之间存在十分密切的文体渊源关系。"⑤霍松林则指出"唐代

① 见鲁迅:《中国小说史略》,第71页。
② 见侯忠义:《唐人传奇》,春风文艺出版社,1999年,第3页。
③ 王运熙:《简论唐传奇与汉魏六朝杂传的关系》,载朱立元、裴高主编:《中西学术》(2),复旦大学出版社,1996年,第1—2页。
④ 孙逊、潘建国:《唐传奇文体考辨》,《文学遗产》1999年第6期,第35页。
⑤ 潘建国:《中国古代小说书目研究》,上海古籍出版社,2005年,第40页。

小说在写人、叙事、状景等方面都脱胎于传统史传文学"①,杂传记只是史传文学的分支,如果单纯从杂传记的角度去考察唐小说文体的来源,不能完全反映唐小说文体发展的实际。

第三,唐小说渊源于多种文体。

程毅中《唐代小说史》论及唐传奇的渊源时指出,唐代传奇的故事题材、内容很多都与六朝小说相同,唐传奇很大一部分由六朝志怪演化而来。但唐传奇和六朝小说的艺术性成就却有很大差别,原因在于唐传奇吸收了史家的笔法,唐小说主要是从史部的传记演进而来。同时,唐传奇保持了中国小说起源于"街谈巷语,道听途说"的传统,吸收了以说话为主的通俗文学的艺术手法,也是文人"征异话奇"的产物②。李宗为《唐人传奇》由唐人小说向传奇样式过渡时发展轨迹的特点,归纳出唐传奇源于史传文学和志怪小说的观点③。

关于唐小说的形成,主要有以下三种不同看法:

1.唐小说是"传记辞章化"的结果。

持此观点的主要代表是陈文新。早在 90 年代,他已开始关注辞赋对唐传奇文体形成的意义。他撰写的《论唐人传奇的文体规范》一文,从"示有所本与史家笔法"和"限制叙事与沉思翰藻"两个方面,阐述了唐传奇文体的规范:"唐前的中国文学中,采用第一人称限制叙事的,主要是赋……这类赋中的情节,自然谈不上曲折,但对日后的唐传奇的发展,其作用却异常重要。"④在《传

---

① 见孙鸿亮:《佛经叙事文学与唐代小说研究》,人民出版社,2008 年,第 1 页。
② 见程毅中:《唐代小说史》,人民文学出版社,2003 年,第 6—16 页。
③ 见李宗为:《唐人传奇》,第 165 页。
④ 陈文新:《论唐人传奇的文体规范》,《中州学刊》1990 年第 4 期,第 86 页。

记辞章化：对唐人传奇文体属性的一种描述》中，他明确提出"传、记辞章化是唐人传奇的基本文体特征"。在《传统小说与小说传统》一书中，他进一步论证了传、记辞章化，从选材和艺术表达两个方面塑造了唐人传奇的品格①。这是自鲁迅以来，对唐小说认识的转变。既考虑了唐小说的风格特点，又顾及了它的文章体式。

2."诗、散文小说化"形成了唐小说。

80 年代以前的研究者，已意识到诗歌、散文对小说形成的影响。董乃斌《中国古典小说的文体独立》则从诗歌、散文有朝叙事发展的内在趋势，论析唐小说文体的形成是"诗、散文小说化"的结果②。这一结论，打破了几十年来对小说文体认识的传统看法，解放了研究者的既成思维定势，促使研究者从更深层次研究唐小说的文体特征。

3.受志怪、史传、诗歌、民间说唱艺术等多种因素的影响而形成。

吴志达《中国文言小说史》从唐传奇的体制特征、艺术技巧以及故事情节等方面，论析了影响唐传奇形成的因素：对唐传奇有直接影响的是六朝志怪小说，志人小说在记事写人的艺术技巧上，为唐传奇提供了某些经验，而构成唐传奇传记特质的原因主要是受史传文学的影响③。李剑国在《唐五代志怪传奇叙录》中，

①陈文新在《传统小说与小说传统》一书中，从小说虚构叙事的本质特征，阐释了"传记辞章化"是唐传奇形成的重要因素。见陈文新：《传统小说与小说传统》，武汉大学出版社，2007 年，第 82 页。
②见董乃斌：《中国古典小说的文体独立》，第 8—9 页。
③见吴志达：《中国文言小说史》，齐鲁书社，1994 年，第 229—232 页。

系统探讨了唐传奇是在志怪小说的基础上，融合史传、辞赋、诗歌、民间说唱艺术以及佛教叙述文学而形成的，是多种作用力综合影响的结果①。程国赋师《唐五代小说的文化阐释》认为唐小说的形成，"从文体自身的发展来看，唐五代小说不仅受史官文化的影响，也受六朝小说的熏陶；就横向关系而言，唐五代的其他文体，如诗歌、散文、民间文学等对小说的渗透与影响也是客观存在的"②。韩云波《唐代小说观念与小说兴起研究》从小说文体叙事的本质特征，认为在宗教叙事与历史叙事的双向互动中，形成了唐传奇为代表的唐代文学小说③。

　　学界对汉唐小说文体源流的研究，分歧主要表现在三个方面：第一，小说文体的起源是"一源"还是"多源"；第二，唐传奇来源于志怪、史传、杂史杂传，还是来源于多种文体；第三，唐传奇的形成，是"传记辞章化""诗、散文小说化"，还是受诗、辞赋、史传等多种文体的影响。关于小说文体的起源，不区分小说文体起源和影响小说因素起源的学者，大多认为小说源头存在"多祖"现象，受诸子散文、史传、神话传说等多种因素的影响而形成。对小说文体起源和影响小说因素起源进行严格区别的学者，大多认为小说的源头只有史传；关于唐小说的来源，不少学者受鲁迅《中国小说史略》的影响，认为其源于志怪，但也有一部分学者，认为其来源于杂史杂传或史传；关于唐小说的形成，如程毅中、王运熙、李剑国等，认为唐小说受杂史杂传、诗歌、辞赋等多种文体及其因素

---

① 见李剑国：《唐五代志怪传奇叙录》（上），第5页。
② 程国赋师：《唐五代小说的文化阐释》，人民文学出版社，2002年，第38页。
③ 见韩云波：《唐代小说观念与小说兴起研究》，四川民族出版社，2002年，第61页。

的影响而生成。而陈文新、董乃斌则分别认为唐小说是"传记辞章化""诗、散文小说化"的结果。

（三）关于融入汉唐小说中"众体"的研究

在汉唐小说发展的不同时期，进入其中的文体呈现出阶段性演进特征。研究者或选取汉唐小说中的一部分代表性作品，或以某一阶段、某几部小说集作为研究对象，以此来探究在不同发展阶段，进入汉唐小说的其他文体和汉唐小说因这些文体的进入所表现出来的特点。

部分研究者从整个小说发展史的宏观视野，梳理了融入汉唐小说的其他文体。

张稔穰《中国古代小说艺术教程》比较了融入汉魏六朝小说、唐传奇中的汉大赋、杂赋、俗赋、史传文体，指出唐小说对史传文体的吸收，是其文体成功的最重要原因①；吴志达《中国文言小说史》选取魏晋小说《穆天子传》《搜神记》、唐小说《游仙窟》等作品，论析了诗歌对文言小说发展的意义②；陈平原《中国小说叙事模式的转变》，从"史传""诗骚"对小说的渗透，考察小说叙事模式转变的原因，指出中国小说的发展是"史传"和"诗骚"两种传统综合作用的结果："'史传'……'诗骚'……作家们（甚至同一部作品）

_____

① 张稔穰《中国古代小说艺术教程》追溯小说融入诗歌的现象，并以魏晋南北朝、唐五代、宋元明清时期的代表性作品为例，如《搜神记》中的"吴王小女"、《拾遗记》中的"翔凤""李夫人"、唐小说"游仙窟"等，论析了诗歌融入小说不仅敷衍了故事情节，塑造了人物形象，而且熔铸的诗歌意境让小说有别具一格的审美情趣。见张稔穰：《中国古代小说艺术教程》，山东教育出版社，1991年，第369—385页。
② 吴志达：《中国文言小说史》，第16—17页。

同时接受这两者的共同影响……正是这两者的合力在某种程度上规定了中国小说的发展。"①赵明政《文言小说：文士的释怀与写心》，具体分析了魏晋六朝小说《续齐谐记·赵文韶》《冥祥记·赵泰》《拾遗记·薛灵芸》《幽明录》《搜神记》等穿插引用诗歌、采用史传叙述模式，以及吸收辞赋笔法，对唐传奇体制确立的作用，并以《游仙窟》为例，探讨了史传、辞赋、骈文等融入唐传奇后，对其文体建构的影响②。

部分研究者重点论述了融入唐小说的其他文体。

早在 20 世纪 50 年代末，王运熙《试论唐传奇与古文运动的关系》就分析了影响中唐传奇的韵文："唐传奇的文体是在汉魏六朝志怪小说的基础上发展起来的。它基本上是散文，但到中唐时代，由于接受了民间变文俗曲的影响，骈偶成分增多，文辞更趋通俗化。"③唐传奇主要以散文笔法叙事。中唐时期，在民间变文俗曲的影响下，唐传奇小说中的骈偶成分虽有增多，语言却更为通俗；20 世纪 80 年代，吴志达《唐人传奇》从科举制度、行卷与传奇的关系，分析了进入晚唐传奇小说的其他文体：

> 晚唐咸通以后，党争平息，宦官与藩镇掌握政权，文坛逐渐冷落，传奇小说与科举制度的关系日益疏远，赋（诗笔）、判（议论）、传（史才）三合一的传奇体制也有所变化。最明显的变化是，在传奇小说中，为着表明创作目的和主题思想而加

---

① 见陈平原：《中国小说叙事模式的转变》，北京大学出版社，2003 年，第 211 页。

② 见赵明政：《文言小说：文士的释怀与写心》，广西师范大学出版社，1999 年，第 149—155 页。

③ 王运熙：《试论唐传奇与古文运动的关系》，《光明日报》1957 年 10 月 10 日。

入一段议论的现象消失了；而议论（撰拟判词），在考试科目
中至关重要，所以原先用以"行卷"的传奇，绝大多数都是在
篇末添加一段议论的。①

吴志达认为，咸通以前，传奇小说在文体体制上，主要融合了赋、
判文和史传三种文体。晚唐咸通以后，由于传奇小说与科举制度
的关系日渐疏远，导致融合了赋、判、传三种文体的传奇小说在体
制上发生了变化。最明显的变化是传奇小说中的议论，在形式上
发生了改变。用来训练撰拟判词的文末议论，代替了为表明创作
目的和主题思想的议论。在某种程度上，这种为"议论"而"议论"
的写作理念，导致议论与作品游离，影响了传奇小说的价值。李
宗为《唐人传奇》主要探讨了中唐传奇与诗歌之间的关系；21世纪
初，李剑国《唐五代志怪传奇叙录》论及唐小说"文备众体"的结构
组织时，以《古岳渎经》《蔡少霞》《游仙窟》《莺莺传》等作品为例，
指出唐小说在文体构成上有融合多种文体的特点：

> 《古岳渎经》后半载入虚拟的《岳渎经》，《集异记·蔡少
> 霞》载入铭文，《玄怪录·董慎》虚拟两通判词和一道天符，
> 《纂异记·徐玄之》虚拟了状、疏、表各一篇。铭文是四言韵
> 语，在作品中构成散韵相间的体式，而判状疏表等皆用骈体，
> 又构成骈散结合，读起来有变化感。正文中用诗而末尾附论
> 有《柳毅传》等，《莺莺传》、《非烟传》除大量插入诗歌和加进
> 议论（《莺莺传》的议论以张生之口出之，《非烟传》以论赞形
> 式出之）外，又引述人物的书信，形成诗、文、论三位一体的结
> 构。《柳氏传》也是这种结构，只是文的部份是一篇状词。
> 《游仙窟》的"文备众体"也是典型的，总体以骈文叙事，偶用

① 吴志达：《唐人传奇》，上海古籍出版社，1981年，第24页。

散句,文中夹入书一篇(亦用骈体)、五七杂言诗近八十首,末
以骚辞结束。《湘中怨解》文前有序,正文中三处拟写骚调,
文末说明则近乎附识,三个部份浑然一体。《三梦记》也由三
部份构成:序、正文(分叙三事)、赞(行简曰),序赞的结构作
用十分突出。类似的还有《梁大同古铭记》,先引录两封书
信,下为记,末著论,形式与一般传奇迥异,更是有意识地运
用多种文体而组织成文。①

李剑国认为,"文备众体"是唐传奇显著的结构特征,恰当运用,可
以使行文富于变化。俞钢《唐代文言小说与科举制度》从"史才、
诗笔、议论"出发,对小说集《玄怪录》和《续玄怪录》中出现的诸多
文体进行统计。他发现《续玄怪录》中的《薛伟》篇无诗赋,但有诏
书。《玄怪录》中的《开元明皇幸广陵》无诗赋,有奏章。而《董慎》
篇无诗赋,有判文②。俞钢在统计的基础上,发现了研究者关注
较少的诏书、判文、奏章。

台湾学者刘瑛《唐代传奇研究》选取中晚唐时期的唐传奇小
说作品39篇进行统计,以此为基础,探究中晚唐传奇小说的
特点:

> 初期的传奇作品,大都只有叙述,多无诗歌杂文。自沈
> 既济的枕中记出——其时已是贞元、元和之际,故一文之中
> 既有疏、又有诏——一文之中杂以诗、歌、议论的便多了。按
> 开元二十六年(西元七三八年)进士试题即为"试拟孔融荐弥
> 衡表"。肃宗广德三年试"辕门箴"。建中时,赵赞知贡举,即

①李剑国:《唐五代志怪传奇叙录》(上),第100—101页。
②见俞钢:《唐代文言小说与科举制度》,上海古籍出版社,2004年,第283—
　286页。

以箴、论、表、赞代诗、赋。是故传奇中乃有杂文的出
现。……更后的作品,如裴铏的传奇、皇甫枚的三水小牍,都
是一文之中,兼有叙述、诗歌和议论。①

刘瑛认为,唐代小说初期作品多以叙述为主,少见诗歌、杂文的融
入;中期作品开始兼具叙述、议论,多有诗歌,并与疏、奏、赞、解
谜、书、檄文、铭等文体杂糅;后期作品兼有叙述、诗歌和议论。刘
瑛对晚唐传奇小说文体特点的分析,是从两个方面来进行的:第
一,传奇小说的表现手法,如叙述和议论;第二,某一文体,如诗、
疏、奏、赞、书、檄文、铭等。他用具体、细致的统计数据,说明了中
晚唐传奇小说阶段性演进的特点。但是,他只选取中晚唐时期的
唐传奇小说作品39篇进行统计分析,未及全面。

　　日本学者内山知也《隋唐小说研究》,指出唐小说中融入了诗
词、骈文、书信、状文、诏敕文等多种文体现象,并分析了书简文在
恋爱小说《游仙窟》《莺莺传》等中的意义,"著者借这些书信文深
化登场人物的心理描写,从而防止故事仅在以叙事为核心的情况
下简单地推移。隋唐小说从本质上看是热衷于叙事,对于叙情则
极其疏略。可以说,诗词、书信文的插入对于防止这样的单调化
发挥了相当的作用"②,统计了融入《柳氏传》《枕中记》《任氏传》
等15篇传奇小说中的各文体。

　　从各家对融入汉唐小说中"众体"的研究可知,吴志达等诸
家,他们或以汉唐小说中的某几篇作品为例,概述汉唐小说中融
入的诗赋现象,或对进入中晚唐、晚唐时期的传奇小说,或对小说

---

① 刘瑛:《唐代传奇研究》,正中书局,1982年,第79页。
② [日]内山知也著,查屏球编,益西拉姆等译:《隋唐小说研究》,复旦大学出
　版社,2010年,第16页。

集《玄怪录》和《续玄怪录》中的其他文体进行考察,以此来探究汉
唐小说文体的演进。而整个汉唐小说在其发展的不同阶段,因诸
文体的融入所表现出来的特点就比较模糊。并且进入汉唐小说
的其他文体,有些是以整个文体体裁的形式融入,有些则是以某
种文体要素的形式融入,他们对此也尚未进行深入的探讨。不管
是以整个文体体裁,还是以某种文体要素或其表现形式,对汉唐
小说而言,它们都不再是独立的文体。崔际银在《诗与唐人小说》
一文中也意识到了这一点:"唐人小说中的诗歌,毫无疑问属于小
说的有机组成部分。但是,鉴于我们是将这些诗歌作为关注的重
要对象,且将本项研究定位为小说研究范畴。为方便起见,此处
将唐人小说与小说中的诗歌进行区分,以两种文体视之。这样一
来,就具有了小说与诗歌文体间相互关系研究之特征。"①崔际银
指出诗歌融入小说后,诗歌不再具有独立的文体概念。他为了研
究的方便,仍然把融入唐小说中的诗歌看成单独的文体②。

二、存在的问题

　　20 世纪以来,学界对汉唐小说文体的研究虽然取得了丰硕成
果,但不足之处亦非常明显:

　　(一)学界对汉唐小说"杂糅众体"中"体"的认识尚未统一。

---

① 崔际银:《诗与唐人小说》,天津古籍出版社,2004 年,第 23 页。
② 其实,不论以整个文体体裁,还是以某种文体要素或其表现手法进入汉唐
　　小说的其他文体,都是语言按照一定规则组合形成的具有意义的话语,将
　　"杂糅众体"的"体"理解为"文本"比较恰当。汉唐小说正是由"众文本"组
　　合而成的短篇小说。见王瑾:《互文性》,广西师范大学出版社,2005 年,第
　　98—99 页;[法]托多罗夫著,蒋子华、张萍译:《巴赫金、对话理论及其他》,
　　百花文艺出版社,2001 年,第 25 页。

前贤多从神话传说、诗歌、辞赋、史传等去探究与之相关的文体，多把"体"理解为某一文体的"体制"或者"表现手法"。然在汉唐小说中，除了诗歌，公牍文、书牍文、祷祝文、判文、词等多种文体也是以完整文体体制的形式被吸收和运用于小说的创作，论说文、辞赋、骈文、史传等则主要是以"表现手法"的方式被吸收和运用于小说之中。值得指出的是：虽然诗歌、判文、词等是以完整文体体制的形式被吸收和运用于小说的创作，但已与其他文体的"表现形式和手法"会通而成为小说叙事的一个有机成分，并承担着各自的叙述功能，其本身已被取消了文体的独立性。因此，将汉唐小说中的诗歌、判文、词等视为一种独立的文体就不恰当，将其他文体的"表现形式和手法"和诗歌、判文、词等相提并论，均视为"杂糅众体"中的"体"，亦不能揭示出各自在小说中的叙述功能。

（二）学界对汉唐小说"杂糅众体"中"众体"范围的认识尚未明确。学界主要从神话、史传、诗歌、辞赋等去理解与之相关的"众体"，多探讨史传、诗赋、骈文等文体对汉唐小说创作的影响。据笔者统计，汉唐小说还从碑铭文、书牍文、词、祭诔文、公牍文、判文等多种文体中吸取"营养"。这些文体及其元素应当被纳入汉唐小说"杂糅众体"研究的视野，然学界对此关注甚少。

（三）对汉唐小说文体源流的探讨，尚未结合社会文化生态环境的变迁，具体探析汉唐小说在发展的不同阶段，对其他不同文体及其元素的吸收、扬弃，以及如何要吸收这些元素，使其在不同历史时期呈现出不同的风貌、特点，进而揭示汉唐小说的存在形态，以及汉唐时期人们对小说的审美追求、情感价值取向。如受诸子遗风影响，汉魏六朝小说出现了数量众多的论说文，论说文占整个小说的比率远远超过唐代小说；又如唐时修史之风大盛，能否跻身于修史之列,也成为衡量个人才学的重要标志。受此风浸染,唐代小说不仅采用了史传惯用的"以某时、某地、某人、发生了某事"的叙述模式,而且一改喜在文中发表议论的言说方式,大多在文末以"某某曰"表达作者、叙述者或故事人物对故事的评价和看法;再如唐时诗歌大为盛行,上至帝王、贵胄,下至贩夫走卒、平民百姓,吟诵诗歌成为一种时代风尚。因而汉魏六朝小说虽融入了营构小说"诗意"的诗歌、辞赋、骈文等,但数量远不及唐代小说。由此可见,通过剖析汉唐小说在发展的不同时期介入其中的不同文体,可深入对小说起源于史传、神话传说还是杂史杂传,影响小说生成、发展的具体因素,以及唐传奇源于志怪还是杂史杂传等问题的研究,揭示汉唐小说的生成、演变与时代风尚、文化生态的关系。

(四)目前学界多以一种相对独立的研究思路去考察汉唐小说所吸收前代文体或者表现手法的情状,尚未能从叙事学和文体学交融的视阈,立体、全面地探析诸文体究竟在汉唐小说中各承担什么功能,诸文体又怎样"会通"。特别是对汉唐小说中的叙述干预现象,学界关注甚少。在汉唐小说中,从言说方式的视角和功能进行考察,叙述者以直接或者间接的形式控制叙事的进程,评说人物的德行,引导读者的审美取向,这就是叙述干预。叙述干预是体现作者创作意识、控制小说叙事的重要手段,是研究汉唐小说叙事方式和文体特征不容忽视的重要一环。

三、解决问题的思路与方法

汉唐小说是叙事性文学。它在生成、演变的过程中,受史传、诗歌、辞赋等多种文体的影响,在文体构成上具有"杂糅众体"的特点。对"杂糅众体"进行考察,首先是探讨作家如何会通"众体"

去叙述一个故事,其次才是以这样的叙述方式去叙述一个故事具有什么样的文体特征。"杂糅众体"既涉及汉唐小说的叙事,又涉及汉唐小说的文体;前者涉及汉唐小说的生成和演变,后者涉及汉唐小说的文体特征。本书针对学界关于汉唐小说"杂糅众体"研究所存在的问题,从叙事学与文体学交融的视阈,考察汉唐小说文体的生成和演变。

首先,对"杂糅众体"中的"体"进行明确的界定:文体是指一定的话语秩序所形成的文本体式①。对汉唐小说而言,不管是以整个文体体裁,还是以某种文体要素或其表现形式杂糅进入的其他文体,它们都不再是独立的文体,只是构成小说文体的"话语"。鉴于目前学界多从文体学的角度,将"杂糅众体"中的"体"理解为文体和"表现手法",既难以解析各种"体"的叙述功能,亦难以解析汉唐小说为何要"杂糅众体"。本书从叙事学与文体学交融的视阈,将"杂糅众体"中的"体"视为具有独特功能的叙事"话语"。这些话语即"文本"。法德里达认为,文本有广义和狭义之分。狭义的"文本"是通常意义上我们所说的一种用文字写成的有一个主题、有一定长度的符号形式,广义的"文本"指的是某个包含一定意义的微型符号形式,如一个仪式、一种表情、一段音乐、一个词语等,它可以是文字的也可以是非文字的,这种意义上的文本相当于人们常说的"话语(discourse)"②。一般地说,文本是语言符号及其构成物的一种客观存在。文本的意义经历了作品——"文本"——"文本间性"的发展过程。董希文在《文学文本理论研究》中指出了文本理论的具体分析方法:"20世纪人文科学处

---

① 见童庆炳:《文体与文体的创造》,云南人民出版社,1994年,第1页。
② 见王瑾:《互文性》,第98—99页。

于一个重视语言阐释和意义生成的时代,文学文本分析自然是意义诠释的一个重要领域。就一般情况而言,文学文本阐释自然需要经过一个由表及里、由浅入深的渐次递进过程:最先是辨析语言,接着是体察结构布局,然后是寻找文本间的联系,最后才是对文本文化意义的揭示。"①因此,本书使用"广义文本"这一概念,将"杂糅众体"中的"体"视为构成汉唐小说的"文本"(即"话语")。汉唐小说即是由诸"文本"会通而生成的"文本共同体"。

　　其次,明确"杂糅众体"中"众体"的范围。对于中国古代小说"杂糅众体",王一川从美学层面进行了阐释:"如何从美学理论上进一步规定这种文体杂糅现象呢?法国后结构主义理论家克里思蒂娃有个著名的'互本文性'(inter—textuality)概念。……把克里思蒂娃的'互本文性'概念引进文体领域,可以获得一个概念:互文体性。互文体性是对文体杂糅现象的说明。不仅杂糅文体、而且每一种新文体的产生和存在,都可以视为对其它文体的吸收和转化,都是其它文体的'重写'或重新'编织'。"②针对前贤多从诗歌、辞赋、史传等去理解与之相关的"众体",多探讨神话、史传、诗歌、辞赋等文体对汉唐小说创作影响的情状,笔者经统计,发现除学界关注的这些文体外,汉唐小说还从碑铭文、书牍文、词、祭文、公牍文、判文等多种文体中吸取"营养"。这些文体元素应当被纳入汉唐小说文体生成和演变研究的视野。本书对

---

① 董希文:《文学文本理论研究》摘要,社会科学文献出版社,2006 年,第 1— 2 页。

② 王一川:《中国现代卡里斯马典型——二十世纪小说人物的修辞论阐释》,云南人民出版社,1994 年,第 47 页。

汉唐小说的每篇作品进行具体的文本分析,统计每篇作品所使用的文本类型,大致有史传文本、书牍文本、公牍文本、碑铭文本、论说文本、判文本、词文本、诗文本、骈文本等。

　　再次,"杂糅众体"的核心是"融合"。诸文体杂糅融入汉唐小说,是因文体功能所需:"中国古代文体的一个显著特征,是它强烈的'文体间性',文体系统内部如小说、诗歌、戏剧等类属,一方面显出差异,另一方面又有强烈的包容性:它们的文体因子和谐相处于一种文体之中,共同行使功能。"①对叙事性文体小说而言,诸文体"杂糅"进入汉唐小说主要是因叙事功能的需要②。"杂糅"是"众体"之间的组合融通,可理解为"会通",即"众体"如何会通而成"文"。申丹在《叙述学与小说文体学研究》中指出了诸文体融入小说的具体方式:"小说中各种不同的文体统一体有机结合在一起,组合成更高一级的、属于整个作品的大的艺术统一体。"③汉唐小说是由不同文体有机"组合成更高一级、属于整个作品的大的艺术统一体"。汉唐小说的"杂糅众体",主要是探究各种"文体"之间的相关性及其会通规律。换言之,即是探讨汉唐小说作家如何巧妙地会通史传、书牍文、公牍文、碑铭文、论说文、判文、词、诗、骈文等诸种"文体"来叙述一个故事,探究各"文体"之间的组合规律,揭示其何以如此叙述的原因。

　　最后,本课题从叙事学与文体学交融的视阈,在对汉唐小说进行文体分类统计的基础上,探讨各文体在汉唐小说叙事过程中

① 朱玲:《文学文体建构论》,海峡文艺出版社,2005 年,第 107 页。
② 见郗文倩:《中国古代文体功能研究论纲》,载吴承学、何诗海编:《文体学与文体史研究》,凤凰出版社,2011 年,第 13 页。
③ 申丹:《叙述学与小说文体学研究》,北京大学出版社,2007 年,第 127 页。

所承担的功能和作用，从话语、文本间性、文体建构三个层面，以共时性和历时性相结合的视角，解析诸"文体"之间的相互关联，进而探究"众文体"的组合方式及其规律，揭示汉唐小说文体生成和演变的原因及规律。

第一章　史传与汉唐小说

　　从发生学视角考察史传与小说,史书成为孕育小说母体的根本原因在于小说与史书的本质都是对人生、事件的记载与讲述。史著之所以受历代小说家青睐、推崇,很大程度上也归功于作者的"叙事才能",即古人所谓的史才。班彪《史记论》评司马迁云:"善述序事理,辩而不华,质而不野,文质相称,盖良史之才也。"①《晋书·陈寿传》中也如此称赞陈寿:"时人称其善叙事,有良史之才。"②屡任修史之职的唐史学家刘知幾,深感史馆中宰相大臣监修,多所干预,不能秉笔直书,更提出发挥史才须兼具"史才""史学""史识"三长:"史才须有三长,世无其人,故史才少也。三长:谓才也,学也,识也。"③古人评论小说作品之得失、小说作家水准之优劣,也往往喜以史才为嚆矢。晋干宝因撰写《搜神记》而获得了"鬼之董狐"的美誉,陈鸿《长恨歌传》《东城老父传》、牛僧孺《玄怪录》、刘斧之《青琐集》,也被凌云瀚大赞可见其"史才"。

　　受此影响,学界主要从"史才""史学""史识"三个向度,探讨

---

① [南朝宋]范晔撰,[唐]李贤等注:《后汉书》卷四○上,中华书局,1965年,第1325页。
② [唐]房玄龄等撰:《晋书》卷八二,中华书局,1974年,第2137页。
③ 见[后晋]刘昫等撰:《旧唐书》卷一○二,中华书局,1975年,第3173页。

史传与小说的关系。他们围绕史才,从不同层面剖析了史传对汉唐小说叙事体例、作家创作意识等方面的影响:在创作意识上,史才主要指汉唐小说喜使用历史题材,以"补史之阙"的意识来创作小说,以是否具有"史"的功能来评价小说的价值;在叙事体例上,史才主要指小说作品往往采用史传文学惯用的以"某时某地某人发生了某事"的篇章结构,如在开篇交代故事人物的籍贯、性格、主要人生经历,或在文末交代故事来源,以表故事的真实可信,或在文末发表议论,传达作者、叙述者或故事人物对事件的看法等;在叙事方法上,"史才"主要指叙述者多采用第三人称全知叙事视角,以无所不知的见证人身份"以时序"叙述故事,对尚待补充或强调突出的故事背景、结局,则以"倒叙""插叙""补叙""预叙"等加以说明。

　　事实上,小说虽脱胎于史传,然史传对小说的渗透、影响却经历了一个漫长的过程。纵观中国小说发展史,汉魏六朝时期的小说家,虽已表现出对史传文体规范的依约和模拟,可由于受书写工具、传播方式的限制,以及史家"简笔叙事"等诸多因素的影响,小说作品主要以史传固定的结构直接交代故事始末,增强文章生动性、吸引接受者阅读视线的"倒叙""插叙""补叙"等表现手法,揭示主题、传达作者情感态度评价的文末议论,都较少出现。故事艺术构思粗糙,叙述结构平板、单调,多为片言只语,体制短小。到了唐代,小说在继承前代小说中史识、借鉴前代小说所运用史传体例的基础上,进一步使小说向史传文学靠拢。唐代小说对史传文学的吸收,"才进一步走向文学的领域"①。唐代小说中越出色的作品,其文体结构与史传文学越契合,作家创作观念中的史

---

① 程毅中:《唐代小说史》,第5页。

学意识越浓厚。如《李娃传》《柳毅传》《李章武传》《南柯太守传》等，小说以"传"名篇，开篇就对故事人物的身世、性情、经历进行简短的介绍；在叙述故事的过程中，都遵循按故事发生时间的先后顺序来叙述的规律；在文末，都采用了史传惯用的"某某曰"这种结尾方式；作者在文中也特意标榜小说有补历史之阙的史料价值。汉唐小说在叙事结构上对史传的吸收，是其文体生成、演变的重要因素之一，学界对此已有较为具体的研究。唐刘知幾提出的"史才"，本针对史家编撰史籍，应"秉笔直书"，不应过多"干预"。然这种"干预"，在汉唐小说中却大量运用。"干预"是汉唐小说作家受"史识"影响，表达自主创作意识、完成小说叙事的重要手段，因而"叙述干预"亦是汉唐小说文体生成、演变的重要因素之一。学界对汉唐小说中的"叙述干预"关注较少。本章将文体学和叙事学结合起来，探讨史传文本在汉唐小说生成、演变中的作用。

第一节　史传叙事体例对汉唐小说
叙事结构的影响

在中国源远流长的历史文化长河中，史传一直居于不可撼动的正统地位。从史传中脱胎而出的小说却长期受人轻视，被主流文学拒之门外，难登大雅之堂。自史传母体孕育的小说，一方面不可避免带有史传的痕迹，另一方面为提高自身地位，小说有意往史传文学靠拢。尤其在篇章结构上，自觉借鉴、吸收史传，使小说文体的体制特征逐步完善。史传以强大的渗透力，影响、制约着小说文体的发展。

　　关于"史"字,《说文解字》释为:"史,记事者也。"①也就是说,"史"的意思为以文字记录国家事务的官员。金毓黻在《中国史学史》中也明确指出"史"的最初含义,是对执掌记事这一职位的称呼:"史字之义,本为记事,初以名掌书之职,继以被载笔之编,于是史官史籍生焉。"②李炳泉、邱富生等主编的《中国史学史纲》亦据此推断,史官是"用文字记事的人,是职务名称,如同后世起草文字、掌管文件的秘书、书记之类的官吏"③。据现存可考材料,见于记载的最早史职官员,是黄帝时的仓颉、沮诵。许慎《说文解字序》就有"黄帝之史仓颉"之说。史官在中国古代社会中身份特殊,往往身兼多职,扮演着历史文化传承者、宗教祭祀主持者、国家政事记录者等重要角色。他们对国家政治、经济、文化等事件的记录,则成了"记事"的开始。特别是春秋战国时期,各国大都设有史官,制作了大量的历史典籍。不仅产生了各具特色的国史,也逐渐形成了史书叙述事件的固定方式。杜预《春秋经传集解序》注解"春秋"书名之来由时,直接阐明了《春秋》的记事之法:"《春秋》者,鲁史记之名也。记事者,以事系日,以日系月,以月系时,以时系年,所以纪远近,别同异也。故史之所记,必表年以首事;年有四时,故错举以为所记之名也。"④《春秋》记载的发生于隐公元年(公元前722年)的历史事件"元年春王正月。三月,公

────────────

① [汉]许慎撰,[清]段玉裁注:《说文解字注》,上海古籍出版社,1988年,第116页。

② 金毓黻:《中国史学史》,商务印书馆,2010年,第4页。

③ 李炳泉、邱富生主编:《中国史学史纲》,辽宁师范大学出版社,1997年,第3页。

④ 中华书局编:《四部备要·春秋经传集解序》(第二册),中华书局,1989年,第41页。

及邾仪父盟于蔑。夏五月，郑伯克段于鄢。秋七月，天王使宰咺来归惠公、仲子之赗。九月，及宋人盟于宿。冬十有二月，祭伯来。公子益师卒"①，显然以时间为序，叙写了隐公元年（公元前722年）春正月至冬十二月，隐公即位、隐公和邾仪父在蔑会见、费伯率领军队在郎地筑城、郑伯在鄢地攻克共叔段、周平王派遣宰咺至鲁国赠送吊丧礼品、鲁隐公与宋人议和等要事。全文才62字，一如流水账似的粗线条记录，但叙事简而有法，凝练含蓄，对事件的交代也始末完整、脉络清晰。

关于"史传"，最先出现于刘勰《文心雕龙·史传第十六》："传者，转也；转受经旨，以授于后，实圣文之羽翮，记籍之冠冕也。"②刘勰在《史传》中，将转述《春秋》用意、阐明其"微言大义"的《春秋左氏传》看成"传"。"传"即"转"的意思。左丘明用《左氏春秋》来解释《春秋》，简称为《左传》，史与传使丗始真止结合在一起。刘勰追溯源流，把产生于轩辕黄帝时代的《尚书》，不依年代编排、仅记录战国策士言行的《战国策》，以及两汉时期的《史记》和《汉书》，都置入"史传"。他高度赞扬《史记》在体例上取法学习《吕氏春秋》的"纪"，抓住记述各种历史事实的条例，开创了以"纪传体"编写史书的新方式。在刘勰看来，史传的范围非常广泛，包括上起虞唐、下至东晋的各体史书。后随着史传的发展、史学意识的变迁，史传的涵义也有很大变化。本书所说的史传，与刘勰的看法一致，主要指叙事性强的历史散文。如周勋初《唐诗文献综述》所言："史传一类著作，名目繁多，大体说来，有正史（纪传）、编年、别史、伪史、杂

---

① 杨伯峻编著：《春秋左传注》（修订本），中华书局，2009年，第5—9页。
② ［南朝梁］刘勰著，周振甫注：《文心雕龙注释》，人民文学出版社，1981年，第169页。

史之别。'正史'、'伪史'之分,自然是从皇朝的正统名分着眼的;'正史'、'编年'之分,则是从著作体裁区分的;'别史'的性质很杂,其中一部分为政典;'杂史'的性质则近于小说。"①

历史叙事是最早形成的叙事范式,小说的叙事能力就源自先秦两汉的历史著作。唐史学家刘知幾在《史通·叙事》中极为推崇从先秦史传开始的叙事之美。他说:"夫史之称美者,以叙事为先。"②宋真德秀亦言"叙事起于史官"。清章学诚也认为"叙事实出史学"。唐前典籍中的《国语》《战国策》《左传》《史记》《汉书》等在叙事中所形成的结撰体例,"史之有例,犹国之有法。国无法,则上下靡定;史无例,则是非莫准"③,为中国叙事文类积累了丰厚的遗产,滋养着中国叙事文体的发展和创新。

春秋战国时期的史传作品,在叙事体例上,开篇即交代故事发生的具体时间,故事的展开也"以时为序",叙述者以时间为准绳叙述事件前后始末的意识非常明显。小说《穆天子传》④,就是在先秦史传影响下产生的。《穆天子传》采用编年形式,次第展开:

　　□伯夭曰□封膜昼于河水之阳……丁巳,天子西南升□之所主居。……□吉日辛酉,天子升于昆仑之丘……癸亥,

① 周勋初:《周勋初文集》(4),江苏古籍出版社,2000年,第294页。
② [唐]刘知幾著,[清]浦起龙通释,王煦华整理:《史通通释卷六·叙事第二十二》,第152页。
③ [唐]刘知幾著,[清]浦起龙通释,王煦华整理:《史通通释序例第十》,第81页。
④ 王根林在《穆天子传》校点说明中总结、归纳了学界目前在《穆天子传》成书年代研究中存在的分歧,斟酌各家之说,将此书的成书时间定于战国时期。见上海古籍出版社编,王根林等校点:《汉魏六朝笔记小说大观·穆天子传》"校点说明",上海古籍出版社,1999年。

　　天子具蠲齐牲全……甲子，天子北征，舍于珠泽……季夏丁
　卯，天子北升于舂山之上……壬申，天子西征。……丁巳，天
　子西征。己未，宿于黄鼠之山。西□乃遂西征。癸亥，至于
　西王母之邦。①

《穆天子传》以时序为贯穿全文的轴心，以行程为线索来叙述故事，
与以《左传》为代表的史传按时序叙事相似。穆天子西行途中所经
历之事，小说都简明扼要地概述。事件发生的具体时间，也详细标
注，一如史传记事之笔法。如在辛酉吉日，穆天子登上昆仑，瞻仰皇
帝宫室；癸亥年，穆天子准备牺牲，祭祀山神；癸亥年，穆天子到达西
王母国等事件，小说仅一句略过，语言凝练，绝不拖泥带水。事件与
事件之间，也有一定的内在联系：穆天子出游是小说中诸多事件产
生的主要原因。史传体制对事件发生时间和事件之间因果联系的
注重，为中国古典小说的文体构架提供了范本。

　　随着《史记》的诞生，变"以事系日，以日系月，以月系时，以时
系年"的编年体为"某时某地某人发生了某事"的纪传体。张新科
《唐前史传文学研究》归纳了纪传体史书叙述模式的特点："史传
开头一般都写传主的姓字籍贯；然后叙其生平事迹，多是选择几
个典型事例，表现人物的个性特征；最后写到传主之死及子孙的
情况。篇末另有一段作者的话，或补充史料，或对传主进行评论，
或抒发作者感慨。"②这一叙述模式，不管是唐前史传，还是唐以
后的史传，基本上都承袭《史记》而少有变化。受史传叙事模式
"传记化"的影响，汉唐小说文体结构也表现出与此相类的演进特

①佚名撰，[晋]郭璞注，王根林校点：《穆天子传》，见上海古籍出版社编，王
　根林等校点：《汉魏六朝笔记小说大观》，第10—13页。
②张新科：《唐前史传文学研究》，西北大学出版社，2000年，第14页。

征:"中国传统小说中许多作品以'传'为名,以人物传记式的形式展开,具有人物传记式的开头和结尾,以人物生平始终为脉络,严格按时间顺序展开情节,并往往有作者的直接评论,这一切重要特征,主要是渊源于《史记》的。"①这种由《史记》肇兴,变春秋战国时期史传以事系年、因事成篇为以人物为中心的叙事模式,对中国古代小说文体与叙事的影响深远。绝大部分汉唐小说确实是以人物为中心的叙事文,与张新科所归纳的先唐史传叙事模式相类。但是,汉魏六朝、唐代②是中国古代小说发展过程中的两个不同阶段,它们对史传叙事体例的借鉴、吸收并不完全相同,在叙事结构、体例上呈现出各自的特点,两者之间存在着较大差异。

一、"史传叙事体例"对汉魏六朝小说叙事结构之影响

汉魏六朝小说在结构体制上主要受"编年体"史书影响,大部分作品遵循严格的时间顺序叙述故事。少部分初试"纪传体"笔法,开篇交代人物姓氏、里籍,文末偶见作者评议。汉魏六朝小说③对史传体例的运用主要表现在以下几个方面:

---

① 章培恒、骆玉明主编:《中国文学史》(上册),复旦大学出版社,2004 年,第221 页。"严格按时间顺序展开情节",在《左传》《春秋》等先秦史传中早已采用(前文已有论述),并非司马迁首创。

② 李时人把产生于隋代的小说归入《全唐五代小说》。根据其编撰理念及原则,本书所指的唐代小说,亦包括隋朝、五代时期的文言小说作品。

③ 受时代久远、兵火战乱、后人增改等多种因素影响,汉魏六朝小说中的许多作品已难见其原貌。近人鲁迅、李剑国、王国良等学者,辑校、整理了汉魏六朝小说中的作品。本书根据学界目前在汉魏六朝小说文献整理方面的研究成果、小说自身的文体特征,斟酌各家对"小说"概念的看法及界定,对其进行具体的文本统计、分析。

第一，以时序叙述故事。

汉魏六朝时期，以"传""记"命名的小说集，如《搜神后记》《汉武帝内传》《搜神记》；小说意味浓郁的作品，如《西京杂记》"萧何营卫央宫""吉光裘""缢杀如意""旌旗飞天堕井""弘成子文石""画工弃市""方朔设计救乳母""戚夫人歌舞""相如死渴"等约70条，《拾遗记》"贯月槎""夷光脩明""沐胥国尸罗""骞霄国画工""李夫人""薛灵芸"等约100条，作者以时间为序叙事的观念显著。尤其是文字绮丽、辞彩可观的《拾遗记》，萧绮在所撰前言中即阐明此书以古往今来帝皇年号为序的编撰体例："文起羲、炎已来，事讫西晋之末，五运因循，十有四代。"①

汉魏六朝小说中的大部分作品，基本采用了编年体史书按事件发生时间展开叙述的方式。采用此方法叙述，对"重实际，黜玄想"、空间思维能力有限的古人而言，不失为一种从纷纭复杂的现象中抽绎出所需事件，将之妥帖安置在故事情节链中的技巧。如《燕丹子》对太子丹礼贤下士，赢得田光、荆轲、武阳等誓死效力的来龙去脉，以及"易水送别"的场景，极力铺陈、渲染。而荆轲刺秦王的壮举，虽描摹得栩栩如生，却很简短。作品通过对事件的取舍、剪裁，揭示其主题，表达作者的思想倾向。

第二，运用倒叙、插叙、补叙、预叙等叙事手法。

单一以时间为序，故事大多平淡无奇，情节缺少波澜，不能满足大众崇尚奇异、追求奇趣的审美文化心理。倒叙、插叙、补叙、预叙等表现手法的使用，打乱正常的时间顺序，制造悬念，使接受者产生一种审美期待，弥补了"以时为序"叙述方式的不足。

---

① [晋]王嘉撰，[梁]萧绮录，齐治平校注：《拾遗记校注》萧绮序，中华书局，1981年，第1页。

　　预叙即在情节发展中,预先说出将要发生之事或揭示其结局的一种叙述方法。古人相信,人所经历之事虽早已注定,但通过某种仪式或法术,可与天产生感应,预知吉凶祸福,并消灾弥难。这种思想在昭示灾异祯祥、占卜解梦的汉魏六朝小说中得以体现。《搜神记》《幽明录》《异苑》等小说集中有大量自然天象异常,预示人间治乱兴衰的作品。如《幽明录》"客星"条:

> 汉武帝常微行过人家,家有婢国色,帝悦之,因留宿,夜与婢□。有书生亦家宿,善天文,忽见客星移掩帝座甚逼。书生大惊,跃,连呼"咄咄",不觉声高。乃见一男子,操刀,将欲入户,闻书生声急,谓为己故,遂蹙缩走,客星应时即退。①

书生善知天象,由客星侵犯帝座,预测汉武帝即将陷于危难之中。于是,以呵斥声吓退刺客。果然,一欲行刺汉武帝的持刀男子立即逃走,客星也随即隐没。

　　又如《异苑》"洛钟鸣"条:

> 魏时殿前大钟,无故大鸣,人皆异之。以问张华,华曰:"此蜀郡铜山崩,故钟鸣应之耳。"寻蜀郡上其事,果如华言。②

铜山将崩,大地震动,促使钟鸣。正常不过的自然现象,经张华解释后,变成了"钟"与"山"的一种互相感应,神化了张华异于常人的"预知"力,小说也因此而具有神异色彩。

　　以"死而复生"为主题的小说作品,如《列异传》"蔡支""蒋济亡儿",《外国图》"蒙双氏",《搜神记》"师门""琴高""桓氏复生""王道平""河间郡男女""李娥"(附刘伯文、费长房)、"史姁""贺

---

① [南朝宋]刘义庆撰,郑晚晴辑注:《幽明录》,文化艺术出版社,1988年,第31页。

② [南朝宋]刘敬叔撰,范宁校点:《异苑》卷二,中华书局,1996年,第7页。

瑀""戴洋复生""汉宫人冢"等约 20 条,《搜神后记》"徐玄方女"
"干宝父妾""陈良"等 3 条,以第三人称全知叙事手法,由死里逃
生之人回忆自己在冥间所经历的事。冥间阴森恐怖的环境,冥官
贪婪索财的丑陋,亡魂为返回人世听任冥吏摆布的无奈,由事件
亲历者娓娓道来,故事更为真实可感,人物思想情感活动的描写
也更形象、贴切。

　　汉魏六朝小说中为数不多的长篇幅作品,在叙述中心事件的
过程中,暂时中断叙述线索,插入一段与主要情节相关的情节或
事件,帮助开展情节和刻画人物。如《搜神记·于吉》,插叙孙策
渡江袭许时灾难丛生、民不聊生的惨象,"时大旱,所在熇厉"①,
补充故事发生的时代背景。又如《搜神记·驴鼠》,亦插入了一段
对郭璞为宣州参军时异象的描述,"时有一物,大如水牛,灰色,卑
脚,脚类象,胸前尾上皆白,大力而迟钝,来到城下"②,突出物怪
的出现昭示着人事纷争、政局变更的主题。

　　在故事行将结束之际,叙述者在文末接续与情节相关事件,
补充叙述的内容。如《搜神后记》"李子豫"围绕李子豫医术高明
展开,叙述至李子豫用神药杀死藏匿于人腹中的鬼魅,豫州刺史
舍弟病愈。故事本已首尾完整,作品在文末续有"今八毒丸方是
也"③的文字,彰显李子豫医术的泽被后世。又如《汉武故事》中
"太子断廷尉案"故事。汉武帝诏问太子裁断廷尉杀继母案,太子
聪颖机智,审判公允,得朝廷上下大臣的一致赞赏。文末补充太

①［晋］干宝撰,汪绍楹校注:《搜神记》卷一,中华书局,1979 年,第 10 页。
②［晋］干宝撰,汪绍楹校注:《搜神记》卷四,第 51 页。
③［晋］陶潜撰,汪绍楹校注:《搜神后记》,中华书局,1981 年,第 43 页。

子断此案时的年龄,"时太子年十四,帝益奇之"①,对太子幼龄即有过人之才的形象,无疑又增色不少。

运用预叙、插叙、补叙、倒叙等叙述手法,补充了与故事相关的背景,丰富了小说的材料。对大多为"残章短制"的汉魏六朝小说而言,不失为增衍篇幅,使情节跌宕生姿的有效手段。此后,随着小说发展,其篇幅有逐渐变长之势,与打破常规时序、灵活借用多种叙述手法无不关系。

第三,以简介人物开篇。

相较于以时序叙述故事,汉魏六朝小说采用开篇介绍人物,然后述人物所经历之事的篇目不是很多。《神异经》"东王公""善人""尺郭""邪木""朴父""格子""先通""山臊""西王母""绸""礛鼠"等约 20 条,《西京杂记》"常满灯被中香炉""闻《诗》解颐""惠生叹息""买臣假归""俭葬反奢""辨《尔雅》""袁广汉园之侈""古生杂术""两秋胡曾参毛遂""母嗜雕胡"等约 10 条,《搜神记》中的"赤松子""宁封子""赤将子舆""偓佺""彭祖""葛由""王子乔""崔文子""冠先""祝鸡翁""河伯""鲁少千""钩弋夫人""阴生""叶令王乔""蓟子训""徐登赵炳"等约 70 条,《搜神后记》"韶舞""吴猛""麻衣道士""李子豫""沙门昙猷""雷公""阿香""虹丈夫""何参军女""吴望子""掘头舡渔父""文晃"等约 40 条,都在篇首简要介绍人物。

汉魏六朝小说依照姓名→籍贯→官职→经历→事件的程式,开篇即简介与故事人物相关的基本情况。故事人物的性情、音容笑貌,先于情节作用于接受者脑海,给接受者留下印象,有助于对

① 佚名撰,王根林校点:《汉武故事》,见上海古籍出版社编,王根林等校点:《汉魏六朝笔记小说大观》,第 166 页。

故事人物的快速了解。简单化、程序化的叙述方式,符合小说源自街谈巷语、道听途说,面向普通大众,力求浅显、明白晓畅的文体特性。

第四,文末附以"某某曰"评议。

史传中随处可见的文末评议,在汉魏六朝小说中并不常见。即使偶有采用,也主要集中在《拾遗记》《搜神记》这两本小说集中。从《拾遗记》以"拾遗"命名,及作者编撰之由,就可看出作者"拾遗补阙"的历史意识。萧绮在序言中曰:"绮更删其繁紊,纪其实美,搜刊幽秘,捃采残落,言匪浮诡,事弗空诬,推详往迹,则影彻经史,考验真怪,则叶附图籍。若其道业远者,则辞省朴素;世德近者,则文存靡丽;编言贯物,使宛然成章。数运则与世推移,风政则因时回改。"①这种自觉的史家意识,使王嘉很自然地把史家笔法移用于小说创作,尤其是能体现创作者个人识见的文末议论。如"炎帝神农""虞舜""夏禹""殷汤""周""周穆王""鲁僖公""周灵王""燕昭王""秦始皇""前汉上""前汉下"等历朝、历代君王故事,文末都有以"录"标示的长篇议论性文字,与正史人物传记后的论赞如出一辙。李剑国如此评论萧绮的录:"萧绮的录或在各条后,或在各篇末,凡三十七则。周中孚云:'录即论赞之别名也。'内容大抵是就该条或该篇所记事进行发挥或补证。"②侯忠义先生也说:"萧绮之'录',相当于论、赞,是对书的内容的分析和评价。"③《搜神记》"彭祖""左慈""江淮败屩""人侨妻""贲羊""犀犬""彭侯""池阳小人""阿紫""蒙双氏""熊渠""蚕马"等篇,也有

---

① [晋]王嘉撰,[梁]萧绮录,齐治平校注:《拾遗记校注》萧绮序,第1页。
② 李剑国:《唐前志怪小说史》(修订本),第349页。
③ 侯忠义:《汉魏六朝小说史》,第104页。

以"某某曰"结尾的文末议论。

第五,故事真实可信。

汉魏六朝时期,巫术、迷信思想盛行。大凡生活中所出现的神奇怪诞之事,人们也往往当成实有其事来看待。鲁迅《中国小说史略》揭示了导致时人产生这种思想的根源:"中国本信巫,秦汉以来,神仙之说盛行,汉末又大畅巫风,而鬼道愈炽;会小乘佛教亦入中土,渐见流传。凡此,皆张皇鬼神,称道灵异,故自晋讫隋,特多鬼神志怪之书。其书有出于文人者,有出于教徒者。文人之作,虽非如释道二家,意在自神其教,然亦非有意为小说,盖当时以为幽明虽殊途,而人鬼乃皆实有,故其叙述异事,与记载人间常事,自视固无诚妄之别矣。"①汉魏六朝小说中的一部分作品,特意标示故事来源有本可依,真实可信。

在篇首、文中或文末,指出故事源自史书。如《搜神记》"东海孝妇",开篇即指出故事源自《汉书》,"荼与郁垒"出自《黄帝书》;故事发生之事,有今人可证,如《陆氏异林》"钟繇",《宣验记》"梁清",《冥祥记》"赵泰";故事人物的壮举福泽后世或今人可证其说不诬,如《博物志》"猴玃""秦青韩娥",《搜神记》"丁姑",《志怪》"卢充""夏侯弘",《录异传》"如愿"等;故事发生之地,于今尚存,可资稽考,如《搜神记》"杜兰香传""韩凭夫妇""五力士""三王墓",《徐偃王志异》,《列异传》"望夫石"等。

从整个汉魏六朝小说的发展趋势来看,自产生伊始,虽自觉借用了史传的笔法和体例,但是对单篇小说而言,它们对史传笔法的借鉴和吸收,不仅局限于一种或几种叙事体例,而且以《左传》为首的编年体史书对它们的影响,比以《史记》为代表的纪传

---

① 鲁迅:《中国小说史略》,第 43 页。

体史书更明显。尤其是《史记》在文末用"某某曰"来惩恶扬善的"叙述干预",在汉魏六朝时期小说中并不多见。真正全方位融合、吸收史传笔法的是唐代小说。

二、"史传叙事体例"对唐代小说叙事结构之影响

关于史传叙事体例对唐代小说结构的影响,学界多有论述。20世纪90年代以前,研究者多从唐代小说的渊源,探讨史传笔法对唐代小说家创作意识,唐代小说题材、人物形象塑造、主题等的意义。20世纪90年代以后,叙事学呈兴盛之势。研究者开始把视野转向叙事学,从新的视角进一步审视唐代小说与史传文学。近年来,跨学科研究成为学术领域的热点。部分研究者将叙事学、文体学相结合,重新阐释史传文学对唐代小说文体体制形成的意义。但是,他们较少关注唐代小说在发展过程中模仿史传叙事体例在结构上所体现出来的阶段性演进特征。

初、盛唐时期的小说,对史传体例的运用主要表现为或简介故事人物,或在文末指出故事来源真实可信,或故事源自某一史书。

《魏洛京永宁寺天竺僧勒那漫提传》《魏太山丹领释僧传》《唐京师普光寺释明琛传》等,小说在开篇即简介故事人物。《唐京师普光寺释明解传》,叙述者于篇首介绍明解的住所、身世,特别突出地描写了他的性情。因为其骄矜的个性,使他的人生发生重大变故。这种由人物身世、性情引出故事的结构方式,意在帮助接受者了解故事人物,为故事的进一步发展埋下伏笔。《魏东齐沙门释明琛传》《陈严恭》《崔彦武》《大业客僧》《韦仲珪》《孙宝》等,在文末均指明故事来源具有真实性。如唐临《冥报记·孙宝》的结尾,作者交代故事是听朋友所述:"临以贞观七年奉使江东,扬

州针医飘陁为临说此云尔。宝见在也。"①以故事人物健在,印证故事内容不虚。有些小说在篇末明确指出故事源于史书,如《段孝真冤报》交代故事出自《博物传》,《梁远皓段子京》出自《妖言传》,《赵子元雇女鬼》出自《晋传》,《崔浩》见于《后魏书》和《十六国春秋》等。

中晚唐、五代小说也运用了初、盛唐小说中常见的史传叙事体例。与初、盛唐小说进行比较,其运用史传体例最大的特点,是出现很多模仿"太史公曰",用"某某曰"形式发表"论赞"的作品。《殷保晦妻封氏骂贼死》篇末,有三水人对封氏不臣二主抗节就义的赞语:"噫!二主二天,实士女之丑行。至于临危抗节,乃丈夫难事,岂谓今见于女德哉!"②作者在文末对封氏妻誓死捍卫贞节予以赞扬,以此警戒那些侍奉二夫之人,宣扬了迂腐的封建伦理。在此时期的单篇小说中,史传叙事体例在很多作品中有较完整地体现。《李娃传》《柳毅传》《李章武传》《南柯太守传》等,小说以"传"名篇,开篇便对故事人物的身世、性情、经历进行简短的介绍;在叙述故事的过程中,都按故事发生时间的先后顺序来叙述;在文末,都采用了史传惯用的"某某曰"方式;作者在文中也特意标榜小说有补历史之阙的史料价值。

唐代小说在结构上对史传的吸收,是其文体生成的重要因素之一。但是,在唐代小说发展的不同时期,小说结构表现出不同的特点。中晚唐、五代小说的结构,更接近史传的叙事体例。

---

①李时人编校,何满子审定,詹绪左复校:《全唐五代小说》卷二(第一册),第53页。
②李时人编校,何满子审定,詹绪左复校:《全唐五代小说》卷七〇(第五册),第2394页。

三、汉、唐小说叙事结构之差异

据《太平广记》、李时人编校的《全唐五代小说》、王汝涛《全唐小说》、李剑国《唐五代志怪传奇叙录》、宁稼雨《中国文言小说总目提要》等收录、辑校的唐代小说作品,共 2000 多篇。这些小说作品对史传叙事体例的运用与汉魏六朝小说相较,都采用了按时序叙述故事,在开篇、文中或文末交代人物身份、籍贯、性格;不改变故事整个时间流程的情况下,用倒叙、插叙、预叙或补叙手法交代与故事相关的环境或背景;文末交代故事来源,以表故事真实可信等叙事结构方式。不同之处在于:

第一,唐代小说运用史传笔法的频率高于汉魏六朝小说。

以时序叙述故事。唐代小说中的绝大部分作品,如《冀州小儿》《李校尉外婆》《工志女》《刘公信妻》《陈氏母》《梁四公记》《龙镜记》等,几乎都是按照故事发生的先后时间叙述的。

交代故事人物基本情况。唐代小说在开篇、文中或文末简介人物身份、籍贯、性格的小说有 700 多篇。如《古镜记》《魏洛京永宁寺天竺僧勒那漫提传》《魏太山丹领释僧传》《唐京师普光寺释明琛传》《补江总白猿传》《东魏邺下人》《北齐冀州人》《李山龙》《张法义》等。

力证故事来源真实可信。唐代小说在文末有明确标志,或道听途说,或亲眼所见,或朋友转述等,说明故事来源确凿有据的小说有 100 多篇,且大多集中在初唐时期,如《魏东齐沙门释明琛传》《陈严恭》《崔彦武》《大业客僧》《韦仲珪》《孙宝》《眭仁蒨》《孙迥璞》《梁远皓段子京》《段孝真冤报》《赵子元雇女鬼》《崔浩》等。

以传、记名篇或以传、记、志命名小说集。唐代小说集大概有 100 多部,其中,以传、记、志命名的有《广异记》《冥报记》《志怪录》

《定命论》《续仙传》《洽闻记》《玄怪录》《续玄怪录》《集异记》《定命录》《博异志》《前定录》《幽怪录》《原化记》《纂异记》《集异志》《神仙感遇传》等约 70 部。以传、记命名的单篇小说有《中元传》《古镜记》《田布尚书传》《仙游记》《李牟吹笛记》《李赤传》《李章武传》《长恨歌传》《迷楼记》《封陟传》《南柯太守传》《昭义军别录》《侯真人降生台记》《宣州昭亭山梓华君神祠记》《洞庭灵姻传》《神异记》《秦梦记》《华岳灵姻传》《高力士外传》《唐京师普光寺释明琛传》《唐京师法海寺释法通传》《唐咺手记》《陈彦传》《达奚盈盈传》《异梦录》《崔少玄传》《梁大同古铭记》《梁九江东林寺释道融传》《张建章传》《隋炀帝海山记》《隋蜀部灌口山竹林寺释道仙传》《隋郑州会善寺释明恭传》《隋泸州等行寺释童进传》《魂游上清记》《杨娟传》《稚川记》《绿衣使者传》《刘幽求传》《燕女坟记》《薛昭传》《双女坟记》《镜龙记》《庐江冯媪传》《兰亭记》《李娃传》《莺莺传》等 50 多篇。而在汉魏六朝小说中，以"传""录""记"命名的小说集有《穆天子传》《汉武帝内传》《列异传》《古异传》《戴祚甄异传》《谢氏鬼神列传》《述异记》《海内十洲记》《西京杂记》《搜神后记》《拾遗记》《汉武帝洞冥记》《齐谐记》《续齐谐记》《荆楚岁时记》《集灵记》《妒记》《异闻记》《玄中记》《郭季产集异记》《续异记》《旌异记》《冥祥记》《宣验记》《祥异记》《博物志》《荀氏灵鬼志》《祖台之志怪》《孔氏志怪》《幽明录》《神怪录》《刘之遴神录》等接近 40 部，而以此方式命名的单篇小说则寥寥。从小说命名的特点，可看出唐代小说对史书的模写更明显。

第二，单篇唐代小说往往兼用了多种史传叙事体例。

汉魏六朝小说处于小说发展的雏形阶段，篇幅简短是其文体的显著特征。经统计，虽有一些超过 400 字的篇目，如：

《蜀王本纪》"望帝"（约 400 字）。

《五丁力士》(约 640 字)。

《洞冥记》"东方朔"(约 570 字)。

《十洲记》"凤麟洲"(约 400 字)。

《列异传》"鲍子都"(约 400 字)、"谈生"(约 400 字)、"蒋济亡儿"(约 450 字)。

《神仙传》"皇初平"(约 410 字)、"王远"(约 2100 字)、"壶公"(约 1400 字)。

《灵鬼志》"外国道人"(约 570 字)。

《搜神记》"左慈"(约 610 字)、"杜兰香传"(约 760 字)、"成公智琼"(约 1600 字)、"夏侯弘"(约 480 字)、"费孝先"(约 400 字)、"胡母班"(约 730 字)、"河伯婿"(约 490 字)、"丁妇"(约 460 字)、"王佑"(约 710 字)、"山徒"(约 510 字)、"赤厄三七"(约 420 字)、"三王墓"(约 570 字)、"范巨卿张元伯"(约 500 字)、"地中犬声"(约 490 字)、"盘瓠"(约 610 字)、"女化蚕"(约 560 字)、"王道平"(约 510 字)、"李娥"(约 830 字)、"颜幾"(约 400 字)、"蒋济亡儿"(约 610 字)、"文颖"(约 400 字)、"苏娥"(约 550 字)、"紫玉"(约 660 字)、"驸马都尉"(约 650 字)、"崔少府墓"(约 1060 字)、"度朔君"(约 570 字)、"张茂先"(约 750 字)、"安阳亭书生"(约 410 字)、"李寄"(约 500 字)、"叶令王乔"(约 600 字)、"管辂筮怪"(约 500 字)、"北斗南斗"(约 400 字)、"郭璞活马"(约 400 字)、"赵公明参佐"(约 700 字)、"张璞"(约 400 字)、"白水素女"(约 500 字)、"阳雍伯"(约 400 字)、"赤厄三七"(约 400 字)、"庐陵亭"(约 400 字)、"犀犬"(约 400 字)、"斑狐书生"(约 600 字)、"蝉儿"(约 400 字)、"贾偶"(约 400 字)、"鹄奔亭"(约 600 字)、"文颖"(约 400 字)等。

《搜神后记》"徐玄方女"(约 500 字)、"白水素女"(约 500 字)、"放伯裘"(约 620 字)、"元相根硕"(约 400 字)、"麻衣道士"

（约 760 字）、"虹丈夫"（约 400 字）、"卢充"（约 1200 字）、"舒礼"
（约 450 字）。

《拾遗记》"薛灵芸"（约 670 字）、"赵夫人"（约 450 字）、"糜
竺"（约 630 字）、"武帝为抚军"（约 550 字）、"魏帝为陈留王"（约
500 字）、"翔风"（约 600 字）、"石虎于太极殿前起楼"（约 430 字）、
"昆仑山"（约 470 字）、"蓬莱山"（约 400 字）、"方丈山"（约 490
字）、"员峤山"（约 480 字）、"岱舆山"（约 620 字）、"昆吾山"（约
540 字）、"洞庭山"（约 460 字）。

《异苑》"梁清家诸异"（约 520 字）、"乐安章沉"（约 400 字）。

《幽明录》"巫师舒礼"（约 550 字）、"刘晨阮肇"（约 600 字）、
"余杭广"（约 620 字）、"彭虎子斗鬼"（约 400 字）、"甄叔让"（约
800 字）、"陈郡殷氏"（约 400 字）、"安世高"（约 490 字）、"晋元帝
甲者"（约 500 字）、"卢真"（约 400 字）、"新死鬼"（约 500 字）、"卖
胡粉女子"（约 480 字）、"赵泰"（约 1600 字）、"东方朔"（约 970
字）、"燃石"（约 720 字）。

《冥祥记》"赵泰"（约 1100 字）、"支法衡"（约 400 字）、"耆域"
（约 450 字）、"史世光"（约 450 字）、"张应"（约 450 字）、"董吉"（约
500 字）、"孙稚"（约 440 字）、"李清"（约 500 字）、"唐遵"（约 500
字）、"程道惠"（约 660 字）、"慧达"（约 1200 字）、"赵石长和"（约
500 字）、"僧规"（约 1100 字）、"司马文宣"（约 420 字）、"王胡"（约
460 字）、"智达"（约 700 字）、"董青建"（约 770 字）、"刘萨荷"（约
1550 字）。

《杂鬼神志怪》"张禹"（约 500 字）、"夏侯弘"（约 520 字）。

《录异传》"小玉"（约 590 字）、"欧明"（约 400 字）、"如愿"（约
400 字）。

《述异记》"张氏少女"（约 400 字）、"黄苗"（约 400 字）。

《续齐谐记》"阳羡书生"（约 600 字）、"赵文韶"（约 480 字）、"王敬伯"（约 2100 字）。

《志怪》"张禹"（约 420 字）、"夏侯弘"（约 620 字）。

但是它们对史传体例的运用局限于一种或某几种笔法。以篇幅较长的《王敬伯》为例，小说开篇即对故事人物王敬伯的字号、籍贯、性情等简短介绍，然后按赴役途中主人公行经吴通波亭艳遇绝色女子展开情节。但是，文末并没有史传常见的以"某某曰"来传达作者情感态度评价的议论性文字。而唐代的单篇小说，不少篇目都借用了完整的史传体例，如《李娃传》《柳毅传》《南柯太守传》《裴谌》《吴全素》《尹纵之》《李沈》《崔无隐》《独孤遐叔》《李岳州》《张宠奴》等。尤其是文末以"某某曰"结束，成为唐代小说区别汉魏六朝小说文体的重要特征。文末议论，直接体现了作者对故事人物、事件的看法，也是唐人"有意为小说"的重要体现。

第三，唐代小说中的不少作品运用了汉魏六朝小说不常见的"互见法"。

"互见法"本是司马迁的首创，主要应用于《史记》的人物传记。这种方法是"将一个人的生平事迹，一件历史事件的始末经过，分散在数篇之中，参错互见，彼此相补"①。唐代小说中的一部分作品，也用类似于此的方法，作者特意在文中或文末指出小说中的人物、事件与史书形成一种互补或对应的关系，以此来塑造人物、叙述事件。

在唐代小说中，明确指出已有史书为其立传，记载了人物的主要事件，此文则是选择本传未记载的零星事件的篇目有：《蔡少霞》《叶静能话》《郏侯外传》《周广传》《崔无隐》《凉国武公》《李愬》

---

① 张大可：《史记研究》，甘肃人民出版社，1985 年，第 290 页。

《颜真卿》《二十七仙》《文箫》《独孤穆》《马周》《僧伽大师》等。还有一部分作品在篇末交代故事的内容与史籍可以相互应证，相互补充。如在《梦钟馗》篇末，作者交代小说转述的是《逸史》所没有的内容，是为了补《逸史》之阙。这体现了在史学盛行、修史至上的唐代，小说作者以小说"补史之阙"的创作意识。

要之，汉唐小说作者模仿史传叙事体例讲述故事，形成了小说的叙事结构。但是，在汉唐小说发展的不同时期，小说的叙事结构又有一些变化。汉魏六朝小说主要受以《左传》为代表的编年体史书影响，时间成为作者组织情节的重要方式。而唐代小说既受编年体史书的影响，又受《史记》纪传体史书的影响。史传以"传"为名，采用人物传记式的开头和结尾，以人物生平始终为脉络，严格按时间顺序展开情节，叙事中间有作者评论，文末常以"某某曰"发表论赞。这种叙事体例，在唐代小说的许多作品中都有体现，并且多表现为一篇兼备史传的多种笔法。

在叙事结构上，唐代小说更接近史传的叙事体例："历史叙事的形式原则，给唐代小说提供了一个形式外壳；历史叙事的叙事本质，则给小说提供了一个区别于历史而相对独立的参照系统，我们正是在明确了何为历史之后，才能明确地指出文学小说文体的正式发生。"①

第二节 "史识"对小说叙述干预及汉唐人小说观念的影响

在中国传统目录学中，小说一直隶属于子部或史部，与子、史

---

① 刘明华主编：《古代文学论丛》，中华书局，2007年，第226页。

之间的界限模糊不清。小说与子、史杂糅，难以截然区分的事实，正体现了当时人们复杂的小说观。

《汉书·艺文志》著录的十五家小说，据存目可知有《伊尹说》《鬻子说》《周考》《青史子》《师旷》《务成子》《宋子》《天乙》《黄帝说》《封禅方说》《待诏臣饶心术》《待诏臣安成未央术》《臣寿周纪》《虞初周说》《百家》。这十五家小说，类属于子部，有千三百八十篇，今皆亡佚不存①。对于其性质、内容，鲁迅曾说："诸书大抵或托古人，或记古事，托人者似子而浅薄，记事者近史而悠谬者也。"②鲁迅《古小说钩沉》对其亡佚的部分作品进行了辑录。对现存可考的作品进行分析，可发现《艺文志》把小说归入子部，很大程度上是受小说篇名的影响，而不是根据其文体特征：

> 伯牙鼓琴，钟子期听之，方鼓琴而志在太山，钟子期曰："善哉乎鼓琴，巍巍乎若太山。"少选之间，而志在流水，钟子期又曰："善哉乎鼓琴，汤汤乎若流水。"钟子期死，伯牙破琴绝弦，终身不复鼓琴，以为世无足复为鼓琴者。非独琴若此也，贤者亦然。虽有贤者，而无礼以接之，贤奚由尽忠？犹御之不善，骥不自千里也。③

> 有侁氏女子采桑，得婴儿于空桑之中，献之其君。其君令烰人养之。察其所以然，曰："其母居伊水之上，孕，梦有神告之曰：'臼出水而东走，毋顾。'明日，视臼出水，告其邻，东走十里，而顾其邑尽为水，身因化为空桑。"故命之曰伊尹。

---

① 也有一部分学者认为，《汉书·艺文志》著录的小说篇目有 1390 篇。

② 鲁迅：《中国小说史略》，第 6 页。

③ [战国]吕不韦著，陈奇猷校释：《吕氏春秋新校释》(上)，上海古籍出版社，2002 年，第 744—745 页。

此伊尹生空桑之故也。长而贤。汤闻伊尹，使人请之有侁氏。有侁氏不可。伊尹亦欲归汤。汤于是请娶妇为婚。有侁氏喜，以伊尹为媵送女。故贤主之求有道之士，无不以也；有道之士求贤主，无不行也；相得然后乐。不谋而亲，不约而信，相为殚智竭力，犯危行苦，志欢乐之，此功名所以大成也。固不独。士有孤而自恃，人主有奋而好独者，则名号必废熄，社稷必危殆。故黄帝立四面，尧、舜得伯阳、续耳然后成，凡贤人之德有以知之也。①

这两则故事，经学者考释为十五家小说中的佚文。在叙事体例上，与史家笔法类似。这些作品的命名跟《老子》《庄子》《孟子》等诸子相同，目录学将之划入到小说家一类。到《隋书·经籍志》仍然如此。《隋书·经籍志》把叙事意味很浓的《燕丹子》《世说新语》《汲冢琐语》等划入到小说家，而其他类似于以史传命名的《搜神记》《列异传》《搜神后记》等归入史传类。也就是说，小说的命名方式是目录学家划定其归属的重要依据。否则很难解释《隋书·经籍志》把小说意味很浓的《燕丹子》《世说新语》《汲冢琐语》归入到小说家一类，而把跟它们性质相同的《搜神记》《搜神后记》《神仙传》等归入到史部一类。这种观念直到北宋才彻底改变。《新唐书·艺文志》将这些作品从史传中剔除，归入小说家。

汉唐时期，小说自觉运用史传笔法，目录学家也将很大一部分小说类属于史传，说明了小说家们有"拟史"的情结。这种意识发展到唐代愈益明显，以致小说的文体结构与史传也日益趋同。但在小说观念上，一方面"小道不经之说"的自卑，让人们从骨子里瞧不起小说。甚至清代纪昀编修《四库全书总目》时，竟然对其

①〔战国〕吕不韦著，陈奇猷校释：《吕氏春秋新校释》（上），第744页。

只字不提。另一方面,小说家竭力标榜自己所叙之事为"实录",可补"史之阙"。小说想倚靠史传而无法消弭与其的界限,想与史传同被世人重视而无法取得与之抗衡地位的尴尬,反而保留、发展了属于自己独有的文体特性,有着不同于史传的发展轨迹,为中国古代文体增添了一道靓丽的风景。

"拟史"的创作意识体现了史学家的"史识"。"史识"是历史家的观察力和史学家尽可能客观公正选择、编撰历史事实的气量和胆识。但历史记叙者并非没有自己的立场和观点,如赵白生所言:"史家不再仅仅满足于做一个奴婢式的编年史家,他要把'判断'、'创造'和'心灵'融入事实。其结果,我们所看到的不是纯粹的事实,而是在历史学家想像里'重演'过的历史事实。不少史家虽然拒绝承认自己的主观介入,但他们谁也否认不了选择本身就涉及'判断',叙述过程多少含有'创造'的行为,对事件的阐释没有'心灵'的投入就难以赋予历史以生命。说到底,历史事实是史家的胎儿。"①以这种"史识"进行小说创作,变成了作者对小说叙述的一种干预。"干预",赵毅衡《当说者被说的时候——比较叙述学导论》阐述了其涵义,在传统小说文本中,叙述者经常把叙述故事这一本职工作放下不管,反而谈起自己的叙事方式,或对自己叙述的人物和情节加以评论。人们将叙述者对叙述的议论,称为叙述干预②。干预体现了汉唐人"有意为小说"的创作意识,是小说文体发展、演变的重要因素。

---

① 赵白生:《传记文学理论》,北京大学出版社,2003年,第28页。
② 见赵毅衡:《当说者被说的时候——比较叙述学导论》,中国人民大学出版社,1998年,第28—29页。

一、求真——合乎情理

前人常用"实录"一词来评价最好的历史著作。班固评司马迁及其《史记》"有良史之材","其文直,其事核,不虚美,不隐恶,故谓之实录"①。对于史传的求真,斋藤正谦也说:"读一部《史记》,如直接当时人,亲睹其事,亲闻其语,使人乍喜乍愕,乍惧乍泣,不能自止。是子长叙事入神处。"②追求真实、征信被认为是历史叙事的基本原则,也是汉魏六朝小说家叙事的一种追求。

汉魏六朝时期,神仙方术、迷信思想盛行,小说中不乏神奇荒诞、怪异不经的内容,但小说作者都是把它们当成实有其事来记述。《隋志》将魏晋南北朝的志怪小说主要归于史部杂传类,其小序说:"古之史官,必广其所记,非独人君之举。……魏文帝又作《列异》,以序鬼物奇怪之事,嵇康作《高士传》,以叙圣贤之风。因其事类,相继而作者甚众,名目转广,而又杂以虚诞怪妄之说。推其本源,盖亦史官之末事也。"③所谓"鬼物奇怪之事",当时人视为实有,以史家"实录"原则予以记载。明胡应麟就认为六朝小说"多是传录舛讹","未必尽幻设语"④。其中的"变异之谈"只是一种"实录",而非"意识之创造"。晋郭璞注地理博物体小说《山海

---

① [汉]班固撰,[唐]颜师古注:《汉书》卷六二《司马迁传第三十二》,中华书局,1962年,第2738页。

② [日]斋藤正谦评《史记》语,见王水照编:《历代文话》(第十册),复旦大学出版社,2007年,第9902页。

③ [唐]魏徵、令狐德棻撰:《隋书》卷三三,中华书局,1973年,第981—982页。

④ [明]胡应麟:《少室山房笔丛》,上海书店出版社,2009年,第371页。

经》时,力证书中"闳诞迂夸,多奇怪俶傥之言"①信而有征。干宝在《搜神记》序言中说明《搜神记》的编写"考先志于载籍,收遗逸于当时","访行事于故老",是对"一耳一目之所亲闻睹"的记录②。

　　小说家往往在开篇、文中或文末,用议论性文字强调故事的真实可信。如《搜神记》"成公智琼"条,文末以干宝、郭璞由卦象论神女身份结束:

　　　　弦超为神女所降,论者以为神仙,或以为鬼魅,不可得正也。著作郎干宝以《周易》筮之,遇《颐》之《益》。以示寮郎,郭璞曰:"《颐》贞吉,正以养身,雷动山下,气性唯新。变而之《益》,延寿永年,龙乘衔风,乃升于天:此仙人之卦也。"③

干宝、郭璞历史上都实有其人。干宝以著作郎领国史,郭璞是晋代的文学家。文末借干宝、郭璞的论辩性对话,证故事不虚。晋神仙家葛洪《抱朴子·论仙》极力宣扬神仙确实存在,《神仙传》是部纪实之作。无神论者扬雄虽言"有生者,必有死;有始者,必有终。自然之道也"④,"神怪茫茫,若存若亡,圣人曼云"⑤,谓生死

---

①[清]严可均校辑:《全上古三代秦汉三国六朝文》,中华书局,1958年,第2153页。

②干宝在《搜神记》序言中,指出此书故事的来源和编写的态度:"虽考先志于载籍,收遗逸于当时,盖非一耳一目之所亲闻睹也,又安敢谓无失实者哉。……若使采访近世之事,苟有虚错,愿与先贤前儒分其讥谤。及其著述,亦足以发明神道之不诬也。"干宝认为《搜神记》中的故事来源真实可信,鬼神故事实有。[晋]干宝撰,汪绍楹校注:《搜神记》序,第2页。

③李剑国辑释:《唐前志怪小说辑释》(修订本),上海古籍出版社,2011年,第286—287页。

④[汉]扬雄撰,韩敬注:《法言注》,中华书局,1992年,第331页。

⑤[汉]扬雄撰,韩敬注:《法言注》,第227页。

只不过是自然规律,神仙鬼怪之说是无中生有,但他也写了荒诞怪奇的《蜀王本纪》。应劭的情况与他类似。不仅如此,史书的编撰者,亦把小说当成"信史"。在有晋一代,形成了"小说入史""史入小说"的潮流。《史通·采撰》云:"晋世杂书,谅非一族,若《语林》、《世说》、《幽明录》、《搜神记》之徒,其所载或诙谐小辩,或神鬼怪物。其事非圣,扬雄所不观;其言乱神,宣尼所不语。皇朝新撰《晋史》,多采以为书。"①在那些"择取不精"的史书修撰中,从小说中选材,也已屡见不鲜。《杂说上·史记》云:"近见皇家所撰《晋史》,其所采亦多是短部小书,省功易阅者,若《语林》、《世说》、《搜神记》、《幽明录》之类是也。如曹、干两氏《纪》,孙、檀二《阳秋》,则皆不之取。故其中所载美事,遗略甚多。"②就连"皇家"修史,也多取于小说,可见史学家对其的信奉与推崇。

　　唐时对"小说"的真,已不是"事件"的真实。他们意识到小说中所描写的怪诞之事只不过是作者的虚构、幻笔,现实不可能发生。史学家刘知幾对史书把小说中明显有违常理的事件不加考虑的照搬载入史册,如师旷和轩辕、公明和方朔生于同世,尧八眉,夔一足,深恶痛绝。指责《晋史》多取材于《世说新语》,批评其作者"厚颜":"而皇家撰《晋史》,多取此书。遂采康王之妄言,违孝标之正说。以此书事,奚其厚颜!"③在《书事》篇更是把《晋史》视为鬼神传录,批判其记事记言非要、不经:"而王隐、何法盛之徒

————————

① [唐]刘知幾撰,[清]浦起龙通释,王煦华整理:《史通通释卷五·采撰第十五》,第 108 页。

② [唐]刘知幾撰,[清]浦起龙通释,王煦华整理:《史通通释卷十六·杂说上》,第 427 页。

③ [唐]刘知幾著,[清]浦起龙通释,王煦华整理:《史通通释卷十七·杂说中第八》,第 450—451 页。

所撰晋史,乃专访州闾细事,委巷琐言,聚而编之,目为鬼神传录,其事非要,其言不经。异乎《三史》之所书,《五经》之所载也。"①他们对作品真实的要求,更多的是一种符合人情物理的真实,"小说应真实描绘人物的性情,反映社会生活的真实情状及其内在的必然性和规律性。……小说的艺术生命在于真实性,在于逼真地写出人情、事理。人物的思想行为和事件的发展都要符合生活的逻辑,只有写出日常生活中普通、平凡的人情世态,才能给读者以审美享受。脱离生活真实的荒诞离奇的情节,却不能引起读者的美感②。"人情物理本是叶昼评《水浒传》的批语,反映出中国古典小说从英雄传奇向人情小说转变的历史趋势,并对以后中国古代小说批评家重视小说的真实性产生很大影响。可早在距明700多年的唐代,小说家就已将之运用于小说的创作。

唐代的小说家,虽竭力标榜故事有源可本,有据可查,如《邓甲》,以故事人物犹存人世,证故事所叙之事不虚:"甲后居茅山学道,至今犹在焉。"③又如《仆仆先生》,以纪念性建筑,表故事所述确有其事:"州司画图奏闻,敕令于草屋之所,立仆仆先生庙,今见在。"④但是,作者非常清楚,故事的主要人物,及所发生的事件是虚构的,所有材料只是借以表达主题思想的手段。叙述者横亘在读者与故事之间,直接对故事人物、事件进行解说、评价,如《张镐

①[唐]刘知幾著,[清]浦起龙通释,王煦华整理:《史通通释卷八·书事第二十九》,第214页。
②邱明正、朱立元主编:《美学小辞典》,上海辞书出版社,2004年,第154页。
③李时人编校,何满子审定,詹绪左复校:《全唐五代小说》卷六六(第四册),第2258页。
④李时人编校,何满子审定,詹绪左复校:《全唐五代小说》卷七一(第五册),第2413页。

妻》,故事严格按事件发生的先后顺序来谋篇布局,除对情节作客观的叙述和形象的描绘,开篇就有叙述者的主观议论和补充性说明:"张镐,南阳人也。少为业勤苦,隐王房山,未尝释卷。"①这段文字让接受者对张镐的人物形象有个整体的印象,为他有幸遇仙女、在官场权势显赫埋下伏笔。这段奇遇形式是虚幻的,其内核隐藏的却是未能谋得一官半职的读书人,或仕途不顺的官宦,对现实失意的一种自我解脱、安慰。叙述者也可以潜入故事人物,借人物的话语间接表达自己的看法。如《陶尹二君》,古丈夫在陶尹二君的询问中,娓娓道出了自己的身世、经历:

> 余,秦之役夫也。家本秦人。及稍成童,值始皇帝好神仙术,求不死药,因为徐福所惑,搜童男童女千人,将之海岛。余为童子,乃在其选。但见鲸涛蹙雪,蜃阁排空,石桥之柱欹危,蓬岫之烟杳渺。恐葬鱼腹,犹贪雀生,于难厄之中,遂出奇计,因脱斯祸。归而易姓业儒,不数年中,又遭始皇煨烬典坟,坑杀儒士,缙绅泣血,簪绂悲号。余当此时,复在其数,时于危惧之中,又出奇计,乃脱斯苦。又改姓氏为板筑夫,又遭秦皇欸信妖妄,遂筑长城,西起临洮,东之海曲,陇雁悲昼,塞云咽空,乡关之思魂飘,砂碛之劳力竭,堕趾伤骨,陷雪触冰。余为役夫,复在其数。遂于辛勤之中,又出奇计,得脱斯难。又改姓氏而业工,乃属秦皇帝崩,穿凿骊山,大修茔域,玉墀金砌,珠树琼枝,绮殿锦官,云楼霞阁,工人匠石,尽闭幽隧。余为工匠,复在数中。又出奇谋,得脱斯苦。凡四设权奇之计,俱脱大祸。知不遇世,遂逃此山,食松脂木实,乃得延龄

---

①李时人编校,何满子审定,詹绪左复校:《全唐五代小说》卷七一(第五册),第2485页。

耳。此毛女者,乃秦之宫人,同为殉者;余乃同与脱骊山之
祸,共匿于此,不知于今经几甲子耶?①

古丈夫已加入仙籍,人世的纷争,他全已看透。但他的言语仍饱
含着对人世沧桑的感叹,对战争的控诉。显然,这与笑看红尘、超
然物外的神仙身份全然不符。深究古丈夫的此番言论,不难发
现,是作者借古丈夫之口而为之。通过古丈夫对自己颠沛流离的
人生和灾难性经历的描述,揭露了社会动荡、百姓生活在水深火
热之中的现实,也间接告诉读者,昏君、暴政是导致百姓生活不幸
的根源。

　　在《陶尹二君》中,作者跳出故事之外,借"修炼成仙"故事的
外壳,以古丈夫为见证人的身份自述,意在反映当时的社会问题。
接受者从古丈夫违反常态的话语中也不难明白,他的"避世""成
仙"是不得已而为之,表达了作者对清明盛世期待和向往的主题。
这种叙述方式,是作者对故事进行的干预,"是语态的文体功能的
一种表现,选择恰当的叙述语态不仅能获得某种叙述趣味,从枯
燥单调的场面中发掘出某种诗意;而且还能构筑某种叙述背景,
以衬托出主题,传达文本的意义内涵"②。

　　叙述者还可以在文末用"某某曰"借以表达主题,寓褒贬于叙
事之中,离奇怪异的作品也因有所寓意而更符合情理。如高彦休
《阙史·王居士神丹》叙述老翁用神丹、法术救活垂死女子的故
事。篇末有"参寥子"的赞语:

　　　　参寥子曰:"奇绝之艺,和、扁之术,何代无之? 有实艺而

①李时人编校,何满子审定,詹绪左复校:《全唐五代小说》卷六三(第四册),
　第2160—2161页。
②徐岱:《小说叙事学》,中国社会科学出版社,1992年,第318页。

　　　　无谄行者，公卿之门不内，贾生所以恸哭于时事也，愚知
　　　　谊心。"①

老翁施救时，女子家人不信其医术，百般阻拦。老翁秉持治病救
人之善心，用"神术"将女子救活。故事表层虽赞誉老翁法术、医
术高明，篇末"参寥子"的话才将主旨全盘托出。故事写女子家人
将身怀绝艺的老翁拒之门外，实际上是写与其有相似遭遇的贾
谊，更是写怀才不遇、长期沉沦下僚的自己。正因为作者对老翁、
贾谊持"了解之同情"，才以"神人行医"故事抒发对统治阶级不任
用贤才的愤懑，以及怀才不遇的感伤。

　　与汉魏六朝小说相比较，唐代小说关涉的人物更多，内容更
丰富，情节也更复杂。文末主题的揭示，既可引导接受者把握作
品的蕴意，与作者产生共鸣，也达到了以主题贯穿全文、统率全篇
的艺术效果。

　　作品是赋予了作者思想、情感的创作之物，故事人物、叙述者
是作品的重要构成因素。在小说中，"叙述者或者仅仅以极其客
观的方式叙述文学文本世界之中的人物及其言语和行为……有
时候同样存在外露性作者叙述声音，就是作者作为叙述者虽然并
不是文学文本故事世界之中的一个人物，但是他可以通过旁观者
和叙述者的有利地位不时表露自己对于事件及其参与者的看法，
乃至认识和评价"②。作者或直接评说，或通过叙述者、故事人物
介入故事。但不管采用哪种叙述方式，故事都间接成为诠释作者

①李时人编校，何满子审定，詹绪左复校：《全唐五代小说》卷七五（第五册），
　第2567页。
②郭昭第：《文学元素学·文学理论的超学科视域》，中国社会科学出版社，
　2006年，第390页。

思想的一种方式,体现了作者对小说的干预。

　　汉魏六朝的小说观是信史的实录观,认为小说应忠实于历史与社会事实。小说编撰者抱着还原事件真实面貌的理念,对小说作品进行收集、整理、结集。形成于汉魏六朝的所谓"小说",实际上是小说家将流传于民间里巷的小家之言编撰而成的"小说书"。这些书是一种最广义的"集体创作"。编采者最大的作用,只在于结集及润色,客观呈现事件的真实面貌①。不过,这种客观、公正、直书本身就体现了作者的一种立场。唐代的小说观是符合"人情物理"的小说观,作者的客观叙述,"只不过是把作者的立场观点隐蔽起来罢了。然而作者又不愿把自己的观点隐蔽得读者无从知晓,于是在遣词造句上颇费斟酌,常常在微言中寓藏大义"②。他们在写人、叙事的过程中,按照自己的某种思想、观念来选择组织、加工材料,发扬《春秋》之义,"挥昔而照今"③,继承了史传文学修辞的传统。这种叙述方式,让唐代小说比以实录自诩的汉魏六朝小说更具真实性。

二、弘扬佛道儒教——劝诫世人

　　"刘知幾倡史有三长之说,而尤重在识"④,要求史家"具备秉笔直书,忠于史实的品德和应有的独立见解"⑤。这种见解,在汉魏六朝小说中体现为小说编撰者以爱憎分明的思想意识,弘扬佛

---

①见关诗珮:《唐"始有意为小说"——从鲁迅的〈中国小说史略〉看现代小说
　　(fiction)观念》,《鲁迅研究月刊》2007 年第 4 期,第 5 页。
②石昌渝:《中国小说源流论》,第 72 页。
③李翱:《卓异记序》,中华书局,1985 年,第 1 页。
④柳诒徵:《国史要义》,华东师范大学出版社,2000 年,第 163 页。
⑤邓瑞:《试论刘知幾对史学的贡献》,《学术月刊》1980 年第 10 期,第 45 页。

道儒教,传达自己的人生信仰、理念;在唐代小说中,则进一步演变成小说家以是非分明的处世态度,对世人进行劝诫。这两种方式,都体现了作者对作品的干预。

汉魏六朝小说主要以志怪、志人为主,记录神仙道术、巫祝龟策、殊方异物以及人物的言谈举止和轶闻琐事,弘扬佛法、道术、儒教。志怪作者王浮、陶弘景、葛洪、王嘉等本人都是道士,张华、郭璞、萧吉等都是阴阳五行家,昙永、净辩是沙门,王琰、王曼颖、萧子良、梁元帝等为在俗的佛教徒,所以此时期特多《冥祥记》之类"释氏辅教之书"。六朝文人也普遍接受佛道思想,宗教迷信观念极大地支配着他们的写作,自然也会秉笔弘法。

古今语怪之祖的《山海经》①融合了神仙方术、地理博物和儒家观念。如详述祭祀山神的仪式,"凡鳌山之首,自鹿蹄之山至于玄扈之山,凡九山,千六百七十里。其神状皆人面兽身。其祠之:毛用一白鸡,祈而不糈;以采衣之"②,云某物出现昭示人间治乱,"有兽焉,其状如禺而四耳,其名长右,其音如吟,见则郡县大水"③,"有鸟焉,其状如鸱而人手,其音如痹,其名曰鹈,其名自号也,见则其县多放士"④,显然是神仙方士之言。这些在《山海经》

①《山海经》的成书年代,众说纷纭。近代神话学家袁珂在《山海经全译·前言》开卷即言:"《山海经》是一部由几个部分组合而成的性质非常奇特的古书。它大约成书于从春秋末年到汉代初年这一长时期中,作者非一人,作地是以楚为中心西及巴、东及齐:这便是近半个世纪以来由学者们研讨大致得出的结论。"见袁珂译注:《山海经全译》前言,贵州人民出版社,1991年,第1页。

②袁珂校注:《山海经校注》(增补修订本),巴蜀书社,1992年,第159页。

③袁珂校注:《山海经校注》(增补修订本),第11页。

④袁珂校注:《山海经校注》(增补修订本),第10页。

中随处可见,还有一些文字意在表露作者以之宣扬儒教。如《南山经》"有兽焉,其状如狸而有髦,其名曰类,自为牝牡,食者不妒"①,"祷过之山","五采而文,名曰凤凰,首文曰德,翼文曰义,背文曰礼,膺文曰仁,腹文曰信"②,《中山经》"其上有木焉,叶状如梨而赤理,其名曰桷木,服者不妒"③,《北山经》"其中多鳖鱼,其状如儵而赤麟,其音如叱,食之不骄"④,"有鸟焉,其状如枭而白首,其名曰黄鸟,其鸣自叫,食之不妒",《海外东经》"君子国在其北,衣冠带剑,食兽,使二大虎在旁,其人好让不争"⑤等,儒家的"仁义礼智信""不骄""不妒"等,都得到了充分的表现。与《山海经》同为地理博物体小说的《神异经》,书中亦掺合着神仙方术和儒家观念。如食何树果实可以成仙,自是神仙家言,对渴盼成仙之人无疑有很强的吸引力。此书更为突出的是在异人异物描写中处处表现儒家思想,上引穷奇、饕餮、不孝鸟等,再者如《东荒经》云南方有人"恒恭坐面不相犯,相誉而不相毁,见人有患,投死救之,一名敬,一名美,不妄言",《西荒经》云浑沌"人有德行而往抵触之",《中荒经》云天立不孝鸟,"羿以显忠孝忧"。小说作品"在这些近乎游戏的或正面或反面或赞美或讽喻的形象中,都包含着作者旨在宣扬儒家伦理道德的思想评价"⑥。谭献《复堂日

---

① 袁珂校注:《山海经校注》(增补修订本),第5—6页。
② 袁珂校注:《山海经校注》(增补修订本),第19页。
③ 袁珂校注:《山海经校注》(增补修订本),第177页。
④ 袁珂校注:《山海经校注》(增补修订本),第96—97页。
⑤ 袁珂校注:《山海经校注》(增补修订本),第301页。
⑥ 李剑国:《唐前志怪小说史》(修订本),第151页。

记》卷五称其"亦有风议之遗意"①。志怪小说之翘楚的《搜神记》,亦有数量众多的宣扬儒家孝道的故事,如"王祥""王延""楚僚""郭巨""衡农""东海孝妇""犍为孝女""刘殷"等。王嘉《拾遗记》也多引儒家教条,卷三善星文者游说宋景公"德之不均,乱将及矣。修德以来人,则天应之祥,人美其化"②,卷三周灵王部分的录语批评他"惟奢纵惑心"③,更说他"溺此仙道,弃彼儒教",只有"观过才能知仁",更是堂而皇之地弘扬儒教。

　　汉魏六朝小说也有不少宣示佛法灵异,弘扬佛教的作品。记载鬼神物魅与人生死祸福之关系的《幽明录》,就有不少佛法果报的怪诞之说。如宣扬奉佛得福的故事,"石长和""康阿德""赵泰"等,都借死而复生者,进行说教。赵泰入冥间,冥吏就开始盘问"生时所行事,有何罪故,行何功德,作何善行"④,并告之冥间审判以佛法为准的,"人死有三恶道,杀生祷祠最重。奉佛持五戒十善,慈心布施,生在福舍,安稳无为"⑤,文末更是赤裸裸地直接要求其返回人间后信奉佛法,昭示世人:"有算三十年,横为恶鬼所取。今遣还家。由是大小发意奉佛,为祖、父母及弟悬幡盖、诵《法华经》作福也。"⑥张华《博物志》"异闻"、干宝《搜神记》"琴高""人死复生""桓氏复生""王道平""河间郡男女""李娥""戴洋复生""柳荣张悌""马势妇""颜畿""冯贵人""杜锡婢""广陵诸冢"、

①谭献著,范旭仑、牟晓朋整理:《复堂日记》,河北教育出版社,2001年,第110页。
②[晋]王嘉撰,[梁]萧绮录,齐治平校注:《拾遗记校注》卷三,第85页。
③[晋]王嘉撰,[梁]萧绮录,齐治平校注:《拾遗记校注》卷三,第83页。
④[南朝宋]刘义庆撰,郑晚晴辑注:《幽明录》,第180页。
⑤[南朝宋]刘义庆撰,郑晚晴辑注:《幽明录》,第180页。
⑥[南朝宋]刘义庆撰,郑晚晴辑注:《幽明录》,第181页。

陶渊明《搜神后记》"徐玄方女""干宝父妾""陈良"、刘敬叔《异苑》"徐女复生""乐安章沉""卢贞""琅邪人"等都是以"死而复生"为题材的作品，通过生人亲历冥间之所见、所闻、所感，渲染地域的阴森恐怖，达到使人信佛的目的。

　　唐袭汉魏六朝小说之余风，仍有宣扬佛理的作品。从《冥报记》《冥报拾遗》《高僧传》《续高僧传》《冥祥记》等小说集的命名，就可看出作者以之传教的意识。但传教已不是小说的主要宗旨，作者往往在文末或文中用《史记》论赞式议论，来传达自己对故事人物、事件的看法，达到警戒、教化世人的目的：

> 《史记》中的全部"太史公曰"均可视为司马迁史论而加以贯通的研究，是符合历史发展的实际的。"太史公曰"形式上是仿自《左传》的"君子曰"，而《史记》发展成为序赞论的系统史论，却是司马迁的首创，不过司马迁并没有命名曰序曰赞。《史通》卷四《论赞篇》和《序例篇》正式论列"太史公曰"为序为赞，也就成了通称。①

史籍中的论赞，本是作者对历史的剖析和史实的补充，是"史论"的一部分。而唐代小说中的一部分论赞式议论，则体现了作者对故事人物、事件的褒贬评价和创作者主体对故事的介入。唐代小说模拟论赞方式结束全篇以达到教化目的的篇目有：《毛颖传》《李赤传》《河间传》《谢小娥传》《非烟传》《王知古为狐招婿》《殷保晦妻封氏骂贼死》《王表》《裴晋公大度》《任氏传》《王居士神丹》《韦进士见亡妓》《薛氏子为左道所误》《田布尚书传》《娄师德》《李可及戏三教》《南柯太守传》《冯燕传》等接近 20 篇。

---

① 张大可：《〈史记〉的论赞》，见梁启超等著，韩兆琦等选编：《史记二十讲》，华夏出版社，2009 年，第 247 页。

　　《河间传》叙述一个素有"贤操"的女子，因众亲戚设圈套而道德防线溃于一旦，变为骇人听闻的荡妇，最后成为色情狂而死的故事。文末有柳先生的赞语：

　　　　柳先生曰：天下之士为修洁者，有如河间之始为妻妇者乎？天下之言朋友相慕望，有如河间与其夫之切密者乎？河间一自败于强暴，诚服其利，归敌其夫犹盗贼仇雠，不忍一视其面，卒计以杀之，无须臾之戚。则凡以情爱相恋结者，得不有邪利之猾其中耶？亦足知恩之难恃矣！朋友固如此，况君臣之际，尤可畏哉！余故私自列云。①

文末议论揭示创作的缘由，升华主题的同时，将接受者的思绪从离奇情节中拽出，体认故事蕴含的深义。关于《河间传》的寓意，前人阐论甚多，且褒贬不一，如胡寅《致堂读史管见》卷二四《唐纪·宪宗》、王楙《野客丛书》卷二〇《河间传意》、戴埴《鼠璞》卷下《柳子厚文》、方鹏《责备余谈》卷下《韩柳文章大家》等。卞孝萱《唐传奇新探》运用陈寅恪"文史互证"方法，联系柳宗元生活的政治、时代背景，及其人生经历，对前人说法一一辩证，得出《河间传》并不是一部淫秽之作，而是作者借用自屈原以来的"香草美人传统"，以"淫妇人诋宪宗"："在李忠言一派失败，俱文珍一派胜利，'永贞内禅'，王叔文集团遭受迫害的背景下，长期被贬的柳宗元，以诗文发泄怨怼，矛头所向，直指宪宗，《河间传》乃其一耳。"②作者在文末用"柳先生曰"，剖示了人性固有的弱点，劝诫置国家百姓利益于不顾的国君、大臣，因个人私利而出卖朋友的

①李时人编校，何满子审定，詹绪左复校：《全唐五代小说》卷二二（第二册），第762页。
②卞孝萱：《唐传奇新探》，江苏教育出版社，2001年，第121页。

邪恶之徒,警告世人要审视自己身边的人,也蕴含着"朋友之恩难恃,君臣之际可畏"的人生感叹。

李公佐在《南柯太守传》的文末,从出世的角度看世间的荣华富贵、得失生死:

前华州参军李肇赞曰:"贵极禄位,权倾国都,达人视此,蚁聚何殊!"①

故事前半部分描写淳于棼荣耀一时:入槐安国当驸马,担任"南柯太守",与公主生育子女。后半部分写淳于棼的失意:与檀萝国交战失败,公主病死,被遣送回家。沿途破车惰卒,梦突惊醒。醒来后发现"槐安国"和"檀萝国"竟都是蚁穴。梦中场景历历如现,淳于棼不由得感慨万千。李公佐以"梦境"写现实人生,警醒世人以超然物外的态度对待功名利禄,也讽刺了那些为追逐名利而不择手段之徒,希望世人引以为戒。《裴晋公大度》的文末亦用"赞"的形式,赞誉裴晋公胸怀宽广,告诫世人不能以小人之心度君子之腹:"参寥子曰:祢衡恃才名傲黄祖而死,正郎以直气诋晋公而生。尊贤容众之风,山高水深之量,较之古今,悬鸡凤矣。至于皇甫正郎螫指而碎众巢,信乎拔剑逐蝇之说。"②

汉魏六朝小说中的女子,较少受到封建伦理道德的束缚。作者很少站在卫道士的立场,劝说或表彰女子的贞洁。而晚唐、五代小说描述了诸多贞烈女子的形象。如《殷保晦妻封氏骂贼死》,叙述者铺叙封夫人之温柔贤淑后,即笔锋突转,正面描写了她与

---

① 李时人编校,何满子审定,詹绪左复校:《全唐五代小说》卷二三(第二册),第 793 页。
② 李时人编校,何满子审定,詹绪左复校:《全唐五代小说》卷七五(第五册),第 2547 页。

反贼抗争的壮烈场面。篇末有三水人的赞语：

　　　三水人曰："噫！二主二天，实士女之丑行。至于临危抗
节，乃丈夫难事，岂谓今见于女德哉！"渤海之媛，汝阴之嫔，
贞烈规仪，永光于彤管矣。辛丑岁。遐构兄出自雍，话兹事，
以余有春秋学，命笔削以备史官之阙。①

广明元年，黄巢渡过淮河，攻陷东都，十二月甲申晡时遂入长
安②。小说写的就是在农民军逼近都城之情形下，封氏不臣二主
誓死捍卫自己贞节的刚烈之举。这种不惧强敌、誓死抗争的行
为，体现了那个时代对贞烈女子的评判标准。作者皇甫枚颇以
"史才"自负，他在小说中强调记载封氏的故事是"笔削以备史官
之阙"。皇甫枚的看法也得到了一些史学家的认可。如宋代欧阳
修、宋祁等人修撰《新唐书》时，就将此篇列入 205 卷的《列女传》。
作者在文末对封氏妻誓死捍卫贞节的高风亮节予以褒赞，宣扬了
迂腐的封建伦理。唐代类似于此的作品不少。李公佐《谢小娥
传》声称创作这篇小说是为了"儆天下逆道乱常之心""观天下贞
夫孝妇之节"，意在宣扬这位奇女子的贞与节。《李娃传》《任氏
传》的作者，对狐女、妓女的贞节也给予充分肯定。小说作者们对
贞节的宣扬，受唐代统治阶级对女性禁锢的影响。李渊时代，虞
世南应诏为秦王李世民府监写《列女传》以装饰屏风。李世民登
基后即在《即位大赦诏》中明确表示："节义之夫，贞顺之妇，州府

---

① 李时人编校，何满子审定，詹绪左复校：《全唐五代小说》卷七〇（第五册），
　第 2394—2395 页。
② 见［宋］司马光编著，［元］胡三省音注，"标点资治通鉴小组"校点：《资治通
　鉴》第二百五十四，中华书局，1956 年，第 8234—8236 页。

列上,旌表门闾。"①唐朝立国之初,就要求地方官员每年上报贞女烈妇的事迹。政府提倡与奖励贞女节妇的举动,无疑潜移默化地强化了唐朝妇女的贞节意识。律法也明文规定,女子必须守节。《唐律疏议·户婚》"妻无七而出之"条疏曰:"伉俪之道,义期同穴。一与之齐,终身不改。"②小说家对女性贞洁的吹捧,与官方思想不谋而合,不言而喻意在教化世人。此后,在宋元明清小说中,要求女性忠孝节义有愈演愈烈之势。

史学家以自己的识见,根据事实本身的是非曲直记载史实,在汉唐小说中,变成了叙述者对故事的一种干预。汉魏六朝小说家以"叙述干预"弘扬佛道儒教,而唐代小说则意在劝诫教化世人。隐喻美刺、劝诫教化在当时被看作是小说的真正价值所在,充分说明了小说对道德劝惩的社会功用。两相比较,唐代小说更富现实意义。

三、广见闻——补史之阙

汉魏六朝时期,小说家以"实录"精神编撰小说,论者亦往往以小说内容是否真实对其进行评价。据《世说新语·排调》引,当时人们认为《搜神记》真实记录了鬼的故事,把《搜神记》的作者干宝誉为"鬼之董狐"。东晋时期,裴启《语林》述录言语之可称者,"时人多好其事"③,"大为远近所传"。及至后来人们发觉其"事

---

① [清]董诰等编:《全唐文》卷四,中华书局,1983 年,第 52 页。
② 刘俊文:《唐律疏议笺解》,中华书局,1996 年,第 1055 页。
③ [南朝宋]刘义庆撰,[南朝梁]刘孝标注,余嘉锡笺疏,周祖谟等整理:《世说新语笺疏·轻诋第二十六》刘孝标注引《续晋阳秋》(下),上海古籍出版社,1983 年,第 992 页。

不实",便受到冷落。人们虽以"实录"为标准衡量小说的价值,小说编撰者主观上希望能"补史",如张华《博物志》卷八即名"史补",但其地位卑微,并不能实现真正意义上的"补史之阙"。此时期特别强调士人博学多闻,以"一事不知,以为深耻"。孔子不断勉励、引导弟子勤奋好学,要求门徒"博学于文",熟悉经典的同时,"多识于鸟兽草木之名"①,对自然界的事物也要有广博的见识。有才之士也必须熟悉种种掌故和知识,其中就包括"鬼神之情状,万物之变化,殊方之奇怪",有关鬼神、变化、术数、方物的知识和传闻。《抱朴子外篇卷二十五·疾谬》云,不才之子"若问以坟、索之微言,鬼神之情状,万物之变化,殊方之奇怪,朝廷宗庙之大礼,郊祀禘袷之仪品,三正四始之原本,阴阳律历之道度,军国社稷之典式,古今因革之异同,则恍悸自失,喑呜俯仰,蒙蒙焉,莫莫焉,虽心觉面墙之困,而外护其短乏之病,不肯谦己,强张大谈曰:'杂碎故事,盖是穷巷诸生,章句之士,吟咏而向枯简,匍匐以守黄卷者所宜识,不足以问吾徒也。'"②胡应麟《少室山房笔丛·华阳博议下》亦云:"两汉以迄六朝所称博洽之士,于术数、方技靡不淹通,如东方、中垒、平子、景纯、崔敏、崔浩、刘焯、刘炫之属,凡三辰七曜、四气五行、九章六律皆穷极奥眇,彼以为学问中一事也。"③博学多识也是荣登显宦的入场券。《左传·昭公元年》记载了晋侯厚赏博物知识丰富的子产的史实:"晋侯闻子产之言,

---

①杨伯峻译注:《论语译注·阳货篇第十七》,中华书局,2009年,第183页。
②[晋]葛洪撰,杨明照校笺:《抱朴子外篇校笺》(上),中华书局,1991年,第31页。
③[明]胡应麟:《少室山房笔丛》,第394页。

曰:'博物君子也。'重贿之。"①赵衰推荐胥臣为卿,原因就是他
"多闻";王猛向苻坚举荐朱彤,是因为他"博识聪辩"。尤其是六
朝时期,清谈盛行。李剑国曾指出:"六朝谈风盛行,知识分子喜
作长日剧谈,这是名士风流的一种表现。……这里所云谈风,不
专指清谈之风,还包括戏谈和讲故事……所谓戏谈,就是'嘲戏之
谈',或云'戏语',这是同讲故事极有关系的一种谈风。"②描述海
外神山、异域幻境、神鬼怪物的小说故事,正好满足了人们猎奇、
娱乐的心理,增长见识,赢得了人们的青睐。

　　受此影响,小说编撰者抱着以"广见闻"的目的,搜集、整理流
传于民间的小说作品。梁萧绮《拾遗记序》说此书有"殊怪毕举"
"爱广尚奇"的特点。书中多次提到"博识"一词,如卷三周灵王
"博识君子,验斯言焉"③,"特取其爱博多奇之间,录其广异宏丽
之靡矣"④。卷六"后汉"刘向故事,天帝也特派太乙精到人间拜
会博学的刘向:"我是太一之精,天帝闻金卯之子有博学者,下而
观焉。"⑤《洞冥记》作者郭宪在《洞冥记》序中说,此书记载史书所
没有录入的汉武帝与道教相关的故事,以广见闻:

　　　　宪家世述道书,推求先圣往贤之所撰集,不可穷尽,千室
　　不能藏,万乘不能载,犹有漏逸。或言浮诞,非政教所同,经
　　文史官记事,故略而不取,盖偏国殊方,并不在录。愚谓古曩
　　余事,不可得而弃。况汉武帝,明俊特异之主,东方朔因滑稽

①杨伯峻编著:《春秋左传注》(修订本),中华书局,2009年,第1221页。
②李剑国:《唐前志怪小说史》(修订本),第226页。
③[晋]王嘉撰、[梁]萧绮录,齐治平校注:《拾遗记校注》卷三,第89页。
④[晋]王嘉撰、[梁]萧绮录,齐治平校注:《拾遗记校注》卷一,第27页。
⑤[晋]王嘉撰、[梁]萧绮录,齐治平校注:《拾遗记校注》卷六,第153页。

浮诞,以匡谏洞心于道教,使冥迹之奥,昭然显著。今籍旧史之所不载者,聊以闻见,撰《洞冥记》四卷,成一家之书,庶明博君子该而异焉。武帝以欲穷神仙之事,故绝域遐方,贡其珍异奇物,及道术之人,故于汉世盛于群主也。故编次之云尔。①

张华是博学之士,幼年好学不倦,涉猎广泛、驳杂,"图纬方技之书,莫不详览"。他编写《博物志》描述了山川地理、历史人物、奇草异木及飞禽走兽,"出所不见",望"博物之士,览而鉴焉"②,有采四方风俗异闻,广见识之意。书成后上奏武帝,虽因"记事采言浮妄"招致诘问,但武帝也认为展现了才综万代、无与伦比的博识。刘知幾《史通·采撰》也承认小说"百家诸子,私存撰录,寸有所长,实广闻见"③,《杂述》篇论杂记类时云"博闻旧事,多识其物"④。

　　汉魏六朝小说作品内容芜杂,牵涉广泛,多为常人所不知。《搜神记》"斛茗瘕""腹瘕病""蕨蛇"等记录了奇特、怪异的病症。《神异经》《山海经》《海内十洲记》《汉武帝别国洞冥记》等多记异域神物,如入火不燃的"火浣布"、割肉不尽的"无损之兽"、饮之不少的"玉馈之酒"、食之止邪病的"横公鱼"、服其皮可魅惑丈夫的"贡细鸟"、万岁不枯的"声风木"、食之千岁不饥的"五味草"、带之

---

① [汉]郭宪撰,王根林校点:《汉武帝别国洞冥记》序,见上海古籍出版社编,王根林等校点:《汉魏六朝笔记小说大观》,第 123 页。

② [晋]张华撰,范宁校证:《博物志校证》卷一,中华书局,1980 年,第 7 页。

③ [唐]刘知幾著,[清]浦起龙通释,王煦华整理:《史通通释卷五·采撰第十五》,第 107 页。

④ [唐]刘知幾著,[清]浦起龙通释,王煦华整理:《史通通释卷十·杂述第三十四》,第 257 页。

香终年不减的"女香树"、知梦之吉凶的"怀莫草"等。小说中涌现
了众多博学多识的人物形象。《海内十洲记》武帝见证神奇的续
弦胶,始"益思东方朔之远见"①,亲历月支神香救活长安城内百
姓,"益贵方朔之遗语"。《洞冥记》中,东方朔见常人之所不见,知
常人所不知,识神驹步景、神草吉云草、使人不老的地日之草、春
生之鱼。"斑狐书生"中的孔章,"博物士也"②。听张华言前来拜
谒士子的情状后,即知此物为老精。不仅如此,小说中的精魅鬼
怪也博学多识。如《搜神记》卷十七的"胡博士"条:

　　　　吴中有一书生,皓首,称胡博士,教授诸生。忽不复见。
　　九月初九日,士人相与登山游观,闻讲书声,命仆寻之。见空
　　冢中,群狐罗列,见人即走。老狐独不去,乃是皓首书生。③
老狐幻化成人形,以"博士"自称,"教授诸生",自是一只学问之狐
了。老狐不仅传授知识与世人,也教自己的同类。同卷的"斑狐
书生",文章、历史、经传等无不精通,"论及文章,辨校声实,华未
尝闻此。比复商略三史,探赜百家,谈老、庄之奥区,披风、雅之绝
旨,包十圣,贯三才,箴八儒,摘五礼,华无不应声屈滞"④。唐代
小说中"学问狐"频频出现,如《广异记·崔昌》《灵怪录·王生》
《宣室志·尹瑗》等,当是受《搜神记》之启发。

　　小说真正进入史家视野,其史料价值得到认可是在唐代。刘
知幾《史通》把《西京杂记》《汲冢纪年》等归入逸事类小说,指出它

①［汉］东方朔撰,王根林校点:《海内十洲记》,见上海古籍出版社编,王根林
　　等校点:《汉魏六朝笔记小说大观》,第 67 页。
②［晋］干宝撰,汪绍楹校注:《搜神记》卷一八,第 220 页。
③［晋］干宝撰,汪绍楹校注:《搜神记》卷一八,第 224—225 页。
④［晋］干宝撰,汪绍楹校注:《搜神记》卷一八,第 219 页。

们有补史阙的功用,"国史之任,记事记言,视听不该,必有遗逸。于是好奇之士,补其所亡"①。又云:"逸事者,皆前史所遗,后人所记,求诸异说,为益实多。"②《新唐书》把小说的来源归于史官,"至于上古三皇五帝以来世次,国家兴灭终始……皆出于史官之流也"③,并从小说中取材。此举虽受到晁公武的批评,"近世著史者,喜采小说以为异闻逸事,如李繁录其父泌、崔胤记其父慎由,事悉凿空妄言。前世谓此等无异庄周鲋鱼之辞、贾生服鸟之对者也,而《唐书》皆取之,以乱正史"④,但从另一个侧面反映了唐人对小说史料价值的看重。

　　唐代很多小说家都有较强的"史学"意识,不少小说作者还是史官,如李肇、王度、沈既济、陈鸿等。在小说创作中,除了"实录",他们还自觉承担了以小说书写历史的职责。唐李肇在《唐国史补序》中就认为应该以编撰史籍的态度来创作小说:"予自开元至长庆撰《国史补》,虑史氏或阙则补之,续传记而有不为。言报应,叙鬼神,征梦卜,近帷箔,悉去之;纪事实,探物理,辨疑惑,示劝戒,采风俗,助谈笑,则书之。"⑤李肇认为,小说应该剔除其中的因果报应、鬼神怪异等因素,以"纪事实"的著史意识来创作,达到"补史之阙"的目的。陈鸿用小说来"补史之阙"的意识也很

---

① [唐]刘知幾著,[清]浦起龙通释,王煦华整理:《史通通释卷十·杂述第三十四》,第254页。
② [唐]刘知幾著,[清]浦起龙通释,王煦华整理:《史通通释卷十·杂述第三十四》,第255页。
③ [宋]欧阳修、宋祁撰:《新唐书》卷五七,中华书局,1975年,第1421页。
④ [宋]晁公武撰,孙猛校证:《郡斋读书志校证》第九卷《韩魏公家传》,上海古籍出版社,1990年,第386页。
⑤ 上海古籍出版社编:《唐五代笔记小说大观》,第158页。

明显。他在《长恨歌传》文末交代故事来源时说到:"意者不但感
其事,亦欲惩尤物,窒乱阶,垂于将来者也。歌既成,使鸿传焉。
世所不闻者,予非开元遗民,不得知;世所知者,有《玄宗本纪》在,
今但传《长恨歌》云尔。"①他认为小说除了像史书一样有补于世
用的历史价值,其记载的内容亦可以与史书相印证。即便不是史
官的作者,在史官文化极为发达的唐代,小说家也往往会有浓厚
的史官意识。比如李公佐,他的《南柯太守传》明明是虚构的产
物,他却偏要声称"事皆摭实"②。他创作《谢小娥传》的初衷,也
是感觉到"知善不录,非'春秋'之义也"③,以孔子编著《春秋》来
扬善惩恶、自励。又如李德裕在《次柳氏旧闻序》中,对小说与历
史关系的看法与李肇相同:"臣德裕非黄琼之达练,习见故事;愧
史迁之该博,惟次旧闻。惧失其传,不足以对大君之问,谨录如
左,以备史官之阙云。"④李德裕亦以"补史之阙"的目的来创作小
说。因此,尽管唐代小说中有真人真事,也有真人假事乃至假人
假事,作者却往往以史家的姿态,标榜自己所写的是真人真事,都
表现出自觉的史家意识。刘知幾更是从史学家的角度来肯定小
说,把小说的价值提升到与历史比肩的高度:"偏记小说,自成一

①李时人编校,何满子审定,詹绪左复校:《全唐五代小说》卷二四(第二册),
　第828页。
②李时人编校,何满子审定,詹绪左复校:《全唐五代小说》卷二三(第二册),
　第793页。
③李时人编校,何满子审定,詹绪左复校:《全唐五代小说》卷二三(第二册),
　第802页。
④上海古籍出版社编:《唐五代笔记小说大观》,第464页。

家。而能与正史参行,其所由来尚矣。"①

　　从以上论述可知,"史识"对唐代小说创作的影响,不同于汉魏六朝小说。汉魏六朝时期,人们意识到小说的创作手法如同史传,应客观、真实地记录事件,"实录"相应成为衡量其价值的重要尺度。但此时,小说只被视为小道而充当茶余饭后的谈资。不管小说编撰者怎样强调"以补史阙",也无法改变其受人轻视的现实。而小说内容广泛,举凡天文地理、朝章国典、草木虫鱼、民情风俗、学术考证、笑话奇谈、佛法灵异等,均有关涉。与当时清谈盛极一时,"博学"为文人雅士所尚,以及佛道迷信盛行的潮流相吻合。这种时代风尚使小说编撰者搜奇猎异,写不寻常之人、之事,使小说发挥了"广见闻"、宣扬儒释佛道的社会功用。唐时,史传文学异常发达,不少小说家本身就是史学家,史官意识进一步渗入小说的创作。小说家们不仅标榜自己创作的目的是"补史之阙",而且认为小说可以与正史并行,把写小说的价值提升到了编撰史籍的高度。从汉魏六朝至唐代,史官意识对小说的影响越来越明显。小说家在创作意识上,也越来越喜欢把小说与史书相提,强调其史学价值。"史识"让小说家们在小说材料的选择、小说价值意义的评判、小说的体例等方面,都有意往史传靠拢。这种有意把小说往史传靠拢的意识,体现了作者对小说叙述的一种"干预"。"干预"体现了唐人有意创作小说的意识,是唐代小说走向完善、成熟的重要因素。

─────────────

① [唐]刘知幾著,[清]浦起龙通释,王煦华整理:《史通通释卷十·杂述第三四十》,第253页。

第二章　论说文与汉唐小说

论说文涵盖的范围有狭义和广义之分。宋代学者真德秀《文章正宗》将文章分为"辞命""议论""叙事""诗赋"四大类,把"凡秉笔而书,缔思而作"的说理论事之作,都归入议论文之类属。这是广义的论说文。狭义的论说类文体,则是指以阐释、议论、辩驳为主的说理文章。"古人根据其内容、用途、写法等不同,分为若干种类,如论、史论、设论、议、辩(辨)、说、解、驳、考、原、评等等,在总的称谓上,《文心雕龙》立'论说'类以概其全"①。论说文最大的特点,就是用来判别是非,论说古今得失和阐发事理。从判别是非、论说古今得失这一意义上,"史论"和"议论"有相似之处,但从文体体制观之,汉唐小说篇末的"某某曰"属于史传文本,而汉唐小说中的"议论",应视为论说文本。宋赵彦卫至当今学人叶舒宪、傅璇琮、蒋寅等评说唐小说文体特征时,以"史才"与"议论"相区分,当是从史传和论说文文体特征的差异进行考虑,要不然完全可以把小说中的议论成分略而不谈。

论说文作品数量众多,文体源远流长,对中国古代小说影响甚深。"春秋战国时代的先秦诸子散文,实际上就是论说文。我

---

① 褚斌杰:《中国古代文体概论》(增订本),北京大学出版社,1990年,第335页。

国的论说文，是从最初的诸子讲学语录，逐渐孕育发展形成的"①。诸子散文《尚书》中的记言文字，已具说理文的论说因素。从《论语》创立的语录体、《孟子》的对话体，进而发展为《荀子》的专论体说理文，标志着古代说理文逐步走向成熟。而《庄子》丰富的寓言和奇崛的想象，则成为先秦说理文的瑰宝。受诸子遗风熏染，汉魏六朝小说中出现了数目可观的议论性文字，如《穆天子传》《燕丹子》《汉武帝别国洞冥记》《汉武帝内传》《汉武故事》，《西京杂记》"乐游苑""身毒国宝镜""公孙弘粟饭布被""相如死渴""百日成赋""惠生叹息""五日子欲不举"，《搜神记》"左慈""于吉""杜兰香""弦超""夏侯弘""钟离意"等。不少作品，还以"说""子"命名，如《世说新语》《殷芸小说》《裴子语林》《俗说》《小说》《青史子》《郭子》等。大量的议论因素，以"说""子"命名的方式，表明了小说与诸子的亲缘关系。《汉书·艺文志》把小说归入"诸子"一类，《隋书·经籍志》把小说的一部分收录在子部，唐史学家刘知幾也并不单独使用小说一词，而是用了诸子小说。明代绿天馆主人《古今小说叙》更是把诸子作为小说之祖："史统散而小说兴，始乎周季，盛于唐，而浸淫于宋。韩非、列御寇诸人，小说之祖也。"②对汉魏六朝小说多有因袭的唐代小说，作品中也有"议论"，如《吴全素》《掠剩使》《尹纵之》《岑曦》《李沈》《孔恪》《宜城民》《李知礼》《萧氏女》《许真君》《裴伷先》《张嘉佑》《崔敏愨》《狄仁杰》《李暠》《李瀚》《李苌》《唐绍》《任氏传》《柳毅传》等 200 多篇。对唐人来说，"议论"可见作者"洞察社会上政治上沿革得失

①褚斌杰：《中国古代文体概论》（增订本），第 336 页。
②［明］冯梦龙编著，恒鹤等标校：《古今小说》明代绿天馆叙，上海古籍出版社，1992 年，第 1 页。

之能力,更是官吏不可或缺的"①。热衷于科举仕途、熟稔论说文体写作的士子,以之运用于小说,展示其经世治国之才。唐代小说也具有了融叙事、抒情、说理于一炉的特色。

汉唐小说作者在叙述故事进程中常运用论说文的"议论"形式,表达对故事中人或事的看法。汉唐小说中的"议论"作为论说文本会通叙述而发挥其特殊功能,对汉唐小说的生成、演变有重要作用。本书考察汉唐小说在故事叙述中如何使用"论说文本",探讨其"何以如此用"的原因,进而揭示其在汉唐小说生成、演变中的功能。

第一节　汉唐小说中"议论"的主体

小说的叙事主体有作者、叙述者、故事中人物②。汉魏六朝小说处于小说发展的雏形阶段,多是残丛小语,叙述的主体相对单一。受史传叙事的影响,绝大部分作品采用第三人称全知叙事视角,叙述者始终以旁观者的身份,冷静、不动声色地呈现事件。也有为数不多的作品采用第一人称限知叙事视角,故事中人物作为叙述者亲历事件的前后始末,如《西京杂记》"曹敞收葬""篆术

---

① 古添洪:《唐传奇的结构分析——以契约为定位的结构主义的应用》,见卢兴基选编:《台湾中国古代文学研究文选》,人民文学出版社,1988年,第271页。

② 孟昭连《作者·叙述者·说书人——中国古代小说叙事主体之演进》认为中国小说叙事的主体主要有作者、叙述者、故事人物。汉唐小说议论的主体相应有三种:叙述者、作者和故事中人物。见孟昭连:《作者·叙述者·说书人——中国古代小说叙事主体之演进》,《明清小说研究》1998年第4期,第137—152页。

制蛇御虎""上林名果异木"等。由于叙述者"余"是故事活动的参与者,所叙均历历在目,有一种身临其境的真实感。而唐代小说叙事的主体趋于多样化,作者、叙述者、故事中人物都可以充当。如《王知古为狐招婿》《殷保晦妻封氏骂贼死》《李娃传》等,作者在文末直接表明自己为叙述者的特殊身份,作者与叙述者合一。也有部分作品,作者的声音与叙述者的声音并不一致。作者借助叙述者或故事人物,通过"议论"这种形式,干预小说的叙述。叙述者、故事中人物,间接成为"作者"思想的诠释者和代言人。可以说,从汉魏六朝至唐代,叙述者、故事中人物都充当了小说叙述的主体。作者喜欢借叙述者、故事人物介入故事,干预故事的叙述。不同之处为:汉魏六朝小说中叙述的主体几乎没有作者,而部分唐代小说中的作者充当了叙述者。叙事主体的变化,使汉唐小说议论的主体也发生了与之相应的改变。

一、叙述者与故事人物

叙述者和故事人物是汉唐小说中发表议论的重要主体。汉唐小说作者虽标榜作品是对事件的客观展现,但是我们在文本中体验到的故事,都是经过了作者选择后的叙事性行为。"小说家选择适合其作品的语言结构,在某种程度上,他失去了个人控制——文化价值(包括对各种隐含作者的期望)渗入他的言辞,以至于他的个人表达必定带有附着于他选择的表达方式的社会意义"①。作者为了表达自己的看法,通过叙述者或故事人物之口揭示作品的主题,以议论的方式把自己的人生感悟和意义传示给

---

① [英]罗杰·福勒著,於宁、徐平、昌切译:《语言学与小说》,重庆出版社,1991年,第88页。

接受者。

(一)叙述者

叙述者是作者编造出来的存在于小说文本之中代替自己讲述故事的角色。"叙述者是作者所创造的角色,正是叙述者的身份及其在叙述文本中所表现的方式与参与的程度,决定了叙述者发出的叙述声音,也决定了叙述文本的基本特征。……叙述者通常以三种身份出现:人物兼叙述者,用第一人称讲述故事,叙述者空间和叙述空间混淆在一个视角里;无所不知的叙述者,用第三人称讲述故事,占据的空间区别并独立于故事发生的空间;含糊不清的叙述者,隐藏在语法第二人称的背后,可能以第一人称或第三人称出现"①。在汉唐小说中,受史官式叙事影响,多采用第三人称全知视角,由叙述者直接发表议论。但作品是作者选择、加工之后的产物,叙述者的看法不可避免烙有作者思想的印痕。

汉魏六朝小说中的叙述者,多以议论的方式传达佛理教义,以及对时事国运的立场和情感态度评价。如王琰《冥祥记》"赵泰",当赵泰被冥间使者放回人世时,叙述者特意明示赵泰劝说众人行善、奉佛:

> 已见地狱罪报如是,当告世人,皆令作善。善恶随人,其犹影响,可不慎乎?②

王琰,史书无传。李剑国据《冥祥记序》《高僧传序》《观世音应验记》、唐王方庆编《万岁通天进帖》、魏徵《隋志》等古史类,考知其

---

① 尹建民主编:《比较文学术语汇释》,北京师范大学出版社,2011年,第400—401页。

② 李剑国辑释:《唐前志怪小说辑释》(修订本),第561页。

约生于宋孝建元年(454年),幼年即从贤法师受五戒,笃信佛教,曾撰文反驳范缜的《神灭论》。此书是作者有感观世音金像显验而作,所谓"循复其事,有感深怀;沿此征觌,缀成斯记"①是也。文末叙述者所发之议论,实为作者崇佛传教之思想的间接表露。又如《搜神记》"赤厄三七":

> 初起于邺,天下始业也;会于真定也。小民相向跪拜趋信,荆扬尤甚。乃弃财产,流沉道路,死者无数。角等初以二月起兵,其冬十二月悉破。自光武中兴,至黄巾之起,未盈二百一十年,而天下大乱,汉祚废绝。方应三七之运。②

本条是对"赤厄三七"谶纬之说的解释,真实描述了汉朝动荡不安、战乱横生的社会惨象。叙述者以天降灾难的迷信思想,对"赤眉起义""黄巾起义"等农民起义进行污蔑,实际上是作者干宝站在统治阶级的立场为统治者开脱罪责。

唐代小说中叙述者之议论,多贴近现实生活,关涉国事民生,以及为人处事、生存之哲理,具有鲜明的时代气息。如皇甫枚《玉匣记》,王敬之把从铜雀台下掘出的刻有铭文的玉匣献给魏帅乐彦真后,彦真广集人才,却无人洞悉铭文蕴涵的深意。叙述者在文末有论:

> 噫!当曹氏石氏高氏之代,斯则邺之王气休运所钟,于是诸贤众矣。焉知不有阴睹后代,总括风云,幅裂山河之事,而瘗玉以谶之?今石既出,其事将兆矣。③

---

① 鲁迅校录:《古小说钩沉》,齐鲁书社,1997年,第277页。
② [晋]干宝撰,汪绍楹校注:《搜神记》卷六,第84页。
③ 李时人编校,何满子审定,詹绪左复校:《全唐五代小说》外编卷一七(第八册),第4160页。

经学者考证,"乐彦真应作乐彦祯,中和三年至文德元年(883—888)任魏博节度使(《唐方镇年表》卷四),丙午岁乃光启二年(886)。魏博乃河朔三镇之一,自田承嗣以来屡衅逆乱,朝廷不能制。乐彦祯镇魏骄满不轨,终军乱被杀"①。叙述者通过古铭谶语预言后世有"总括风云,幅裂山河之事",流露出作者对安史之乱以来藩镇割据和唐末动乱无可奈何的心情。

又如《无双传》,叙述者在文末用议论性话语抒发对这段旷世奇缘的惊异:

> 噫!人生之契阔会合多矣,罕有若斯之比,常谓古今所无。无双遭乱世籍没,而仙客之志死而不夺,卒遇古生之奇法取之,冤死者十余人,艰难走窜,后得归故乡,为夫妇五十年,何其异哉!②

成就这段姻缘的有天意巧合,也离不开个人的努力。这段惊心动魄的爱情经历,作者以传神之笔描写得波澜壮阔又感人至深。文末的议论性文字"发于心出乎情",结合唐时崇尚侠义精神的时代背景,表达了作者对此亘古未闻之爱情的钦羡。

汉唐小说的作者时时闯入作品,借叙述者对所叙述的人、事评头论足。由于叙述者添加了评论与解释,故事就不仅仅只是事实的堆积和汇编,成为作者思想观点的载体,其间嵌入的各种议论性话语都让我们看到一个有独立思想见解、有个性的批评家式的叙述者,除了承担叙述的职能,还承担了引导读者的功能——

---

① 石昌渝主编:《中国古代小说总目·文言卷》,山西教育出版社,2004年,第638页。
② 李时人编校,何满子审定,詹绪左复校:《全唐五代小说》卷五七(第四册),第1956页。

不断地对所述事作权威性解释、评点和价值判断以突出叙事重点，帮助读者抓住叙事要领，更好地理解、接受作者的思想观点。

（二）故事人物

人物是构成小说结构的重要元素。"在一部小说中，没有人物就不会有故事，所谓'故事'，说白了，不过是由人物关系，人物行为构成的一系列事件的组合。因此，把人物视为小说世界一个不可或缺的结构元素，大约是没人非议的"①。汉唐小说作者常借人物的对话式议论，将一系列事件串联起来，推动故事情节的发展，表现故事人物的思想价值取向。故事人物的思想价值取向，实际上也嵌入了作者的主观评价色彩，是作者表达对所叙事件、人物看法的一种隐形方式。

《海内十洲记》②中，使者向武帝进献猛兽一头，武帝见其"羸细秃悴"，问使者何以名之猛兽。使者借题发挥，对武帝讽谏、说教：

> 夫威加百禽者，不必系之以大小。是以神麟故为巨象之王，鸾凤必为大鹏之宗。百足之虫，制于腾蛇。亦不在于巨细也。臣国去此三十万里，国有常占东风入律，百旬不休，青云干吕，连月不散者。当知中国时有好道之君，我王固将贱百家而贵道儒，薄金玉而厚灵物也。故搜奇蕴而贡神香，步天林而请猛兽，乘毳车而济弱渊，策骥足以度飞沙。契阔途遥，辛苦蹊路，于今已十三年矣。神香起夭残之死疾，猛兽却

①盛子潮：《小说形态学》，海峡文艺出版社，1993年，第138页。
②《汉书·东方朔传》未提及此书，研究者多认为此书是"后世好事者"假托东方朔之名集撰而成。

百邪之魅鬼。夫此二物，实济众生之至要，助政化之升平。岂图陛下反不知真乎？是臣国占风之谬矣。今日仰鉴天姿，亦乃非有道之君也。眼多视则贪色，口多言则犯难，身多动则淫贼，心多饰则奢侈。未有用此四者而成天下之治也。武帝恧然不平。①

关于此书的成书时间，颇有争议。《四库全书总目》以为当在六朝，部分研究者从书中多涉道教，断定应成于道教炽盛的汉末②。本书现存版本，有《道藏》本、《顾氏文房小说》本、《说郛》本、《百子全书》本等多种。书中对道教宫室、道教人物叙述颇为详细，辞藻富丽，是中国早期小说之有文采者。文中使者针对汉武帝的疑惑，不卑不亢，一一辩驳。所论汪洋恣肆、纵横捭阖，颇具诸子之风，展现了使者非凡的勇气和卓越的识见。但文末直接指责汉武帝的话语，显然不近情理。"使者"一词在我国古代有着特定的含

---

① [汉]东方朔撰，王根林校点：《海内十洲记》，见上海古籍出版社编，王根林等校点：《汉魏六朝笔记小说大观》，第67—68页。

② 蔡铁鹰《中国古代小说的演变与形态》据关于记载东方朔的史料"东方朔是汉代著名的诙谐滑稽且好言异事的人物，汉代小说有关神仙的种种故事往往都要托名东方朔所言、所作，或与他有关。如《汉武故事》《汉武帝内传》《汉武洞冥记》等，几乎无一例外地都述及到东方朔的'奇言怪语'"进行推断，《海内十洲记》应当是东汉后期至六朝时期的作品，作者大概是神仙方士或道教徒。见蔡铁鹰：《中国古代小说的演变与形态》，中国文史出版社，2003年，第39页。李剑国《唐前志怪小说史》考证此书为东汉后期道教徒所作。见李剑国：《唐前志怪小说史》（修订本），第152页。王国良《海内十洲记研究》归纳、整理了历朝历代关于《海内十洲记》成书年代的探讨，提出此书成书于东汉以后、梁朝之前。见王国良：《海内十洲记研究》，文史哲出版社，1993年，第2—8页。

义,"一般被用来指称各级统治者派出去操办某件事情的官员"①。从文中内容可知,此次使者向汉朝进贡珍稀宝物,意在使两国交好。文中当面斥责汉武帝的话语,"今日仰鉴天姿,亦乃非有道之君也。眼多视则贪色,口多言则犯难,身多动则淫贼,心多饰则奢侈",有违出使的目的,不可能出自使者之口,只能是作者借故事人物而为之。

又如唐代小说王仁裕《杀妻者》:

> 从事疑而不断,谓使君曰:"某滥尘幕席,诚宜竭节。奉理人命,一死不可再生。苟或悮举典刑,岂能追悔也?必请缓而穷之。且为夫之道,孰忍杀妻?况义在齐眉,曷能断颈?纵有隙而害之,盍作脱祸之计也?或推病陨,或托暴亡,必存尸而弃首?其理甚明。"②

这一段议论既充分体现了从事的正直、谦逊、细心,又反映了他善于分析、推理、断案。从事在分析案情时连续提出几个疑点,如判定妻子为丈夫所杀,对这些疑点就无法做出圆满的解释,因而推测杀妻者另有其人。从事的这段话说得有条有理,逻辑性很强。在《杀妻者》中,从事对案例的分析、破案过程中所采取的一系列行动,说明作者王仁裕是一个深谙断案之人。《新五代史》本传云:"王仁裕字德辇,天水人也。少不知书,以狗马弹射为乐,年二十五始就学,而为人俊秀,以文辞知名秦、陇间。秦帅辟为秦州节

---

① 袁少芬主编:《汉族地域文化研究》(汉民族研究第四次国际研讨会暨全国第五届学术年会论文集),广西人民出版社,1999年,第532页。
② 李时人编校,何满子审定,詹绪左复校:《全唐五代小说》卷八二(第五册),第2867—2868页。

度判官。秦州入于蜀，仁裕因事蜀为中书舍人、翰林学士。"①《旧五代史》本传所记仁裕资料与此同。王仁裕在后汉高祖时，还担任过兵部尚书一职②。王仁裕在官场可谓摸爬滚打多年，对民间、吏治的情况了如指掌。他在《杀妻者》中，通过塑造秉公执法的从事这一人物形象，表达了自己对清廉吏治的期待。

　　汉唐小说作家在叙述故事时虽不刻意表达直露的意图，故事人物有相对独立的活动和言说方式，但作家的创作总会带有一定的主观色彩，作家的思想总会以显性或者隐性的形式潜入小说所塑造的世界："在任何描写中总也还有思想结论的成分存在，不管这一结论在外在形式上的作用是多么微弱和多么隐蔽。"③古添洪《唐传奇的结构分析——以契约为定位的结构主义的应用》评析《东城老父传》中贾昌的道德说教时指出："当陈鸿祖问及开元之理乱时，贾昌竟说了一大堆今非昔比的话，对当时社会及政治大力批评。试想，一个已悟道而六亲不认的老人贾昌，还有俗念对政治、社会作如此入世的批评吗？传奇中的道德性的尾巴，可认为是该传奇故事的散文性的结论，而使艺术归入道德，尚略有其价值。"④汉唐小说作者在叙述中常隐形于故事，借人物之言行表达自己的思考、评论和价值判断，从而引导接受者的价值取向，

---

① [宋]欧阳修撰，[宋]徐无党注：《新五代史·王仁裕传》，中华书局，1974年，第662页。

② 张撝之、沈起炜、刘德重主编：《中国历代人名大辞典》，上海古籍出版社，1999年，第170页。

③ 巴赫金：《陀思妥耶夫斯基诗学问题》，见钱中文主编，白春仁、顾亚铃译：《巴赫金全集·诗学与访谈》（第五卷），河北教育出版社，1998年，第108页。

④ 古添洪：《唐传奇的结构分析——以契约为定位的结构主义的应用》，见卢兴基选编：《台湾中国古代文学研究文选》，第272页。

小说也因此而具有道德劝惩的艺术美。

二、叙述者与作者

在传统的文学研究中,认为"一切述说都是由作者承当的,中国古代叙事作品中,讲故事的许多就是作者"①。事实上,对于叙事艺术来说,"叙述者从来就不是作者,不论大家知道与否,叙述者只是一个作者创造出来并被接受了的角色"②。作品虽是作者的创造,但只要进入叙述行为,作者就不再存在,变成了文本的叙述者。即使特别点名"我"——作者充当叙述人,体现在本文中的也是叙述者的身份和性质。怎样区分作者与叙述者,比尔兹利有过一段精辟的论述:"文学作品中的说话者不能与作者划等号,说话者的性格和状况只能由作品的内在证据提供,除非作者提供实在的背景或公开发表声明,将自己与叙述者联系在一起。"③作者没有提供明确的线索强调叙述者为自己,故事的叙述者不是作者。

汉魏六朝小说中的作品,作者极少标明自己为叙述者。因此,不能把现实生活中建构小说作品世界的作者看成叙述者。叙述者作为书面虚拟叙述的主体,承担着故事讲述者以及小说文本编排、结构叙述文本的工作。接受者只能通过叙述话语,即叙述者在文本所传达的清晰的叙述声音,如描写、概述和评论,尤其是

①宋若云:《逡巡于雅俗之间:明末清初拟话本研究》,中国社会科学出版社,2006 年,第 143 页。

②［德］沃尔冈夫·凯瑟著,白钢、林青译,王泰来校:《谁是小说叙事人?》,见王泰来等编译:《叙事美学》,重庆出版社,1987 年,第 111—112 页。

③转引自罗钢:《叙事学导论》,云南人民出版社,1994 年,第 213 页。

能体现对社会、人生价值判断的议论性言语,感受他的存在。《搜神记》"宁封子""彭祖""葛由""左慈""邢史子臣""成公智琼""妖怪""马生人""五足牛""魏女子化丈夫""龙见温陵井""马狗生角""下密人生角""犬豕交""乌斗""范延寿""云陵树变""衣服车乘"等,《搜神后记》"谯周书柱""六钟出涕""高禖石""乌杖""散发裸身""王祥""楚僚""王道平""病龙雨"等,《异苑》"醉共虎眠""钟忠畜蛇""蛇衔草""梦日环城""驱凶兆""紫姑神""扬贶藏锣"等,《幽明录》"救缢""庞阿""新鬼觅食""鬼盗谷""玉女""王子乔墓"等,《西京杂记》"文章迟速""司马良史""董仲舒天象"等,《世说新语》"忿狷第三十一"王大和王恭及何仆射共坐、"尤悔第三十三"谢太傅东船行、"捷悟第十二"王东亭与石头兄弟郊游、"方正第五"南阳宗世林等,《殷芸小说》"卷三后汉人"中的胡广等,叙述者或引经据典证所论有据可依,或直接抒发感慨,表达对故事中人物、事件的看法。摘引《搜神记》中几则关于叙述者发表议论的文字如下:

> 所云"邾王天下"者,谓魏之兴也。邾,曹姓;魏亦曹姓,皆邾之后。其年数则错,未知邢史失其数邪？将年代久远,注记者传而有谬也?①(《邢史子臣》)

> 妖怪者,盖精气之依物者也。气乱于中,物变于外。形神气质,表里之用也。本于五行,通于五事。虽消息升降,化动万端,其于休咎之征,皆可得域而论矣。②(《妖怪》)

> 夫妇阴阳二仪,有情之深者也。今反相食,阴阳相侵,岂特日月之眚哉。灵帝既没,天下大乱,君有妄诛之暴,臣有劫

①[晋]干宝撰,汪绍楹校注:《搜神记》卷六,第113页。
②[晋]干宝撰,汪绍楹校注:《搜神记》卷六,第67页。

弑之逆，兵革相残，骨肉为仇，生民之祸极矣。故人妖为之先作。恨而不遭辛有、屠乘之论，以测其情也。①（《夫妇相食》）

　　《尸子》曰："地中有犬，名曰地狼；有人，名曰无伤。"《夏鼎志》曰："掘地而得狗，名曰贾；掘地而得豚，名曰邪；掘地而得人，名曰聚。聚，无伤也。此物之自然，无谓鬼神而怪之。然则贾与地狼，名异，其实一物也。"《淮南毕万》曰："千岁羊肝，化为地宰；蟾蜍得芷，卒时为鹑。"此皆因气化以相感而成也。②（《犀犬》）

描写和概述可以很好地隐藏叙述者的观点，评论才是其思想的直接流露。通过议论性文字，叙述者在作者、故事人物和读者之间架起沟通的桥梁，引导读者深入作品的主题和蕴义，同时把对社会、人生的评价作为一种价值标准传达给读者。《犀犬》文末议论是叙述者由元康中吴郡娄县怀瑶家中掘地得犀犬，后太守张茂为吴兴兵所杀的异象，参引《尸子》《淮南毕万》《夏鼎志》所记人间异物昭示天下战乱而发表的感慨，表现出鲜明的儒家价值取向。这种灾异思想，与当时统治阶级对天人感应的提倡不无关系。《汉书》中就记载了诸多灾异祥瑞的事件，如汉宣帝在本始元年（公元前73年）下诏因"凤凰集胶东"而大赦天下。《犀犬》把"永昌元年（322年）四月王敦将沈充陷吴国，吴国内史张茂先遇害"，归结于天降灾难，而不是从统治阶级自身寻找原因，反映了作者思想的局限性。

　　汉魏六朝时期，小说家多以"补史"的责任感将传闻、异事搜集、编撰、整理而成作品，严格来说他们不能称之为真正意义上的

①［晋］干宝撰，汪绍楹校注：《搜神记》卷六，第85页。
②［晋］干宝撰，汪绍楹校注：《搜神记》卷一二，第149—150页。

"作者"。他们也极少在文末标示作品的作者就是自己。唐代小说家则不同。小说发展从汉至唐,已近1000年。其萌生之初文体特征虽不明晰,但随着作品数量的增多、从事创作群体的扩大,以及阅读、欣赏者对小说审美的逐步认同和接受,渐渐廓清与其他文体之间的界限,形成了自己的文体规范。唐小说家不仅将之运用于创作的具体实践,使小说不再完全依赖于传闻,而且秉承史传"抟实传信"的创作原则和批评信条,在文末特意强调自己就是作者,通过标识叙述者身份来显示其毋庸置疑的权威性,最大限度地营造叙述的真实感。如《李娃传》在结束李娃与荥阳生之间缠绵悱恻的爱情故事的叙述后,作者在文末有一段议论:

> 嗟乎!倡荡之姬,节行如是,虽古先烈女,不能踰也。焉得不为之叹息哉!予伯祖尝牧晋州,转户部,为水陆运使,三任皆与生为代,故谙详其事。贞元中,予与陇西公佐话妇人操烈之品格,因遂述汧国之事。公佐拊掌竦听,命予为传。乃握管濡翰,疏而存之。时乙亥岁秋八月,太原白行简云。①

即使没有这段议论,这篇小说的结构仍然非常完整。但作者白行简在文末却加了一段与故事情节无多大关联的议论,其用意为说明故事真实可信、论赞故事人物,表明作者就是叙述者的特殊身份。

又如在《任氏传》篇末,作者对任氏因郑六的执拗香消玉殒有感而发:

> 嗟乎,异物之情也有人道焉!遇暴不失节,徇人以至死,虽今妇人,有不如者矣。惜郑生非精人,徒悦其色而不征其

---

① 李时人编校,何满子审定,詹绪左复校:《全唐五代小说》卷二三(第二册),第779—780页。

情性。向使渊识之士，必能揉变化之理，察神人之际，著文章
之美，传要妙之情，不止于赏玩风态而已。……沈既济撰。①
"异物之情也有人道""虽今妇人，有不如者"，显然借人与精魅的
爱情小说针砭社会现实，惩恶扬善。"著文章之美，传要妙之情"，
则表明小说既要叙事流畅、情节曲折和文辞华美，又要以情动人。
《毛颖传》《李赤传》《无双传》的作者在文末都采用了类似的议论，
不过在细节上稍微有些区别。

　　一般来说，叙述者不等同于作者。"作者存在于现实社会中
而叙述者是虚拟的：作者可能是高尚的，叙述者则可能是卑劣的；
作者可能是一个集体，叙述者则可能是一个个体；作者可能是男
性，叙述者可能是女性……"②唐代小说家为加强故事的可信度，
往往在文末指出故事叙述者、隐含作者（所谓隐含作者即通过作
品的意识形态和价值标准而显示出来的虚拟作者）与作者身份合
一。加之，唐史学家也把小说当成"史书"，《隋书·经籍志》认为
《搜神记》等"推其本源，盖亦史官之末事也"③。小说家更是标榜
小说为史之旁支，中唐顾况《戴氏广异记序》对《广异记》的渊源进
行追溯，视"小说"为"史氏别体"④。这种以"小说"写历史的意
识，让唐代小说作者以叙述者的身份直接进入故事，对所述事件
的是非曲直随时点评。叙述者与作者一致，意味着叙述者在讲述
或行动时，与作品的思想规范是相吻合的。"作者作为叙述者对

①李时人编校，何满子审定，詹绪左复校：《全唐五代小说》卷一九（第二册），
　　第672—673页。
②孟昭毅等：《印象：东方戏剧叙事》，昆仑出版社，2006年，第17页。
③[唐]魏徵、令狐德棻撰：《隋书》卷三三，第982页。
④见丁锡根编著：《中国历代小说序跋集》，人民文学出版社，1996年，第
　　75—76页。

事实的讲述和评判符合隐含作者的视角和准则,是一种可靠叙述"①。唐代小说作者与叙述者、隐含作者三位一体所发的议论,既传达作者的道德观念,引导接受者的价值取向,又让接受者认可故事是可信的。从这一点来说,唐代小说比汉魏六朝小说更符合史传文体的审美规范。但在叙事观念上,汉魏六朝小说编撰者把小说中的所有事件都当成"史实"来看待,多采用纯客观的叙事观点,将作品中已经发生、正在发生和将要发生的事揭示给读者,增加作品的可信性。而唐代小说作者则非常清楚作品是自己的创作,其内容虽合乎情理,实际上经过了艺术加工和处理,是虚无飘渺、荒诞不经的。这似乎就存在着矛盾,叙事体例更接近史传的唐代小说,自觉采用"虚笔""幻设为文",比汉魏六朝小说更具有"小说"的特点。看似矛盾的现象,实际上隐藏着小说不断从史传中汲取营养为己所用,促使其文体成熟,最后走向独立的重要原因及规律。

第二节　汉唐小说中论说文本的形式

　　论说文是分析、议事、论理的一种文体。关于其文体起源及分类,诸家各有所见。刘勰《文心雕龙》把所有议论性文字都归入"论说文",并将其分为"论"和"说"两大类:"详观论体,条流多品:陈政则与议说合契,释经则与传注参体,辨史则与赞评齐行,[铨]诠文则与叙引共纪。故议者宜言,说者说语,传者转师,注者主解,赞者明意,评者平理,序者次事,引者胤辞:八名区分,一揆宗

---

①郭昭第:《文学元素学·文学理论的超学科视域》,第 390 页。

论。"①刘勰认为,先秦诸子是"论"体的渊源,"说"则源于上古三代大臣向君王进谏的论说之辞。清姚鼐《古文辞类纂》②和吴曾祺《文体刍言》将议论文称为"论辩文"。其中,吴曾祺将论辩类文体分为论、设论、驳、难、辩、议、说、解、释、考、原、对问等二十四类③。

尽管论说文体分类复杂,包含了诸多子类文体,但主要用来明辨是非,阐明事理。汉唐小说在议事论理的过程中,借用论说文中的"论(辩)、评、说(解、释)"三种文体推理、论证。

一、论(辩)

《文心雕龙·论说第十八》云,"原夫论之为体,所以辨正然否"④。《说文》云:"论,从言取声,议也。"⑤《释名·释典艺》曰:"论,伦也,有伦理也。"⑥论主要用于议论、陈述事理。辩,"是与论相近的一种文体……主要是驳斥他人的见解……就文体性质而言,辩体与论体很难断然区分,往往是论中有辩,辩中有论"⑦。论、辩之间并无泾渭分明的界限,往往都要确立一个中心论点进行反复辩证,以期达到定是非、辨然否的目的。

---

① [南朝梁]刘勰著,周振甫注:《文心雕龙注释》,第 200 页。
② 姚鼐《古文辞类纂》亦认为论说文源自先秦诸子。见[清]姚鼐纂集,胡士明、李祚唐标校:《古文辞类纂》序,上海古籍出版社,1998 年,第 1 页。
③ 吴曾祺:《涵芬楼文谈》附录《文体刍言》,商务印书馆,1931 年,第 3 页。
④ [南朝梁]刘勰著,周振甫注:《文心雕龙注释》,第 201 页。
⑤ [汉]许慎撰,[清]段玉裁注:《说文解字注》,第 91 页。
⑥ 刘熙:《释名》卷六,中华书局,1985 年,第 101 页。
⑦ 吴承学、刘湘兰《论说类文体》详叙了论说类文体的源流演变。见吴承学、刘湘兰:《论说类文体》,《古典文学知识》2008 年第 6 期,第 91—92 页。

汉魏六朝时期,诸子余风尚存,铺张扬厉、长篇宏论的汉赋明显受其浇灌。小说拘于篇幅,融入的论说文数量并不多,采用论(辩)方式的更少。主要有《燕丹子》《海内十洲记》,《西京杂记》"作新丰移旧社""白日成赋""五日子不举""金石感偏""两秋胡曾参毛遂",《搜神后记》"麻衣道士""伯裘""李颐宅",《搜神记》"干吉""管辂筮怪""北斗南斗""郭璞筮病""赵公明参佐"等。如《海内十洲记》,向往神山仙境的汉武帝听西王母言八方巨海之中有祖洲、瀛洲、玄洲、炎洲、长洲等十洲,知东方朔非世常人,便亲问十洲之所在,及所有之物名。对武帝所问不甚清楚的东方朔,用论辩的方式巧妙应对:

> 臣,学仙者耳,非得道之人。以国家之盛美,将招名儒墨于文教之内,抑绝俗之道于虚诡之迹。臣故韬隐逸而赴王庭,藏养生而侍朱阙矣。亦由尊上好道,且复欲抑绝其威仪也。曾随师士履行,比至朱陵扶桑蜃海冥夜之丘,纯阳之陵,始青之下,月宫之间,内游七丘,中旋十洲。践赤县而遨五岳,行陂泽而息名山。臣自少及今,周流六天,广陟天光,极于是矣。未若凌虚之子,飞真之宫,上下九天,洞视百万。北极勾陈而并华盖,南翔太丹而栖大夏。东之通阳之霞,西薄寒穴之野。日月所不逮,星汉所不与。其上无复物,其下无复底。臣所识乃及于是,愧不足以酬广访矣。①

作为臣子,东方朔没有直接正面回答,而是迂回曲折地坦陈自己只不过是一个学仙求道之人,尚未"得道成仙",见识有限。虽有幸得尊师引导遨游海外神山、飞升进入月宫神境,但未见十洲所

① [汉]东方朔撰,王根林校点:《海内十洲记》,见上海古籍出版社编,王根林等校点:《汉魏六朝笔记小说大观》,第64页。

生之物。既避开了不能答复皇帝的尴尬，又表明自己并不是一无所知，所说都言之有据。又如《燕丹子》，田光受太子恩惠欲报太子，举荐荆轲：

> 田光曰："微太子言，固将竭之。臣闻骐骥之少，力轻千里，及其罢朽，不能取道。太子闻臣时已老矣。欲为太子良谋，则太子不能；欲奋筋力，则臣不能。然窃观太子客，无可用者。夏扶，血勇之人，怒而面赤；宋意，脉勇之人，怒而面青；武阳，骨勇之人，怒而面白。光所知荆轲，神勇之人，怒而色不变。为人博闻强记，体烈骨壮，不拘小节，欲立大功。尝家于卫，脱贤大夫之急十有余人，其余庸庸不可称。太子欲图事，非此人莫可。"①

《燕丹子》，《汉志》未曾著录。《隋书·经籍志》："《燕丹子》一卷。"注云："丹，燕王喜太子。"②《旧唐书·经籍志》："《燕丹子》三卷。"③《新唐书·艺文志》："《燕丹子》一卷。"④《文献通考》卷二一五引《周氏涉笔》说："燕丹、荆轲，事既卓傥，传记所载亦甚崛奇。今观《燕丹子》三篇，与《史记》所载皆相合，似是《史记》事本也。"⑤明胡应麟评为"当是古今小说杂传之祖"⑥，其基本情节在《战国策》《史记》等书中均有记载。《燕丹子》之成书年代，经学者考证，有先秦、秦代、两汉、宋齐等说，莫衷一是。此书以纪事为目

---

① 佚名撰，[清]孙星衍校，王根林校点：《燕丹子》，见上海古籍出版社编，王根林等校点：《汉魏六朝笔记小说大观》，第38—39页。

② [唐]魏徵、令狐德棻撰：《隋书》卷三四，第1011页。

③ [后晋]刘昫等撰：《旧唐书》卷四七，第2036页。

④ [宋]欧阳修、宋祁撰：《新唐书》卷五九，第1539页。

⑤ [元]马端临：《文献通考》（下），中华书局，1986年，第1755页。

⑥ [明]胡应麟：《少室山房笔丛》，第316页。

标,叙述委婉有致,散体行文中时时夹以议论,颇有诸子风范。孙星衍为其作序曰:"其书长于叙事,娴于词令,审是先秦古书,亦略与《左氏》、《国策》相似,学在纵横、小说两家之间。"①田光这段说辞,大肆渲染垂暮之人得恩人赏识的感激,无法替恩人报仇雪恨的愧疚,表明自己的尽忠之心。同时,抓住燕丹子报仇心切的心理,用相面术对各勇士的面貌特征一一剖析,趁机向燕丹子举荐荆轲。果然,燕丹子对田光的话深信不疑,立马拜见荆轲,实施复仇大计。

汉代去古未远,论体文还带有战国策士们游说的风格特点,说理气势磅礴。汉魏六朝小说中以论(辩)方式出现的论说文,也极力铺陈排比,气势不可阻挡,表现出与诸子相似的文风。但篇目有限,仅出现于篇幅较长的作品。汉魏六朝小说运用论说文的笔法和技巧,为唐代小说积累了经验。

唐代小说中的论说文,更集中地围绕某个论点、紧扣某个论题辩证、说理,篇目也大为增多。加之唐代把"论"作为科考的重要内容,对论说文出现于小说,也起了推波助澜的作用。据《新唐书·选举志》记载,建中二年(781年),中书舍人赵赞权知贡举,乃以箴论、表、赞代诗赋②。唐代小说家很多都有过科考的经历,为写作论体文而经过长期训练,可以很娴熟地将之运用于小说创作。据笔者统计,唐代小说用论(辩)进行议论的篇目有佚名《古镜记》、李朝威《柳毅传》、元稹《莺莺传》、崔蠡《义激》、释道宣《续高僧传·齐邺下大庄严寺释圆通传》、唐临《冥报记·眭仁蒨》、戴

①佚名撰,[清]孙星衍校,王根林校点:《燕丹子》叙,见上海古籍出版社编,王根林等校点:《汉魏六朝笔记小说大观》,第33页。
②见[宋]欧阳修、宋祁撰:《新唐书》卷四四,第1168页。

孚《广异记·宋参军》、牛肃《纪闻·裴仙先》、柳祥《潇湘录·杨真》、范摅《云溪友议·舞娥异》、杜光庭《墉城集仙录·金母元君》等。如《裴仙先》,李秦用蛊惑性极强的议论性话语让武则天意识到流民对她统治的危害,达到诛锄异己的目的:

> 时补阙李秦授寓直中书,封事曰:"陛下自登极,诛斥李氏及诸大臣。其家人亲族,流放在外者,以臣所料,且数万人。如一旦同心,招集为逆,出陛下不意,臣恐社稷必危。谶曰:'代武者刘。'夫刘者,流也。陛下不杀此辈,臣恐为祸深焉。"①

武则天为谋夺帝位,平息诸王叛乱,杀害了不少李姓宗亲,甚至皇太子也难以幸免。未被处以极刑的李氏家人及大臣则流放在外,成为流民。李秦围绕"流民不可不除"这一中心论点,首先从正面陈述对朝廷有怨恨之心的流民人数庞大,如集结起来谋反,后果不堪设想。再引用"代武者刘"的谶语,以谐音双关解"刘"为"流",规谏武则天提高警惕,防患于未然。李秦针对武则天害怕有人与之争权,宁可错杀一千,也不愿意放过谋反之人的心理,层层剖析,步步推进,将事件的严重性摆在眼前。李秦的语言也极有分寸,该说得直白的时候,就尽量把流民的危险性假设到极致;该说得隐晦的时候,点到即止。既体现了一个大臣应有的责任和谦卑,又达到了让武则天下令杀流民的目的。李秦对武则天的进谏,暴露了武则天为巩固自己政权,杀戮甚多。武则天的臣子为了迎合她集权、称帝的心理,则鼓励她诛杀无辜。又如《杨真》,作者对杨真几十年间的事一笔带过后,有识者以"兽不灵于人"安慰

---

① 李时人编校,何满子审定,詹绪左复校:《全唐五代小说》卷九(第一册),第313页。

杨真家人：

> 至曙，家之人疑不识其子而食之，述于邻里。有识者曰：
> "今为人，即识人之父子，既化虎，又何记为人之父也？夫人
> 与兽，岂不殊耶？若为虎尚记前生之事，人奚必记前生之事
> 也？人尚不记前生，足知兽不灵于人也。"①

"虎毒尚且不食子"，杨真幻化成虎后，竟然将儿子吞噬。家人万
分悲痛，向邻居诉苦。有识者以自己的智慧开导杨真家人：首先，
他从正面指出只有人才有人伦、父子亲情，人化成虎就已变成"野
兽"，不能再以人的感情、思想去约束"虎"；接着明确提出"人不同
于兽"；最后进行假设：如果老虎记得生前事，人肯定能回忆起前
世的事。小说的叙事视角也因议论发生了变化：叙事视点由第三
人称全知叙事转换成第三人称限知叙事。第三人称限知叙事视
角的局限，使作者不再是全知全能的叙述者，作者所知亦如故事
人物所知。故事人物——"有识者"仅限于根据事件的因果关系
去假设推断。如果作者用第三人称全知叙事视角，那么，杨真化
成虎后食人的原因，杨真化成虎后是否还记得生前的家人，杨真
化成虎后是人心还是兽心等等这些问题，作者作为无所不知的叙
述者，则可以进行直接肯定的推断，但这种直接肯定的推断显然
缺少内涵和意蕴。《杨真》围绕核心论点，通过论证实现了第三人
称全知叙事视角到第三人称限知叙事视角的转换，让接受者在假
言推理过程中自己揣摩判断，这样就避免了第三人称全知叙事视
角无所不知、无所不能，而接受者只要接受，不用过多思考的弊
端，使接受者与小说保持了一定的审美距离，拓宽了小说的审美

---

① 李时人编校，何满子审定，詹绪左复校：《全唐五代小说》卷五六（第四册），
　　第 1929—1930 页。

空间,而且在小说的叙事结构上,叙事视角的改变也暗示、照应深层结构,使小说文体形态呈现变化之美。

论体文注重逻辑严密,说理透彻,即陆机所云"论精微而朗畅"①,刘勰《文心雕龙·论说》所云"弥纶群言,而研精一理"②、"论如析薪,贵能破理"③。论说文以论(辩)的形式融入汉唐小说,使小说注重事件之间的因果联系,结构严谨周密,对事物的看法也见解精深,富有哲理思辨色彩。

二、评

评是古代议论文体之一。《广雅》卷第三"释诂"曰:"评,平也。"④刘勰云"评者平理"⑤,王之绩言"评者,平也。凡作评断,须评得古今心悦诚服乃可"⑥,秉公而论,让人由衷信服是写作"评"的基本原则,切忌言过其实,是非失中,评论不当。根据评的内容及特点,"可以将之分为两大类:一为史评;一为杂评。早期的评是史家对历史史实进行评论、褒贬之辞,篇幅短小,多附于卷末……除史评外,还有对诗、文、书、历史人物或一些社会现象的评论。徐师曾将史评以外的评论文章称为杂评"⑦。汉唐小说中的"史评"是史传的组成部分,将之归于史传文本(第一章已有论述),开篇、文中、文末的评论性文字归入论说类文本。

---

① [晋]陆机撰,张少康集释:《文赋集释》,上海古籍出版社,1984年,第71页。
② [南朝梁]刘勰著,周振甫注:《文心雕龙注释》,第200页。
③ [南朝梁]刘勰著,周振甫注:《文心雕龙注释》,第201页。
④ [三国魏]张揖撰,[隋]曹宪音:《广雅》,中华书局,1985年,第39页。
⑤ [南朝梁]刘勰著,周振甫注:《文心雕龙注释》,第200页。
⑥ [清]王之绩:《铁立文起》,见王水照编:《历代文话》(第四册),第3676页。
⑦ 吴承学、刘湘兰:《论说类文体》,第95—96页。

　　汉魏六朝小说作者,注重对人物才性的品评、鉴识,清淡之风盛行,刘劭《人物志》是这方面的突出代表作。《人物志》将人分成"圣人""兼材""偏材"等不同种类,并以此为根据将人分成若干品级。品评人物风气的盛行,在小说上的直接反映就是记叙人物逸闻琐事、言行事迹的志人小说兴盛。魏晋南北朝时期的志人小说有三国魏邯郸淳《笑林》、西晋刘歆《西京杂记》①、裴启《语林》、郭澄之《郭子》、梁沈约《俗说》、殷芸《小说》等。这些书大多都已散佚,鲁迅《古小说钩沉》辑有佚文。今存最完整的是南朝宋刘义庆编撰的《世说新语》。《世说新语》汇集了大量的评论性文字,如《世说新语》"德行第一"关于郭林宗、李元礼、陈元方、王朗、陈仲弓等,"言语第二"关于庞士元、名士洛水戏、道壹道人等的故事。《世说新语》主要以"论"来评品人物:

　　　　王朗每以识度推华歆。歆蜡日,尝集子姪燕饮,王亦学之。有人向张华说此事,张曰:"王之学华,皆是形骸之外,去之所以更远。"②(《世说新语·德行第一》)

王朗是汉末魏时的儒雅博学之士,对华歆的见识和气度极为推崇。在年终祭祀时,仿王朗召集子侄们宴饮。同以博学著称的张华听说此事后嘲讽王朗学其形不得其实,反离华歆更远。在张华看来,"鉴人"必须"取实",也就是鲍彦所云"人之性分气度不同。有体貌亢疏,色厉矜庄,仪容冰栗,似若能断而当事少决,不遂其为者。或性玄静,不与俗竞,气不胜辞,似若无能,而涉事不顾,临

---

①关于本书的作者,颇有争议。《隋书·经籍志》未曾著录,而新旧唐书均著录为东晋葛洪著。

②[南朝宋]刘义庆撰,[南朝梁]刘孝标注,余嘉锡笺疏,周祖谟等整理:《世说新语笺疏·德行第一》,第16页。

危不挠者;是为似若强焉而不能胜量,似若弱焉而不可夺也。君
子观之,以表推内,察容而度心,所以得之也。若是,似类相乱,如
何取实乎?"①王朗的做法与此时人伦识鉴的精神背道而驰,招致
张华的蔑视,就不足为怪了。

　　志怪小说中亦有不少议论性文字,如《搜神后记·李仲文
女》:

　　　　子长梦女曰:"我比得生,今为所发。自尔之后遂死,肉
　　烂不得生矣。万恨之心,当复何言!"②(《搜神后记·李仲文
　　女》)

这是一则凄美哀怨的人鬼恋故事。故事中鬼女因情复生,与男子
结为美满姻缘;男子无意中泄密致鬼女生而再死。鬼女死前所发
议论,饱含着不小心将鞋子遗留人世的自责,也有对男子的几许
埋怨,更多的是对即将消逝生命、恋情的眷念。故事以"人鬼恋
情"影射世间男女爱情,是封建社会男女青年追求自由婚姻悲剧
结局的真实写照,对后世文学影响深远。汤显祖在《牡丹亭题词》
中写道"传杜太守事者,仿佛晋武都守李仲文、广州守冯孝将儿女
事"③,可见本篇为《牡丹亭》的创作素材之一。又如《西京杂记·
霍显为淳于衍起宅第赠金》:

　　　　衍犹怨曰:"吾为尔成何功,而报我若是哉!"④(《西京杂
　　记·霍显为淳于衍起宅第赠金》)

---

①王钧林、周海生译注:《孔丛子》,中华书局,2009 年,第 307 页。
②[晋]陶潜撰,汪绍楹校注:《搜神后记》,第 27 页。
③[明]汤显祖著,徐朔方、杨笑梅校注:《牡丹亭》,人民文学出版社,1963 年,
　第 1 页。
④[汉]刘歆撰,[晋]葛洪集,向新阳、刘克任校注:《西京杂记校注》,上海古
　籍出版社,1991 年,第 30 页。

此条与《汉书·外戚传》所载颇有出入。据《汉书》记载，霍显担心宫廷女医淳于衍为助其女儿登上皇后之位谋害皇后的罪行败露，未敢重金酬谢淳于衍。在《西京杂记》中，霍显为报答淳于衍不惜赠与大量钱财、婢女，而淳于衍仍不满足，依然恬不知耻地索要财物，"吾为尔成何功，而报我若是哉"，暴露了她贪婪、欲壑难填的本性。

　　唐代，"清谈""清议""谈玄"的影响尚在，但已成为汉魏六朝精神文化的象征，不可能在新的时代重现。文化思想领域的变化，使志人小说也与之相应改变。其品评人物的功能退化，取而代之的是用来"拾遗补阙"。对此李剑国先生有论：本来志人小说以塑造人物形象、记录人物语言著称，但是到了唐朝，志人小说开始萎缩，向历史小说转化，成为纯粹的拾遗补阙的工具，所以应该把唐朝的志人小说称为笔记或笔记小说①。唐代的志人小说，多用"评"来传达作者对人事、国事的认识和看法。李复言《续玄怪录·韦令公皋》，韦令公屡遭岳父轻视侮辱，过着"忍愧强安"的生活：

> 他日，其妻尤甚悯之，曰："男儿固有四方意，大丈夫何处不安？今厌贱如此而不知，欢然度日，奇哉！推鼓舞人，岂公之乐？妾辞家事君子，荒隅一间茅屋，亦君之居；炊菽羹藜，箪食瓢饮，亦君之食。何必忍愧强安，为有血气者所笑？"②

韦令公皋是德宗朝的封疆大吏韦皋。《新唐书》记载："韦皋字城武，京兆万年人。六代祖范，有勋力周、隋间。皋始仕为建陵挽

---

① 见李剑国：《唐五代志怪传奇叙录》（上），第2—3页。
② 李时人编校，何满子审定，詹绪左复校：《全唐五代小说》卷四〇（第三册），第1388页。

郎,诸帅府更辟,擢监察御史。张镒节度凤翔,署营田判官。以殿中侍御史知陇州行营留事。"①他家世显赫,功勋卓著。《新唐书》卷二二中,详细记载了韦皋在平定南诏过程中的功不可没。李复言《续玄怪录·韦令公皋》对韦皋离开相府后人生经历的描述,与史书大体相符:"是日韦行,月余日到歧……奏大理评事。……俄而朱泚窥神器,驾幸奉天。兵戈乱起……乃除御史中丞、行在军粮使。……乃授兵部尚书、西川节度使。"②在《韦令公皋》中,韦妻批评韦皋"忍愧强安"的生活态度,指出荣誉、财富和地位要靠自己去争取,才有尊严。一直沉沦的韦皋,因妻子的当头棒喝而清醒,终于鼓足勇气,离开了相府,迈出了人生最重要的一步。妻子对韦皋的鞭策,是韦皋人生的转折点,亦是故事情节突变的关键因素。

　　唐代的传奇、志怪小说,喜欢把古人的经典话语糅入论说中,显示自己渊博的学识,让观点更具权威性。如释道宣《续高僧传·齐邺下大庄严寺释圆通传》,"余"前往鼓山,探寻先人踪迹,发现鼓山果如鼓形,一如其名。历经隋、唐两代的释道宣,亲眼目睹了隋末唐初社会的动荡、朝代的更迭。登上鼓山,不由得百感交集,感慨万千:

　　　　余往相部寻鼓山焉,在故邺之西北也。望见横石,状若鼓形。俗谚云:"石鼓若鸣,则方隅不静。"隋末屡闻其声,四海沸腾,斯固非妄。左思《魏都赋》云"神钲迢递于高峦,灵响

①［宋］欧阳修、宋祁撰:《新唐书》卷一五八,第 4933 页。
②李时人编校,何满子审定,詹绪左复校:《全唐五代小说》卷四〇(第三册),第 1389 页。

时警于四表"是也。①

引经用典，符合中国宗经、征圣、尊贤的文化传统。《文心雕龙·事类》中就说："夫经典沈深，载籍浩瀚，实群言之奥区，而才思之神皋也。"②经典集中了古人的才思智慧，理所当然应是后世学习的典范。释道宣作为僧人，自然相信山林异兆预示人世兴衰治乱之说。他援引俗谚和左思《三都赋》中的句子，来证明隋末动乱之际，石鼓山曾鸣的说法不虚；只要自然出现异象，则天下将有兵革之事。

汉魏六朝时期，"评"在博物体小说《博物志》《山海经》《神异经》等中较少出现。志怪小说，尤其是志人小说中才有评论性的"论说文本"。但志怪小说与志人小说中的"评"，风格迥异，表现的内容也大相径庭。受"清谈"影响而形成的志人小说，主要以人物品评的方式出现，语言简约含蓄，意味隽永。而志怪小说则不拘一格，人、事都可以成为评论的对象。小说发展到唐代，志人小说很少再品鉴人物，转向品论历史、国事，与志怪、传奇趋同。唐代的志人、志怪、传奇小说作者为展示自己的才学，在"评"中引经据典，运用逻辑推理，酣畅淋漓地说理。唐代小说中的"论"比汉魏六朝小说更具有艺术的审美价值。两者的艺术价值虽有高低，但都表现了作者对人、事的看法和情感态度评价，是作品阐明事理的一种方式。不过，有时评中有论，论中有评，也不一定能够截然分开。只能以"举其重"的原则，根据"评""论"所占的比重进行区分。

---

① 李时人编校，何满子审定，詹绪左复校：《全唐五代小说》卷一（第一册），第22页。

② ［南朝梁］刘勰著，周振甫注：《文心雕龙注释》，第412页。

三、说（解、释）

说，从语义学来看，本义为解释、解说。许慎《说文解字》云：
"说，释也。从言，兑声。一曰谈说。"①扬雄《法言》亦曰："一哄之
市，不胜异意焉；一卷之书，不胜异说焉。"②此处"说"也是解说、
阐释之意。吴讷认为，说这种文体是对事物义理参以己意进行解
释和说明："说者，释也，述也，解释义理而以己意述之也。"③"就
文体性质而言，说、解、释三体并无本质区别。"④类似于现代说明
文，对事物进行解说，带有论说的性质。

汉魏六朝小说《搜神记》《拾遗记》《搜神后记》《神异经》《博物
志》等喜欢用"说体"对某卦象、自然异象、人、物或梦境进行解释、
说明，表现出诸子对小说文体的渗透。如《拾遗记》卷一"春皇庖
牺"文末对远古帝王名字缘由的解说："庖者包也，言包含万象；以
牺牲登荐于百神，民服其圣，故曰庖牺，亦谓伏羲。变混沌之质，
文宓其教，故曰宓牺。布至德于天下，元元之类，莫不尊焉。以木
德称王，故曰春皇。其明叡照于八区，是谓太昊。昊者明也。位
居东方，以含养蠢化，叶于木德，其音附角，号曰'木皇'。"⑤帝王
取名，是对其德行的一种品评和议论。张华《博物志·猴玃》对被
盗女子家人不敢不养育猴玃和被盗女子所生之子以及蜀中人多
姓杨进行说明："有子者辄俱送还其家，产子皆如人，有不食养者，

---

① ［汉］许慎撰，［清］段玉裁注：《说文解字注》，第 93 页。
② 汪荣宝撰，陈仲夫点校：《法言义疏》（上），中华书局，1987 年，第 20 页。
③ 吴讷著，于北山校点：《文章辨体序说》，人民文学出版社，1962 年，第 43 页。
④ 吴承学、刘湘兰：《论说类文体》，第 92 页。
⑤ ［晋］王嘉撰，［梁］萧绮录，齐治平校注：《拾遗记》卷一，第 1—2 页。

其母辄死,故无敢不养也。乃长与人无异,皆以杨为姓,故今蜀中西界多谓杨率皆猳玃、[马]化之子孙,时时相有玃爪也。"①蜀中人养育被掠女子与猴玃所生之小孩,是害怕女子遭猴玃杀害;蜀中西界人多姓杨,是因为他们是猴玃的后裔,外形与猴玃酷似。《搜神记·禾三穗》,郭贺为蔡茂解梦中"禾三穗"的寓意:"大殿者,官府之形象也;极而有禾,人臣之上禄也;取中穗,是中台之象也。于字,禾失为秩,虽曰失之,乃所以禄也。兖职右阙,君其补之。"②蔡茂牵强附会地把"禾"与大殿、"穗"与中台联系在一起,阿谀蔡茂即将荣升中阙的官职。

　　唐代小说集《墉城集仙录》《冥报记》《冥报拾遗》等中的部分小说也用"说"体对梦境、卦象、自然异常、仙境等有所阐释,与汉魏六朝小说中的"说"体如出一辙。如《谢小娥传》"余"为小娥解梦、释疑:"若然者,吾审详矣。杀汝父是申兰,杀汝夫是申春。且'车中猴',车字去上下各一画,是'申'字;又'申'属猴,故曰'车中猴'。'草'下有'门','门'中有'东',乃'兰'字也。又,'禾中走'是穿田过,亦是'申'字也;'一日夫'者,'夫'上更一画,下有'日',是'春'字也。杀汝父是申兰,杀汝夫是申春,足可明矣。"③"余"对小娥梦中丈夫、父亲所说话的解释,帮助她获得了凶手的讯息,推动故事情节的展开。"说"(解、释)融入汉唐小说,是作者对故事或人物的合理解释,体现了作者对这些事件的理性思考。作者意欲通过对它们的解说,帮助读者明白其中蕴含的思想,达到使

---

① [晋]张华撰,范宁校证:《博物志校证》卷三,第36页。
② [晋]干宝撰,汪绍楹校注:《搜神记》,第122页。
③ 李时人编校,何满子审定,詹绪左复校:《全唐五代小说》卷二三(第二册),
　　第800—801页。

其明白某一道理的目的。

　　汉唐小说借用论说文"论（辩）、评、说（解、释）"三种形式展开故事情节，通过人物的一言一行来刻画故事人物的形象。每个情节链之间，也因内在的逻辑关系而衔接在一起。

第三节　汉唐小说中"论说文本"的
叙事功能

　　古人论文辨体，很多都是基于文体的功能。《尚书·舜典》云："诗言志，歌永言。"①《释名·释言语》："盟，明也，告其事于神明也。"②《文心雕龙·铭箴》："铭者，名也，观器必也正名，审用贵乎盛德。"③《释名·释典艺》："诏，照也，昭也。人暗不见事宜则有所犯，以此照示之，使昭然知所由也。"④《尚书》《文心雕龙》《释名》等典籍，从文体的实际功用追溯铭、盟、诏书等文体的起源、特点及文体性质。今人郭英德《中国古代文体学论稿》阐释了中国古代各文体之间的融合、吸收，主要是因功能所需，功能是文体生成的重要方式⑤。吴承学、沙红兵《中国古代文体学学科论纲》亦指出，中国古代文体分类学包括文体发生学、文体源流论、文体功用论等理论，集中反映了人们对文体特征和本质的认识水平。其中，功用、功能是中国古代文体众多分类中重要的分类，以及文体

---

①顾颉刚、刘起釪：《尚书校释译论》（第一册），中华书局，2005年，第293页。
②刘熙：《释名》卷四，第60页。
③［南朝梁］刘勰著，周振甫注：《文心雕龙注释》，第116页。
④刘熙：《释名》卷六，第101页。
⑤见郭英德：《中国古代文体学论稿》，北京大学出版社，2005年，第125页。

的生成方式①。郗文倩《中国古代文体功能研究——以汉代文体为中心》认为文体的确立、形成是由于特定的功能："不同场合下的行为方式需要有不同的言语表达,这是文体生成的最基本动因,即在特定语境下,基于特定的交流目的,针对不同的交流对象进行言说,文体遂孕育而生。一般而言,各种语言形式手段都有成为文体特征的潜势,但不是'天生'就是文体特征,只有在情景中具有一定功能的形式手段才可称为文体特征,进而才能有文体的确立,因此,我们也可以说,文体总是指向特定的行为,是具有特定功能的。"②对叙事性文体小说而言,小说文体的功能主要体现为叙事的功能。汉唐小说中诸多文体的融入,也主要因叙事功能所需。因而,探讨各文体融入汉唐代小说中的叙事功能,是考察汉唐小说文体生成、演变的重要依据。

　　论说文是融入汉唐小说的重要文体。论说文融入汉唐小说,不是作者、叙述者或故事中人物率性而发的感慨或评论,而是因讲述故事所需,在小说中承担着重要的叙事功能:"叙事的功能,就是叙事所发挥的有利作用及其效能。在叙事作品中,就其本文的传达来说,叙事是起着首当其冲的作用的。叙事观念谈论的是作家在依据什么样的原则来结构作品,而叙事功能谈论的则是在本文中叙事'做了些什么'。"③汉唐代小说作家深谙论说文体的叙事功能,以论说文作为"中介",巧借论说文以叙述故事。因论

---

① 见吴承学、沙红兵:《中国古代文体学学科论纲》,《文学遗产》2005 年第 1 期,第 28—29 页。

② 郗文倩:《中国古代文体功能研究——以汉代文体为中心》,上海三联书店,2010 年,第 3—4 页。

③ 孟繁华:《叙事的艺术》,中国文联出版公司,1989 年,第 18 页。

说文融入汉唐小说后,已作为汉唐小说文体的有机组成部分,不再具有独立的文体概念,只能看作构成汉唐小说文体的"文本"。本书以叙事学、文体学、文本学相结合的视角,考察汉唐小说中论说文本的叙事功能。

一、调节叙述节奏

叙事节奏,即作品中叙事速度造成的故事时间快慢变化。在史传文学作品中,史学家就已使用此技巧。如《左传·文公元年》:"元年春王正月,公即位。二月癸亥,日有食之。天王使叔服来会葬。夏四月丁巳,葬我君僖公。天王使毛伯来锡公命。晋侯伐卫。叔孙得臣如京师。卫人伐晋。秋,公孙敖会晋侯于戚。冬十月丁未,楚世子商臣弑其君頵。"[1]从文公元年(公元前 722 年)春王正月至冬十月所发生的事,作者仅用几句话概括全貌。这种叙事方式,叙事时间远远短于故事发生所经历的时间,节奏紧凑。又如在《左传·庄公十年》,讲述了齐鲁之间发生在长勺的一次著名战役。作者不吝笔墨,详细铺叙了鲁国战前所做的准备,仔细分析了鲁国能够以少胜多的根本原因。在不长时间内发生的事,作者却用了大量的篇幅,节奏缓慢,叙事时间长于故事时间。小说通过叙事节奏的张弛,调节故事时间的长短。故事情节发展的速度,也随着叙事节奏的张弛而产生或快或慢的变化。英国作家伊丽莎白·鲍温就说:"时间是小说的一个主要组成部分。我认为时间同故事和人物具有同等重要的价值。凡是我能想到的真正懂得、或者本能地懂得小说技巧的作家,很少有人不对时间因

---

[1] 杨伯峻编著:《春秋左传注》(修订本),第 507—509 页。

素加以戏剧性地利用的。"①叙事节奏对小说的意义非常重要,场景、概述、省略、休止是小说控制叙事节奏的主要技巧。

在汉唐小说中,小说家们经常用"议论"来中断正在进行的故事情节,造成故事时间的暂时"休止",从而控制小说的叙事节奏。"叙述者的议论和描述对于故事时间就是一种停顿,尽管这种停顿的时间有限"②。作者、叙述者或故事人物,可以谈论某种现象、人生哲理,这些冗长的话语有时与故事情节的发展、与人物性格的展现少有关联,更多是出于说教的目的。这种谈论表面上虽然获得了故事时间的形式,但在实际的阅读中,接受者感受到的是故事的停顿。如《穆天子传》,七萃之士劝谏穆天子不必因巡游而自责:

> 天子曰:"於乎! 予一人不盈于德,而辨于乐,后世亦追数吾过乎!"七萃之士□天子曰:"后世所望,无失天常。农工既得,男女衣食。百姓珛富,官人执事。故天有时,民□氏响□。何谋于乐? 何意之忘? 与民共利,世以为常也。"天子嘉之,赐以左佩华也。乃再拜顿首。③

穆天子反思自己率领随从出入山林、沼泽之中,沉溺于玩乐,禁军卫士以"天子乐,人民亦以其乐为乐"进行劝谏的议论性对话,即使删除也不影响故事情节的完整。这段文字是作者在第二卷故事开始之前插入的,造成了情节的暂时悬置。类似于此的议论式

① [英]伊·鲍温著,傅惟慈译:《小说家的技巧》,见吕同六主编:《20世纪世界小说理论经典》(上),华夏出版社,1995年,第602页。
② 罗小东:《话本小说叙事研究》,学苑出版社,2002年,第82页。
③ 佚名撰,[晋]郭璞注,王根林校点:《穆天子传》,见上海古籍出版社编,王根林等校点:《汉魏六朝笔记小说大观》,第9页。

话语,如汉魏六朝小说《汉武故事》《汉武帝内传》,西王母、上元夫人不厌其烦地向汉武帝传授成仙之法,传达神仙教义;《搜神记》"管辂",管辂用宏篇论卦象预示吉凶祸福;《搜神后记》"壁中一物",老翁高论鬼由心生的哲理等。唐代小说胡慧超《神仙内传·兰公》,斗中真人向兰公灌输成仙在于孝道,宣扬孝悌之道的说教;杜光庭《墉城集仙录·金木元君》,西王母、上元夫人劝说汉武帝弃恶行善、潜心仙道的告诫;戴孚《广异记·张嘉佑》,鬼女对杨剑罪行的控诉,以及自己所受屈辱的诉说等,虽在故事的时间流中,接受者感受到的却是故事的停顿。因为情节在人物的议论性话语中,并没有发生任何变化。但有时枯燥的议论打断了叙述的连贯性,在传统小说故事文本中,一般不主张过多议论。

作品借叙述者、故事人物或作者之口进行议论,是汉唐小说调节叙事节奏的重要方式。在小说创作中,作者、叙述者或故事人物用议论性话语,造成叙事时间截断故事时间的现象,让故事情节的发展暂时中断。这种叙述方式,往往与接受者猎奇、追求扣人心弦故事情节的阅读心理背道而驰。因此,过多的议论常常削弱小说的审美趣味。

二、揭示主旨

主旨是作品的思想和灵魂,不仅统领着整篇文章素材的取舍、编排,也决定着作品质量的高低,以及价值的大小。汉唐小说作者为了让接受者明白作品的意图,往往以论说文本揭示作品要表达的主题,引导读者理解故事,激发他们的想象和联想,对作品进行再创造,从而使作品产生更为丰富的意蕴。

汉魏六朝小说,如记载鬼物幽魅与人生死祸福之关系的《幽明录》,旨在宣扬巫术道教、佛法果报、儒家忠孝观念。《庞阿》中,妙龄女子形神分离,追随心爱男子多年后终得家人应允,与男子喜结连理。叙述者有论:"夫精神所感,灵神为之冥著,灭者盖其魂神也。"①道教有魂、神、魄之说,《灵枢·本神》云:"故生之来,谓之精;两精相抟,谓之神,随神往来者,谓之魂;并精而出人者,谓之魄;所以任物者,谓之心;心有所忆,谓之意;意之所存,谓之志;因志而存变,谓之思;因思而远慕,谓之虑;因虑而处物,谓之智。"②叙述者议论意在揭示情能感动神灵,歌颂两情相悦的美好爱情。儒家的忠君思想在此书中也时有表露,如"王明儿"(《太平广记》卷三二〇)述王明死后现形回到家中,亲见征东将军邓艾、王大将军、桓温在阴间痛苦煎熬,告诫家人"欲求多福者,正当恭顺尽忠孝顺,无恚怒,便善流无极"③,借此突出"忠孝"的主题。《世说新语》《搜神记》《搜神后记》《拾遗记》等,也有一些作品用议论性话语对主题予以揭示。

综合考察汉魏六朝小说用论说文本揭示主题的方式,主要特点为:一,相对隐晦,"说而不破"。汉魏六朝小说"实录"多于"创作",作品虽有一定的中心,主题却并不明显、集中。因为所记载的事件多是片断、不完整的。如《异苑》卷一"美人虹"对"虹"名称的由来进行简要说明,荒年的具体情形、菜食而死的夫妻化成"绛"的前后始末,作品并未交代。《幽明录》"白头公"仅描述了神仙白头公降临,携雅之轻举霄行的异事。白头公的真实身份,与雅之共处的详细经过,作品没有告诉读者。只能由读者根据故事

①[南朝宋]刘义庆撰,郑晚晴辑注:《幽明录》,第16页。
②[清]张志聪著,孙国中、方向红点校:《黄帝内经灵枢集注》,学苑出版社,2006年,第64页。
③[南朝宋]刘义庆撰,郑晚晴辑注:《幽明录》,第101页。

的情境,联系当时的时代背景,以及文中的暗示性语言"荒年""雅
之父子被桓玄所杀"进行推测。二,多由叙述者、故事人物间接表
达。汉魏六朝小说家力求呈现事物的真实面貌,作者尽量不介入
故事,但作者的思想不可避免地影响作品的叙述,故事人物的言
行也必定带有作者思想的痕迹。读者只能通过对叙述者、故事人
物语言的分析,挖掘作品的意蕴。唐代小说也有通过叙述者、故
事人物间接表达故事主题的。在《陆藏用》《神告录》(《太平广记》
卷二九七)中,老翁拜见李渊,指责隋炀帝的荒淫暴政:"既为神
授,宁用尔耶! 隋氏无闻前代,继周而兴,事逾晋魏。虽偷安天
位,平定南土,盍为君驱除,天将有所启耳。"①向他明示,"隋氏将
绝,李氏将兴,天之所命,其在君乎! 愿君自爱"②。李唐代隋是
天意所授。佚名《刘弘敬》(《太平广记》卷一一九),相者对元溥救
兰荪,亡父为元溥请求上帝使之延寿而生发感慨,"昔韩子阴存赵
氏,太史公以韩氏十世而位至王侯者,有阴德故也。况兰荪之家
无后矣,兰荪之身贱隶矣,如是而能不顾多财之与殊色,而恤其
孤,岂不谓阴德之厚哉"③,宣扬"有阴德者必有阳报,有阴行者必
有昭名"的思想。但是,唐代小说善于在篇末以议论直接表达意
图。如《唐绍》,叙述者在故事结束后论曰:"死生之报,固犹影响,
至于刀折杀亦不异,谅明神不欺矣。《唐书》说明皇寻悔恨杀绍,

---

① 李时人编校,何满子审定,詹绪左复校:《全唐五代小说》卷六九(第四册),
　 第 2359 页。
② 李时人编校,何满子审定,詹绪左复校:《全唐五代小说》卷六九(第四册),
　 第 2359 页。
③ 李时人编校,何满子审定,詹绪左复校:《全唐五代小说》卷六二(第四册),
　 第 2140—2141 页。

以李邈行戮太疾,终身不更录用。"①叙述者从佛教的角度看待人的生死祸福,指出唐绍被杀是冥冥之中神明的指使,为唐绍被李邈所杀找出合理的理由,补充了故事结束后所发生的事,凸显因果报应的轮回观。又如《李甲》,这是一则鼠报恩的故事,出自张读的《宣室志》。宝应年间,李氏子及其子孙不好杀生,得鼠相助而逃过劫难。针对此事,叙述者文末直接发表议论:"悲乎! 鼠固微物也,尚能识恩而知报,况人乎? 如是则施恩者宜广其恩,而报恩者亦宜力其报。有不顾者,当视此以愧。"②鼠为卑微之物,尚且懂得知恩图报,而人的行为却连鼠都不如,《李甲》的象征之意溢于言表。作者以鼠报恩的寓言故事,含沙射影地讽喻世人,让故事的主旨更明确。

　　小说作品的意义,是读者和作者一起共同建构的。读者在阅读过程中,不断与作品进行交流、对话,作品的意义就在读者积极、主动地阅读中生成。不同时代的读者,在时代背景、知识结构、阅读经验等影响下,对同一篇作品的理解不尽相同。作品在不同时代的不同读者的持续解读中,意义也随之变换,不再确定、明晰。正如冰心所言:"作者只能有一个,读者同时便可以有千万。千万种的心境和成见底下,浮现出来的作品,便可以有千万的化身。作品的原意,已经片片的撕碎了。"③接受者颠覆已有作品的内容和形式,直接参与作品意义的阐释,使之具有无限意义

①李时人编校,何满子审定,詹绪左复校:《全唐五代小说》卷一九(第二册),第 662 页。

②李时人编校,何满子审定,詹绪左复校:《全唐五代小说》外编卷一五(第八册),第 4092 页。

③冰心:《论"文学批评"》,见范伯群编:《冰心研究资料》,北京出版社,1984年,第 179 页。

生成的空间。因此,有必要运用一定的创作手法和表达方式,暗示读者不偏离作者创作的初衷,理解作品真正的意图,运用论说文本是一种行之有效的方式。接受者也可以参考叙述者的提示,对文本再次进行诠释。汉唐小说作者在故事讲述过程中,用论说文本来阐释事理,评论人物,揭示主题。少数论说文本在故事的开头,多数融会在故事情节之中和处于篇末。汉魏六朝小说议论的主体,主要有叙述者和故事人物,多以间接的形式对主题加以阐发。故事人物的身份有神仙,如《搜神记》"弦超""灌坛令""蒋山祠",《搜神后记》"清溪庙神""上虞人""异物如鸟"等;有史载可查的名人,如《搜神记》"于吉""乔玄""管辂""郭璞""熊渠""五酉"等;有精灵鬼怪,如《搜神记》"夏侯弘""贾充"、《搜神后记》"徐玄方女""陈良""李仲文女";有道士,如《搜神后记》"三薔茨""竺法师"等。唐代小说议论的主体除叙述者、故事人物,还有作者。他们站在一定的立场,对故事加以评论,最终目的在于凸显作者的创作意图。创作者主体意识的介入,使唐代小说的主题更集中,故事人物的形象也更鲜明。"故事人物"的身份更是不拘一格,有鬼、精怪、道士、书生、神仙等。尤其是书生,这在汉魏六朝小说中是较少出现的。《萧氏女》《刘无名》《窦凝妾》等发表议论的故事人物为鬼;《古镜记》《任氏传》等发表议论的故事人物为精怪;《梁四公记》《桃花障子》等发表议论的故事人物为道士;《邓差》《崔敏愨》《峡口道士》《曲思明》等发表议论的故事人物是无名氏或普通大众。汉唐小说作者根据故事讲述的需要,赋予叙述者、故事人物或作者表达思想的机会,让他们对已叙的故事加以评说,对故事人物或褒或贬,力图从具体的形象描写中抽象出哲理来,揭示主题,丰富作品的意义。

第三章　书牍文与汉唐小说

　　书牍文是中国古代书信的总称。春秋战国时期,就已呈兴盛之势。刘勰在《文心雕龙·书记》中说,"春秋聘繁,书介弥盛"①。书牍文产生之初,包括臣僚敷奏、朋旧往来两类文字。《文心雕龙·书记》曰:"战国以前,君臣同书,秦汉立仪,始有表奏;王公国内,亦称奏书。"②明吴讷《文章辨体》亦言:"昔臣僚敷奏,朋旧往复,皆总曰书。近世臣僚上言,名为表奏;惟朋旧之间,则曰书而已。"③章必功《文体史话》梳理了书牍文体的源流、演变:"书牍文亦单称为书。本来,书作为文体名称,其义是'舒布其言,陈之简牍',用以概指古人以书名篇的文章。而这些文章实际包含两种体裁:一种是臣下进呈皇帝的章奏,另一种才是亲朋同事间相互往来的书信。后来,章奏不再称书,并把从前称书的章奏称之为上书、奏书,遂使书或书牍成为书信体的专名。"④书牍文原本涵盖大臣应对皇帝的奏章和朋友之间往来的书信,然随着文体的发展,书牍文后来成为朋友之间往来书信的

---

① [南朝梁]刘勰著,周振甫注:《文心雕龙注释》,第 277 页。
② [南朝梁]刘勰著,周振甫注:《文心雕龙注释》,第 278 页。
③ [明]吴讷著,于北山校点:《文章辨体序说》,第 41 页。
④ 章必功:《文体史话》,同济大学出版社,2006 年,第 136 页。

专称,而奏章则从书牍文中分化,成为另一种文体类型。这种分化始于汉代:"考汉代书信……所写均系个人在政治生活、社会关系中的自我遭遇、经验、感受与见解。很明显,书牍已与奏书分道扬镳……书牍体的确立,正在于舒畅地表达情意,能把难隐之言表达得淋漓尽致,能把劝慰之词说得具体亲切。体之初立,就显示了书牍写作的基本要求,写真事真情,写与自己与对方有关的事。"①到汉代,书信才真正成为个人交流思想感情的工具,不再是列国之间交往的"国书",也不是官方公务往来的行政公文。

书牍文有自己的特点和实际功用:第一,写一己之遭遇、情感及思想,可叙事、议论,也可陈情,不拘文笔骈散,不限辞令雅俗,形式自由、灵活。如刘勰所言,"或事本相通,而文意各异,或全任质素,或杂用文绮,随事主体,贵乎精要"②。第二,打破地域、时空的限制,把分居各处的友朋、亲人等联系在一起,进行沟通、交流。第三,陈述不便于面谈之言语,展现隐秘的内心世界,抒发情愫。第四,在措词、格式上,要求十分严格,必须分清上下、尊卑、亲疏等各种关系。第五,内容真实,感情真挚,绝少浮夸、雕琢之气。

书牍文因其特殊的功能而被汉唐小说所吸收,成为小说生成、演变的一个重要元素,然学界对此研究甚少。

---

① 王凯符、张会恩主编:《中国古代写作学》,中国人民大学出版社,1992 年,第 391 页。
② [南朝梁]刘勰著,周振甫注:《文心雕龙注释》,第 281 页。

第一节　汉魏六朝小说中书牍文本之扫描

清姚鼐把我国的书牍文的历史追溯到《尚书》中的《君奭》篇①。春秋时期,史籍保存了一批完整的书牍文献。"现存最早的书信,是保存在《左传》中的《郑子家与赵宣子书》(文公十七年)、《子产告范宣子书》(襄公二十四年)等"②。汉魏六朝时期,涌现了不少书信杰作,司马迁《报任安书》、杨恽《报孙会宗书》、鲍照《登大雷岸与妹书》、嵇康《与山巨源绝交书》、丘迟《与陈伯之书》、吴均《与朱元思书》、诸葛亮《诫子书》、马援《诫兄子严敦书》、王褒《与周弘让书》、沈约《报博士刘杳书》、秦嘉《报妻书》、曹植《与杨德祖书》等是其中之佼佼者。史籍运用书牍文,以及书信在现实生活中的广泛使用,为小说提供了模本和范本。

据现存的小说文献,《燕丹子》最先使用书牍文本。如太傅写给燕丹子的《报燕太子书》:

> 臣闻快于意者亏于行,甘于心者伤于性。今太子欲灭悁悁之耻,除久久之恨,此实臣所当麋躯碎首而不避也。私以为:智者不冀侥幸以要功,明者不苟从志以顺心。事必成然后举,身必安而后行。故发无失举之尤,动无蹉跌之愧也。太子贵匹夫之勇,信一剑之任,而欲望功,臣以为疏。臣愿合从于楚,并势于赵,连衡于韩、魏,然后图秦,秦可破也。且韩、魏与秦,外亲内疏。若有倡兵,楚乃来应,韩、魏必从,其

---

① 褚斌杰:《中国古代文体概论》(修订本),第389页。
② 谢楚发:《散文》,人民文学出版社,1994年,第165页。

势可见。今臣计从，太子之耻除，愚鄙之累解矣。太子
虑之。①

这封书信采用平铺直叙的手法，层层递进，表达了太傅对当前形
势的看法和不能派遣刺客刺杀秦王的理由，并指出了应对当前危
机局势的举措。太傅在信中，丝毫不顾及燕丹子是太子的特殊身
份，措辞犀利、直接，语气强硬，表现出策士不惧威严，敢于畅快淋
漓地陈述自己政见的风骨。太傅和燕丹子往来的书信，揭示人物
思想和个性的同时，也为故事的发展和结局埋下伏笔。

《西京杂记》"飞燕昭仪赠遗之侈"条，也使用了书牍文本：

赵飞燕为皇后，其女弟在昭阳殿遗飞燕书曰：

今日嘉辰，贵姊懋膺洪册，谨上襚三十五条，以陈踊跃之
心：金华紫轮帽　金华紫罗面衣　织成上襦　织成下裳　五色
文绶　鸳鸯襦　鸳鸯被　鸳鸯褥　金错绣裆　七宝綦履　五
色文玉环　同心七宝钗　黄金步摇　合欢圆珰　琥珀枕　龟
文枕　珊瑚玦　马脑彄　云母扇　孔雀扇　翠羽扇　九华
扇　五明扇　云母屏风　琉璃屏风　五层金博山香炉　迴风
扇　椰叶席　同心梅、含枝李　青木香　沉水香　香螺卮（出
南海，一名丹螺）　九真雄麝香　七枝灯②

《西京杂记》采撷繁复，涉及群体广泛，有帝王后妃、公侯将相、方
士文人等。所记西汉故事，关系到宫闱秘闻、礼节习俗、名物典
章，为了解西汉历史提供了不少有价值的资料。"飞燕昭仪赠遗
之侈"仅用一句话简明扼要地交代了飞燕与女弟相居两地，女弟

①佚名撰，[清]孙星衍校，王根林校点：《燕丹子》，见上海古籍出版社编，王
根林等校点，《汉魏六朝笔记小说大观》，第36页。
②[汉]刘歆撰，[晋]葛洪集，向新阳、刘克任校注：《西京杂记校注》，第62页。

写信给飞燕的情况,接下来的正文全部都由书牍文本构成,书牍文本成为这篇小说的主体。昭仪在信中陈列送给赵飞燕的礼物"清单",极尽人间之珍贵稀罕者,令人眼花缭乱。赵飞燕姊妹之奢靡,由此可见一斑。此条与"昭阳殿""送葬用珠襦玉匣""鱼藻宫""乐游苑"等相互映衬,从住所、玩乐、服饰、饮食等不同层面,反映了宫廷穷奢极欲的腐朽生活。

《西京杂记》"邹长倩赠遗有道"、《搜神记》"韩凭妻""王母传书""钟离意""段医""郭巨""李娥"、《拾遗记》"周灵王"、《语林》"庾公"、《异苑》"江神祠""梁清家诸异"、《幽明录》"阮瑜之""许攸梦""王矩"、《世说新语》"习凿齿""周侯失败""王平子""王蓝天不痴""谢公""殷允""庾稺恭""王子敬""子敬与郗嘉宾""晞公告老还乡""晋孝武帝"、《殷芸小说》"杜预书信告儿""与杨太尉书""张子房""鬼谷先生""孔子遇小儿"、《述异记》"棋友"、《续齐谐记》"鬼谷先生与苏秦、张仪书""秦世谣谚""张子房与四皓书""曹公与《杨太尉书》""杜预书告儿"等都有或长或短的书牍文本。

融入汉魏六朝小说中的书牍文本与书信在此时期的发展并不同步。汉魏六朝时期的书信,用词典雅、精工,讲究对偶、词藻:"在汉魏六朝散文逐渐骈化,骈文最终形成的过程中,书牍类文章是最早骈化的文体之一。汉魏之际是文章急剧骈化的时期,其间骈文对偶、用典、藻绘等艺术特点,在书牍文中,都较其他文体表现得更为典型。"①汉魏六朝小说中的书信,除《续齐谐记》"鬼谷先生与苏秦、张仪书""张子房与四皓书""曹公与《杨太尉书》"、《燕丹子》篇幅较长,为完整引用外,其余各篇往往截取信件中与

---

① 钟涛:《论六朝骈体书牍文》,见钟涛:《雅与俗的跨越:汉魏六朝及元代文学论集》,巴蜀书社,2001年,第52页。

故事相关部分，多是三言两语，极其简短，仅作为传递信息、交流思想之用，艺术价值有限。

第二节　唐代小说中的书牍文本

唐代小说使用书牍文本不仅数量逐渐增多，有的词情并茂，文质兼美，写法富有艺术气息。书信不仅是工具，还尽显小说作者之才华，成为一种美文。

唐代的书牍文，有一个发展、变化的过程。初唐时期，文风继六朝之余绪，作者完全把书信当作一种专供人们欣赏的艺术品进行创作，崇尚辞藻，追求雅致。"至韩愈、柳宗元倡导'古文运动'之时，以散体文代替了骈体文，并提倡'载道'文学，要求文章要有充实的内容，要有实际的社会效用，要'惟陈言之务去'。古文运动实际上是在'复古'的口号下，对当时的文体、文风、文学语言的一次全面改革运动，它推动了各体文章的发展，从而也使作为文章一体的书信别开生面地走上了广阔的道路。他们在书信中或议论时政，或论学术，或批评诗文，或传授学业，或抒写遭际，或劝谕亲朋，一般都能做到发自肺腑，言之有物，吐露衷情"①。古文家柳宗元留下不少与至交好友或晚生后辈交流思想、说文论道的书信，如《与韩愈论史官书》《答刘禹锡天论书》《与友人论为文书》《答元饶州论政理书》以及《答韦中立论师道书》等，大多行文流畅，说理透彻，是不可多得的书牍文杰作。白居易被贬江州时给好友元稹的一封长信《与元九书》，提出诗歌的创作主张，述说学

---

① 李回主编：《唐宋八大家散文　广选·新注·集评苏辙卷》，辽宁人民出版社，1999年，第508—509页。

诗的经过,思想、艺术俱佳。

　　唐代小说中的书牍文,与书牍文自身在唐代的发展步调是一致的。初唐小说中的书信,语句以四六为主,对偶精工,文辞华美。最典型的莫过于《游仙窟》,"余"与仙女虽近在咫尺,却以书信传情,将男女之间的情感描绘得含蓄之至。到了中唐,小说中书信的风格为之一变,多情真意切,不加雕饰,更真切地展现了故事人物的心理。据笔者统计,在唐代小说中,使用书牍文本的单篇传奇小说有张鹭《游仙窟》、元稹《莺莺传》、薛调《无双传》、牛肃《吴保安》等;小说集中,使用书牍文本的篇目有张说《开元天宝遗事·梁四公记》《开元天宝遗事·龙镜记》、牛肃《纪闻·裴伷先》、赵自勤《定命录·梁十二》《定命录·张同藏》、戴孚《广异记·常夷》《广异记·李及》《广异记·阿六》《广异记·罗元则》、唐临《冥报记·眭仁蒨》、郎余令《冥报拾遗·信都元方》、张说《鉴龙图记·传书燕》、张荐《灵怪集·郭翰》《灵怪集·王生》、李公佐《异闻集·南柯太守传》、沈亚之《异闻集·感异记》、陈劭《通幽记·窦凝妾》《通幽记·李哲》、柳祥《说郛·呼延冀》《说郛·安凤》、牛僧孺《玄怪录·袁洪儿夸郎》《玄怪录·岑顺》《玄怪录·崔书生》、李复言《续玄怪录·梁革》、李玫《纂异记·浮梁张令》、张读《宣室志·冯渐》《宣室志·卢虔》、范摅《云溪友议·玉箫化》、袁郊《甘泽谣·红线》、裴铏《传奇·崔炜》、皇甫枚《三水小牍·非烟传》、何光远《鉴诚录·鬼传书》、何光远《宾仙传·贾竹旨》、苏鹗《杜阳杂编·金龟印》、李吉甫《异闻记·梁大同古铭记》、高彦休《唐阙史·秦中子得先人书》、柳祥《潇湘录·郑绍》《潇湘录·孟氏》、佚名《异闻录·后土夫人传》、钟辂《前定录·庞严》等50多篇。

　　唐代小说使用书牍文本的数量,虽不如其使用的诗、辞赋、骈文、论说、史传等文本之多,但远远超过碑铭、判文、词、祭诔文等文本。

唐代小说使用书牍文本叙述,主要有完整引用、摘录、转述三种情形。

一、完整引用

古人在用书信传情达意时,不论亲疏远近,都会遵循严格的格式。一般来说,书信开篇,要在写给对方的称谓后附提称语,如当子女写信给母亲时,多以"父母亲大人膝下"起首。接下来进入书信的正文,或寒暄客套,或提示写信原委等,这部分是书信的"启辞"。古时书信的启辞,由于长期按照惯例写作,形成了一系列的套语。书信末尾,也有信件内容已经结束的标示。如当请求人应允某事的时候,会有"请人应允:所请之事,务祈垂许。以上请托,恳盼慨允。诸事费神,伏乞俯俞(允)"①。所以,根据"启辞"和信件末尾内容,就比较容易判断进入小说中的书信是否为书信内容的全部。

唐代小说以引用完整书信来进行小说叙事的具体篇目有《梁大同古铭记》《浮梁张令》《非烟传》等。在这些篇目中使用完整书信叙事,书牍文本成为了小说的主体。

如《梁大同古铭记》,任升之在钟山圮岸悬圹中得古铭,上有37字隐语,学官们集中讨论数月,仍然不能知晓其意。于是,任升之写信给钦悦,请他探发微旨:

> 升之白:顷退居商洛,久阙披陈,山林独往,交亲两绝。意有所问,别日垂访。升之五代祖仕梁为太常。初仕南阳王

---

① 见谭家健主编,王毓铨等审定:《中国文化史概要》,高等教育出版社,1988年,第19—21页。

帐下,于钟山悬岸圮圹之中得古铭,不言姓氏。小篆文云:
"龟言土,蓍言水,甸服黄钟启灵址。瘗在三上庚,堕遇七中
巳。六千三百浃辰交,二九重三四百圮。"文虽剥落,仍且分
明。大雨之后,才堕而获。即梁武大同四年。数日,遇盂兰
大会,从驾同泰寺。录示史官姚詧并诸学官,详议数月,无能
知者。筐箧之内,遗文尚在。足下学乃天生而知,计舍运筹
而会。前贤所不及,近古所未闻。愿采其旨要,会其归趣,著
之遗简,以成先祖之志,深所望焉。乐安任升之白。①

书信以"升之白"领起全文后,即进入正文。正文内容结束,点名
写信来意,文末署明写信之人。整个书信,除无提称语外,十分完
整。信的内容由三部分构成:一、客套寒暄之语。铺叙隐退后独
居山林、与亲朋好友断绝来往的孤寂,表欲登门造访之意。二、谈
学术问题,这是主要部分。交代发现古铭的来龙去脉,古铭的具
体内容,以及学官们面对古铭的手足无措。三、推崇、赞颂之词。
极力赞誉钦悦学识渊博,殷切期盼其尽快答复,帮助解决古铭蕴
含的深义。三部分内容,围绕"古铭之含义",互为补充,构成了书
信的全部内涵。纵览全文,充斥着阿谀溢美之词,违背了书牍文
以真挚为主的宗旨。然文脉清晰,张弛有致,任升之写信的意图
表达得非常清楚。几天以后,钦悦即回复信件:

使至,忽辱简翰,用浣襟怀。不遗旧情,俯见推访。又示以
大同古铭。前贤未达,仆非远识,安敢轻言,良增怀愧也。属在
途路,无所披求,据鞍运思,颇有所得。发圹者未知谁氏之子,
卜宅者实为绝代之贤,藏往知来,有若指掌,契终论始,不差锱

---

① 李时人编校,何满子审定,詹绪左复校:《全唐五代小说》外编卷七(第七
册),第 3762—3763 页。

铢。愧焰之预识龚使，无以过也。不说葬者之岁月，先识圮时之日辰，以圮之日，却求初兆，事可知矣。姚史官亦为当世达识，复与诸儒详之，沉吟月余，竟不知其指趣，岂止于是哉？原卜者之意，隐其事，微其言，当待仆为龚使耳。不然，何忽见顾访也？谨稽诸历术，测以微词，试一探言，庶会微旨。当梁武帝大同四年，岁次戊午。言"旬服"者，五百也；"黄钟"者，十一也。五百一十一年而圮。从大同四年，上求五百一十一年，得汉光武帝建武四年戊子岁也。"三上庚"，三月上旬之庚也。其年三月辛巳朔，十日得庚寅，是三月初葬于钟山也。"七中巳"，乃七月戊午朔，十二日得己巳，是初圮堕之日，是日己巳可知矣。"浃辰"，十二也。从建武四年三月至大同四年七月，总六千三百一十二月，每月一交，故云"六千三百浃辰交"也。"二九"为十八，"重三"为六。末言"四百"，则六为千、十八为万可知。从建武四年三月十日庚寅初葬，至大同四年七月十二日己巳初圮，计一十八万六千四百日，故云"二九重三四百圮"也。其所言者，但说年月日数耳。据年，则五百一十一，会于"旬服黄钟"；言月，则六千三百一十二，会于"六千三百浃辰交"；论日，则一十八万六千四百，会于"二九重三四百圮"。从"三上庚"至于"七中巳"，据历计之，无所差也。所言年岁月日，但差一数，则不相照会矣。原卜者之意，当待仆言之。吾子之问，契使然也。从吏已久，艺业荒芜，古人之意，复难远测。足下更询能者，时报焉。使还，不代。郑钦悦白。[1]

郑钦悦博学，通历术，《新唐书》卷二〇〇后有传，曾仕开元年间集

① 李时人编校，何满子审定，詹绪左复校：《全唐五代小说》外编卷七（第七册），第 3763—3764 页。

贤院直学士:"开元集贤学士,又有尹愔、陆坚、郑钦悦、卢僎名稍著。"①郑钦悦虽诗书满腹,却为李林甫所恶,仕途坎坷。后因担任韦坚属下官职而被贬为夜郎尉,死于任所。郑钦悦与任升之关系颇好,因此,任升之遇到难题即向钦悦求助。钦悦收到信件,数日即解而书复之,果然不负朋友所托。这封回信,谦虚中不乏自信,用自己渊博的知识和深厚的学养,解决了诸多学官没有解决的难题。如此心思缜密的推断,不是真才实学,很难出此言。从表达方式上说,这是一篇讨论学术的书信,主体部分以议理为主,但也有一股情趣贯穿其间,时时流露出对身世感伤的抒情味。

《梁大同古铭记》中的古铭不过是谶应之语,不足为信。作者创作此文,主要是为了展示钦悦的博学多识,表现自己对知识锲而不舍地追求。此作品"叙事结构由书信二封、记事、议论三部分组成,不断变换文体,很有特色,反映出唐传奇'文备众体'的文体特征"②。正因为小说作品主体纯由书信构成,以致程毅中认为"本文记载了郑钦悦辨证大同古铭中的隐语,虽是'异闻',但缺乏故事性,末后又加了一段议论,实在很难算作小说"③。

二、摘录

摘录书信中与故事相关的内容,推动故事情节的发展,这是唐代小说使用书牍文本的主要方式。

在唐代小说中,以摘录书信的形式进行小说叙述的篇目非常多,有《梁四公记》《梁十二》《郭翰》《王生》《李哲》《刘凯》《袁洪儿

①[宋]欧阳修、宋祁撰:《新唐书》卷二〇〇,第5703页。
②石昌渝主编:《中国古代小说总目·文言卷》,第239页。
③程毅中:《唐代小说史》,第240页。

《夸郎》《梁革》《浮梁张令》《郑绍》《孟氏》《后土夫人传》《张闶藏》《常夷》《玉箫化》《红线》《李哲》《崔炜》《贾忤旨》《杜凝妾》《冯渐》《崔书生》《张读》《段成式》《庞严》《眭仁蒨》《南柯太守传》《金龟印》《呼延冀》《安凤》《秦中子得先人书》《感异记》《阿六》《岑顺》《李及》《传书燕》《罗元则》《龙镜记》《冯渐》等。

在《冯渐》中,道士李君写信给博陵崔公,举荐自己所看重的名家子冯渐道术非凡,"当今制鬼,无过渐耳"①。冯渐颇有才华,以明经入仕。只是生性不同流俗,辞官归隐于伊水,因而不为当时人所知。唐代不知名人要被认可,其重要途径就是依赖位高权重的知名人举荐。"举荐者作为意见领袖积极为有才能的人士进行宣传,使之声誉大振,从而能在文学界或仕途上有一定的发展"②。《旧唐书·马周传》记载:"马周字宾王,清河茌平人也。少孤贫好学,尤精《诗》、《传》,落拓不为州里所敬。……至京师,舍于中郎将常何之家。贞观三年,太宗令百僚上书言得失,何以武吏不涉经学,周乃为何陈便宜二十余事,令奏之,事皆合旨。太宗怪其能,问何,何答曰:'此非臣所能,家客马周具草也。每与臣言,未尝不以忠孝为意。'太宗即日召之,未至间,遣使催促者数四。及谒见,与语甚悦,令直门下省。六年,授监察御史,奉使称旨。"③马周只不过为一博士助教,因常何举荐而担任监察御史的重职。贺知章因陆象先引荐,官职一路升迁。《旧唐书·文苑》记载:"贺知章,会稽永兴人,太子洗马德仁之族孙也。少以文词知

①李时人编校,何满子审定,詹绪左复校:《全唐五代小说》外编卷一四(第七册),第4023页。
②柯卓英:《唐代的文学传播研究》,中国社会科学出版社,2009年,第40页。
③[后晋]刘昫等撰:《旧唐书》卷七四,第2612—2613页。

名,举进士。初授国子四门博士,又迁太常博士,皆陆象先在中书引荐也。"①顾况赏识白居易而使之声名远播:"尚书白居易应举,初至京,以诗谒著作顾况。况睹姓名,熟视白公曰:'米价方贵,居亦弗易。'乃披卷,首篇曰:'离离原上草,一岁一枯荣。野火烧不尽,春风吹又生。'却嗟赏曰:'道得个语,居即易矣。'因为之延誉,声名大振。"②冯渐经道士李君的推举,声誉鹊起,"朝士咸知渐有神术数,往往道其名。别后长安中人率以'渐'字题其门者,盖用此也"③。故事中未出现李君写给崔公书信的所有内容,只引用了"当今制鬼,无过渐耳"这一句话。因此句是冯渐人生境遇改变的关键因素,对刻画李君、崔公善于发现人才、奖掖后进的人物形象,对故事的发展、结局有重要作用。

又如《秦中子得先人书》,讲述一个假托鬼魂之名骗取钱财的故事。秦川富室少年,忽然收到亡父要求他把三十五匹缣送到灞水桥边,否则将遭致灾祸的来信:

> 一日逮夜,有投书于户者,仆执以进。少年启书,则蒲纸加蜡,昧墨斜翰,为其先考所遗者。且曰:"汝之获利,吾之冥助也。今将有祸,校虞灭趾,故先觉耳。然吾已请于阴骘矣。汝及朔旦,宜斋躬洁服,出于春明门外逆旅,仍备缣之随龄者三十有五,藁帕弢之。候夜分,则往灞水横梁,步及石岸。见有黄其衣者,乃置于前,礼祝而进,灾当可免。或无所遇,即

①[后晋]刘昫等撰:《旧唐书》卷一百九〇,第 5033 页。
②[宋]李昉等编:《太平广记》卷第一百七〇,中华书局,1961 年,第 1247 页。
③李时人编校,何满子审定,詹绪左复校:《全唐五代小说》外编卷一四(第七册),第 4023 页。

挈缣以归,善计家事,急为窬计,祸不旋踵矣。"少年捧书大恐……①

小说省略了信件的基本格式及其他内容,只摘录了与故事直接相关的部分。富家子看完书信,果真照办,折射出唐代整个社会弥漫着卜葬、卜宅、禄命之类的阴阳迷信思想。据《史记》记载,神龙元年(705 年),唐高宗李治见老子与其同姓,更加崇尚道教,令王公百官皆读《老子》一书。唐玄宗李隆基"令士庶家藏《老子》一本","两京及诸州各置老君庙一所"。经常饱受天灾之苦的民间,此风更盛。开元三年(715 年),山东②连续三年发生蝗灾,眼看蝗虫漫天横飞,百姓认为是得罪了神灵,只知烧香膜拜,禳祭蝗虫。上至帝王权贵,下至贫民百姓,都相信天命、神道,读者就不难理解富家子为何对亡父的信件深信不疑了。行骗者利用受害者的迷信心理使之上当,写出了骗子的可恶和受骗者的可悲,有"垂训诫"的作用。后被仆人识破,最后将诈骗犯绳之以法,突出了"惩恶扬善""破除迷信"的主题。

三、转述

在唐代小说中,叙述者以第三人称全知叙事视角,间接转述书信内容的篇目主要有《李参军》《南柯太守传》《李咸》《李行修》《崔无隐》等。如在《李参军》中,叙述者转述了萧公筹备女儿婚礼时写给县官的信:

作书与县官,请卜人克日。……萧又作书与县官,借头

① 李时人编校,何满子审定,詹绪左复校:《全唐五代小说》卷七五(第五册),第 2557—2558 页。
② 时指崤山以东,大致包括今河南、河北、山东等地。

花钗绢兼手力等,寻而皆至。①

萧公第一次写信,是请县官找卜人占卜吉日;第二次写信是跟县官借结婚用具。叙述者用概述性语言转述书信内容,简洁明了。

又如在《南柯太守传》中,当淳于棼成为槐安国国王女婿后,叙述者转述了父亲写给南柯的一封信:

> 王遽谓曰:"亲家翁职守北土,信问不绝。卿但具书状知闻,未用便去。"遂命妻致馈贺之礼,一以遗之。数夕还答。生验书本意,皆父平生之迹。书中忆念教诲,情意委曲,皆如昔年。复问生亲戚存亡,闾里兴废。复言路道乖远,风烟阻绝。词意悲苦,言语哀伤。又不令生来觐,云:"岁在丁丑,当与女相见。"生捧书悲咽,情不自堪。②

叙述者用简练的语言,概括了父亲写给淳于棼的书信。这种用概括性的语言转述书信的形式,可以让叙述者一边转述书信内容,一边结合书信内容进行评论,渲染书信所要表达的情感。叙述者在转述父亲写给淳于棼的书信的时候,将一个年迈、孤苦、深明大义而又眷念自己孩子的老父亲形象呈现在接受者眼前:"书中忆念教诲,情意委屈,皆如昔年。……复言路道乖远,风烟阻绝。词意悲苦,言语哀伤。又不令生来觐。"叙述者还可以结合书信内容,对淳于棼读完父亲写给自己家书后的感受进行心理刻画:"生捧书悲咽,情不自堪。"叙述者以第三人称全知叙事视角转述书信内容,可以灵活自如地描述淳于棼和其父亲的心理活动。

---

① 李时人编校,何满子审定,詹绪左复校:《全唐五代小说》卷一八(第二册),第621页。
② 李时人编校,何满子审定,詹绪左复校:《全唐五代小说》卷二三(第二册),第788—789页。

　　"书牍文的内容极为广泛，大至论政、讲道、谈文、评述人物，小至倾述个人遭遇，抒发个人感情，以至问寒暖，话家常，其内容包罗了社会生活和个人生活的各个方面。在写法上也极为灵活，或叙事，或说理，或言情，篇幅可长可短，完全看作者需要而定"①。在汉唐小说中，书信体文章在内容上几乎不受什么限制，作者可以称心而言，意到笔随。书牍文以容纳生活的广泛性和表现形式的多样性融入唐代小说，不仅可提供了解当时社会风尚、人情世态的历史资料，而且在小说叙述中也承担着重要的叙述功能。

第三节　汉唐小说中书牍文本的叙事
功能：串联故事

　　汉唐小说作家深谙书信文体的叙事功能，以书信作为"媒介"，巧借书信以叙述故事。但汉、唐小说中书牍文本的叙事功能，同中有异。汉魏六朝小说中的书信，带有谶言或隐语的性质，多在情节过渡时作为衔接故事之用，并暗示即将展开的情节。而唐代小说中的书信，不仅用来勾连故事情节，而且刻画故事人物心理、交代故事人物身世，对小说文体的意义更丰富。

　　汉魏六朝小说《搜神记》"钟离意""段医""王母传书""韩凭妻""李娥"、《幽明录》"鬼书"、《世说新语》"庾公书郗公"等，唐代小说《李哲》《窦凝妾》《张冏藏》等，以时序为线索，用书牍文本把大大小小的事件串联在一起，使各情节链相互衔接。

_____

①王育颐等编撰：《中国古代文学词典》（第三卷），广西教育出版社，1989年，
　第1176页。

　　汉魏六朝小说中,写信的主体有阴间鬼魂、受众人敬仰的神仙,也有生活于尘世的凡人。他们在不便于直接会面时,便以书信的形式告知将要发生的事,为下文埋下伏笔。摘引其中的几则书信如下:

> 妻密遗凭书,缪其辞曰:"其雨淫淫,河大水深,日出当心。"……其妻乃阴腐其衣。王与之登台,妻遂自投台,左右揽之,衣不中手而死。遗书于带曰:"王利其生,妾利其死。愿以尸骨,赐凭合葬。"王怒,弗听。使里人埋之,冢相望也。[1]（《搜神记·韩凭妻》）

> 父死归玄冥,何为久哭泣? 却后三年中,君家可得立。仆当寄君家,不使有损失。[2]（《幽明录·鬼赠人》）

《韩凭妻》出自《搜神记》卷一一。故事叙述简洁,情节完整,歌颂了韩凭夫妇坚贞不渝的爱情,谴责了宋康王的荒淫残暴。人物形象个性鲜明,情节曲折。结尾以夫妻精诚化成相思树的幻想手法,深化主题,使故事哀婉动人,对后世的文学创作有一定影响。唐"变文"《韩朋赋》即以此为蓝本加工改编而成。小说中共有两封书信,一封是韩凭妻以死明志的隐语;另一封是韩凭妻殉情前控诉宋康王暴行,并祈求与夫同葬的遗书。小说没有正面描述韩凭夫妇以死抗争的悲壮场面,而是以这两封书信为主线,从侧面交代与之相关的基本情况。当宋康王得到何氏写给韩凭的密函,无法知晓其意,召集群臣讨论。作者花费一定的笔墨解说这封书信的含义:"其雨淫淫,言愁且思也;河大水深,不得往来也;日出

---

[1]［晋］干宝撰,汪绍楹校注:《搜神记》,第141—142页。
[2]［南朝宋］刘义庆撰,郑晚晴辑注:《幽明录》,第126页。

当心,心有死志也。"①信中隐晦曲折的文辞,暗示着故事人物的结局,也与前文宋康王强夺何氏的情节相呼应。何氏的"美",不仅仅在于容貌,更是才华。最后,何氏在遗书中要求与夫君合葬的愿望,因感动上苍得以实现。

《韩凭妻》的情节可拆分为几个环节:宋康王夺韩凭妻——何氏写信给韩凭,诸大臣推断书信的含义——韩凭妻自杀,留下合葬的遗书——夫妻死后化成相思树。各情节链不仅因书信紧密连接在一起,故事结局也如书信中所预言。

《幽明录·鬼赡人》(《太平广记》卷三二〇),亦作"阮瑜之""李留之",写鬼帮助年幼、贫穷、孤苦无依的小舅子阮瑜之的故事。阮瑜之因父早逝,幼孤贫不能自立,经常啼哭。李留之顿生怜悯之心,对李家人关爱有加,协助其渡过难关。在将善心付诸行动之前,李留之担心阮家人害怕自己是鬼,便写信澄清自己绝无恶意。此后,鬼一一兑现他在信中的承诺。书信为小说情节提供了基本思路,作者无须再另外构设情节,只需按照书信所示即可。

融入单篇唐代小说中的书信数量明显增多。书信成为串联故事情节的主线,故事情节的进展也如书信中所预设而展开。如《李哲》,李氏家中因鬼魅为祟出现诸多异事。从鬼魅出现到李氏家人迫于无奈选择离开,鬼魅前后给李哲及其家人写了八封短信:

忽于庭中得一书:"闻君议伐竹种桃,尽为竹筹,州下粟

---

① [晋]干宝撰,汪绍楹校注:《搜神记》,第141页。

方贱,一船竹可贸一船粟,幸速图之。"①

复投书曰:"惟圣罔念作狂,惟狂克念作圣。君始骂我而见祈,今并还之。"书后言"墨获君状"。②

事发,又得一书曰:"里仁为美,择不处仁,焉得智?"③

数旬之后,其家失物至多,家人意其鬼为盗。又一书言:"刘长卿诗曰'直氏偷金枉',君谓我为盗,今既得盗,如之何?"④

明日哭于庭,乃投书曰:"谚所谓'一鸡死,一鸡鸣',吾属百户,当相报耳。"⑤

而得一书曰:"闻君欲徙居,吾已先至其所矣。"⑥

自后家中有窃议事,魅莫能知之。一书:"自无韩大,猛二,吾属无依。"⑦

鬼书至曰:"符,至圣也,而置之屋上,不亦轻为?"士昌无

---

① 李时人编校,何满子审定,詹绪左复校:《全唐五代小说》卷二七(第二册),第946页。

② 李时人编校,何满子审定,詹绪左复校:《全唐五代小说》卷二七(第二册),第946页。

③ 李时人编校,何满子审定,詹绪左复校:《全唐五代小说》卷二七(第二册),第946页。

④ 李时人编校,何满子审定,詹绪左复校:《全唐五代小说》卷二七(第二册),第946页。

⑤ 李时人编校,何满子审定,詹绪左复校:《全唐五代小说》卷二七(第二册),第946页。

⑥ 李时人编校,何满子审定,詹绪左复校:《全唐五代小说》卷二七(第二册),第947页。

⑦ 李时人编校,何满子审定,詹绪左复校:《全唐五代小说》卷二七(第二册),第947页。

能为,乃去。①

故事以鬼魅为祟、挑衅开端。鬼魅挑衅的方式,就是利用书信,以言辞激怒李哲及其家人。第一封书信,鬼魅嘲笑李哲家人伐竹种桃,以精明"生意人"的眼光,建议其将砍伐的竹子换回粟米,物尽其用;第二封书信,鬼以"大智""大圣"自居,谴责咒骂自己的李哲友人,并归还帽子。信中语言文雅,折射出鬼魅颇识诗书;第三封,"教导"李哲家人善待邻里,要懂得为人处世之道;第四封,以刘长卿诗句讽刺李哲家人以"小人之心度君子之腹",冤枉自己为"盗",干脆"盗"取家中财物以示惩戒;第五封,警告李哲家人,将为残杀的族类复仇。……鬼投给李哲及其家人的书信,并没有把自己看成与"人"不同的"异类",希望人以同类视之,和平共处。信中所言有理有据,有礼有节,狡黠中不乏真诚,聪慧中不乏奸诈,可爱中透露着顽皮,令人啼笑皆非。

针对鬼魅的挑衅,李哲家人也相应地采取一定的措施予以回击,故事就在挑衅、应对中步步展开。整个故事的情节链为:

李哲搬进新居——→在新居发现鬼魅——→半月后,鬼魅写信嘲笑李哲——→数月后,鬼魅写信澄清邻居丢失之物不是自己所盗——→数日后,鬼魅妻子哭丧——→又明日,鬼魅妻子在里巷再次哭丧——→李哲搬家。

鬼魅为祟,李哲及其家人、朋友采取的措施为:

李哲欲砍竹植桃,让鬼魅无藏身之所——→李哲的朋友企图以辱骂赶走鬼魅——→李哲的朋友祈求鬼魅归还失物——→李哲杀死鬼丈夫,欲除掉祸害——→李哲被鬼闹腾,欲搬家——→李哲得知鬼

---

①李时人编校,何满子审定,詹绪左复校:《全唐五代小说》卷二七(第二册),第947页。

魅信息的来源,杀犬除害——→李哲仍然无法摆脱鬼魅,最终选择搬家。

鬼魅与李哲为居住所有权的争斗,最终以鬼魅胜利结束。虽然鬼魅赶走了"入侵者",却付出了惨痛的代价,有一族类被杀害。相比李哲的赶尽杀绝,鬼魅只不过是小孩子般的恶作剧,放点可立即扑灭的小火,偷几本书,并没有对李哲及其家人的生命造成直接威胁。某种程度上,《李哲》中的鬼比人更有"人情味"。到底是鬼恶还是人坏,值得深思。

故事中鬼魅一次又一次写给李哲家人的书信,成为串联故事的链条,推动了情节的发展。李哲及其家人、朋友应对鬼魅的方法,也是根据鬼魅的书信而采取措施。书信的使用,让小说在叙事时间上不再拘泥于单一的标注具体时间的方式,还使看似杂乱无章的事件与事件之间有一种内在的衔接。鬼魅写给李哲家人的最后一封书信,既揭示了李哲家人与鬼魅之间斗争的结果,又让接受者在一系列的戏剧性冲突中,意识到每个事件其实都是环环相扣、俨然一体的。法国结构主义美学家罗兰·巴特说:"叙述活动的动力正是连续和后果的混淆不清本身,因为叙事作品中后面发生的总是被读者视为由……引起的。"①李哲与鬼魅之间的矛盾,一次比一次激烈,双方采取的措施一次比一次严厉,就因为鬼魅写给李哲的书信,挑衅的色彩一次比一次浓厚,是矛盾一步步激发的导火索,成为贯通情节脉络的主线。

又如《窦凝妾》,叙述窦凝为娶高门女子而谋害刚生产的小妾和所生二女,小妾枉死后复仇的故事。小妾在复仇前,窦凝亡父

①［法］罗兰·巴特著,董学文、王葵译:《符号学美学》,辽宁人民出版社,1987年,第120页。

前后共投给窦凝三封短信,暗示其东窗事发,要其预先安排后事:

　　　永泰二年四月,无何,几上有书一函,开见之,乃凝先府
君之札也。言:"汝枉魂事发。近在期月,宜疾理家事。长女
可嫁汴州参军崔延,幼女嫁前开封尉李驷,并良偶也。"①

　　　更旬日,又于室内见一书:"吾前已示汝危亡之兆,又何
颠倒之甚也?"②

　　　明日,庭中复得一书,词言哀切,曰:"祸起旦夕。"③

"博陵崔氏"是唐代的豪门大姓"五姓"之一。唐代士子热衷于娶
"五姓女",娶"五姓女"比当驸马更有吸引力。薛中书元超就说
过:"吾不才,富贵过分。然平生有三恨:始不以进士擢第,不得娶
五姓女,不得修国史。"④《窦凝妾》就反映了唐代重视家族门第,
士子们企图攀附高门显族以博取名望禄位的心态。窦凝亡父写
给窦凝的书信,预示着窦凝一家平静生活的结束。书信蕴含的深
意,除造成当年惨剧的本人窦凝外,其他人无一知晓。就连窦凝
自己,在看到第一封书信的时候,也没有即刻回想起自己当年犯
下的滔天罪行。当接受者看到这里的时候,一连串的问题伴随着
故事的发展自然地出现在脑海:是谁写给窦凝这封毫无头绪的信
件,是不是窦凝的妾来复仇? 然后,叙述者用书信衔接前文所述
事件,逐渐解开故事的谜团,引出窦凝谋杀妾的事件。窦凝亡父

---

① 李时人编校,何满子审定,詹绪左复校:《全唐五代小说》卷二七(第二册),
　　第920页。
② 李时人编校,何满子审定,詹绪左复校:《全唐五代小说》卷二七(第二册),
　　第920页。
③ 李时人编校,何满子审定,詹绪左复校:《全唐五代小说》卷二七(第二册),
　　第920页。
④ 上海古籍出版社编:《唐五代笔记小说大观》,第103—104页。

写给窦凝的书信,也让窦凝在心理上经历了"不信""犹豫"到"仓惶"的过程。此前窦凝灭绝人性地杀害妻儿,没有丝毫的愧疚、自责,一直过着逍遥舒适的生活。即使收到警告的书信,仍没回想起自己的罪行。儿子对罪孽的淡忘、漠视,彻底激怒了亡父。他再次给窦凝写了两封书信。信中的措辞,一次比一次严厉,情感也一次比一次愤怒。在最后一封书信的逼迫下,窦凝自知无法隐瞒事实,将事件的真相揭晓。《窦凝妾》也反映了唐代社会司法的不公。窦凝为与崔家女子结婚,将刚刚生育的小妾连同亲生骨肉一同杀死,残忍暴戾,令人发指。官府却没有追查,没有替弱女子伸张正义,这是官府的严重失职。据史书记载,唐代司法"权大于法",为权贵左右的情况时有发生。白居易作为一位关心民瘼的士大夫,元和四年(809 年)上《奏阌乡县禁囚状》,关切"冤狱遍于寰中"的现实,上书要求改革司法腐败的状况,并创作讽谕诗《歌舞》,揭露司法的黑暗。窦凝、妾及其妻子的家庭悲剧,不是个别现象,是当时整个社会重门第、权势不良风气下之必然。这篇小说围绕"妾复仇"的主题,借助书牍文本把看似毫无关联的人物、事件串联在一起,让人物、事件在某种因果联系中衔接,建立一连串的对应关系,使之成为一个意味深长的故事。

部分汉唐小说作品,在叙述故事的时候,有意识地使小说各事件之间出现一个合理的断层,设置悬念,激发接受者的阅读兴趣。然后在以后的情节发展中,用书牍文本衔接断层,串联故事,让事件与事件之间具有某种内在的因果联系,形成一个首尾完整的故事。

第四节　唐代小说中书牍文本的叙事功能

　　唐代小说中的书牍文本,还有刻画故事人物心理和改变叙事结构的叙事功能。

一、刻画故事人物心理

　　心理描写是对人物在一定环境中的心理状态、精神面貌和内心活动进行描写,是塑造人物形象的重要方法。心理描写通常要借助多种手段,让人物吐露心声,使读者看到人物的内心世界。其中,通过第一人称"我"的内心独白是常见方式。

　　唐之前的小说,很少对人物的心理进行刻画,往往用简单的心理动词,展示人物的内心世界。如《幽明录》"卖胡粉女子"用"疑"字,描述女子对富家子常来买粉的不解;《拾遗记》卷二"纣王混乱"用"惑"字,传达纣王对烽火异常的看法。唐代小说仍然用心理动词揭示人物的内心,如《灯下闲谈·驿宿遇精》用"喜"一词,写欧阳询听闻精怪藏匿于驿站后的喜悦;《玉泉子·邓敞》以"惊"展现邓敞见牛氏奴驱车直入,陈牛氏生前所爱之物的惊异。但也有不少作品通过书信让远隔两地之人倾诉衷肠,刻画人物的心理。"唐传奇是中国小说叙事真正关注人物心理活动的开端。与现代和西方人物心理描写不同的是,在唐传奇的叙事中,直接的心理描写被置换成了其他的表现形式。在《莺莺传》中就有以莺莺的书信体,张生的自言自语的独白体,以及具有中国抒情传统特点的诗歌体等形式,替代直接心理描写方法的运用"①。

---

①祖国颂、林继中:《〈莺莺传〉叙事艺术探析》,《东南学术》2009年第2期,第147页。

　　书信是两个人之间的远距离对话，也是两个人之间的私语言说。"故书者，舒也。……详总书体，本在尽言，言以散郁陶，托风采，故宜条畅以任气，优柔以怿怀；文明从容，亦心声之献酬也"①。书信能体现言说的无忌和自由，无须闪烁其词或吞吞吐吐。刘勰《文心雕龙》指出书信的本义是"尽言"，即畅所欲言，尽情倾诉。

　　在唐传奇的发展中具有里程碑意义的《莺莺传》，融入了好几封书信。《莺莺传》自产生即广泛流传。李绅受其影响，写了《莺莺歌》。宋代有赵令畤《商调蝶恋花》鼓子词、《莺莺传》话本、《莺莺六幺》杂剧，金代有董解元《西厢记诸宫调》，元代有王实甫《西厢记》杂剧，明代有李日华《南调西厢记》、陆采《南西厢》，清代有查继佐《续西厢》杂剧、沈谦《翻西厢》传奇等。《莺莺传》成为文人笔下所钟情的重要题材，并被一再改编的重要原因，是作者采用多种手法塑造了鲜活可感的人物形象。其中，就得益于小说中的书信：

　　　　明年，文战不胜，张遂止于京。因贻书于崔，以广其意。崔氏缄报之词，粗载于此，曰："捧览来问，抚爱过深。儿女之情，悲喜交集。兼惠花胜一合，口脂五寸，致耀首膏唇之饰。虽荷殊恩，谁复为容？睹物增怀，但积悲叹耳。伏承使于京中就业，进修之道，固在便安。但恨僻陋之人，永以遐弃。命也如此，知复何言！自去秋已来，常忽忽如有所失。于喧哗之下，或勉为语笑，闲宵自处，无不泪零。乃至梦寐之间，亦多感咽离忧之思。绸缪缱绻，暂若寻常。幽会未终，惊魂已断。虽半衾如暖，而思之甚遥。一昨拜辞，倏逾旧岁。长安

①〔南朝梁〕刘勰著，周振甫注：《文心雕龙注释》，第277—278页。

行乐之地,触绪牵情。何幸不忘幽微,眷念无斁。鄙薄之志,无以奉酬。至于终始之盟,则固不忒。鄙昔中表相因,或同宴处。婢仆见诱,遂致私诚。儿女之心,不能自固。君子有援琴之挑,鄙人无投梭之拒。及荐寝席,义盛意深。愚陋之情,永谓终托。岂期既见君子,而不能以礼定情。致有自献之羞,不复明侍巾帻。没身永恨,含叹何言!倘仁人用心,俯遂幽眇,虽死之日,犹生之年。如或达士略情,舍小从大,以先配为丑行,以要盟为可欺。则当骨化形销,丹诚不泯,因风委露,犹托清尘。存没之诚,言尽于此。临纸呜咽,情不能申。千万珍重,珍重千万!玉环一枚,是儿婴年所弄,寄充君子下体所佩。玉取其坚润不渝,环取其终始不绝。兼乱丝一绚,文竹茶碾子一枚。此数物不足见珍。意者欲君子如玉之真,弊志如环不解。泪痕在竹,愁绪萦丝。因物达情,永以为好耳。心迩身遐,拜会无期。幽愤所钟,千里神合。千万珍重!春风多厉,强饭为嘉。慎言自保,无以鄙为深念。"①

莺莺写给张生的回信,全景式地呈现了她的内心活动。既有对往事的回忆,也有对目前处境的描述,还有对未来爱情的期待和憧憬。书信多层面、多角度地展现了这位少女反抗传统礼教时心灵的冲突:相信情人又怀疑情人,深爱情人又埋怨情人,追求爱情又被礼教禁锢。书信用语典雅精工,细腻、生动地展示莺莺的心路历程,刻画了一个才华横溢、温柔痴情,在情与礼之间挣扎的人物形象。对莺莺所撰书信、诗歌的艺术价值,宋赵令畤在《元微之崔莺莺商调蝶恋花词》中评价道:"夫崔之才华婉美,词彩艳丽,则于

---

① 李时人编校,何满子审定,詹绪左复校:《全唐五代小说》卷二四(第二册),第 811—812 页。

所载缄书诗章尽之矣。如其都愉淫冶之态，则不可得而见。及观其文，飘飘然仿佛出于人目前，虽丹青摹写其形状，未知能如是工且至否？"①书信融入小说，刻画了莺莺的心理，标志着叙事体的小说以事件描写为中心转入以人物描写为中心。

　　神仙世界与人世界是遥不可及的两个世界，书信也成为神、人之间传递情感的工具。在《浮梁张令》中，浮梁张令尽享人间荣华富贵，过着锦衣玉食的奢侈生活。在死期将至之际，为延长寿命，他不惜花费重金收买诸位上仙。于是诸神仙向上帝请命，上帝只好同意张令的请求。他在写给张令的书信中，传达天帝对此事的态度：

　　　　乃启玉函，书一通……张某弃背祖宗，窃假名位，不顾礼法，苟窃官荣，而又鄙僻多藏，诡诈无实。百里之任，已是叨居，千乘之富，今因苟得。令按罪已实，待戮余魂，何为奏章，求延厥命？但以扶危拯溺者，大道所尚；纾刑宥过者，玄门是宗。徇尔一泯，我全弘化。希其悛恶，庶乃自新。贪生者量延五年，奏章者不能无罪。②

《莺莺传》中，莺莺与张生之间往来的书信，其目的是为了寄托情人之间的相思别愁。而《浮梁张令》中，上帝写给张令的书信，是为了帮助张令开脱罪责，下令延长张令的寿命。本来上帝下达命令，应用正式公文而不是私人信件，选择用私信就意味着此举的隐秘性，掩盖着不可告人的目的。上帝在信中虽谴责了张令徇私枉法，但最主要是为天庭肆意篡改律令找到冠冕堂皇的理由，与

————————

① [宋]赵令畤撰，孔凡礼点校：《侯鲭录》卷五，中华书局，2002年，第142页。
② 李时人编校，何满子审定，詹绪左复校：《全唐五代小说》卷五〇（第三册），
　　第1730—1731页。

另一篇小说《嵩岳嫁女》西王母及众仙同意其延寿的情节相对应："王母曰:'奏章事者,有何所为?'曰:'浮梁县令求延年矣。以其人因贿赂履官,以苛虐为政,生情于案牍,忠恕之道篾闻,唯锥于货财,巧为之计更作,自贻覆悚,以促余龄。但以莲花峰叟徇从于人,奏章甚恳,特纡死限,量延五年。'"①通过这封赦免张令的书信和写给西王母的奏章,天庭的真实面目由此尽显。

　　人的心理活动是复杂多样的。利用书信直接叙写人物的所思、所想,把单靠外部形象难以表现的内心感受揭示出来,使文学作品中的人物形象立体化,从而显得更为真实。"因为从叙事批评的角度看,书信体叙事过程中,无论小说中有多少人物,他们总是以第一人称叙事的。而第一人称'我'恰恰是主体性的最根本特征。表面看来,第一人称视角仅仅是个作家用以讲述故事的视角选取问题,但实际上'我的故事'对于'自我'的建构是一个相当关键的问题。"②书信用第一人称"我"的口吻叙事,能使文体与生活的原生态贴近,无疑也会加强小说的真实感。唐代小说《崔炜》《飞烟传》《南柯太守传》等篇目也以书信陈情。"不同'书信'出现在文本中会产生'即时性'的效果,读者在阅读过程中会想当然地把每封信看做是在对每一种具体情况的即刻印象下写成的。与传统小说中的叙述和描写相比较,这种叙事的优点有利于直接地、真实地反映人物的各种复杂感情。如果把书信体叙事作为文

---

① 李时人编校,何满子审定,詹绪左复校:《全唐五代小说》卷五〇(第三册),第 1689 页。
② 岳国法:《类型修辞与伦理叙事:艾丽丝·默多克小说研究》,黑龙江人民出版社,2008 年,第 153 页。

学史中的一种文体形态来看,它应该属于一种心理现实主义创作"①。唐代小说中的书信,可以突破地域的限制,为远隔两地之人搭起交流、沟通的桥梁,为不能见面之人,提供情感倾诉和交流的平台,让故事人物的内心世界得以真实展现。

二、改变叙事结构

唐代小说的体制相比汉魏六朝小说而言有很大发展,但仍然以史传惯用体例叙事,如以人名为标题,开篇介绍人物的身世、经历。"唐人《霍小玉传》、《刘无双传》、《步飞烟传》等篇,始就一人一事,纡徐委备,详其始末⋯⋯"②然"以千篇一律地写'某时'、'某地'、'某人'的程式开头,然后又按时间的次序叙写故事的始末,这就给结构带来了单调、平板的毛病"③。在中晚唐小说中,叙述者巧用书信以故事人物自陈身世,改变了这种千篇一律的程式化写作方式和单一的义体结构。

如《非烟传》,非烟与赵象一见钟情。然特殊的时代、悬殊的身份,让非烟与赵象即使近在咫尺,也无法互通情愫。不能见面的他们,只能以书信倾诉衷情。非烟与赵象第一次会面后,在信件中向象讲述了积郁于心、不曾向人倾吐的身世经历:

> 于是阖户垂帏,为书曰:"下妾不幸,垂髫而孤。中间为媒妁所欺,遂匹合于琐类。每至清风明月,移玉柱以增怀;秋帐冬钉,泛金徽而寄恨。岂谓公子,忽贻好音。发华械而思

---

① 岳国法:《类型修辞与伦理叙事:艾丽丝·默多克小说研究》,第 150 页。
② 夏曾佑:《小说原理》,见霍松林主编:《中国近代文论名篇详注》,贵州人民出版社,1986 年,第 199 页。
③ 侯忠义:《隋唐五代小说史》,浙江古籍出版社,1997 年,第 10—11 页。

飞,讽丽句而目断。所恨洛川波隔,贾午墙高,连云不及于秦
台,荐梦尚遥于楚岫。犹望天从素恳,神假微机。一拜清光,
九殒无恨。兼题短什,用寄幽怀,伏惟特赐吟讽也。"①

这封书信声情并茂,即使不融入小说,也是一篇佳作。小说采用
第一人称叙事视角,让非烟在书信中自叙其悲剧人生。非烟在信
中自陈身世,没有采用史传惯用的"由某时、某地、某人、发生了某
事"的单调陈述,而是以追忆的形式,再现自己幼年、青少年的生
活经历。书信介入叙事,也使正在发生的故事时间、场景与非烟
往昔所生活的情境双水分流,同步进行。接受者根据书信所述,
发挥联想,展开想象,根据自己平时积累的阅读经验和审美体验,
再现书信叙述所营构的时空。因为"对于小说的空间环境,小说
话语并不是营造之,而只是提示之,提示,永远是功能性与特征性
的"②。以书信用第一人称叙事视角,实际上是让当事人非烟作
为主体直接介入故事情境,并以自身的境遇作为情感抒写内心的
一种方式。当写信的人物在向另一个人物表明心迹时,"写信的
思绪实际上变成了向我们公开的书本。由这种十分私密的书信
引起的实际的参与感无疑是这种技巧最有价值的艺术特征"③。
用书信自陈其身世经历,引发了故事人物在不同时期所发生事件
之间的时空转换。周先慎也认为:"小说的前半部分用较多的篇
幅描写二人酬赠诗篇、传书递简的情况,这对揭示两人爱情关系

---

① 李时人编校,何满子审定,詹绪左复校:《全唐五代小说》卷七○(第五册),
　　第 2370—2371 页。
② 王纯菲:《小说虚构空间的时间转化》,《辽宁大学学报》1998 年第 3 期,第
　　93 页。
③ 李维屏:《评理查逊的书信体小说艺术》,《外国文学评论》2002 年第 2 期,
　　第 95 页。

的发展,揭示主人公的思想性格,同时表现这个美丽的爱情故事风雅的情致格调,都起到了一定的作用。"①

又如《鬼传书》,西川宰相高骈筑罗城时,守御指挥使姜知古,令将健俟晓开掘赵舍的坟墓。是夜,有一黄衣束带、瘦骨长身之人,昂然立于知古前,送给他一封由赵舍写的书信:

> 其书曰:"冥司赵舍,谨以幽昧致书于守御指挥端公阁下:窃以赵氏之冤,搏膺入梦;良夫之枉,披发叫天。是以有冤必仇,无道则见,此则流于柱史,载自前文。如舍者,一介游魂,九泉闷象,德不胜享,祷不胜人。无庙貌于世间,遂埋沉于泉壤。自蒙天谴,使掌冥司,虽叨正直之官,未达聪明之理。未尝以威服众,唯知以礼依人。顷在本朝,叨为上相,不无滥德,敢有害盈? 今者伏审渤海高公,令君毁舍坟阙。况舍靖居幽府,天赐佳城,平生无战伐之仇,邂逅起诛夷之骨,得不抚铭旌而愤志,托觚染以申怀? 伏希端公,俯念无依,迥垂有鉴,特于万雉,免此一抔。傥全马鬣之封,敢忘龙头之庇? 谨吟绝句,后幅上闻,不胜望德之至。谨白。其诗曰:'我昔胜君昔,君今胜我今。人生一世事,何用苦相侵?'"②

这封以悲愤情感来自述凄苦身世的书信,亦是一篇感人泣下的"人物传记"。作者为了突出要表达的主题,通过书信以志怪小说中常见的鬼故事题材,有意虚构了与现实世界相对应的冥间世界,塑造了命运凄苦的鬼吏形象,具有深刻意义。唐中后期,类似于渤海高公的官员不乏其数,抢占民田、民宅的事件时有发生。

---

① 周先慎:《古典小说鉴赏》,北京大学出版社,1992年,第94页。
② 李时人编校,何满子审定,詹绪左复校:《全唐五代小说》卷八五(第六册),第2963—2964页。

《新唐书·宦者上》记载,"甲舍、名园、上腴之田为中人所名者半京畿矣"①,京城郊区的一半土地竟为中人(即宦官)吞占,数量大得惊人。寺院道观也仗势抢置庄田、侵吞土地。地主富商,更是巧取豪夺,聚敛财富,吞并民田。如《太平广记·屈突仲任》记载,河南大地主大豪强屈突仲任一户"资数百万,庄第甚众"②。王公百官,更是恶意横行,放肆掠夺民田。宰相李林甫京城邸第林立,田园广阔。《新唐书》记载,大官僚卢从愿"占良田数百顷",唐玄宗不以为怪,反而称他为"多田翁"③。唐中后期,自上而下,对民田、民宅的侵占,由此可见一斑。《鬼传书》通过鬼吏所传之书,将人、鬼世界相接,以荒诞的手法表现社会人生的荒谬,真幻结合,虚实相应,给接受者留下了再次阐释的思维空间。

"中国古代小说在叙事时间上基本采用连贯叙述,在叙事角度上基本采用全知视角,在叙事结构上基本以情节为结构中心"④。书信融入小说叙事,使小说以线性时间为主的叙事结构变为空间化叙事结构。克洛德·西蒙曾指出,在传统小说中,人们总是认为表现时间的经过只要时间,我认为这种想法幼稚。在某些小说中,不是表现时间、时间的延续,而在描绘同时性⑤。自陈身世的书信融入小说,写信人此前经历、生活场景与正在进行的故事同时进行。以线性时间为主的叙事结构,因书信的融入得以改变,变成了"空间化"的叙事结构模式。

---

① [宋]欧阳修、宋祁撰:《新唐书》卷二〇七,第 5856 页。
② 李昉等编:《太平广记》卷一〇〇,第 668 页。
③ [宋]欧阳修、宋祁撰:《新唐书》卷一二九,第 4479 页。
④ 陈平原:《中国小说叙事模式的转变》,上海人民出版社,1988 年,第 4 页。
⑤ 见克洛德·西蒙著,林秀清译:《对〈快报〉记者的谈话》,转引自《佛兰德公路》,漓江出版社,1987 年,第 267 页。

　　书信融入汉唐小说,在叙述角度上多为第一人称主观叙事视角,是作者的一种艺术构思形式。但是,融入汉魏六朝小说和唐代小说中的书牍文本,不仅表现形式不同,叙事功能也有较大的差异。融入汉魏六朝小说中的书牍文本,除《燕丹子》《邹长倩赠遗有道》中的篇幅较长,可看出其语言及结构特点外,其他都是以摘录的方式用来衔接情节、暗示故事结局,难以看出小说中的书信与书信文体自身发展之间的关系。融入唐代小说中的书信篇幅较长,与书信文体在唐代的发展表现出一致性,叙事功能也更丰富。不仅用来串联故事,而且改变了线性化的叙事结构,建立了开放式的空间叙事结构。盛唐后期与中唐前期出现于唐代小说中的书牍文本,大多带有骈文余习且成就有限,表现着文体文风蜕变期的特点。中唐后期的书牍文本"受古文运动的影响,一般都不追求词藻,讲究言之有物,吐露心声,虽然在情趣上很注意,却重在文以载道,以理率情。书牍写作,以'事'为基础,'情'、'理'为核心,'辞'只是声气而已。唐宋书牍较完美地体现了这一点"①。中唐后期的书牍文本,受古文运动影响,从唐代现实生活中提炼新的散体书面语言,生动流畅,较近口语,扩大了文言文的表达功能。

---

① 王凯符、张会恩主编:《中国古代写作学》,第393页。

第四章　公牍文与汉唐小说

　　公牍文,简称公文,指朝廷、官府用于各种公事往来的文书。"公文"一词始见于《后汉书·刘陶传》:"但更相告语,莫肯公文。"①意指口头转达,不公开其文。夏商周三代之前,公文确采用口头讲述的形式,上传情况,下达旨令,所谓"尧咨四岳,舜命八元,固辞再让之请,俞往钦哉之授,并陈辞帝庭,匪假书翰"②是也。"追原始社会解体,奴隶社会出现,最早的象形文字——甲骨文就成为奴隶主的专用品,用来记录祭祀、作战、狩猎、赏罚等重大活动和传达奴隶主的各项命令。其中时地俱全,结构完整,且注有起草文书的贞人姓名,已初步具有公牍文的雏形"③。《尚书·盘庚迁》记录了商王迁都时告诫臣民的讲话,性质即帝王告谕。《尚书·无逸》记录了周公旦劝勉周成王的说教,犹辅臣谏书。至秦朝,由于文字、书写工具的发展,以及为适用统一的中央集权政治的需要,统治阶级对公牍文等实用文体的名称、程式、内容等进行规范化管理。云梦秦简出土的公文,内容丰富,条理严

①［南朝宋］范晔撰,［唐］李贤等注:《后汉书》卷五七,第1849页。
②［南朝梁］刘勰著,周振甫注:《文心雕龙注释》,第243页。
③章明寿:《古代公牍文的嬗变与特色》,《淮阴师专学报》1994年第3期,第
　　53页。

密,表明当时的实用文已相当成熟。汉代实用文受辞赋影响,善于铺排,文辞华美。此时期,产生了系统论述实用文写作的理论,如曹丕《典论·论文》、陆机《文赋》、挚虞《文章流别论》、刘勰《文心雕龙》及颜之推的《颜氏家训》,涌现出了不少公文佳作。如晁错《论贵粟疏》、司马相如《尚书谏猎》《喻巴蜀檄》、贾谊《陈政事疏》《论积贮疏》《谏除盗铸钱令》、曹操《让县自明本志令》《请追增郭嘉封邑表》、曹丕《谏伐辽东表》《求自试表》《求通亲亲表》、诸葛亮《出师表》、孔融《荐祢衡表》等。隋唐时期,经济发达,政治开明,写作环境相对宽松,实用文写作达到历史的高峰。尤其是唐中叶,由韩愈等人提倡兴起的古文运动,强调内容与形式的统一,反对六朝的浮靡文风,转变了实用文文风,产生了一大批写实用文章的大手笔。如骆宾王《为徐敬业讨武曌檄》、白居易《请赎魏徵宅奏》、韩愈《钱重物轻状》等等均是。

公牍文自产生、形成、发展到成熟,历经的时间漫长。随着朝代更迭、礼制变化,统治阶级对其书面形式及其名称做出了许多相应的规定,使古代公事文书体例复杂,名目繁芜。一般来说,公牍文主要有两大类:一种是奏议类文字,属于写给上级主管部门的上行公文。因时代或所陈述内容的不同,可分为章、奏、表、议、疏、启、劄子、弹事等不同体类和名称;另一种是诏令类文字,是皇帝颁布的下行公文,有诏、命、令、制、谕等不同体类和名称,还包括用于军事文告的檄文和露布①。

公牍文数量,目前已无从确考。宋代的《文苑英华》,选入约20000 篇作品,其中就存有大量的公牍文。清人严可均校辑的《全上古三代秦汉三国六朝文》,计746 卷,其中公牍文约占一半。唐

①见褚斌杰:《中国古代文体概论》(增订本),第 438 页。

代以后,典籍档案,卷帙浩繁,公牍文更是汗牛充栋。汉唐人重视公文的写作,主要原因为:

第一,在朝大臣必备的政务能力。刘勰《文心雕龙·奏启》曰:"陈政事,献典仪,上急变,劾愆谬,总为之奏。奏者,进也。言敷于下,情进于上也。"①臣子向皇帝陈述政见、弹劾官员、上报情况等,都需要通过奏议类文字。大臣也通过奏章展示自己才华,获得官职的升迁。《资治通鉴》记载了张嘉贞因奏章写得好,由普通百姓骤升为监察御史的史实②。李密的《陈情表》和诸葛亮的《出师表》,作为此类作品中的杰作,更是把奏议类文字发挥到极致。尤其是《陈情表》中"茕茕孑立,形影相吊"一句,将人生的孤独无依描摹得淋漓尽致。也有因奏章遭祸的。现存陆贽的奏议《兴元论解姜公辅状》和《又答论姜公辅状》,详细记载了他因奏章而触怒皇帝的经过。可见,写奏章不是件容易的事。写好了,皆大欢喜;写得不妥,随时有性命之虞。官员们都十分重视公牍文的写作。

第二,考试必经的训练。汉代为加强文书管理,注意培养实用写作人才。文吏须经过考试才能从事文牍写作。汉律规定,学僮年17以上,要能背诵籀书9000字,并要考试大篆、小篆、刻符、虫书、摹印、署书、爰书等。每年岁末赴郡考试,择成绩优异者为尚书省、御史台史书令史。以科举取士的唐代,公文写作更是步入仕途的敲门砖。策问与对策是当时科举考试的重要内容③。"试策是中国古代历时最久,地位最稳固的考试文体。大致可以

---

① [南朝梁]刘勰著,周振甫注:《文心雕龙注释》,第252页。
② 见[宋]司马光编著,胡三省音注:《资治通鉴》卷二七〇,第6548—6549页。
③ 见傅璇琮:《唐代科举与文学》,陕西人民出版社,2007年,第134—160页。

说历代选拔人才的考试,都离不开策问与对策"①。对策是"应诏而陈政"②,针对皇帝提出的政务问题阐述自己的看法,其意义和功能,类同于奏章。其中,"制举,是由皇帝亲自主持的不定期的考试,科目多临时设置,官吏与平民都可应试。这种选拔人才的制度,必然会引导士子既读经书,又要熟悉为官所必须掌握的各种公牍文书的写作格式及其技法"③。进士登第后,王定保《唐摭言》记载:"位极人臣,常有十二三;登显列,十有六七。"④士子为了取得进身之阶,都非常重视公牍文的训练和学习。

汉唐小说中的不少作者,都热衷于功名或通过科举而走入官场。汉魏六朝小说《搜神记》的作者干宝、《蜀王本纪》的作者扬雄、《西京杂记》的作者刘歆、《列仙传》的作者刘向等,既是文学家,又身居政府要职。唐代小说《枕中记》的作者沈既济、《张果》的作者郑处海、《李娃传》的作者白行简、《白幽囚》的作者郑还古等都是进士。为步入官场而对公牍文体进行过长期训练的士子,因叙述故事所需,能够把其灵活运用到小说创作当中。汉唐小说中的诸多篇目也出现了为数不少的公牍文本,就说明了这一点。

第一节　汉魏六朝小说中公牍文本概况

早在汉魏六朝时期,公牍文就已在小说中出现。据统计,主

---

① 吴承学:《中国古代文体形态研究》,中山大学出版社,2000年,第47页。
② [南朝梁]刘勰著,周振甫注:《文心雕龙注释》,第266页。
③ 李凯源:《中国应用文发展史》,中国商业出版社,1990年,第109页。
④ [五代]王定保撰,姜汉椿校注:《唐摭言校注》,上海社会科学院出版社,2003年,第8页。

要篇目有《穆天子传》《汉武帝内传》《汉武故事》,《搜神记》"鞠道龙""典论刊石""河间郡男女""李娥""苏娥""郅伯夷",《西京杂记》"武帝马饰之盛",《拾遗记》"汉高祖""晋明帝"部分,《列异传》"鹄奔亭""鲁少千""鲜于冀",《幽明录》"许俣",《世说新语》"明帝误送诏书""桓宣武上表废太子",《述异记》"蔡铁"等。公牍文本主要以皇帝颁布诏令或臣民给皇帝上书的形式融入。

一、诏令类

诏令也称诏敕,是以皇帝名义发布的布告文书。古代一切关乎国计民生的要事、相关法律命令、大政方针和重要决策,都是以皇帝颁布诏令文书的方式来处理的。因此,考察融入汉唐小说中的诏令,可了解当时整个社会的官制、吏治、法律等基本情况,具有重要的史料价值。

如《列异传》"鲁少千",蛇精为祟,楚王小女病危,楚王请鲁少千为之驱邪、治病。道行尚浅的蛇精担心行迹败露,盗取富豪之财物以行贿赂。楚王令各州县抓捕窃贼:

> 后诏下郡县,以其月日,大司农失钱二十万,太官失案数具。少千载钱上书,具陈说。天子异之。①

丢失财物的是掌管王室日常饮食的太官,太官对皇室家族的重要自不用说。大司农掌控着国家的租税盐铁。《后汉书·百官志》载:"大司农,卿一人,中二千石。本注曰:掌诸钱谷金帛诸货币。郡国四时上月旦见钱谷簿,其逋未毕,各具别之。边郡诸官请调度者,皆为报给,损多益寡,取相给足。丞一人,比千石。部丞一

---

① [魏]曹丕等撰,郑学弢校注:《列异传等五种》,文化艺术出版社,1988年,第14页。

人,六百石。本注曰:部丞主帑藏。"①可以说,大司农集中了当时政府搜刮百姓的所有财富。凡百官俸禄、军费和工程造作等用度,都由它支付。据史料记载,西汉时大司农每年从百姓赋敛所得达四十余万万钱。正因所失财物之家为朝廷显宦,皇帝才会如此大动干戈,亲自下诏令进行抓捕。这个故事虽称扬了鲁少千在与鬼魅斗争中不为利所动的品质,但蛇精偏偏潜入与皇帝关系最为密切的大司农和太官家行窃而不是普通豪绅,以及小说中诏令的出现耐人寻味。作品以皇帝下令捉拿"盗贼",鲁少千将所失之物送回,实际上就是视鬼魅为虚诞,传达以鬼魅写现实社会的意图。

又如《西京杂记》"武帝马饰之盛"条,记载了好奇物珍怪的汉武帝下令卓王孙献马饰:

　　　　卓王孙有百余双,诏使献二十枚。②

汉武帝刘彻喜好马饰,影响、带动了朝中的左右亲佞。这些大臣因其所好而竞相仿效,倾动朝野,"自是长安始盛饰鞍马,竞加雕镂。或一马之饰直百金,皆以南海白蜃为珂,紫金为花,以饰其上。犹以不鸣为患,或加以铃镊,饰以流苏,走则如撞钟磬,动若飞幡葆"③,掀起了以奇珍异宝装饰马匹的浪潮。汉武帝喜好马饰因印度进献马笼头而引起。印度进献珍物,本在加强两国之间的友好交流。没想到汉武帝舍本逐末,对马饰的喜爱变得一发不可收拾,并下诏令强行要求蜀中巨富卓王孙将家中的马障泥送二十只给自己,本性中之奢靡、贪婪由此可见一斑。

---

①[南朝宋]范晔撰,[唐]李贤等注:《后汉书》志第二十六,第3590页。
②[汉]刘歆撰,[晋]葛洪集,向新阳、刘克任校注:《西京杂记校注》,第80页。
③[汉]刘歆撰,[晋]葛洪集,向新阳、刘克任校注:《西京杂记校注》,第79页。

二、奏议类

刘勰《文心雕龙·章表》把章、表、奏、议作为臣属给君王上书的总称:"章以谢恩,奏以按劾,表以陈请,议以执异。"[1]意思说"章"是用来谢恩的;"奏"是用来弹劾,即揭发别人的;"表"是用来陈述衷情的;"议"是用来表示不同意见的。始于汉代的疏亦可作为臣子向帝王上书陈言的通称,《文心雕龙·奏启》云,"自汉以来,奏事或称上疏"[2]。汉魏六朝小说中,当官员遇到难以审断的案件或欲铲除与自己不在一阵线的同僚,就以上书的形式禀奏皇帝。

《搜神记》"河间男女"记载了一个女子因情而死、因情复生的故事。晋惠帝时,河间郡有一对男女私相爱恋,互订终身。后因男子从军几年未归,女子父母逼迫其另嫁。女子坚决不从,忧郁而终。当男子戍边归来,掘开坟墓发现女子复活,由此引发了一场关于女子为谁妻子的争讼。郡县无法判决,秘书郎王导上奏朝廷审判定案:

> 秘书郎王导奏:"以精诚之至,感于天地,故死而更生。此非常事,不得以常礼断之。请还开冢者。"[3]

王导将女子判给开棺男子的决断,获得了朝廷的认可。女子最终与相爱的情人在一起生活,而不是有婚约的男子。在汉代,婚姻嫁娶一般都要经过"纳采""问名""纳吉""纳征""请期"和"亲迎"六道繁琐的程序。一个未婚少女,不经"父母之命,媒妁之

①[南朝梁]刘勰著,周振甫注:《文心雕龙注释》,第243页。
②[南朝梁]刘勰著,周振甫注:《文心雕龙注释》,第252页。
③[晋]干宝撰,汪绍楹校注:《搜神记》卷一五,第179页。

言"私自订婚,无疑是对封建礼教的极大挑战。"河间男女"中,以王导为代表的封建势力,虽主张将女子判给与她私定终身的男子,但也认为这种做法是法外开恩,不能以常礼裁断。女子为与自己钟情的男子结合,以死抗争,又因情而复活,才获得了属于自己的婚姻、爱情。自由恋爱婚姻战胜封建包办婚姻,只不过是一个虚幻的美丽光环,寄托了世俗青年男女对理想婚姻的一种美好祝愿。

《世说新语》"黜免第二十八"记录了咸安元年(371年),桓温废太宰司马曦父子后仍不甘心,向简文帝上表请求处以斩刑:

> 桓宣武既废太宰父子,仍上表曰:"应割近情,以存远计。若除太宰父子,可无后忧。"简文手答表曰:"所不忍言,况过于言!"宣武又重表,辞转苦切。简文更答曰:"若晋室灵长,明公便宜奉行此诏;如大运去矣,请避贤路!"桓公读诏,手战流汗,于此乃止。太宰父子,远徙新安。①

司马曦为简文帝司马昱之兄,他和司马综因谋反被桓温逮捕。桓温是辅佐晋元帝登位的功臣,借自己在朝廷的权势上表,请简文帝割断亲属之情,除掉司马曦父子,免除后顾之忧。表面上看,奏章中的建议出于为国家长远利益考虑,实际上包藏着铲除异己、干预朝政的野心,反映了西晋时期皇权与朝臣之间错综复杂的关系。桓温欲把持朝政,刘惔在其伐蜀前就已指出。《资治通鉴·晋纪·桓温废立》载,永和二年(346年)安西将军桓温将伐汉,将佐皆以为不可。朝廷以蜀道险远,温众少而深入,皆以为忧,惟刘惔以为必克,或问其故,惔曰:"以博知之。温,善博者也,不必得

---

① [南朝宋]刘义庆撰,[南朝梁]刘孝标注,余嘉锡笺疏,周祖谟等整理:《世说新语笺疏·第二十八》,第1021页。

则不为。但恐克蜀之后,温终专制朝廷耳。"果不出所料,"温既灭蜀,威名大振,朝廷惮之。……(咸安元年十月)大司马温恃其材略位望,阴蓄不臣之志"①。桓温随着他军功和个人威望的增长,和朝廷的关系变得越来越微妙,干预朝政的行为也越来越明显。简文帝诏以宽大处理,不从权臣之言,维护了皇帝的权力和尊严,司马曦父子最终只是流放新安。

　　融入汉魏六朝小说中的公牍文本,不仅数量较少,文采殊乏可观,篇幅也简短,与公牍文的文体规范、写作水平在汉魏六朝均达到了一定高度的情况并不相应,但有它的现实意义:用于昭告天下、臣民的诏令,成为皇帝满足一己私欲或维护显贵利益的工具;用于向皇帝进谏、陈情的奏议,变成大臣排除异己的利刃,或在"情"与"礼法"相冲突时,确保"礼法"执行的最高仲裁。通过汉魏六朝小说中的公牍文本,可窥知当时社会的政治风貌、民俗礼制。

第二节　唐代小说中公牍文本概况

　　公牍文的写作,须文从字顺,条理畅达,有益实务。东汉王充《论衡·自纪》言,"为世用者,百篇无害;不为用者,一章无补"②,"口则务在明言,笔则务在露文。高士之文雅,言无不可晓,指无不可睹。观读之者,晓然若盲之开目,聪然若聋之通耳"③。唐代小说中的公牍文本,大部分遵循了此原则。

---

①见[宋]司马光编著,[元]胡三省音注:《资治通鉴》卷九七,第3073页。
②黄晖:《论衡校释》(附刘盼遂集解),中华书局,1990年,第1202页。
③黄晖:《论衡校释》(附刘盼遂集解),第1196页。

据统计,唐代小说中用奏章文本的有 30 多篇:《纪闻·李淳风》《玄怪录·李沈》《玄怪录·开元明皇幸广陵》《玄怪录·岑顺》《开元升平源》《唐遗史·李峤不富》《宣室志·鸡卵》《宣室志·贾笼》《博异志·李揆》《高力士外传》《虬髯客传》《定命录·宋恽》《剧谈录·裴晋公天津桥遇老人》《杜阳杂编·同昌公主》《杜阳杂编·伊祈玄解》《开河记》《迷楼记》《法书要录·兰亭记》《墉城集仙录·薛玄同》《录异记·九天使者》《神仙感遇传·王可交》《王氏见闻录·姜太师》等。

使用诏书文本的有 20 多篇:《纪闻·李淳风》《玄怪录·李沈》《玄怪录·开元明皇幸广陵》《玄怪录·岑顺》《开元升平源》《唐遗史·李峤不富》《宣室志·鸡卵》《宣室志·贾笼》《博异志·李揆》《高力士外传》《虬髯客传》《定命录·宋恽》《剧谈录·裴晋公天津桥遇老人》《杜阳杂编·同昌公主》《杜阳杂编·伊祈玄解》《开河记》《迷楼记》《法书要录·兰亭记》《墉城集仙录·薛玄同》《录异记·九天使者》《神仙感遇传·王可交》《王氏见闻录·姜太师》等。

使用敕文本的有 13 篇:《梁四公记》《定命录·张囧藏》《广异记·杨伯成》《纂异记·荥阳氏》《博异志·白幽囚》《博异志·阴隐客》《逸史·严安之》《剧谈录·狄惟谦请雨》《仙传拾遗·李球》《鉴诫录·贾忤旨》《白凤衔书》《墉城集仙录·薛玄同》《灯下闲谈·神索旌旗》等。

使用表文本的有 9 篇:《柳氏传》《南柯太守传》《纂异记·徐玄之》《耳目记·紫花梨》《灯下闲谈·掠剩大夫》《灯下闲谈·梦与神交》《纂异记·嵩岳嫁女》《仙传拾遗·唐若山》《王氏见闻录·王承休》等。

使用奏状文本的有 4 篇:《纂异记·徐玄之》《灯下闲谈·张

翱轻傲》《神仙感遇传·陈简》等。

使用制文本的有 3 篇:《玄怪录·张左》《高力士外传》《王氏见闻录·王承休》等。

使用疏文本的有 2 篇:《纂异记·徐玄之》《异闻集·枕中记》等。

此外,《隋炀帝海山记》中有一处上书文本。

根据使用的不同场合,唐代小说中的公牍文本有上行公文和下行公文之分。上行公文用于神仙、道士上书皇帝;帝王、冥王、臣子上书天帝;臣民上书皇帝。下行公文用于天帝、皇帝颁布诏令。

一、神仙、道士上书皇帝

道教作为中国传统文化的主要组成部分,其理论、仪式,以及炼养术等在隋唐时期都得到了空前的发展。尤其在唐代,继承大统的诸位皇帝,都极力推崇道教:武德八年(625 年),高祖规定朝廷重要典礼活动中,道教排第一;唐高宗宠信道士,支持道士烧炼金丹,规定王公百官必须学习《道德经》,将它作为考选官员、科举考试的重要内容;唐玄宗亲自注释《道德经》,诏令全国每户必备一册。统治阶级崇道,一方面是为政治活动造势,巩固统治;另一方面出于求长生的个人信仰。随着道教影响的日益扩大,不少神仙家、道士投入主之所好,进入宫中陪侍皇帝,如邓元起、赵归真、潘师正、刘道合、叶法善等。唐代小说中有许多关于神仙、道士的故事,真实反映了此时期的情况。

如在《隋炀帝开河记》中,道士占天耿纯向隋炀帝上奏,告知睢阳有王气出,根据王气推测"后五百年当有天子兴"①。中国自古就有灾异祯祥的观念。《礼记·中庸》说:"国家将兴,必有祯祥;国家将亡,必有妖孽。"②汉代的董仲舒提出了"国家将有失道之败,而天乃先出灾害以谴告之,不知自省,又出怪异以警惧之,尚不知变,而伤败乃至"③(《汉书·董仲舒传》)。"凡灾异之本,尽生于国家之失。国家之失乃始萌芽,而天出灾害以谴告之;谴告之而不知变,乃见怪异以惊骇之;惊骇之尚不知畏恐,其殃咎乃至"④。《易·系辞上》亦曰:"河出图,洛出书,圣人则之。"⑤占天耿纯观天相,预言隋朝天下五百年后将被取代,希望隋炀帝励精图治,专心国事。可隋炀帝是一个贪图享受的昏君,道士的告诫丝毫没有改变他贪图安逸、享乐的本性。他不但没能认识到自己的过错,反嘲讽臣子多虑。不出所料,在开发大运河的过程中,一系列灵异事件的出现,正应验了道士的预言。

唐玄宗是继秦皇汉武之后又一位迷信神仙道教的帝王。他不仅每晚礼拜老子,还让人绘制老子像颁发全国道观供养。开元二十九年(741年),托称梦玄元皇帝真容。梦醒后令道士们寻访,掘得老君玉像,与所梦无异。自此以后,各地掀起了奏言老君显灵及祥瑞的狂潮,玄宗对神仙之说更是深信不疑,生活中稍有风吹草动,便召道士询问,预测吉凶。小说《九天使者》揭露了他好

① 李时人编校,何满子审定,詹绪左复校:《全唐五代小说》卷六八(第四册),第2319页。
② [汉]郑玄注,[唐]孔颖达正义,吕友仁整理:《礼记正义》(下),上海古籍出版社,2008年,第2025页。
③ [汉]班固撰:《汉书》卷五六,第2498页。
④ [清]苏舆撰,钟哲点校:《春秋繁露义证》,中华书局,1992年,第259页。
⑤ 冯国超译注:《周易》,商务印书馆,2009年,第499页。

神仙、相信祥瑞征验的荒谬个性。不仅如此,混迹于宫中的道士
也纷纷利用唐玄宗佞道的心理,趁机大肆宣扬,更助长了唐玄宗
对神仙道教之说的盲从。从天台炼师司马承祯向玄宗解梦的奏
章,就可看出道士们对唐玄宗好道的影响:

> 承祯奏曰:"今名山岳渎血食之神,以主祭祠。太上虑其
> 妄有威福,以害蒸黎,分命上真,监莅川岳。有五岳真君焉,
> 又青城丈人为五岳之长。潜山九天司命,主九天生籍。庐山
> 九天使者执三天之录,弹纠万神。皆为五岳上司,盖各置庙,
> 以斋食为飨。"①

司马承祯,字子微,河内温人,是深得唐玄宗喜爱的道士。"开元
九年(721 年),玄宗又遣使迎入京,亲受法箓,前后赏赐甚厚。十
年(722 年),驾还西都,承祯又请还天台山,玄宗赋诗以遣之。十
五年(727 年),又召至都。玄宗令承祯于王屋山自选形胜,置坛室
以居焉"②。司马承祯死时,玄宗亲为其制作碑文。唐玄宗对司
马承祯的宠信,自不待言。司马承帧之所以能讨得皇帝的欢心,
很大一部分原因在于他擅于迎合唐玄宗好神仙的心理。在这封
奏章中,司马承帧附和唐玄宗的梦境神异,以造福天下百姓为借
口,怂恿唐玄宗为五岳真君、九天司命、庐山九天使者等修筑庙
宇,用斋食犒赏。短短一年的时间,唐玄宗大兴土木,耗费大量钱
财,在五岳三山都盖起了庙。唐玄宗生性好道,道士们更是推波
助澜,受苦的却是天下百姓。

　　用于皇帝与道士、神仙之间的上行公文,多灾异祯祥之说,或

---

① 李时人编校,何满子审定,詹绪左复校:《全唐五代小说》外编卷一八(第八
　册),第 4231 页。
② [后晋]刘昫等撰:《旧唐书》卷一九二,第 5128 页。

警示皇帝异常天象预示国难，或渲染神仙实存，或传达神仙教义等，使小说洋溢着浓浓的仙家意味，也渗透着对国家、民族的忧虑伤感之情。

二、帝王、冥王、臣子上书天帝

天帝是上古神话传说中天上的主神。《礼记·月令》《吕氏春秋》《淮南子》等典籍中，有关于天帝属神的记载。《礼记·月令》云："孟春之月，日在营室，昏参中，旦尾中。其日甲乙。其帝大皞，其神句芒。"①"孟夏之月，日在毕，昏翼中，旦婺女中。其日丙丁。其帝炎帝，其神祝融。"②"中央土，其日戊己。其帝黄帝，其神后土。"③"孟秋之月，日在翼，昏建星中，旦毕中。其日庚辛。其帝少皞，其神蓐收。"④"孟冬之月，日在尾，昏危中，旦七星中。其日壬癸。其帝颛顼，其神玄冥。"⑤《淮南子·时则训》云："五位。东方之极，自碣石山东过朝鲜，贯大人之国，东至日出之次，榑木之地，青土树木之野，太皞句芒之所司者万二千里。"⑥"南方之极：自北户孙之外，贯颛顼之国，南至委火炎风之野，赤帝祝融之所司者，万二千里。"⑦"中央之极，自昆仑东绝两恒山，日月之所道，江、汉之所出，众民之野，五谷之所宜，龙门、河、济相贯，以

①[汉]郑玄注，[唐]孔颖达正义，吕友仁整理：《礼记正义》（上），第596—599页。
②[汉]郑玄注，[唐]孔颖达正义，吕友仁整理：《礼记正义》（上），第655页。
③[汉]郑玄注，[唐]孔颖达正义，吕友仁整理：《礼记正义》（上），第684—685页。
④[汉]郑玄注，[唐]孔颖达正义，吕友仁整理：《礼记正义》（上），第688—689页。
⑤[汉]郑玄注，[唐]孔颖达正义，吕友仁整理：《礼记正义》（上），第718页。
⑥何宁：《淮南子集释》卷四（上），中华书局，1998年，第432页。
⑦何宁：《淮南子集释》卷四（上），第433页。

息壤堙洪水之州,东至于碣石,黄帝后土之所司者万二千里。"①
"西方之极:自昆仑绝流沙、沈羽,西至三危之国,石城金室,饮气
之民,不死之野,少皞、蓐收之所司者万二千里。"②"北方之极:自
九泽穷夏晦之极,北至令正之谷,有冻寒积冰、雪雹霜霰、漂润群
水之野,颛顼玄冥之所司者万二千里。"③天帝是由各司所职的五
位神属组成的严整系统:东方天帝大皞,属神句芒;南方天帝炎
帝,属神祝融;西方天帝少皞,属神蓐收;北方天帝颛顼,属神玄
冥;中央天帝黄帝,属神后土。他们位居天、神、人三界金字塔的
最顶端,享有至高无上的权利和地位。贵为人间之尊的皇帝,掌
管世人生死的冥王,拥有不老不死之躯的神仙,也得以臣子之礼
侍奉。当他们有事诉诸天帝时,也得用明示身份等级尊卑的表、
奏、章、议等上行公文。

　　如《梦与神交》,落第书生史松在睡梦中被召入冥府,代冥王
撰写了一份感谢天帝的表章。表章的内容如下:

　　　　松拜而更之。乃操觚染翰,表成,呈于王,同具册号:"右
　　臣闻生为国珍,殁当庙食,前文备载,往哲所标。苟非正直以
　　流芳,曷得蒸尝而受享?臣名传史籍,威袭退陬,佐汉之功业
　　炳然,在楚之明灵著矣。一昨戊辰年,楚国王兴师取武陵日,
　　以雷氏既违庭训,人负亲盟,臣于此时,略施阴赞。向明背
　　暗,喜闻英杰之言;助顺摧凶,未爽古今之理。武陵寻当销
　　解,雷氏亦许遁逃。是致南楚国王议改封册。敬陈囊事,致
　　让于天。中谢　臣谨者别行阴鸷,围护封陲。使一州无鼠窃

①何宁:《淮南子集释》卷四(上),第718页。
②何宁:《淮南子集释》卷四(上),第434—435页。
③何宁:《淮南子集释》卷四(上),第436页。

狗偷,保三楚常风调雨顺,遇过乞而专行戮剿,逢公忠而敦固
行藏。自然上答穹灵,不负封册。云云。"①

史松虽才华横溢,科考却屡屡受挫。冥王慧眼识珠,请其撰写表
文。史松文成后,甚合冥王心意。冥王从阳间另请一书法家倚公
文英代为抄录后,进呈天帝。天帝览毕,"赏叹再三"。科考失意
的书生,其文才在人间无法施展,在梦境中却得到了天帝的认可。
《梦与神交》这种"以梦境形式来作为遇神故事的情节框架是魏晋
以来以《搜神记》《幽明录》为代表的志怪小说常见的表现手法,即
使是后来出现的《红楼梦》,也采用宝玉梦游太虚幻境,得遇警幻
仙姑,从而预知金陵十二钗结局的形式作为全书的总纲,可见'梦
与神交'已成为一种历代传承的小说结构"②。这种叙事方式将
梦境与现实相融合,写实亦是写虚,虚实相映,给接受者留下思
考、诠释的空间。

又如《掠剩大夫》,掠剩大夫听闻刘令善画骏马,请求赐画。
画成后,掠剩使叹曰:"飞兔紫鸳不可过也,乃人间之绝工矣。"③
对其精湛绝伦的画技大为赞赏,认为此马只应天上有,名之为"天
马",并写表章将此画献给天帝:

　　玄都大夫天下掠剩使臣李鼎贡天马二匹,右臣某言,虔
奉天恩,委司人事,执显晦之衡镜,掠贪婪之羡余。今幸无旷
遗,略得言述。尘寰眇邈,常顷向日之心;岁月迁移,合议闻

①李时人编校,何满子审定,詹绪左复校:《全唐五代小说》卷八四(第六册),
　第2951页。
②萧相恺等撰稿,董乃斌等审订:《古代小说鉴赏辞典》(上),上海辞书出版
　社,2004年,第970页。
③李时人编校,何满子审定,詹绪左复校:《全唐五代小说》卷八四(第六册),
　第2938页。

天之贡。前件马诚因变化,孕自涵濡,房宿四星,寥穴之光芒
失色;周王十影,瑶池之蹀躞宁陪。因施丹腠之能,宛被素玄
之妙,足用彰其素志,表以立功,腾骧可驭于风云,驱策候升
于霄汉。虽作土贡,路陟天衢,说渎天颜,伏惟云云。①

"掠剩大夫"也叫掠剩神、掠刷神、掠剩相公等,相传原型为唐代的
裴璞。其职能为"捐有余而奉不足",颇似民间劫富济贫的侠客、
义士。自唐宋以后的历朝历代,掠剩神几乎都有,宋洪迈《夷坚丙
志》卷一〇、明叶德辉《三教源流搜神大全》卷三、明冯应京《月令
广义·八月令》等都有关于此的记载。刘令有幸与掠剩神相遇,
本已官职全无的他,重新步入官场。他的命运之所以能够改变,
就在于掠剩神向天帝进献了表彰他的奏章。

　　在《嵩岳嫁女》中,李君告知西王母进呈给天帝怎样处理灾情
的表章,"某县某某,克构丕华,德洽兆庶……祸三州之逆党,所损至
微;安六合之疾氓,其利则厚。伏请神龙施水,厉鬼行灾,由此天
诛,以资战力"②,引出与故事相关的人物唐玄宗;在《南柯太守
传》中,南柯上表,"臣将门余子,素无艺术……庶使臣政绩有闻,
宪章不紊也"③,请求天帝赏赐辅佐的大臣,由此而任太守二十余
年,甚有政绩,大受宠任。总之,唐代小说中写给天帝的上行公
文,多用来言政事,或谢恩,或陈情,语言虽质朴,但融入了执笔人
的情感,有感人心魄的艺术效果。

---

① 李时人编校,何满子审定,詹绪左复校:《全唐五代小说》卷八四(第六册),
　 第2938页。
② 李时人编校,何满子审定,詹绪左复校:《全唐五代小说》卷四九(第三册),
　 第1690页。
③ 李时人编校,何满子审定,詹绪左复校:《全唐五代小说》卷二三(第二册),
　 第789页。

三、臣民上书皇帝

古代臣子的意见都必须通过上书的形式反馈给帝王。他们写给君主的上书有各种不同的名称,刘勰《文心雕龙》将其分为章、奏、表、议。"唐宋以后的古文家……在文体的划分以及文章流别的论述上,仍然宗法《文心雕龙》"①。这类文体不仅有固定的称呼,且为"经国之枢机"②,关乎国家政事,有鲜明的政治色彩。

如《枕中记》,此篇被《太平广记》《文苑英华》及鲁迅校辑的《唐宋传奇集》等收入,黄粱梦(黄粱一梦)即来于此。明剧作家汤显祖据此改编为《邯郸记》。小说描述了唐开元七年(719年),功名不就的卢生途经邯郸,巧遇道士吕翁的故事。吕翁在卢生诉说生活穷困后,拿瓷枕让卢生倚枕而卧,卢生一入梦乡便享尽荣华富贵。80高龄时久病将殁,上疏给皇帝谢恩:

> 上疏曰:"臣本山东诸生,以田圃为娱。偶逢圣运,得列官叙。过蒙殊奖,特秩鸿私。出拥节旌,入升台辅。周旋中外,绵历岁时。有忝天恩,无裨圣化。负乘贻寇,履薄增忧。日惧一日,不知老至。今年逾八十,位极三事,钟漏并歇,筋骸具耄。弥留沈顿,待时益尽。顾无成效,上答休明,空负深恩,永辞圣代。无任感恋之至。谨奉表陈谢。"③

"上疏"是在朝官员向皇帝上奏的一种文书。清王兆芳《文体通

---

① 詹锳:《〈文心雕龙〉的文体风格论》,见詹锳:《语言文学与心理学论集》,齐鲁书社,1989年,第106页。

② [南朝梁]刘勰著,周振甫注:《文心雕龙注释》,第243页。

③ 李时人编校,何满子审定,詹绪左复校:《全唐五代小说》卷一九(第二册),第677页。

释》曰,"疏者……陈言而条析疏通,奏书之属也"①,简明畅达是"上疏"类文体的行文要求。卢生自知将不久于人世,在上疏中感激皇恩浩荡,回顾平生。全文虽用的是程式化套语,但时时流露出对生命的无限留恋,呈现了其真实心境。

臣民上书可以言情,也可以陈政讽谏。如在《隋炀帝海山记》中,矮民王义有感国运殆尽,皇帝不思进取,向皇帝上奏:

> 义上书云:"臣本出南楚卑薄之地,逢圣明为治之时,不爱此身,愿从入贡。臣本侏儒,性尤蒙滞。出入金马,积有岁华。浓被圣私,皆逾素望。侍从乘舆,周旋台阁。臣虽至鄙,酷好穷经,颇知善恶之本源,少识兴亡之所自。还往民间,颇知利害。深蒙顾问,方敢敷陈。……陛下虽欲发愤修德,特加爱民,圣慈虽切救时,天下不可复得。大势已去,时不再来。巨厦将倾,一木不能支;洪河已决,掬壤不能救。臣本远人,不知忌讳。事忽至此,安敢不言?臣今不死,后必死兵,敢献此书,延颈待尽。"②

清王兆芳《文体通释》有言:"古'敷奏以言'之变也。李善曰:'奏以陈情、叙事。'汉'上书四名',二曰奏。……主于通达国事,进言持正。"③草民虽为滑稽之臣,然在国家面临倾覆之际,直陈隋炀帝所用非人、治国失策,言辞恳切,切中时弊,倾吐对国运的忧虑,希望皇帝能够重振雄风,扭转颓势。

---

① [清]王兆芳撰:《文章释》,见王水照编:《历代文话》(第七册),第6298页。
② 李时人编校,何满子审定,詹绪左复校:《全唐五代小说》卷六八(第四册),第2310—2311页。
③ [清]王兆芳撰:《文章释》,见王水照编:《历代文话》(第七册),第6295—6296页。

唐代小说中用来陈政、言情的章、表、奏、议等上行公文,不仅以理服人,更是以情感人。《南柯太守传》中,南柯请求举荐人才的奏章,皆从肺腑中流出,真诚热切;《隋炀帝海山记》中矮民的进谏,忧国忧民的情怀,深沉感人;《枕中记》中卢生垂危时谢恩之语,情真意切,读来令人黯然神伤。唐代小说作者,常把自己的感情倾注于其中的上行公文,并溢于言表,使小说的讲述"依情行文",打动人心。

四、天帝及皇帝颁布的诏令

诏、敕、制、策等下行公文是朝廷发布的文告,"誓以训戎,诰以敷政"[①],大多数由文学仕臣代拟,少数是皇帝亲自执笔撰写。此类文章受不同时代文化审美习俗的影响,呈现出不同的特征。"观文景以前,诏体浮[新]杂;武帝崇儒,选言弘奥。……孝宣玺书,责博[十]于陈遂,亦故旧之厚也。逮光武拨乱,留意斯文,而造次喜怒,时或偏滥。……暨明[帝]崇学,雅诏间出。[安]和政弛,礼阁鲜才,每为诏敕,假手外请"[②]。对于诏策类文体的写作,不同内容有不同要求。整体而言,指切事理应详约明断,理得而辞中,不能"以文害辞,以辞害意"。尤其是唐代,诏令、奏议日益受到重视,由《隋志》中的集部转入史部,学官们对它们实际内容的看重甚于其词藻。唐代小说中的诏令,也表现出质朴、率真的行文风格。

如《裴谈》(《太平广记》卷四〇〇),故事情节为樵夫意外发现天帝藏于太行山的宝藏,拿五锭仍不满足,留下标记,以备日后寻

---

①[南朝梁]刘勰著,周振甫注:《文心雕龙注释》,第214页。
②[南朝梁]刘勰著,周振甫注:《文心雕龙注释》,第215页。

找。当再次进入山中,却无法找到此前宝藏的所在。崔司户得知财宝的秘密后,和樵夫一同寻宝。恰在此时,裴谈的妻子生病,恳请上帝延寿。天帝派来道士,向裴谈传达御旨:

> 帝诏语裴谈:吾太行山天藏开,比有樵夫见之。吾已遗金五铤,命其闭塞。而愚人贪得,重求不获,乃兴恶,将开吾藏,已造锤凿数车。若开不休,或中吾伏藏。此若开锤凿,此州人且死尽,深无所益。此州崔司户与其同心,但诣崔验之,自当有见,急止之,汝妻疾自当瘳矣。①

樵夫和崔司户盗取财宝,罪本在樵夫、崔司户。天帝在诏令中竟将他们的过错报应于裴谈妻子,并警示裴谈,如樵夫不停止开山凿宝,怀州所有的百姓都会因此而牵连,颇令人费解。裴谈历史上实有其人,官历怀州刺史,唐中宗时擢升为御史大夫,景龙四年(710年)以刑部尚书同中书门下三品,开元二年(714年)放归草泽,好佛法,畏妻子如畏严君。有一首描述他的曲子《回波词》甚为有趣:"回波尔时栲栳,怕妇也是大好。外边只有裴谈,内里无过李老。"②正因为裴谈奉佛,故事才将此异事附会于他,表明故事不是空穴来风。天帝的诏书,不分是非曲直,将罪责迁怒于无辜之人,实影射了当时的政治现实。武则天、唐中宗和中唐以后的统治者,恢复了夷三族的酷刑。此时期,争权夺利的政治斗争十分激烈,则天因李敬业谋反,朝野被连坐死者甚众;697年武则天正式称帝后,宰相李元素等三十六家"海内名士"因谋反均被镇

---

① 李时人编校,何满子审定,詹绪左复校:《全唐五代小说》卷一〇(第一册),第349—350页。

② [清]彭定求等编,陈尚君补辑,中华书局编辑部点校:《全唐诗》卷八六九,中华书局,1999年,第9848页。

压,"亲党连坐流窜者千余人"①;唐中宗听信武三思的谗言,杀女婿王同皎,连坐复唐功臣:"三思遣悛上急变,且言同皎欲拥兵阙下废皇后。帝殊不晓,大怒,斩同皎于都亭驿,籍其家。同皎且死,神色自如。仲之、延庆皆死。"②裴谈时期,历代皇帝都喜好将与"罪犯"相关之人一网打尽,就不难理解天帝在诏令中将惩罚范围辐射至怀州百姓了。同时,樵夫已经到手的意外之财,转眼间成为泡影,小说也诠释了君子爱财、取之有道的儒家思想。

唐代小说中,数量最多的是才子佳人之间的恋爱故事。才子佳人的婚恋总会受到外力的阻挠,历经波折,而皇帝有时候在关键时刻,作为最高的权威来仲裁才子佳人的爱情。如在《柳氏传》中,情投意合的柳氏与韩翃在战乱中分离。柳氏容貌出众,担心美貌引来灾祸,自毁容颜,委身于尼姑庵,但仍被藩将沙咤利抢走。韩翃返京后,与柳氏咫尺天涯,难以相见。一次,他偶与虞侯许俊相遇,情难以抑,谈及此事。许俊素以才力自负,听韩翃的倾诉后,即前往沙咤利之第,救出柳氏。藩将沙咤利实力强大,难以情理、法度约束。无奈之下只好由侯希逸上书皇帝,具呈始末,皇帝下诏"沙吒利宜赐绢二千匹。柳氏却归韩翃"③,才将此风波平息。这篇小说产生的具体背景为:唐王朝借助回纥吐蕃平息安史之乱。收复长安后,蕃将恣意妄为、不遵法度,朝廷律令名存实亡。藩将过于强大,就连中央朝廷也无可奈何。韩翃、许俊要从目无法纪的藩将那讨回公道,只能随机应变、待时而动。这是代

① [宋]司马光编著,胡三省音注:《资治通鉴》卷二百六,第6513页。
② [宋]欧阳修、宋祁撰:《新唐书》卷一九一,第5507—5508页。
③ 李时人编校,何满子审定,詹绪左复校:《全唐五代小说》卷六七(第四册),第2278页。

宗时期的政治现实。《柳氏传》中，皇帝明知过错全在藩将，也只能颁布赏赐钱财安抚的诏令才了结此事。

《梁四公记》中，武帝下诏悬赏天下能入洞庭山之洞穴者；《聂师道》中，皇帝降诏对已得道的聂师道加官晋爵；《僧伽大师》中，中宗诏赐重塑祈雨成功的僧伽大师的庙宇。唐代小说中的诏令，或暗喻当时的政治环境，或嘲讽帝王信奉神仙道家之说，或反映当时的灾难、民情，政治色彩浓厚。

第三节　汉唐小说中公牍文本之叙事功能：连接叙事元素

融入唐代小说中的公牍文本，比汉魏六朝小说中的公牍文本篇幅更长，内容更翔实。公牍文本不仅在汉、唐小说中的篇幅长短不一，内容详略有别，它们在小说叙事中的功能也同中有异。相同之处为：汉、唐小说中的公牍文本在情节发展中都作为关节点将各叙事元素衔接。

叙事是对时间上呈现出一定的先后序列且存在因果联系的一系列事件的叙述，涉及叙事元素和叙事结构两个方面的逻辑规律。其中，作品常运用一定的形式技巧对叙事元素进行安排、处理，使叙事的逻辑严密完整。"叙事是对一系列行动的叙述。这个行动可以是事件及其行动者。其中事件是叙事的最为基本的元素，同时也是在时间上呈现出因果关系的最为外在的叙事元素，参与事件的行动者则是构成事件的基本元素"①。也就是说，

---

① 郭昭第：《文学元素学·文学理论的超学科视域》，中国社会科学出版社，2006年，第362页。

叙事元素包括事件元素和行动元素两大类,即罗兰·巴特所认为的分布类叙事元素和归并类叙事元素。这两类叙事元素的功能,在罗兰·巴特看来,"每个单位的'重要性'不是均等的。有些单位是叙事作品(或者是叙事作品的一个片段)的真正的铰链;而另一些只不过用来'填实'铰链功能之间的叙述空隙。我们把第一类功能叫做主要功能(或叫核心),鉴于第二类功能的补充性质,我们称之为催化"①。公牍文本被汉唐小说吸收,主要作为事件元素将各事件,以及参与事件的行动者紧密衔接在一起,是故事情节突转的关键和转折点。

如《搜神记·鞠道龙》,善于幻术的鞠道龙向人讲述了一个因年迈体弱、饮酒过度,致法术失灵被兽所杀的故事。故事中,人物的悲惨结局主要因皇帝的诏书引起:

> 鞠道龙善为幻术。尝云:"东海人黄公,善为幻,制蛇御虎。常佩赤金刀。及衰老,饮酒过度。秦末,有白虎见于东海,诏遣黄公以赤刀往厌之。术既不行,遂为虎所杀。"②

黄公被老虎所杀,《西京赋》也记录了这个故事:"东海黄公,赤刀粤祝。冀厌白虎,卒不能救。挟邪作蛊,于是不售。"③《西京杂记》"录术制蛇御虎"里的记载则更详尽:"余所知有鞠道龙,善为幻术,向余说古时事。有东海人黄公,少时为术,能制御过蛇;佩赤金刀,以绛缯束发,立兴云雾,坐成山河。及衰老,气力羸惫,饮酒过度,不能复行其术。秦末,有白虎见于东海,黄公乃以赤刀往

---

① [法]罗兰·巴特:《叙事作品结构分析导论》,中国社会科学出版社,1989年,第14页。
② [晋]干宝撰,汪绍楹校注:《搜神记》,第22页。
③ [南朝梁]萧统编,[唐]李善注:《文选》卷二[赋]西京赋,第49页。

厌之。术既不行，遂为虎所杀。三辅人俗用以为戏，汉帝亦取以为角抵之戏焉。"①同为"术士"因法术失灵被虎所害，用三种不同的方式表达，故事的意味截然不同。《西京赋》"东海黄公"是赋体文学，故事是片断的，并不完整，人物形象也模糊不清。小说《西京杂记》"录术制蛇御虎"的故事情节首尾完整，详细呈现了黄公从年轻至年老时的人生经历，刻画了黄公老骥伏枥的人物形象。《搜神记》"鞠道龙"字数明显少于《西京杂记》"录术制蛇御虎"，事件的描述也不及其细致。但"鞠道龙"的故事情节更曲折，叙事元素之间的衔接更紧密。《西京杂记》"录术制蛇御虎"的情节可拆解为：黄公善幻术——→年老饮酒过度致法术失灵——→黄公被虎所杀。《搜神记》"鞠道龙"的故事情节可拆解为：黄公善制蛇御虎的幻术——→衰老后饮酒过度致法术失灵——→皇帝下诏书令前往制虎——→黄公被虎所杀。显然，《搜神记》"鞠道龙"融入了《西京杂记》"录术制蛇御虎"所没有的诏书。诏书的融入，充当了叙事情节的核心事件，使年迈的黄公明知法术不行仍冒死制虎，情节之间的设置更加合理。且黄公之死因皇帝的诏令而引发，增加了故事的现实寓意，渲染了故事人物的悲剧色彩。

　　唐代小说《定命录·李淳风》（《太平广记》卷二二二），讲述了太宗因李淳风的奏章而查宫中威胁天子地位之人，后又因李淳风的进谏而放弃的故事：

　　　　武后之召入宫，李淳风奏云："后宫有天子气。"太宗召宫人阅之，令百人为一队，问淳风。淳风云："在某队中。"太宗又分为二队，淳风云："在某队中，请陛下自拣择。"太宗不识，欲尽杀之。淳风谏："不可。陛下若留，虽皇祚暂缺，而社稷

①［汉］刘歆撰，［晋］葛洪集，向新阳，刘克任校注：《西京杂记校注》，第115页。

延长。陛下若杀之，当变为男子，即损减皇族无遗矣。"太宗
遂止。①

唐朝年间，武则天将取代李家天下的谶语多有流传。《旧唐书》亦
有关于则天将摄天子位的记载："初，太宗之世有《秘记》云：'唐三
世之后，则女主武王代有天下。'太宗尝密召淳风以访其事，淳风
曰：'臣据象推算，其兆已成。然其人已生，在陛下宫内，从今不逾
三十年，当有天下，诛杀唐氏子孙殆尽。'帝曰：'疑似者尽杀之，如
何？'淳风曰：'天之所命，必无禳避之理。王者不死，多恐枉及无
辜。且据上象，今已成，复在宫内，已是陛下眷属。更三十年，又
当衰老，老则仁慈，虽受终易姓，其于陛下子孙，或不甚损。今若
杀之，即当复生，少壮严毒，杀之立仇。若如此，即杀戮陛下子孙，
必无遗类。'太宗善其言而止。"②李淳风是深得太宗宠信的道士，
他在武后被召入宫时就已察觉出其身份不凡，并上奏太宗。他的
奏章，对后来的故事情节有发酵的作用。经李淳风示意，唐太宗
在宫人中逐个排查，却无法辨识所谓有"天子气"的宫女、嫔妃，欲
杀尽所有女子。李淳风又加以劝谏，如杀戮会违背天意，李唐皇
族也将无一幸存。唐太宗只好作罢。李淳风的奏章引发太宗对
宫中女子的亲自查访，他的谏章又及时制止了太宗的杀戮，事件
之间因内在的逻辑而联系在一起，故事情节的脉络也非常清晰
明了。

《穆天子传》，穆天子行至温山，诏令六师在此捕捉禽鸟，收集

---

① 李时人编校，何满子审定，詹绪左复校：《全唐五代小说》外编卷一〇（第七
　册），第 3863—3864 页。
② ［后晋］刘昫等撰：《旧唐书》卷七九，第 2718—2719 页。

羽毛，"诏六师之人□其羽"①。接下来的故事情节，围绕众部属狩猎而展开；《搜神记》"典论刊石"记载了一个颇有讽刺意味的故事。魏明帝赞同先帝曹丕《典论》中所认为的火浣布不存在的看法，并颁布诏令将《典论》刊刻于太庙门前："先帝昔著《典论》，不朽之格言。其刊石于庙门之外及太学，与石经并，以永示来世。"②不久，西域派人送来用火浣布做成的袈裟。明帝立刻意识到自己所言失误，令人将刊有《典论》的碑文打碎。明帝的诏令与后文所述内容形成鲜明对照，也是他遭致天下人耻笑的原因。耿引曾《汉文南亚史料学》认为此条真实记录了当时汉朝与周边邻国的友好交流，可与《三国志·魏志》中景初三年（239年）西域献火浣布事，以及《晋书·苻坚载记》中的天竺献火浣布的记载相参看③。唐代小说陈翰《异闻集·贾笼》（《太平广记》卷七九》）中的奏章文本，同样充当了核心事件，使正在进行的故事情节暂时中断，并节外生枝，改变了故事人物的结局："无何，宰相李泌奏：'穆质、卢景亮于大会中，皆自言频有章奏谏，曰国有善，即言自己出；有恶事，即言苦谏，上不纳。此足以惑众，合以大不敬论，请付京兆府决杀。'"④穆质等人因李泌恶意中伤的奏章而升官无望，仕途坎坷。故事虽宣扬了不杀生、官运前定的思想，也反映了当时大臣之间为权势而明争暗斗的事实。

　　融入汉唐小说的公牍文本，将散落的叙事元素衔接。这种叙

①佚名撰，［晋］郭璞注，王根林校点：《穆天子传》，见上海古籍出版社编，王根林等校点：《汉魏六朝笔记小说大观》，第14页。
②［晋］干宝撰，汪绍楹校注：《搜神记》，第165—166页。
③见耿引曾：《汉文南亚史料学》，北京大学出版社，1990年，第88页。
④李时人编校，何满子审定，詹绪左复校：《全唐五代小说》卷七一（第五册），第2419页。

事方法,实际上是传统写作技巧"过接""过脉"的灵活运用。王构《修辞鉴衡》:"看文字须要看他过换及过接处。"①方东树《昭昧詹言》:"无缝天衣者如是,以其针线密,不见段落裁缝之迹也。"②公牍文本融入汉唐小说,作为核心事件引发情节,使上下文紧凑自然、文气贯通,丰富了小说的叙事技巧。

第四节　唐代小说中公牍文本的叙事功能

　　唐代小说中的公牍文本不仅在情节链中作为连接、过渡之用,还承担了聚焦主脑、刻画故事人物心理的叙事功能。唐代小说中公牍文本比汉魏六朝小说中公牍文本的叙事功能更丰富。

一、聚焦主脑

　　叙事作品的内容是作者基于特定的主题意义而表达出来的。故事的主题即主脑,是小说的立言之本。古人认为作文首先要"立主脑":"古人作文一篇,定有一篇之主脑。主脑非他,即作者立言之本意也。"③王夫之指出:"无论诗歌与长行文字,俱以意为主。意犹帅也。无帅之兵,谓之乌合。"④刘熙载亦认为,作文"其用意俱要可以一言以蔽之。扩之则为千万言,约之则为一言,所

---

① 王构:《修辞鉴衡》,中华书局,1985 年,第 37 页。
② [清]方东树著,汪绍楹校点:《昭昧詹言》,人民文学出版社,1961 年,第54 页。
③ [清]李渔著,杜书瀛评注:《闲情偶寄》,中华书局,2007 年,第 15 页。
④ [清]王夫之著,戴鸿森笺注:《姜斋诗话笺注》,人民文学出版社,1981 年,第 44 页。

谓主脑者是也"①。文章的主脑是统帅全篇的灵魂和核心,是衡量一篇作品成败的一个决定性因素。汉唐小说家注意借助多种手段"立主脑",其中运用公牍文本就是一种行之有效的方式。

《高力士外传》通过唐玄宗近身侍臣的耳闻目见,描述了唐朝从繁荣兴盛走向动荡、没落的过程。小说中融入了高力士写给唐太宗的好几封奏章,这些奏章围绕唐亡的主题,再现了当时朝廷内忧外患,以及大臣为谋求个人私利置国家、百姓于不顾的宏阔历史画卷:

> 高公顿首曰:"臣自二十年已后,陛下频赐臣酒,往往过度,便染风疾,言辞倒错,进趋无恒。十年已来,不敢言事。陛下不遗鄙贱,言访刍荛。纵欲上陈,无裨圣造。然所闻所见,敢不竭诚?且林甫用变造之谋,仙客建和籴之策,足堪救弊,未可长行。恐变正仓尽即义仓尽,正义俱尽。国无旬月之蓄,人怀饥馑之忧。和籴不停,即四方之利不出公门,天下之人尽无私蓄。弃本逐末,其远乎哉?但顺动以时,不逾古制;征税有典,自合恒规。则人不告劳,物无虚费。军国之柄,未可假人,威权之声,振于中外,得失之议,谁敢兴言?伏惟陛下图之。"上乃言曰:"卿十年已来,不多言事,今所敷奏,未会朕心。"②

> 乃顿首曰:"臣生于夷狄之国,长自升平之代,一承恩渥,三十余年,尝愿粉骨碎身以裨玄化,竭诚尽节,上答皇慈。顷

---

① [清]刘熙载著,王气中笺注:《艺概笺注》,贵州人民出版社,1986年,第444页。
② 李时人编校,何满子审定,詹绪左复校:《全唐五代小说》外编卷四(第七册),第3669页。

缘风疾所侵,遂使言辞舛谬。今所尘黩,不称天心,合当万死。顿首,顿首。"①

　　高公伏奏曰:"开元二十年以前,宰臣授职,不敢失坠;边将承恩,更相戮力。自陛下威权假于宰相,法令不行,灾眚备于岁时,阴阳失度,纵为轸虑,难以获安,臣不敢言,良有以也。"②

　　高公伏奏曰:"陛下躬亲庶务,子育黔黎四十余年,天下无事。一朝两京失守,万姓流亡……臣闻主忧臣辱,主辱臣死,死辱之义,职臣之由。臣不孝不忠,尚存余喘。亲蒙晓谕,战惧伏深。"③

　　高公伏奏曰:"逆贼背天地之恩,恣豺狼之性,更相鱼肉,其可久乎?"④

　　附奏云:"臣合死已久,圣恩含忍容至今日,所看事状,并不曾闻。伏愿得亲辞圣颜,复受戮,死亦无恨。"⑤

鲁迅《中国小说史略》第九篇《唐之传奇文》(下)云:"郭湜之《高力士外传》……特以行文枝蔓,或拾事琐屑,故后人亦每以小说视

---

① 李时人编校,何满子审定,詹绪左复校:《全唐五代小说》外编卷四(第七册),第 3669 页。
② 李时人编校,何满子审定,詹绪左复校:《全唐五代小说》外编卷四(第四册),第 3670 页。
③ 李时人编校,何满子审定,詹绪左复校:《全唐五代小说》外编卷四(第四册),第 3671 页。
④ 李时人编校,何满子审定,詹绪左复校:《全唐五代小说》外编卷四(第七册),第 3672 页。
⑤ 李时人编校,何满子审定,詹绪左复校:《全唐五代小说》外编卷四(第七册),第 3674 页。

之。"①此书杂采野史轶闻,前人书目将之列入史传,后人则将之归入小说类。如叶德辉曾将其编入《唐开元小说六种》。高力士为玄宗时有名的宦臣,两《唐书》有传,与作者郭湜曾同被贬谪居巫州。因相同的遭遇,以及对当时现实清醒而深刻的认识,作者以同情的笔触,着力叙述了高力士对答唐玄宗的奏章,客观评价了高力士的一生。高力士在奏章中,绝不阿谀逢迎,直陈国家动荡不安、百姓流离失所、法令不行、皇权旁落等问题皆由玄宗宠任奸臣,以及自身享乐、殆政而致,揭示了唐朝灭亡的根本原因。

小说《贾忤旨》折射了贾岛沉沦下僚,无法跻入显宦。围绕这一主题,故事选取贾岛冲撞皇帝的戏剧性事件,间接指出他一直落魄潦倒的原因。《新唐书·贾岛传》记载:"岛字浪仙,范阳人,初为浮屠,名无本。来东都,时洛阳令禁僧午后不得出,岛为诗自伤。愈怜之,因教其为文,遂去浮屠,举进士。当其苦吟,虽逢值公卿贵人,皆不之觉也。一日见京兆尹,跨驴不避,呼诘之,久乃得释。"②贾岛因为吟诵诗歌过于忘我,而冲撞了京兆尹韩愈。韩愈在指点贾岛选用"敲"好过"推"时,还赏识其才华,推荐贾岛考取进士。然《贾忤旨》有意张冠李戴,将贾岛与韩愈之间的"推敲"改为生性骄纵的贾岛忤宣宗皇帝旨意,让皇帝悻悻而归。但宣宗爱惜人才,不计前嫌,下敕书赦免贾岛:

> 帝意令岛继长沙故事,敕曰:"比者礼部奏卿风狂,遂且令关外将息。今既却携卷轴,潜至京城,遇朕微行,闻卿高咏。睹其至业,可谓届人。是用显我特恩,赐尔墨制。宜从短簿,别候殊科。可守剑南道遂州长江县主簿,仍便赍敕乘

①鲁迅:《中国小说史略》,第 88 页。
②[宋]欧阳修、宋祁撰:《新唐书》卷一七六,第 5268 页。

驿赴官。所管藩候,放上闻奏。"①

张清华在《韩愈大传》中评述此敕书:"观文口气,御札墨敕;非文帝所为,为好事者假笔。众议纷纷,也难诚信。《鉴诫录》虽不一定是实录,然其推断颇合情理:帝爱其才,又意其狂,加上当政者忌其风狂,责授外任,逐出京城,则是三全:于帝则奇其才,于当权者则解其忌,于贾岛也算有所职授。"②不管这篇敕书是否出自宣宗之口,但从中可以看出贾岛仕途坎坷的一个重要原因:高傲自负,不懂得迎合世人,遭致众人的非议和诽谤。苏绛《贾司仓墓志》云:"穿扬未中,遽罹诽谤,解褐授遂州长江主簿。"③《新唐书·贾岛传》亦云:"累举,不中第。文宗时,坐飞谤,贬长江主簿。会昌初,以普州司仓参军迁司户,未受命卒,年六十五。"④《贾忤旨》中的敕书,指出贾岛不被重用的原因是礼部官员认为他有狂疾,由此折射出贾岛特异独行、轻慢放肆、不为世人所喜的性格,突出了他郁郁不得志的主题。

　　主题作为小说生命的艺术体现,能使小说的叙事话语带上不同的审美意味和情绪色彩,从而深刻、形象地表现作品的内在意蕴。作者的倾向性、作品的主题,不需要作者直说出来,而应该从所描写的场面和故事情节中自然流露出来。恩格斯在给明娜·考茨基的信中指出:"我认为倾向应当是不要特别地说出,而要让它自己从场面和情节中流露出来,同时作家不必把他所描写的社

---

① 李时人编校,何满子审定,詹绪左复校:《全唐五代小说》卷八五(第六册),第 2966 页。

② 张清华主编:《韩愈大传》,中州古籍出版社,2003 年,第 532—533 页。

③ [清]董诰等编:《全唐文》卷七六三,第 7937 页。

④ [宋]欧阳修、宋祁撰:《新唐书》卷一七六,第 5268 页。

会冲突的将来历史上的解决硬塞给读者。"①唐代小说中公牍文本的运用,把接受者的视线聚焦于故事的主脑,丰富了小说的表达方式。

二、展示故事人物心理

小说是一种讲究语言的艺术,它最基本的特征是塑造生动的人物形象。塑造生动的人物形象,应该让形象说话,通过对人物和事件的具体描写来开掘和深化主题,尤其是人物内心与外在行动的矛盾,更能体现人物的真性情。唐代小说中的公牍文本,也是表现故事人物内心世界的一种方式。

如《唐若山》,描述了一个笃志于道术,最后因诚信感动太上真人引导其成仙的故事。唐若山在成仙后,留下一封写给皇帝的奏章:

> 郡中几案间,得若山诀别之书,指挥家事。又得遗表,因以奏闻。其大旨,以世禄暂荣,浮生难保,惟登真脱屣,可以后天为期。"昔范丞相泛舟五湖,是知其主不堪同乐也。张留侯去师四皓,是畏其主不可久存也。二子之去,与臣不同。臣运属休明,累叨荣爵。早悟升沉之理,深知止足之规。栖心玄关,偶得丹诀,黄金可作;信淮王之昔言,白日可延。察真经之妙用,既得之矣。余复何求?是用挥手红尘,腾神碧海。扶桑在望,蓬岛非遥。遐瞻帝阍,不胜犬马恋主之至。"②

---

① [德]马克思、恩格斯著,米海伊尔·里夫希茨编,曹葆华译:《马克思、恩格斯论艺术》,人民文学出版社,1960年,第56页。

② 李时人编校,何满子审定,詹绪左复校:《全唐五代小说》外编卷一八(第八册),第4221—4222页。

修道成仙的条件是苛刻的,首先必须要有仙缘。嵇康《养生论》就提到神仙乃先天所禀,非后天积学所能修得:"夫神仙虽不目见,然记籍所载,前史所传,较而论之,其有必矣;似特受异气,禀之自然,非积学所能致也。"①葛洪则认为可通过后天修炼,学以成仙:"按仙经以为诸得仙者,皆其受命偶值神仙之气,自然所禀。故胞胎之中,已含信道之性,及其有识,则心好其事,必遭明师而得其法,不然,则不信不求,求亦不得也。"②据葛洪《抱朴子内篇》,成仙其一要禀之自然,其二要得明师亲传秘诀真经。唐若山既有先天禀赋,又得真仙指引,具备了齐世升玄的条件:"子有道骨,法当度世。加以笃尚正直,性无忿恚,仙家尤重此行。……以度有心之士,悯子勤志,故来相度耳。"③唐若山在太上真人的协助下成仙。升仙前写给唐玄宗的奏章,有感生命终有尽时,厚禄尊荣不过是过眼云烟,对自己离尘登虚、与世长存深表庆幸。殊不知,他为满足求仙的私欲,不仅将家财消耗殆尽,而且置国家法纪于不顾,擅自挪用官府银钱炼制丹药,款待慕名而至的道士。离开尘世前向皇帝谢恩、陈情的奏章,根本没提及自己侵吞公款一事,内心也没有表现出丝毫的愧疚,反复强调的却是对神仙世界的眷恋,对尘世生活的厌倦,憧憬成仙后遨游于神山仙岛的惬意、畅快,对唐玄宗治国诸多阿谀溢美之词,流露出对宫阙的依依不舍。这封奏章形象地展现了唐若山眷恋人间富贵生活,又不喜尘世荣

①[魏]嵇康著,戴明扬:《嵇康集校注》卷三,人民文学出版社,1962年,第144页。
②王明:《抱朴子内篇校释》,中华书局,1985年,第226页。
③李时人编校,何满子审定,詹绪左复校:《全唐五代小说》外编卷一八(第八册),第4221页。

华浮沉的矛盾心理，是在暗流激涌的政治漩涡中朝臣们的共同
心态。

　　在唐代小说《迷楼记》中，矮民王义通过写给皇帝的奏章自
述，呈现其内心世界、升华作品主题，塑造了丰满的人物形象。矮
民王义是专供隋炀帝娱乐的戏弄之臣，《海山记》对他的身份有所
交代：

　　　　大业四年，道州贡矮民王义，眉目浓秀，应对敏给，帝尤
　　爱之。常从帝游，终不得入宫。帝曰："尔非宫中物。"义乃自
　　宫。帝由是愈加怜爱，得出入帝内寝。义多卧榻下。①

在隋炀帝执政时期，曾下诏各地进贡太监。当时永阳（管辖道县、
永明两县）的县官进贡一名叫王义的秀才。这个侏儒矮小伶俐，
能言善辩，很得炀帝喜爱。然"矮民"主要用来供帝王娱乐、消遣
之用，在史料中确有记载。《旧唐书·阳城传》说："道州土地产民
多矮，每年常配乡户贡其男，号为'矮奴'。"②白居易在新乐府诗
《道州民》中，亦有道州进贡矮民之说：

　　　　道州民，多侏儒，长者不过三尺余。市作矮奴年进送，号
　　为道州任土贡。任土贡，宁若斯，不闻使人生别离，老翁哭孙
　　母哭儿。一自阳城来守郡，不进矮奴频诏问。城云臣按六典
　　书，任土贡有不贡无。道州水土所生者，只有矮民无矮奴。
　　吾君感悟玺书下，岁贡矮奴宜悉罢。道州民，老者幼者何欣
　　欣。父兄子弟始相保，从此得作良人身。道州民，民到于今

---

①李时人编校，何满子审定，詹绪左复校：《全唐五代小说》卷六八（第四册），
　第2308页。
②［后晋］刘昫等撰：《旧唐书》卷一九二，第5133页。

受其赐,欲说使君先下泪。仍恐儿孙忘使君,生男多以阳为字。①

"矮民"身份卑微,被断"阳"后贡于朝廷,以插科打诨取悦君王。《迷楼记》写在隋朝行将灭亡之际,矮民进献奏章:

> 他日,矮民王义上奏曰:"臣田野废民,作事皆不胜人。又生于辽旷绝远之域,幸因入贡,得备后宫扫除之役。陛下特加爱遇,臣常自宫以待陛下。自兹出入卧内,周旋宫室,方今亲信,无如臣者。臣由是窃览书,殿中简编,反覆玩味,微有所得。臣闻精气为人之聪明。陛下当龙潜日,先帝勤俭,陛下鲜亲声色,日近善人。陛下精实于内,神清于外,故日夕无寐。陛下自数年声色无数,盈满后宫,陛下日夕游宴于其中。自非元日大辰,陛下何尝临御前殿? 其余多不受朝设。或引见远人,非时庆贺,亦日晏坐朝,曾未移刻,则圣躬起入后宫。夫以有限之体而投无尽之欲,臣固知其竭也。臣闻古者有老叟独歌舞于磐石之上,人询之曰:'子何独乐之多也?'叟曰:'吾有三乐,子知之乎?''何也?''人生难遇太平世,吾今不见兵革,此一乐也;人生难得支体全完,吾今不残废,此二乐也;人生难得老寿,吾今年八十矣,此三乐也。'其人叹赏而去。陛下享天下之富贵,圣貌轩逸,章龙姿凤,而不自爱重,其思虑固出于野叟之外。臣蕞尔微躯,难图报效,罔知忌讳,上逆天颜。"②

---

① [清]彭定求等编,陈尚君补辑,中华书局编辑部点校:《全唐诗》卷四二六,第4696页。

② 李时人编校,何满子审定,詹绪左复校:《全唐五代小说》卷六八(第四册),第2314—2315页。

矮民王义侍奉隋炀帝的生活起居,对宫廷所发生的事件都了如指掌。从奏章可以看出,《迷楼记》善于根据人物的地位与生活环境,让矮民王义通过奏章向君王陈述其平时迎逢笑容背后隐藏着了不为人知的心酸痛苦和复杂的内心世界。如矮民自陈进宫以娱悦隋炀帝时,既有被皇帝宠爱的虚荣感,又对皇帝因自己而沉迷玩乐感到痛苦。小说写他进宫之前,先是高兴,后是惭愧,最后想到国家利益就更为内疚。这里有感情的激动,也有冷静的自责,深刻细致地展现了矮民王义的思想性格。

在内容上,汉唐小说会通用于正式场合、政治色彩浓厚的公牍文本,关注社会人生的重大问题,以"补史之阙";在形式上,公牍文本作为一种叙事元素融入汉唐小说,使各事件之间形成内在的因果联系而紧密衔接。但是,唐代小说中的公牍文本不仅篇幅比汉魏六朝小说中的更长,内容更翔实,而且有刻画故事人物心理、聚焦主脑等叙事功能。因此,唐代小说因较长篇幅的公牍文本的融入,对人物的刻画更细腻,对事件的描述更委婉曲折,作者刻意创作小说的痕迹更明显。

第五章　祝文与汉唐小说

祝文,亦称"祝辞",是祝祷类文体之一,通常在祭祀时制作并诵读,有一定的表示祭享的格式。最初的祝文可分为两类:一类用于祈神求福,称为"祝";另一类用于告神咒敌,称为"诅"。后来,举凡祭告天地、山川、社稷、宗庙、神祇的祭神文字都称为"祝"。

祝文历史悠久,经历了一个由口头到书面文字的发展过程。相传始于伊耆氏的蜡祭辞,宋高承《事物纪原·礼祭郊祀部·祝文》记载:"伊耆氏始为八蜡,乃有祝文,其文曰'土反其宅,水归其壑,昆虫毋作,草木归其泽'是也。"①因祭文与祝文都用于祷告天地神祇,汉以后有一部分祝文也以"祭"名篇。祭文与祝文的主要区别不是篇名,而在于使用的场合。祭文主要用于丧葬送死,而祝文主要用于祭奠山川神祇:"用于祭奠山川神祇,祈福禳灾的祭文,如韩愈《潮州祭神文》、白居易《祭庐山文》等。徐师曾《文体明辨》将此类祭文归入'祝文'类,以区别那些专用于丧葬送死之祭

---

① [宋]高承撰,[明]李果订,金圆、许沛藻点校:《事物纪原》,中华书局,1989年,第62页。

文。"①祝文作为一种向神灵祷告的文体，语言必须朴实，情感必须真诚，言语须有文采："凡群言发华，而降神务实，修辞立诚，在于无愧。祈祷之式，必诚以敬；祭奠之楷，宜恭且哀：此其大较也。"②

早在汉魏六朝时期，祝文就已出现于小说之中。在万物有灵的上古时代，人们把日月山川、雷电水火、天地树木乃至飞禽走兽都奉为神灵，对它们有所敬畏、信仰，甚至恐惧。他们认为生老病死、天灾人祸，全部都是神灵、鬼怪、妖魅等超自然的力量在起作用。因此，小说中的人物一旦面临不可抗拒的灾难或遇到无法解释的自然、社会现象，就会用祷祝的方式，祈求平安，避免灾难，获得幸福。唐代小说也使用了不少祝文本，而学界对此关注甚少。本书把汉唐小说中明确标明"祝"和用来祭祀天地神祇的"祭文"都称为祝文本，统计祝文本在汉唐小说中的使用情况，探究其价值取向，考察其在小说叙事中的功能及其对汉唐小说生成、演变的意义。

第一节　汉唐小说中的祝文本

由于古人对自然界的认识有限，加之受远古巫祝以及"天人感应"和"天谴论"的影响，只要遇到无法抗拒的自然灾害、不可避免的战乱，或难以治愈的疾瘼，他们就用宗教性的活动进行祈祷

---

① 吴承学、刘湘兰：《祝祷类文体》，《古典文学知识》2009 年第 5 期，第 108页。
② [南朝梁]刘勰著，周振甫注：《文心雕龙注释》，第 106 页。

和禳解。《周礼·春官》载，"凡天地之大灾，类社稷、宗庙，则为位"①，"大灾，及执事祷祠于上下神祇"②。当发生日蚀、月蚀、山陵崩等非常之变时，由"小宗伯"③率领"执事"④向神祇祈求免灾。巫祝在祭神仪式中，注重与神灵沟通时所使用的言辞。《周礼》将巫祝分为大祝、小祝、丧祝、甸祝、诅祝、司巫、男巫、女巫等类别，对每个官职所应该掌握的言辞有详尽的规定："大祝掌六祝之辞，以事鬼神祇，祈福祥，求永贞：一曰顺祝，二曰年祝，三曰吉祝，四曰化祝，五曰瑞祝，六曰策祝。"⑤"小祝掌小祭祀，将事侯、禳、祷、祠之祝号，以祈福祥，顺丰年，逆时雨，宁风旱，弥灾兵，远罪疾。大祭祀，逆粢盛，送逆尸，沃尸盥，赞隋，赞彻，赞奠。凡事佐大祝。"⑥"甸祝掌四时之田表貉之祝号，舍奠于祖庙、祢亦如之。师甸，致禽于虞中，乃属禽。乃郊，馌兽，舍奠于祖祢，乃敛禽。禂牲、禂马，皆掌其祝号。"⑦"诅祝掌盟、诅、类、造、攻、说、祫、禜之祝号。作盟诅之载辞，以叙国之信用，以质邦国之剂信。"⑧巫祝在不同礼仪、场合中的祷祝之辞，一旦约定俗成、定为惯例后，就形成了固定的文体范式，成为祝文的缘起。

　　古文献《尚书·洛诰》有确切可靠的关于"祝"的记载："王命

①杨天宇：《周礼译注》，上海古籍出版社，2004年，第291页。

②杨天宇：《周礼译注》，第291页。

③"大宗伯"的副职，相当于后代的礼部，职责是掌邦国祭祀典礼。"小宗伯"下共有属官68个，其中"卜祝"之官，主掌占卜、祝祷。

④据《周礼》注释，为"大祝及男巫、女巫"。

⑤杨天宇：《周礼译注》，第359页。

⑥杨天宇：《周礼译注》，第366页。

⑦杨天宇：《周礼译注》，第369—370页。

⑧杨天宇：《周礼译注》，第370页。

作册,逸祝册,惟告周公其后。"①孔颖达疏曰:"使逸读所作祝册
之书,唯告文武之神。"成王命史官逸把祭祀之事和祝词记录于
册。另《左传》记,哀公二年(公元前 493 年),卫太子蒯聩看到敌
军众多而心生恐惧,临战时向祖宗祷告"敢告无绝筋,无折骨,无
面伤"②。汉魏六朝时,不少文学巨子创作了祝文。《后汉书》本
传载,蔡邕所著中就有祝文:"所著诗、赋、碑、诔、铭、赞、连珠、箴、
吊、论议、《独断》、《劝学》、《释诲》、《叙乐》、《女训》、《篆执》、祝文、
章表、书记,凡百四篇,传于世。"③梁江淹撰有《萧太傅东耕祝
文》。唐代文学家也创作有祝文。开元年间,萧嵩等撰祭祀帝舜
的祝文,柳宗元于永州代州刺史撰《舜庙祈晴文》,李商隐现存祝
文有二十七篇,绝大部分作于为桂管幕时。

　　春秋战国时的祝文,多由巫祝操持。而汉魏六朝、唐代的祝
文,很多出自文人笔下。祝文可自撰,也可请人代写。形式以四
六韵文为主,语言纤丽,庄重典雅,以祈福禳灾为主要目的。汉魏
六朝、唐代的祝文,祷祝的内容、行文方式基本相同。而汉唐小说
中的祝文,不论是祷祝的主体,还是祈祷的目的,都有差异,并反
映了不同时代的宗教、文化习俗。

一、祈祷的主体

　　汉魏六朝小说《博物志》"止雨祝"、《汉武帝内传》、《搜神记》"蒋
山祠""张氏钩""王道平""颜畿""乌龙"、《拾遗记》"吴"部分"张承之
母"、《幽明录》"文翁"、《异苑》"尸生儿""紫姑神"、《世说新语》"刘

---

①顾颉刚、刘起釪:《尚书校释译论》(第二册),第 1067 页。
②杨伯峻编著:《春秋左传注》(修订本)(第四册),第 1616 页。
③[南朝宋]范晔撰,[唐]李贤等注:《后汉书》卷六〇下,第 2007 页。

伶"、《列异传》"鲍氏骢""荻鼠"、《述异记》"罗根生"等，就有或长或短，或部分或完整的祝文本。祝文本尽管在唐前小说中出现的频率不是很高，但为唐代小说对祝文的借鉴和吸收提供了经验。

在唐代小说中，以"祝"标示的篇目有：沈亚之《异闻记·感异记》、陈劭《通幽记·赵旭》《薛二娘》、郑还古《博异志·王昌龄》、李复言《续玄怪录·韦氏子》、李玫《纂异记·徐玄之》《嵩岳嫁女》、裴铏《传奇·崔炜》、唐暄《通幽记·唐暄手记》、皇甫枚《三水小牍·夏侯祯黩女灵皇甫枚为祷乃免》《李龟寿》、戴孚《广异记·张琮》、《广异记·谢混之》、王简《疑仙传·李阳》、尉迟偓《中朝故事·郑畋母》、何光远《鉴诫录·求冥婚》、柳祥《潇湘录·汾水老姥》、张读《宣室志·浔阳李生》《智空》《韩愈》、杜光庭《集仙录·魏夫人》、孟棨《本事诗·崔护》、陈翰《异闻记·仆仆先生》、李隐《大唐奇事·李义》、唐临《冥报记·衮州人》、沈汾《续仙传·聂师道》等近30篇。

因祝文使用的场合特殊，一般出现于与神仙、鬼怪、精灵等相关的小说，且大部分都篇幅简短。汉魏六朝小说中，祷祝的主体为神仙、普通大众。唐代小说除神仙、普通百姓外，书生成为常见的祷祝主体。

（一）神仙

"神仙"是道教对所谓得道后能够超脱生死者的称谓，"神仙"崇拜是道教信仰的基本内容之一。东汉许慎《说文解字》云："仙，长生迁去。"[1]《释名·释长幼》曰："老而不死曰仙。"[2]闻一多说：

---

[1][汉]许慎撰，[清]段玉裁注：《说文解字注》，第383页。

[2]刘熙：《释名》卷三，第43页。

"所谓神仙者,实即因灵魂不死观念逐渐具体化而产生出来的想象或半想象的人物。"①"神仙"是以现实为基础,人们幻想生命永存的一种理想状态,是远古先民"灵魂不死"观念衍化的产物。"长生不死"是仙人异于常人的最大特征,也是吸引无数众生为之追求的魅力所在。西汉刘向撰著《列仙传》,共写了从远古时代直到汉朝年间七十一位神仙人物的事迹,述说了其成仙的过程。如赤松子是"服水玉"②,随西王母于石室中修炼;马师皇多次以高超的医术为神龙疗疾,得神龙引导飞升仙去;赤将子舆长期"不食五谷"、"啖百草花",后能"随风雨上下"③;黄帝"采首山之铜,铸鼎于荆山之下",鼎成后,神龙下凡迎帝,帝"乃升天"④;偓佺"好食松实",后"能飞行逐走马"⑤。凡人要想成仙,一是服食各种药物。《抱朴子》称:"夫金丹之为物,烧之愈久,变化愈妙。黄金入火,百炼不消,埋之,毕天不朽。服此二物,炼人身体,故能令人不老不死。"⑥这里说的是服食丹药成仙之理。邱鹤亭注译的《列仙传》导言,把《列仙传》中成仙者的服食情况作了一个表,共有三十一人通过服食而步入仙界⑦。另一个重要途径,就是依靠神仙导引,秘授成仙之法或直接给予仙药。《淮南子·览冥训》记载了桓

---

①闻一多:《神仙考》,见闻一多:《神话与诗》,华东师范大学出版社,1997年,第170页。

②王叔岷:《列仙传校笺》,中华书局,2007年,第1页。

③王叔岷:《列仙传校笺》,第7页。

④王叔岷:《列仙传校笺》,第9页。

⑤王叔岷:《列仙传校笺》,第11页。

⑥王明:《抱朴子内篇校释》,第71页。

⑦见邱鹤亭注译:《列仙传今译》,中国社会科学出版社,1996年,第1页。

娥得西王母不死之药而成仙："羿请不死之药于西王母,桓娥窃以奔月。"①为成仙而独自修炼,时间漫长、辛苦,常人难以坚持和忍受。服食丹药有风险,稍不小心就会丧命。《玄解录》就已认识到了丹药的毒性："金丹并诸石药各有本性,怀大毒在其中,道士服之,从羲轩已来,万不存一,未有不死者。"②《黄帝九鼎神丹经诀》卷一三也说:"人见《本草》'丹砂无毒',谓不伤人。不知水银出于丹砂,而有大毒。故《本草》云,水银是丹砂之魂,因丹而出,末既有毒,本岂无毒?"③得神仙点拨,直接授予仙药或传授法术,是最快、最直接的办法。

　　汉魏六朝小说《汉武帝内传》④详述了汉武帝得西王母、上元夫人指引,求成仙之术。上元夫人传授十二卷秘经《六甲灵飞左右策精》给汉武帝刘彻之前,先向天帝祈祷:

---

① 何宁:《淮南子集释》卷六(上),第 501 页。
② [宋]张君房编,李永晟点校:《云笈七签》(第三册),中华书局,2003 年,第 1419 页。
③ 韩吉绍校释:《黄帝九鼎神丹经诀校释》卷 13,中华书局,2015 年,第 191 页。
④ 关于《汉武帝内传》的成书年代及作者,学界颇有争议。吴志达《中国文言小说史》从《汉武帝内传》的思想内容和艺术描写特色,推断其当为晋人葛洪的作品。见吴志达《中国文言小说史》,第 54 页。李剑国在《唐前志怪小说史》中认为《汉武帝内传》的作者虽已难考,但产生年代却有迹可循。他指出《汉武帝内传》产生的年代为东汉末年至曹魏间。见李剑国《唐前志怪小说史》(修订本),第 197 页。小南一郎在《中国的神话与古小说》中,从《汉武帝内传》所体现的道教思想、作品表达的主题等,推断其产生于较道教发展中的"内传时代"落后一个阶段的、上清派教理已明显表现出自己所具有倾向的时期。见[日]小南一郎著,孙昌武译:《中国的神话与古小说》,中华书局,1993 年,第 377 页。可见,关于《汉武帝内传》成书的年代,大部分学者认同其产生于唐前。

　　于是上元夫人离席起立,手执八色玉笈,凤文之蕴,仰天向帝而祝曰:"九天浩洞,太上耀灵。神照玄寂,清虚朗明。登虚者妙,守气者生,至念道臻,寂感真诚。役神形辱,安精年荣。授彻灵飞,及此六丁。左右招神,天光策精。可以步虚,可以隐形,长生久视,还白留青。我传有四万之纪,授彻,传在四十之龄。违犯泄漏,祸必族倾。反是天真,必沉幽冥。尔其慎祸,敢告刘生。尔师主是青童小君,太上中黄道君之师真,元始天王入室弟子也。姓延陵,名阳,字庇华。形有婴孩之貌,故仙官以青真小童为号。其为器也,环朗洞照,圣周万变。元镜幽鉴,才为真隽。游于扶广,权此始运。官馆元圃,治仙职分。子存师君,从尔所愿,不存所授,命必倾隕。"上元夫人祝毕,乃一一手指所施用节度,以示帝焉。①

据史料记载,汉武帝对成仙、长生的追求无比狂热。为一睹仙人风采,加入神仙的行列,曾命各郡和诸侯王在其封地内扩建道路,修缮宫观和名山的神祠,亲自到嵩山祭祀;也曾东巡海上,祭祀神仙。还重用李少君、少翁、栾大、公孙卿等方士,给与丰厚赏赐,助其成仙。汉武帝虽求仙心切,但本性残忍、滥杀无辜,与"仙"相距甚远,如征和二年(公元前91年),公孙贺父子、阳石公主、诸邑公主、卫青之子卫伉等因汉武帝迷信巫蛊相继被杀。神仙之道,必贤者而授之。对这种不具备成仙资格的人,上元夫人从内心而言是不愿意指引的。但迫于西王母的命令,不得不加以指点。因此,上元夫人以祷祝的形式,请求上帝宽佑其传法术于刘彻之罪,并立以刘彻不得泄露仙家典籍,否则招来灭家之祸的咒语。作品

---

①佚名撰,王根林校点:《汉武帝内传》,见上海古籍出版社编,王根林等校点:《汉魏六朝笔记小说大观》,第154页。

借上元夫人的祷祝之语，暗讽汉武帝不顾念天下苍生、骄奢淫逸的本性，也间接反映了无所不能、长生不死的神仙也是不自由的。神界一如人界，有着森严的等级。上元夫人虽贵为上仙，也必须屈从西王母的意志。

唐代小说《魏夫人》也融入了神仙的祝辞。王君传授仙道给魏夫人之前，向南极之君、西城王君祈祷：

> 于是王君起立北向，执书而祝曰："太上三元，九星高真。虚微入道，上清玉晨，褒为太帝所敕，使教于魏华存。是月丹良，吉日戊申。谨按《宝书》、《神金虎文》、《大洞真经》、《八素玉篇》，合三十一卷，是褒昔精思于阳明西山，受真人太师紫元夫人书也。华存当谨按明法，以成至真。诵修虚道，长为飞仙。有泄我书，族及一门。身为下鬼，塞诸河源。九天有命，敢告华存。"祝毕。①

魏夫人名华存，字贤安，是西晋司徒文康公魏舒的女儿。她从小就喜爱钻研道家学说，常读老、庄之书，其他三传、五经及诸子百家著作也无不博览知晓。夫人虔诚体味道家的真髓，企盼自己能升入仙界。即使结婚，期望幽静的习性不但不改，诚意求道之心反而更加坚决。她的诚意终于感动诸位神仙，得以接受他们的教导②。王君用祷祝的形式，告诫魏夫人自己是奉上帝命令传授仙道，并警示其绝对不能泄露仙机。

《搜神记》"蒋山祠"，土地神蒋子文用"祝"令百姓为其建筑庙宇。《嵩岳嫁女》，"神龙"持酒为神女新婚庆贺："上清神女，玉京

---

① 李时人编校，何满子审定，詹绪左复校：《全唐五代小说》外编卷一九（第八册），第 4279—4280 页。
② 见冷立、范力编著：《中国神仙大全》，辽宁人民出版社，1990 年，第 131 页。

仙郎,乐此今夕,和鸣凤凰。凤凰和鸣,将翱将翔,与天齐休,庆流无央。"①本用于凡人祈福的祝文,在汉唐小说中多数成为神仙警示凡人的"咒语"。因为仙家传授仙法,极为隐秘。这一点,道家典籍多有记载。黄帝传仙术于玄子,告诫说:"此道至重,必以授贤,苟非其人,虽积玉如山,勿以此道告之也。……无神仙之骨,亦不可得见此道也。"②"咒语"以"禁忌"的形式,对将要接受仙术之人进行约束。

(二)精怪

"精怪是指人鬼之外的自然或人为之物幻化的怪物"③。"怪"的观念古已有之。《山海经》载"猨翼之山,其中多怪兽,水多怪鱼,多白玉,多蝮虫,多怪蛇,多怪木,不可以上"④。晋人郭璞注:"凡言怪者,皆谓状貌倔奇不常也。"⑤"怪"即意谓外观奇异罕见、背离生活常理、无法用经验解释之物。因"怪"不可知,人们对精怪总是怀着一种敬畏而又厌恶的复杂心理。

汉魏六朝小说中的精怪,大多是威胁人类的存在,理所当然应被除掉。如《拾遗记》"鹿怪"条,鹿怪经常在一亭中杀人,谢鲲以智杀之,为民除害;"雄狐"条,习凿齿射杀臂带纬纱香囊的老狐;"鼋怪"条,刘余之奋刀乱砍入里人家之鼋和大狸。而唐代小

---

① 李时人编校,何满子审定,詹绪左复校:《全唐五代小说》卷四九(第三册),第 1693 页。
② 王明:《抱朴子内篇校释》,第 74 页。
③ 邓本章总主编:《中原文化大典·民俗典·民间信仰》,中州古籍出版社,2008 年,第 281 页。
④ 袁珂校注:《山海经校注》(增补修订本),第 3 页。
⑤ 袁珂校注:《山海经校注》(增补修订本)郭璞注南山经,第 3 页。

说中，许多精怪在作者笔下被描绘成了值得同情的弱者。他们面对人类的欺凌，也只能向神灵求助。《张琮》中，东光县令谢混之，以严酷强暴为政，著称于河南。混之尝大猎于县东，杀狐狼甚众。狐狼精魅诅咒谢混之残杀其父兄，祈祷神明替家人伸冤："县令无状杀我父兄，今我二弟诣台诉冤，使人将至，愿大神庇阴，令得理。"①结果出人意料，谢混之使唤猎犬将精怪赶走。残暴的官吏，就连精怪也无可奈何！作者以精魅向神明求助影射世间百姓有冤无处诉的社会现实，表达了他对唐代吏治的忧虑和嘲讽。

（三）尘世凡人

凡人向神灵鬼怪祈祷的习俗，由来已久。《山海经第一·南山经》有多处详细记载了向山神祈祷的具体仪式："凡䧿山之首，自招摇之山，以至箕尾之山，凡十山，二千九百五十里。其神状皆鸟身而龙首，其祠之礼：用一璋玉瘞，糈用稌米，一璧，稻米、白菅为席。"②《山海经》虽可见祈祷的仪式，却未出现祷祝的主体。而汉魏六朝、唐代小说对祈祷仪式的描述虽比较简略，却突出了祈祷人物的身份。

汉魏六朝小说《博物志》"止雨祝"、《搜神记》"张氏钩""王道平""颜畿""乌龙"、《拾遗记》"吴"部分的"张承之母"、《幽明录》"文翁"、《异苑》"尸生儿""紫姑神"、《世说新语》"刘伶"，祈祷的主体有政府官员，也有民妇、垂垂老者，以及被征戍边的壮年男子。

唐代小说中的祷祝者，涉及的群体不仅更加广泛，且集中于

---

① 李时人编校，何满子审定，詹绪左复校：《全唐五代小说》卷一八（第二册），第 630 页。

② 袁珂校注：《山海经校注》（增补修订本），第 9 页。

官员和书生。如《感异记》,祈祷的主体为"孤介好学、善清言、习黄老之道的书生",《浔阳李生》为"进士下第的书生",《唐晅手记》为"书香门第的隐士",《崔护》为"已中进士的书生",《崔炜》为"盛有诗名的书生",《夏侯祯黩女灵皇甫枚为祷乃免》为"调补县令的官员及同舍生",《李龟寿》为"秉性公正、刚正不阿的政府高官",《张琮》为"替鬼魂伸冤的南阳令",《韩愈》为"体恤百姓的地方官员",《王昌龄》为饱读诗书的官员,《薛二娘》为"驱除邪魅的女巫",《韦氏子》为"韦氏子妻之姑",《李阳》为"学道十余年的道士",《智空》为在寺庙修行的和尚,《李义》为"少亡其父,养母甚孝"的孝子等。

由以上论述可知,汉魏六朝小说中祈祷的主体多为生活于世间的普通人。而唐代小说中,祷祝主体的身份更多样化,有书生、官员、和尚、道士、孝子等,且大多具有浓浓的书生意味。

二、祷祝的目的

在汉魏六朝、唐代小说中,祈祷主体为神仙的,多以"诅"的形式对不执行仙家旨意的人予以惩罚。而凡人的祷祝,多用于祈福禳灾,表达了人们对美好幸福生活的祝愿。这是汉魏六朝、唐代小说中故事人物祷祝的共通之处。差异为,唐代小说中的部分作品,人物祷祝的目的以与精灵鬼怪结合为主,由单纯的宗教祈祷转向世俗情欲,体现了小说向世俗演进的轨迹。

汉魏六朝小说《博物志》"止雨祝"写久旱无雨时,祈求神灵降甘霖:"天生五谷,以养人民,今天雨不止,用伤五谷,如何如何,灵而不幸,杀牲以赛神灵,雨则不止,鸣鼓攻之,朱绿绳萦而胁之。"①《搜神记》"张氏钩",张氏为获取更多的钱财求福:"鸠来,为我祸也,飞上承尘;为我福也,即入我怀。"②"王道平",王道平祈祷妻子死而复生:"我与汝立誓天地,保其终身。岂料官有牵缠,致令乖隔,使汝父母与刘祥;既不契于初心,生死永诀。然汝有灵圣,使我见汝生平之面。若无神灵,从兹而别。"③"颜畿",颜畿祈祷儿子死而复生:"若尔有命,当复更生,岂非骨肉所愿。今但欲还家,不尔葬也。"④《搜神后记》"乌龙",狗主人祈请狗帮助自己脱难:"养汝数年,吾当将死,汝能救我否?"⑤《拾遗记》"张承之母",祈求免灾:"若为吉祥,勿毒噬我!"⑥《幽明录》"文翁",老翁希望砍柴准确无误:"吾若得二千石,斧当着此处。"⑦《异苑》"尸生儿"条,祈求尸体完好:"若天道有灵,无令死被擘裂。"⑧《世说新语》"刘伶","以嗜酒为祝",折射出魏晋人洒脱、高蹈的情怀:"天生刘伶,以酒为名,一饮一斛,五斗解酲。妇人之言,慎不可听。"⑨

　　唐代小说中的祝文本,如《薛二娘》用祝祷的方式除魅,《李阳》祈请大龟显灵,《汾水老姥》恳请鲤鱼降福,与汉魏六朝小说中

①〔晋〕张华撰,范宁校证:《博物志校证》卷八,第94页。
②〔晋〕干宝撰,汪绍楹校注:《搜神记》,第116页。
③〔晋〕干宝撰,汪绍楹校注:《搜神记》,第178页。
④〔晋〕干宝撰,汪绍楹校注:《搜神记》,第184—185页。
⑤〔晋〕陶潜撰,汪绍楹校注:《搜神后记》,第59页。
⑥〔晋〕王嘉撰,〔梁〕萧绮录,齐治平校注:《拾遗记校注》卷八,第185页。
⑦〔南朝宋〕刘义庆撰,郑晚晴辑注:《幽明录》,第35页。
⑧〔南朝宋〕刘敬叔撰,范宁校点:《异苑》卷八,中华书局,1996年,第82页。
⑨〔南朝宋〕刘义庆著,〔南朝梁〕刘孝标注,余嘉锡笺疏,周祖谟等整理:《世说新语笺疏·任诞第二十三》,第730页。

人物祷祝的目的没有实质性的区别。而《赵旭》《夏侯祯黩女灵皇甫枚为祷乃免》《求冥婚》《李龟寿》《浔阳李生》等，则是世俗男子祈求与仙界女子的爱恋。

如《通幽记·赵旭》：

> 天水赵旭……家于广陵……尝梦一女子，衣青衣，挑笑牖间。及觉而异之，因祝曰："是何灵异，愿觌仙姿，幸赐神契。"①

赵旭觉得梦中女子神异，主动请求其现身，期待与女子的相遇。他的祷祝，引出了他与上界神女嫦娥之间一段恩爱缠绵、曲折动人的人神恋爱故事。这与六朝小说中男主人公视神女为异类，不愿与其结交的情形大不相同。赵旭祈祷的缘由，也已不再是祈福禳灾，而是为了自己的情爱。风姿绰约的神女如赵旭所愿，降临赵旭家后，不仅让赵旭过上了锦衣玉食的生活，还不干涉他在人世间娶妻生子。赵旭的这种心理，实际上反映了唐时落魄失意男子借神女下凡来表达自己对世俗男女生活的幻想。

又如《夏侯祯黩女灵皇甫枚为祷乃免》，夏侯祯看到庙中神女的塑像，爱慕之心油然而生：

> 祭毕，与祯纵观祠内。祯独眷眷不能去，乃索卮酒酹曰："夏侯祯少年未有配偶，今者仰觌灵姿，愿为庙中扫除之隶。神其鉴乎！"②

夏侯祯向神女塑像祷祝，只要能够侍奉神女，即使为庙中扫除之

---

① 李时人编校，何满子审定，詹绪左复校：《全唐五代小说》卷二七（第二册），第913页。

② 李时人编校，何满子审定，詹绪左复校：《全唐五代小说》卷七〇（第五册），第2391—2392页。

隶,也无怨无悔。夏侯祯祷祝毕,即病重,魂魄被神女索去,奄奄
一息。

再如《求冥婚》,曹晦看到庙中土塑的三个"神女"像都十分靓
丽,指着第三个女像祷祝:"愿与小娘子为冥婚,某终身不娶凡庶
矣。"①曹晦为了迎娶"神女",生前拒绝跟世间任何女子的婚姻。
一天"至二更,邻人见曹升车而去,莫知其由。及晓视之,曹已奄
然矣"②。他以生命为代价,与女鬼缔结"冥婚"。《浔阳李生》,李
生行经商洛道中,日暮马劣,苍山万重,道路荆棘丛生,只好投匿
殡宫。为获得殡宫主人的同意,拜而祝曰:"某家庐山,下第南归,
至此为府公前驱所迫,既不得进,又不得退,是以来。魂如有知,
愿容一夕之安。"③殡宫女子听到李生的祷祝后,谢绝金华夫人同
观夜景的邀请,陪侍李生,上演了一场殡宫女鬼与书生相遇的动
人故事。

唐代小说中以"人神恋"故事居多,故事人物祷祝的目的也是
渴望与神女相恋。唐代人神恋爱小说中的祝文本,由汉魏六朝小
说中单纯的宗教祈祷转向对人间世俗欲望的追求。

三、与宗教、文化习俗之关系

在汉唐小说中,向神仙、鬼怪、精灵等祷祝的祝文,既是远古
宗教习俗的一种遗留,也有佛、道二教影响的因子,折射了汉唐时

---

① 李时人编校,何满子审定,詹绪左复校:《全唐五代小说》卷八五(第六册),
　　第 2972 页。
② 李时人编校,何满子审定,詹绪左复校:《全唐五代小说》卷八五(第六册),
　　第 2972 页。
③ 李时人编校,何满子审定,詹绪左复校:《全唐五代小说》外编卷一四(第七
　　册),第 4048 页。

的宗教、文化习俗。

在远古的时候,古人就相信天地万物被某种不可知的神秘力量所控制。只要虔心祈祷,就能驱邪避祸,永保平安。在郑玄注的《礼记·月令》中,有这样一句话,"雩,吁嗟求雨之祭"①,说明久旱未雨之时,只要巫师边舞边发出求雨的呼号和歌唱祷祝之词,就能感动神灵,喜降大雨。《诗经·云汉》也记录了当年祈雨的一首祷词:"旱既大甚,涤涤山川。旱魃为虐,如惔如焚。我心惮暑,忧心如熏。群公先正,则不我闻。"②在道教中,祝告之辞本身就是一种"咒语"③。信徒相信人与鬼神之间存在一种可以沟通的神秘语言,以这种语言向天神祈求,可以达成内心愿望,甚至召唤、役使鬼神。佛教信奉者亦认为念诵"咒语"进行祈祷,信念可以与佛祖直接感应而发生效力,满足主体的任何愿望和要求。对此深信不疑的汉唐人,在小说中通过故事人物把内心的诉求以"祝"的形式向上天、神灵传达,希望改变目前的境遇,实现群体利益或一己之私愿。

汉魏六朝小说《搜神记》"王道平""颜畿",唐代小说《夏侯祯黩女灵皇甫枚为祷乃免》等,是典型的受道家思想影响很深的小说故事,体现了道家重生恶死的生命观和人生观。如《夏侯祯黩女灵皇甫枚为祷乃免》,当夏侯祯的魂魄被神女索去,"余"向神女祷祝:

> 余命吏动楮镪,洁尊席而祷曰:"夫人岳镇爱女,疆场明祇,致禾黍丰登,戢虎狼暴殄,斯神之任也。今日之祭,乃郡

①［汉］郑玄注,［唐］孔颖达正义,吕友仁整理:《礼记正义》,第666页。
②周振甫译注:《诗经译注》,第467—468页。
③詹石窗:《道教文学史》,上海文艺出版社,1992年,第51页。

县常祀。某职其事，敢不严恭？岂谓友生不胜饯斝之余，至
有慢言，黩于神听。今疾作矣，岂降之罚邪？抑果其请耶？
若降之罚，是以一言而毙一国士，是违好生之德，当专戮之
辜，帝岂不降鉴，而使神祇虐于下乎？若果其请，是以一言舍
贞静之道，播淫佚之风。缘张硕而动云轛，顾交甫而解明珮。
若九阍一叫，必贻帗箈不修之责。况天下多美丈夫，何必是
也？神其听之！"①

"余"在祷祝中，对神女践踏人的性命，晓之以理，动之以情，劝说
神女将夏侯祯的魂魄放回。夏侯祯对神仙的仰慕，反映了道家对
神仙的信仰和崇拜，这也是道教信仰的基础。"余"不愿意夏侯祯
以生命为代价追求的人神之恋，以及王道平、颜畿祈求妻、儿死而
复生，反映了道家"重生恶死"、追求永生的道义。隋唐之际的《太
上老君内观经》第四有云："道不可见，因生以明之。生不可常，用
道以守之。若生亡则道废，道废则生亡，生道合一，则长生不死，
羽化神仙。"②经文对生道互保的关系作了简明扼要的论述，只有
生才能得道，生命一旦逝去，道就不复存在。唐司马承祯在《坐忘
论·得道》中用类比的手法，对道与生的一体关系作了生动的说
明："山有玉，草木因之不雕；人怀道，形体得之永固。资薰日久，
变质同神。炼神入微，与道冥一。"③受道家"重生恶死"观念的影
响，汉唐小说中出现了诸多死而复生的故事。

　　《世说新语》"刘伶"中的祝文本，反映了魏晋士人尚酒的精神

①李时人编校，何满子审定，詹绪左复校：《全唐五代小说》卷七〇（第五册），
　第2392页。
②［宋］张君房编，李永晟点校：《云笈七签》（第一册），第406页。
③［宋］张君房编，李永晟点校：《云笈七签》（第四册），第2060页。

文化生活。北宋史学家司马光曾对"刘伶"好酒在《资治通鉴》卷七八中予以嘲讽："刘伶嗜酒，常乘鹿车，携一壶酒，使人荷锸随之，曰：'死便埋我。'当时士大夫皆以为贤，争慕效之，谓之放达。"①可汉末名士们与酒结下了不解之缘，痛饮酒才能称得上是名士，酒成为名士的"标签"。王孝伯言："名士不必须奇才，但使常得无事，痛饮酒，熟读《离骚》，便可称名士。"②另一位王姓名士对酒更为看重："三日不饮酒，觉形神不复相亲。"③《后汉书·孔融传》亦载，孔融家每天宾客盈门，常感叹说："坐上客恒满，尊中酒不空，吾无忧矣。"④阮籍、嵇康、山涛、刘伶、阮咸、向秀和王戎常集于竹林之下，肆意酣畅，故有"竹林七贤"的雅号，"于时风誉扇于海内，至于今咏之"⑤。可见魏晋时期，名士作为一个群体喜好饮酒之风的影响之大、之深远。

《求冥婚》反映了唐代的冥婚习俗。根据叙述者文末所发议论，可知庙中的"神女"为鬼："议者以华岳灵姻，咸疑谬说；芑萝所遇，亦恐妖称。今曹公冥婚，目验其异。呜呼，自投鬼趣，不亦卑乎！"⑥先秦著作有不少关于鬼的记载。墨翟在《明鬼》篇中指出：

①[宋]司马光编著，胡三省音注：《资治通鉴》卷七八，第2464页。
②[南朝宋]刘义庆撰，[南朝梁]刘孝标注，余嘉锡笺疏，周祖谟等整理：《世说新语笺疏·任诞第二十三》(下)，第897页。
③[南朝宋]刘义庆撰，[南朝梁]刘孝标注，余嘉锡笺疏，周祖谟等整理：《世说新语笺疏·任诞第二十三》(下)，第897页。
④[南朝宋]范晔撰，[唐]李贤等注：《后汉书》卷七〇下，第2277页。
⑤见[南朝宋]刘义庆撰，[南朝梁]刘孝标注，余嘉锡笺疏，周祖谟等整理：《世说新语笺疏·任诞第二十三》(下)，第854页。
⑥李时人编校，何满子审定，詹绪左复校：《全唐五代小说》卷八五(第六册)，第2973页。

"古今之为鬼,非他也,有天鬼,亦有山水鬼神者,亦有人死而为鬼者。"①"中国就是在这个时期,主持祭祀的祝官开始把鬼和神分离开来,并把神进行了分门别类,使神系列化,被排除在神之外的便被认为鬼魅"②。秦汉之际,方士创造了赤松子、黄帝、彭祖、王子乔、西王母、嫦娥等神仙。秦汉以后,由于道教的兴起,昆仑神山、海外仙岛的神仙传说纷纭,安期生、弄玉、萧史、徐福、东方朔等都进入到神仙的行列当中。此时鬼与神的区别逐渐明朗。东汉许慎《说文》释"鬼":"鬼,人所归为鬼。从儿,象鬼头。从厶,鬼阴气贼害,故从厶。"③"阳为神,阴为鬼,人死后的灵魂属纯阳,死后可升天为神,条件在于'善恶'二字。行善者的灵魂属纯阳,死后可升天,作恶者的灵魂属纯阴,死后入地狱成鬼"④。作恶者死后入地狱,其灵魂属纯阴而成鬼。然唐代小说中的鬼,不仅不可憎可恶,反而成为求偶的对象。曹晦为女鬼美貌所倾倒,愿舍弃宝贵的生命与其缔结"冥婚"。"所谓'冥婚',又称'冥配'、'幽婚'、'鬼婚'、'配骨',它是古代对偶婚制与鬼魂信仰混合生成的婚俗怪胎。古代中国人以为阴间与阳世一样也有婚配,因此,大凡男女生前未婚者,死后其父母、亲属按人间婚仪,为之寻配偶、

① 谭家健、孙中原注译:《墨子今注今译》,商务印书馆,2009 年,第 175 页。
② 宋孟寅:《从耿村鬼故事看燕赵民间灵魂观念的心理特征》,见袁学骏、李保祥主编:《中国故事第一村:耿村民间文化大观》,北京图书馆出版社,1999 年,第 2815 页。
③ [汉]许慎撰、[清]段玉裁注:《说文解字注》,第 759 页。
④ 宋孟寅:《从耿村鬼故事看燕赵民间灵魂观念的心理特征》,见袁学骏、李保祥主编:《耿村民间文化大观:中国故事第一村》,第 2815 页。

行婚礼,使死男亡女在阴间有妻室夫婿"①。在《夏侯祯黩女灵皇甫枚为祷乃免》中,"余"尚且不允许夏侯祯与神女的婚恋,何况曹晦追求的是令人生畏的女鬼?叙述者在文末抒发的鄙视曹晦的议论,是唐时人们畏死乐生心理的折射。然曹晦与女鬼冥婚,亦从一个侧面反映了当时人们价值观念的变化。

唐代小说中,还有一部分作品中的祝文用诗歌的形式来祈福,则从另一个层面呈现了唐时崇尚、爱好诗歌的文化习俗。如在《王昌龄》中,舟人渡水之前,先让王昌龄祈祷庙中山神。王昌龄"以诗为祝",祈求风水之安:"青骢一匹昆仑牵,奉上大王不取钱。直为猛风波浪骤,莫怪昌龄不下船。"②

祝文本在汉唐小说中有着重要的思想、文化价值。汉魏六朝小说中故事人物的祷祝以宗教目的为主,反映了当时巫风大畅、人人迷信鬼神的社会现实。而唐代小说进行祷祝的故事人物,有汉魏六朝小说中不曾出现的"书生"这一特殊主体。他们重视人性中的情欲爱恋,祈祷与神女的偶合。唐代小说中的神鬼多为美丽善良的女性,她们亦愿意与男主人公结合,这也形象地反映了唐时宗教的入世情怀。并且唐代小说人物的祷祝直指官场中的黑暗,有强烈的社会政治色彩。汉魏六朝、唐代小说对祝文吸收方式的差异,使其呈现出不同的风貌特点。

---

① 楚夏:《试论中国古代的冥婚习俗》,《民间文学论坛》1993 年第 2 期,第 30 页。
② 李时人编校,何满子审定,詹绪左复校:《全唐五代小说》卷三五(第三册),第 1201 页。

第二节　汉唐小说中祝文本的叙事功能

祝文本在汉魏六朝、唐代小说中承担着揭示人物内心世界的叙事功能。祝文本在唐代小说中除了揭示人物内心世界，还引出故事人物，为故事人物的出场渲染了一种神秘气氛。

一、揭示人物内心世界

祝文作为在祭祀或宗教仪式中宣读的一种祷告文体，表达了祷告主体的内在祈求，是祷告主体的心理活动借助一定的仪式，通过语言直接诉诸神灵。祷祝的形式可能是神秘的，祈祷的内容却具有公开性。与同为呈现人物内心，重在双方交流、沟通，不希望被第二人所知的书信不同。

汉唐小说中的祝文本，表达了人们希望获得神灵庇佑，风调雨顺、岁稔丰登的美好愿望。

古代靠天吃饭，对统治者、百姓来说，年景的好坏关系到国家的兴衰、人的生死存亡。每当久旱无雨时，统治者就会组织专司此职的巫祝求雨。汉《春秋繁露》有"求雨祝"和"止雨祝"，这是现存较早的求雨祈晴文。志怪小说《博物志》"止雨祝"也有祈雨的祝文本，大意为天生五谷是为了养育百姓，如下雨不止，必殃及五谷收成。现宰杀牲畜以报神福，希望天怜止雨。祝文本将百姓面对灾害的无奈、焦虑，以及寄望于神灵的虔诚，都淋漓尽致地描绘了出来。威胁人们生存的除了洪涝旱灾，还有毒蛇猛兽。张读《宣室志·韩愈》(《太平广记》将此篇归入卷四六七水族四水怪类)有一处韩愈替百姓向鳄鱼祈祷的祝文本。当潮州百姓苦于鳄鱼为患时，韩愈仿效古人以诚感动精魅的做法，将丰厚的祭品陈于鳄鱼出没的大湫旁并祷祝:"即命庭掾以牢醴陈于湫之旁,且祝曰:'汝,水族也,无为生人患。'"①韩愈一心为民的诚挚,感动了鳄鱼。当晚在风雷声动中,它将湫水转移到湫西六十里,远离了潮阳郡。韩愈驱赶鳄鱼,为民除害,赢得了百姓的爱戴和拥护,在历史上也留下了美名。在广东潮州的韩文公祠正堂南墙方碑上刻有苏东坡撰写的"惟天不容伪。智可以欺王公,不可以欺豚鱼。力可以得天下,不可以得匹夫匹妇之心。故公之精诚,能开衡山之云……能驯鳄鱼之暴"②。在正堂石柱上也刻有一幅对联,曰:"辟佛累千言,雪冷蓝关,从此儒风开海峤;到官才八月,湖平鳄渚,于今香火遍瀛洲。"③韩愈一心为民的高大形象得到了彰显。

汉唐小说中的祝文本,反映了人们希望借助"神力"来解决问题的心理。这种描述人物内心的方法,如同融入小说中的书牍文本,作者运用第一人称叙事技巧,以"内心独白"的方式直接让故事人物倾吐内心的真实想法。

如《搜神记》"乌龙",狗主人在情况险急之际,祈请狗帮助自己脱离险境。《宣室志·智空》,面对狂风暴雨肆虐,寺中僧侣性命岌岌可危,智空向天祷祝:

　　既而声益甚,复坐而祝曰:"某少学浮屠氏,为沙门迨五十余年,岂所行乖于释氏教耶? 不然,且有黩神龙耶? 设如是,安敢逃其死? 倘不然,则愿亟使开霁,俾举寺僧得自

①李时人编校,何满子审定,詹绪左复校:《全唐五代小说》外编卷一五(第八册),第4104页。
②[北宋]苏轼撰,孔凡礼点校:《苏轼文集》,中华书局,1986年,第509页。
③钟仁编,章樾注:《中国名胜对联》,山西教育出版社,1986年,第606页。

解也。"①

蛟是我国古代传说中一种能兴云作雨、引发洪水的神异之物。蛟能变幻形体,喜食人。南朝梁任昉《述异记》中的蛟妾:"夏桀之末,宫中有女子化为龙,不可近,俄而复为妇人,甚丽而食人。"②清薛福成《庸庵笔记述异》"蛟龙利害悬殊条",指出了蛟与龙的区别:"蛟有害无利者也;龙降泽于民,为利甚溥。"③龙是一种降恩于人间的吉祥之物,而蛟则是危害百姓的恶灵。智空在危难的时候向雷神祷祝,帮助寺庙僧人逃过劫难。古人向神灵、鬼怪祈福,寻求庇佑,虽并不能产生任何实际作用,但是在当时生产力水平下的一种心理安慰和寄托。

二、引故事人物出场

汉魏六朝小说、唐代小说中的祝文本都有刻画故事人物心理的叙事功能。唐代小说除了用来刻画人物心理,还可以引出故事人物,渲染小说的神秘气氛。

近人解弢在《小说话》中说过:"小说叙人物登场,极难见长,不失之平庸,即失之笨拙。"④在小说中,描写故事人物出场常用的方法为"开门见山""先声夺人""金钩倒挂""陈述铺叙""牵连"等。如《红楼梦》第三回王熙凤的出场,就综合运用了"先声夺人

---

① 李时人编校,何满子审定,詹绪左复校:《全唐五代小说》外编卷一五(第八册),第 4072—4073 页。

② [宋]李昉等撰:《太平御览》,中华书局,1960 年,第 4133 页。

③ [清]薛福成著,丁凤麟、张道贵点校:《庸庵笔记》,江苏人民出版社,1983年,第 132 页。

④ 解弢:《小说话》(节录),见朱一玄编:《〈红楼梦〉资料汇编》,南开大学出版社,2001 年,第 873 页。

法"和"牵连法"。牵连法,即由一个先出场的人物的话语间接引出另一个人物。在人物出场前,通过其他人物对将要出场人物直接或间接地评价或介绍性话语,对故事人物进行侧面描写。

在唐代小说中,也有一部分作品,用"牵连法"来描写即将出场的故事人物。这些故事人物往往是有着异于常人力量、披上了一层神秘色彩的精灵鬼怪、神仙作品借鉴祝文本的叙事、描写技巧,通过祝文本来暗示故事人物的出场。

如上文所提及的《通幽记》中的《赵旭》,赵旭夜梦一青衣女子,窗间挑笑。梦醒后觉得神异,于是他向梦中神女祷祝。《赵旭》中的祝文本,从侧面展示了神女的性情、身份。她在梦中示意素不相识的人间男子赵旭,表现她不被世俗礼教所拘,大胆追求纯真的爱情。唐时经济繁荣,教坊兴盛,整个社会呈现出一种开放的态势。《旧唐书》卷一四六《杜亚传》,扬州"侨寄衣冠及工商等多侵衢造宅,行旅拥弊"①。又《太平广记》卷二九○"吕用之"条引《妖乱志》说:"时四方无事,广陵为歌钟之地,富商大贾,动逾百数。"②在富庶经济环境的刺激下,人们思想相对开放。"大历之风尚浮,贞元之风尚荡"③。未婚少女私结男子,有夫之妇另觅情侣,离婚再婚,蔚成风气。但是,在这种浮荡之风盛行、狎妓成风的社会氛围中,人们在爱情、婚姻的选择中,仍然受社会礼教的约束。唐《户婚律》"奴娶良人为妻"条疏曰:"人各有偶,色类须同。良贱既殊,何宜配合。"④唐代社会仍然是一个等级森严的社

①[后晋]刘昫等撰:《旧唐书》卷一四六,第3963页。
②[宋]李昉等:《太平广记》卷二九○,第2304页。
③上海古籍出版社编:《唐五代笔记小说大观》,第194页。
④刘俊文撰:《唐律疏议笺解》,第1065页。

会,人群被划分为良贱两个对立的等级,婚嫁制度中良贱不婚体现了唐代婚娶制度的不平等。而《赵旭》中的女子为身姿绰约的"神女",可以不受人间礼教的约束。她主动在窗间挑笑,但真实面容却没有在赵旭的梦中出现,这就具有一种神秘感。

又如《李龟寿》,晋公李龟寿退朝,一人独坐书斋,小狗衔着他的衣服不敢往前走,表现异常。晋公也觉得怪异,便从匣中抽出千金剑:

> 按于膝上。向空祝之曰:"若有异类阴物,可出相见。吾乃大丈夫,岂慑于鼠辈而相迫耶?"①

在小说中,晋公耻于与弄权者为伍,唯以典章制度为准绳处理政事,虽遭致地方上一些文武官员的忌恨,但他品行端正,深得不少人仰慕。晋公的祷祝之词,表明他对隐藏行迹、身份神秘莫测使小狗慌乱的"物"一点也不畏惧。读者根据祝祷词,首先想到的这是一则有关鬼魅为祟的故事。但根据小说情节进行推测,故事发生的时间应该在晋公退朝后。唐朝不少诗歌有关于早朝、退朝的描写,杜甫《奉和贾至舍人早朝大明宫》"五夜漏声催晓箭,九重春色醉仙桃。旌旗日暖龙蛇动,宫殿风微燕雀高。朝罢香烟携满袖,诗成珠玉在挥毫。欲知世掌丝纶美,池上于今有凤毛"②。首联"五夜漏声催晓箭,九重春色醉仙桃",指出早朝的时间是五更。"日暖"点出退朝的时间是午后。百官早朝后,回自己所在部门料理政事。若无事,午后则放归。照此推断,晋公退朝回到家中,时

---

① 李时人编校,何满子审定,詹绪左复校:《全唐五代小说》外编卷一七(第八册),第 4182 页。
② [清]彭定求等编,陈尚君补辑,中华书局编辑部点校:《全唐诗》卷二二五,第 2410 页。

间应为午后。大白天的,晋公家中出现的不明之物为鬼魅的可能
性不大。但其隐匿的行踪类似于鬼魅。晋公的祷祝之词,让不明
之物具有诡异的气息。

《宣室志·智空》中的神龙,也在智空的祷祝声中震撼出场:

　　既而声益甚,复坐而祝曰……言竟,大声一举,若发左
右,茵榻倾糜,昏霾颠悖。由是惊慑仆地。①

智空是唐朝晋陵郡建元寺的僧人,道行闻名于当地。一夕,突暴
雷肆虐、狂风大作,天空漆黑。他以为是自己的行为有违佛教教
理,或触怒、冒犯了神龙,便惊惶地向佛祖和神龙祈愿,保护寺庙
的僧人。智空的祷祝,渲染了此次的雷雨狂风不同寻常,介绍了
自己的人生经历,丰富了人物形象的内涵。智空对造成天象异常
原因的猜测在文中留下了悬念。祷祝完毕,在读者的猜想、悬疑
中,"神物"终于出现。这个"神物",不是智空猜测的佛,也不是神
龙,而是蛟龙。对于蛟龙的出场,小说并没有直接进行描绘,而是
充分利用了心理描写、动作描写、场景描写等,从智空看到黑烟后
倒地的动作、害怕的心理,黑烟出现时的巨响,坐垫、床铺转眼间
被粉碎的场面等,间接展示了它巨大的破坏力。小说对蛟龙出场
的铺陈渲染,既呼应了开篇对蛟龙为恶时让人惊慑场面的描写,
又解答了祝文本中的悬疑。

　　人物总是在一定的具体场景中存在、活动着。通过对人物出
场的生动描写为出场的人物造势,这样,人物的典型性格就在这
场景的描写中得到更加充分的表现。唐代小说采用以祝文本引
出人物出场的方式。这种方式新颖别致,赋予了作品更多的内

————————

① 李时人编校,何满子审定,詹绪左复校:《全唐五代小说》外编卷一五(第八
册),第4072—4073页。

涵。首先，祷祝本身就潜藏着故事人物的内心祈求和愿望，隐含着他们对即将出场人物的一种猜测和想象。通过祝文本，读者不仅可以了解故事人物真实的内心世界，还可以更深层的进入作品，对即将出场的人物进行虚构和想象。其次，作者可以在祷祝文本中，对即将出场的人物进行或细致，或粗略，或真实，或夸张的描摹，不受人物形体、身份、性格等的限制。对人物出场的描写，可以逐步、有层次地深入展示人物的性格特征，为人物的正式出场作好充分的铺垫，以达到引人入胜的艺术效果。

　　汉魏六朝、唐代小说中的祝文本多用来祈福攘灾，实际上是故事人物的一种诉求和愿望。作者通过这种愿望的揭示，来刻画故事人物的内心世界。唐代小说作者除了以之来祈福，还用于以婚恋为题材的小说。通过世人对神仙、精魅、鬼怪的祈祷，引出人与异类的婚姻爱恋。这种用祈祷引出故事人物出场的方式，在渲染故事人物神秘气氛的同时，也为故事的进一步发展埋下伏笔。

第六章　诗赋、骈文与汉唐小说

宋赵彦卫《云麓漫钞》卷八指出唐小说融"史才""诗笔""议论"于一炉，具有兼备多体的审美艺术特征。不少研究者从"诗笔"这一视角，考察唐代小说与诗、辞赋、骈文的关系。苑汝杰品读《柳氏传》时指出："《柳氏传》的文笔也很优美，四字句的运用，短促而和谐，具有诗歌的韵律美和意境美。……较多的骈偶句的使用，也增强了诗的韵味。"①刘勇强《中国古代小说史叙论》认为唐代小说中"诗笔"的情形较复杂，"传奇中的韵散结合相当普遍，其功能也更加多样化、灵活化，对人物的言志抒情及叙述中的绘景状物、渲染气氛、调节节奏、暗示结局、评论点题等，都有作用"②。崔际银把唐五代小说"使用辞赋化语言"作为"诗笔"的组成因素之一③。唐代小说对

---

① 苑汝杰：《柳氏传》，见李剑国主编：《唐宋传奇品读辞典》（上），新世界出版社，2007年，第264页。

② 刘勇强：《中国古代小说史叙论》，北京大学出版社，2007年，第130页。

③ 崔际银在《诗与唐人小说》一文中，针对宋人陈师道《后山诗话》对《岳阳楼记》的评价："范文正公为《岳阳楼记》，用对语说时景，世以为奇。尹师鲁之读之曰：'传奇体尔。'《传奇》，唐裴铏所著小说。"他认为"用对语说时景"，亦即用骈体偶句描写景物。使用"对语"（诗赋式语言）的情况，在唐人小说（特别是传奇小说）创作的各个阶段都是存在的。见崔际银：《诗与唐人小说》，第250页。

诗歌、辞赋、骈文等韵文文体及其表现手法的运用,是构成其"诗笔"的重要因素。

　　汉魏六朝小说同样运用了"诗笔"。梁启超《中国文学讲义》评价了《穆天子传》中的《白云谣》:"诗却甚佳,但和《三百篇》风格划然不同。"①杨义《中国古典小说史论》从美学风格上分析了《穆天子传》"韵散交错的特征"②。程毅中《唐代小说史话》具体论析了六朝小说融入诗歌的现象:"从六朝以来,小说里穿插诗歌,已成为常见的艺术手段,如《杜兰香传》和《紫玉歌》等。"③侯忠义把小说韵散相间的形式归结于魏晋小说之所创④。王枝忠《汉魏六朝小说史》亦持此论,认为魏晋小说韵散相间的形式开启了唐传奇以诗表情的滥觞⑤。李剑国《唐前志怪小说史》将《搜神记》在叙事中穿插诗歌作为其叙事技巧提升之重要标志⑥。林辰《古代小说概论》从整个中国古代小说发展的宏阔视野,分析汉魏六朝小说演进的重要原因之一是"以诗抒情"⑦。陈文新《文言小说审美发展史》不仅关注到六朝小说中穿插诗歌,而且作品营造出诗的意境与情调⑧。崔际银《诗与唐人小说》细致梳理了唐前小说

① 梁启超:《中国文学讲义》,湖南人民出版社,2010年,第11页。

② 见杨义:《中国古典小说史论》,中国社会科学出版社,1995年,第106页。

③ 程毅中:《唐代小说史话》,第334页。

④ 见侯忠义、刘世林:《中国文言小说史稿》,北京大学出版社,2004年,第95页。

⑤ 见王枝忠:《汉魏六朝小说史》,第85页。

⑥ 见李剑国:《唐前志怪小说史》(修订本),第327页。

⑦ 林辰在《古代小说概论》中指出:"汉魏六朝小说……以诗词抒情、写心理、状景物等艺术手法被逐渐运用着,在笔记体小说自身发展的同时,缓慢地向着传奇体演化着、过渡着。"见林辰:《古代小说概论》,春风文艺出版社,2006年,第67页。

⑧ 见陈文新:《文言小说审美发展史》,第140页。

用诗的具体情况，剖析了唐前小说用诗对唐代小说用诗的引导
作用①。

　　综合来看，汉唐小说的"诗笔"不仅包括诗歌，还涵盖辞赋、骈
文，即"凡是与诗相关者，诸如小说中的诗作、诗情、诗境、诗法、诗
语(韵语)等"②。唐前小说运用"诗笔"为唐代小说进一步和"诗
笔"相融，以及对小说文体的发展、演变有重要意义。

第一节　汉魏六朝小说之"诗笔"

　　汉魏六朝小说已开始注重文辞的华美，有意使用了"诗笔"。
《汉武帝内传》，语言华丽铺陈，大量运用排偶手法，具有汉赋的语
言特点，极尽渲染夸张之能事。前人称其"文采绚烂，辞章家承用
不废"③。《四库全书总目提要》指出《十洲记》《神异经》文辞绮丽
的特征，"词华缛丽，格近齐梁，当由六朝文士影撰而成"④。胡应
麟《少室山房笔丛》批评《拾遗记》文辞浮艳："《拾遗记》称王嘉子
年，萧绮传录，盖即绮撰而托之王嘉。中所记无一事实者，皇娥等
歌浮艳浅薄，然词人往往用之，以境界相近故。"⑤胡应麟对《拾遗
记》绚丽的文辞虽表示反对，却也指出了作者刻意于结撰语辞的
事实。李剑国《唐前志怪小说史》评介《拾遗记》时，强调这部小说
文字类似《洞冥记》《十洲记》铺彩错金，而词藻更为丰茂⑥。唐前

①见崔际银：《诗与唐人小说》，第199—214页。
②崔际银：《诗与唐人小说》，第251页。
③见钱熙祚：《汉武帝内传校勘记》，收入《守山阁丛书》。
④余嘉锡：《四库提要辨证》，中华书局，1980年，第1124页。
⑤[明]胡应麟：《少室山房笔丛》，第318页。
⑥见李剑国：《唐前志怪小说史》(修订本)，第349页。

小说《汉武帝内传》《十洲记》《拾遗记》《神异经》等对"诗笔"的广泛运用,使古朴、素雅的古体小说增添了文人化的气息。

一、汉魏六朝小说"诗笔"概况

崔际银《诗与唐人小说》对《博物志》《搜神记》《搜神后记》《穆天子传》《燕丹子》《神异经》《西京杂记》《汉武帝内传》《汉武故事》《拾遗记》《裴子语林》《异苑》《幽明录》《世说新语》《续齐谐记》《殷芸小说》十六部唐前小说集中小说作品的用诗情况进行了详细的统计分析,勾勒了唐前小说用诗的基本概貌①。但其版本主要依据《汉魏六朝笔记小说大观》,不少作品未被辑入,如《列异传》《志怪》《灵鬼志》《甄异传》《述异记》等。但构成"诗笔"的不仅仅有诗歌,辞赋、骈文也是其重要组成部分,作者对此也未进行考略。本书以刘叶秋先生主编的"历代笔记小说丛书",以及中华书局、上海古籍出版社出版的单行本小说集,参稽《古小说钩沉》《汉魏六朝笔记小说大观》《中国文言小说总目提要》等,对唐前小说"诗笔"现象再一次进行较全面的梳理。

1.《穆天子传》西王母和穆天子对答的歌谣(诗文本,6处)。

2.《燕丹子》于易水送别时众人吟唱歌谣(辞赋文本,1处)。

3.《神异经·南荒经》引用《诗经》的诗句(诗文本,1处)。

4.《西京杂记》"黄鹄歌",汉武帝见黄鹄下太液池亲自为歌(辞赋文本,1处);"梁孝王忘忧馆时豪七赋",梁孝王召集臣子作赋娱

---

① 崔际银《诗与唐人小说》第五章《唐人小说用诗的向度考察》中第一节"前承:唐前小说用诗之扫描",从唐前小说用诗的概况、特点,以及诗歌在唐前小说中的功能,予以了详尽分析。见崔际银:《诗与唐人小说》,第199—214页。

戏(辞赋文本,7处);"文木赋",中山王因鲁恭王得文木为赋,以助兴、佐欢(辞赋文本,1处)。

5.《汉武帝内传》描摹西王母的美(辞赋文本,1处),西王母侍女、上元夫人之歌(辞赋文本,4处),汉武帝、上元夫人与西王母关于成仙的对话(骈文本,11处)。

6.《博物志》卷四引《诗经》描述螟蛉的诗句(诗文本,1处),"地理考"吟咏建造秦始皇陵墓时工程的浩大(诗文本,1处),引用"南荆赋"(辞赋文本,1处)。

7.《古今注》音乐第三中牧子送别妻子的歌诗(诗文本,1处),援门生作"武溪深"歌和马援南征所作之"武溪深"(诗文本,1处),引"薤露""蒿里"丧歌(诗文本,2处)。

8.《南方草木状》卷上草类引司马相如《乐歌》(诗文本,1处)。

9.《搜神记》"葛由"引故里谣谚(诗文本,1处),"淮南八公"淮南王援琴而弦歌(辞赋文本,1处),"杜兰香"杜兰香与张传互传情愫的诗歌(诗文本,2处),"弦超"玉女赠诗给弦超(诗文本,1处),"李少翁"为李夫人赋诗(诗文本,1处),"京师谣言"引史侯摄政的谶谣(诗文本,1处),"荆州童谣"预言建安时局(诗文本,1处),"燕巢生鹰"引《诗经》中诗句(诗文本,1处),"晋世宁舞"条描绘跳晋世宁之舞时所唱之歌(诗文本,1处),"紫玉"紫玉死后魂灵现形与韩重相见时的悲歌(诗文本,2处),"崔少府墓"崔氏女赠诗与少府(诗文本,1处)。

10.《搜神后记》"剡县赤城"对仙女居住环境的描写(诗文本,1处),"桃花源"对世外桃源景色的描写(诗文本,1处),"陈阿登"条阿登以歌回答人问话(诗文本,1处)。

11.《拾遗记》"颛顼"部分引韩终采药之四言诗(诗文本,1处),"高辛"部分东方朔作《包瓮铭》(诗文本,1处),"虞舜"部分引方回《游南岳七言赞》诗(诗文本,1处),《周》部分引时俗四言诗(诗文本,1处),"前汉上"汉武帝赋《落叶哀蝉》之曲(辞赋文本,1处),大臣引《诗经》诗句谏汉武帝将西域进贡的双头鸡送还,民间也以谣言传此事(诗文本,2处),"前汉下"引《楚辞》,宫人游宴欢歌(辞赋文本,2处),"后汉"灵帝初平三年(192年),宫女游宴唱歌(辞赋文本,1处),"魏"薛灵芸中,行者歌以抒怨(诗文本,1处),"晋时事"中石季伦爱婢翔凤失宠怀怨作五言诗(诗文本,1处),"诸名山"用诗笔形象描绘将昆仑山、蓬莱山、方丈山、瀛洲、员峤山、岱舆山、昆吾山、洞庭山八座神山的壮美(骈文本,8处)。

12.《语林》王大将军酒后吟诵诗歌(诗文本,1处),王右军癫痫病发赋诗(诗文本,1处)。

13.《异苑》"长安谣""女水""小儿辇沙""卢龙将乱""扬州青"条中的谣谚(诗义本,5处),"檀道济凶兆"条时人为檀道济与家人生离死别赋诗(诗文本,1处),"花上盈盈"条沈道袭作歌(诗文本,1处),"梁清家诸异"条鬼夜半唱歌(诗文本,1处),"青铜树"条青铜树空中唱歌(诗文本,1处),"鸡山锥涧"以诗描绘鸡山的神异,"慧猷诗梦"条慧猷夜梦读诗(诗文本,1处),"徐奭遇女妖"妖女以诗传情(诗文本,1处)。

14.《幽明录》"郭长生"与郭长生家婢通情之人吹笛而歌(诗文本,1处),"方山亭魅"丁弹琵琶歌(诗文本,2处),"陈阿登"女子弹弦而歌(诗文本,1处),"水底弦歌"水仙弹弦而歌(辞赋文本,1处),"采菱女"引辞赋拒绝有意者(辞赋文本,1处),"费升"女子唱歌(辞赋文本,3处)。

15.《列异传》"鲍氏骢"京师谣歌鲍氏骢官职升迁。

16.《灵鬼志》"谣征四则"明帝初传政局变更的谣谚(诗文本,四处),"陈安二则"条关西人为陈安健硕、骁勇善战作歌(诗文本,

1 处）。

17.《述异记》"朱休之"朱休之家犬突唱预示其家将遭难的歌曲。（诗文本，1 处）。

18.《世说新语》"简文作抚军"引《诗经》诗句（诗文本，1 处），"荧惑入太微"简文帝颂庾仲初诗（诗文本，1 处），"顾长康拜桓宣武墓"顾长康赋诗（诗文本，1 处），"桓玄篡位"引潘岳《秋兴赋叙》，"谢公子弟聚集"引《诗经》（诗文本，1 处），"文帝令东阿王七步中作诗"曹植在逼迫下作五言诗（诗文本，1 处），"郭景纯"郭景纯赋诗（诗文本，1 处），"庾阐作《扬都赋》"庾阐作赋（辞赋文本，1 处），"羊孚作《雪赞》诗"（诗文本，1 处），"王孝伯"行散吟咏古诗十九首中诗句（诗文本，1 处）。

19.《续齐谐记》"晋武帝问尚书郎挚虞仲洽"引诗（诗文本，1 处），"赵文韶"中神女依箜篌而歌（诗文本，1 处）。

20.《殷芸小说》"荥阳板厄井"引俗谚（诗文本，1 处），"九尾鸟"引河上之歌（辞赋文本，1 处），"秦世谣谚"引传于秦世的谣谚（诗文本，1 处），"傅亮北征"引潘安仁《怀旧赋》（辞赋文本，1 处）。

21.《荆楚岁时记》"正月七日"引楚辞诗句（辞赋文本，1 处），"立春之日"引傅咸《燕赋》（辞赋文本，1 处），"斗鸡"引张衡《南都赋》（辞赋文本，1 处），"三月三日"引逸诗（诗文本，1 处），"十二月八日"引俗谚（诗文本，1 处），引《东京赋》（辞赋文本，1 处）

22.《汉武故事》对神明殿、延寿观、道山宫等宫廷建筑以及汉武帝会见西王母场景的铺叙（骈文本，4 处）。

23.《汉武帝别国洞冥记》对昆明池等宫观建筑、飞骸兽等珍异禽兽以及西王母相会汉武帝等的描写（骈文本，6 处）。

汉魏六朝小说家亦如唐代小说家，不少为诗文大家。刘勇强《中国古代小说史叙论》指出："小说家中具有诗文作家身份的逐渐增多,如曹丕、陶潜、刘义庆、沈约等著名作家,也开始从事小说创作。同时,如刘义庆既编有《幽明录》这样的志怪小说集,又编有《世说新语》这样的志人小说集,其用在小说编创上的精力想必不少,换言之,小说开始成为某些小说家最重要的文学活动了。"①王国良《六朝志怪小说考论》列举了当时创作小说的文士:"属于一般文士,计有:张华、干宝、祖台之、曹毗、陶潜、戴祚、刘敬叔、袁王寿、东阳无疑、郭季产、刘质、祖冲之、刘之遴、吴均、顾野王、许善心、侯白、王邵十八人;此外,撰《异林》的陆氏、撰《志怪》的孔氏、撰《灵鬼志》的苟氏、撰《志怪记》的殖氏、撰《鬼神列传》的谢氏,也应归入一般文士之列。"②李剑国《唐前志怪小说辑释》进一步补充了刘义庆《幽明录》《宣验记》、王琰《冥祥记》、任昉《述异记》、萧绎《金楼子·志怪篇》、颜之推《冤魂志》五位姓名可考的文士。小说家兼文士的特殊身份,使融入汉魏六朝小说中的诗、辞赋、骈文本的数量虽不及唐代小说,但也相当可观。且作品中的不少诗、辞赋、骈文本是小说家刻意营构为之,可看出作者对辑录的作品进行了加工、润色,某种程度上体现了创作小说的一种自觉。值得注意的是,诗、辞赋两种文本,基本上是以整个文体或截取文体中某部分内容的形式融入汉魏六朝小说的。也有为数不多的作品以诗的笔法注重意境的渲染,如《搜神记》"桃花源记""剡县赤城""弦超"、《汉武帝别国洞冥记》"丽娟"故事等。长于铺排、渲染的骈文本,集中在《汉武故事》《汉武帝内传》《十洲记》《拾遗记》等小说之中。

---

① 刘勇强:《中国古代小说史叙论》,24 页。
② 王国良:《六朝志怪小说考论》,文史哲出版社,1988 年,第 5 页。

二、汉魏六朝小说"诗笔"特点

汉魏六朝小说"诗笔"具有鲜明的时代气息。居于当时文化思想领域重要地位的《诗经》，再现文人追求的幻灭与沉沦、心灵的觉醒与痛苦的古诗十九首，以及颇负盛名的诗、辞赋大家之作，在汉魏六朝小说中都有体现。汉魏六朝小说"诗笔"的特点主要表现在以下几个方面：

第一，引《诗经》《逸诗》、古诗十九首、当时名人之诗。

到了汉代，儒学逐渐占据统治地位，《诗经》被奉为经典，渗入并影响着当时的政治、社会、文化思想等生活。此时期的小说也喜直接引《诗经》中的诗句。如《神异经·南荒经》引用了《诗经·大雅·云汉》"旱魃为虐"，《搜神记》"燕巢生鹰"引《诗经·召南·鹊巢》"惟鹊有巢，惟鸠居之"，"蜮"引《诗经·小雅·何人斯》"为鬼，为蜮"，"蜾蠃"条引《诗经·小雅·小宛》"螟蛉有子，果蠃负之"，《幽明录》"江妃二女"引《诗经·周南·汉广》"汉有游女，不可求思"等；引不见于《诗经》中的诗句，如《续齐谐记》引《逸诗》"羽觞随波留"，《荆楚岁时记》"三月三日"又引逸诗"羽觞随波留"；援引名人之诗句，《南方草木状》引司马相如《乐歌》"太尊蔗浆折朝酲"，《拾遗记》"虞舜"部分引方回《游南岳七言赞》诗"珠尘圆洁轻且明，有道服者得长生"；引古诗十九首中的诗句，如"王孝伯"行散吟咏古诗十九首"回车驾言迈"中"所遇燕故物，焉得不速老"的诗句。引《诗经》《逸诗》、古诗十九首等中的诗句，散体行文中夹杂韵语，使小说形式富于变化，具有和谐的韵律美。作品也因诗文本的融入，在朴实的叙事中抒发情感，别有一番意趣。

第二，引《楚辞》、辞赋大家之作。

辞赋是汉魏六朝文学创作的主要形式，也是士人学习的重要内容。《三国志·魏书·陈思王植》:"年十岁余,诵读诗论及辞赋数十万言,善属文。"①司马相如、扬雄、班固等辞赋家的作品,成为时人竞相模拟的典范。晋左思《咏史诗》云:"言论准宣尼,辞赋拟相如。"②刘勰《文心雕龙·辨骚》亦曰:"名儒辞赋,莫不拟其仪表。"③辞赋创作的繁荣,也波及、影响了小说。汉魏六朝小说中出现了众多辞赋文本就是明证。如《拾遗记》"前汉下"引《楚辞·离骚》"折荚荷以为衣",《荆楚岁时记》"正月七日"引《楚辞·招魂》"目极千里伤春心",《世说新语》"桓玄篡位"条引潘岳《秋兴赋叙》"余兼虎贲中郎将,寓直于散骑之省",《殷芸小说》"傅亮北征"条引潘安仁《怀旧赋》"前瞻太室,傍眺嵩丘",《荆楚岁时记》"正月七日"引傅咸《燕赋》"四时代至,敬逆其始。彼应运于东方,乃设燕以迎至。翚轻翼之歧歧,若将飞而未起。何夫人之功巧,式仪形之有似。御青书以赞时,著宜春之嘉祉","斗鸡"引张衡《南都赋》"春卵夏笋,秋韭冬菁","十二月八日"引张衡《东京赋》"卒岁大傩,驱除群厉。方相秉钺,巫觋操苅。侲子万童,丹首玄制。桃弧棘矢,所发无臬"等。受楚文化"信巫鬼,重淫祀"④的影响,《楚辞》引用了大量的神话传说,意象丰富,瑰丽神奇。引《楚辞》,拓展了作品思维、想象的空间,并将其作为一种意识、精神存在于审美结构,显示出小说具有浪漫的文化底蕴。而辞赋文本的引入,使小说语言趋向铺张华丽,凸显了其艺术的性质。

　　第三,引俗谚、谣谚。

---

①[晋]陈寿撰,[南朝宋]裴松之注:《三国志》,中华书局,1959年,第557页。
②[清]沈德潜选:《古诗源》,中华书局,1963年,第165页。
③[南朝梁]刘勰著,周振甫注:《文心雕龙注释》,第35页。
④[汉]班固撰:《汉书》卷二八下,第1666页。

　　汉魏六朝小说中的谣谚以谣歌的形式预言人事祸福、国家的治乱兴衰。谢贵安界定"谶谣"时说："谶谣是把谶的神秘性、预言性与谣的通俗流行性结合起来的一种具有预言性的神秘谣歌，是以通俗形式表达神秘内容并预言未来人事荣辱祸福、政治吉凶成败的一种符号，或假借预言铺陈的政治手段。"①谶谣的神秘性迎合了小说记异语怪的特点，在汉魏六朝小说中大量出现。《搜神记》"京师谣言"引流传于民间的歌谣"侯非侯，王非王。千乘万骑上北邙"，影射汉献帝和朝廷百官被劫持的史实。《异苑》"长安谣""女水""小儿輂沙""卢龙将乱""扬州青"，《灵鬼志》"谣征四则"等，皆预言当时社会动荡，政权更迭。汉魏六朝小说中的谶谣基本上都带有政治色彩，预言历史、人事的同时，以之为渲染神异倾向的手段，辅助叙事。

　　俗谚，是流行于民间、未经文人雕琢的闾巷俚俗之语。"是由许多社会经验法则、长辈智慧所累积出来的最精炼的文句"②。俗谚带有浓厚的乡土气息，深刻地反映了社会的风貌和思想意识。本来源于民间里巷的小说，不可避免会杂糅与其产生于同一土壤的俗谚。《殷芸小说》"荥阳板厄井"引俗谚"汉祖避时难，隐身厄井间。双鸠集其上，谁知下有人"，为汉高祖刘邦顺利逃脱项羽追杀增添了几许神异。《荆楚岁时记》"十二月腊日"引"腊鼓鸣，春草生"的谚语，用朗朗上口的语言，形象地传达了时人对节令的经验、感受。《异苑》卷三"鼠王国"，引俗谚"鼠得死人目睛则为王"，反映了人们用迷信解释生活中不寻常之事的愚昧、荒谬。俗谚生动、简练、通俗，"老妪能解"。虽古之文人雅士斥为"鄙、

---

① 谢贵安：《中国谶谣文化研究》，海南出版社，1988年，第5页。
② 李承林编：《中华句典　中华文典》，高等教育出版社，2011年，第1225页。

俚、野、俗”,却蕴含着人们的思想、情感、知识和经验,是反映社会
生活的画卷。

第四,诗、辞赋文本的体式。

汉魏六朝小说中的诗文本体式,以四言、五言古体诗为主,尤
以五言居多。如《述异记》“朱休之”,狗自知大限将至,歌以陈情,
“言我不能歌,听我歌梅花。今年故复可,奈汝明年何”①,果被朱
休之家人杀害。《灵鬼志》连用两首五言歌谣,预言庾文康镇守武
昌必失利。“庾公上武昌,翩翩如飞鸟;庾公还扬州,白马牵旒
车”②。“庾公初上时,翩翩如飞鸦;庾公还扬州,白马牵旒旐”③。
偶见七言体古诗,如《古今注》卷中音乐第三:“将乖比翼隔天端,
山川悠远路漫漫,揽衣不寝食忘餐。”④在汉魏六朝诗史中,五言
诗以压倒性的优势流行⑤。近代诗人王闿运对汉魏六朝五言诗
推崇备至,认为五言诗为诗中之最佳者:“作诗必先学五言,五言
必读汉诗,而汉诗甚少,题目种类亦少,无可揣摩处,故必学魏晋

---

① [南朝齐]祖冲之:《述异记》,见[魏]曹丕等撰,郑学弢校注:《列异传等五
　　种》,第 137 页。
② [晋]荀氏撰:《灵鬼志》,见[魏]曹丕等撰,郑学弢校注:《列异传等五种》,
　　第 54 页。
③ [晋]荀氏撰:《灵鬼志》,见[魏]曹丕等撰,郑学弢校注:《列异传等五种》,
　　第 54 页。
④ [晋]崔豹撰,王根林校点:《古今注》,见上海古籍出版社编,王根林等校
　　点:《汉魏六朝笔记小说大观》,第 237 页。
⑤ [日]松浦友久在《中国诗歌原理》中,从韵律、节奏、节拍等方面,比较五
　　言、四言、七言诗之异同,指出了五言诗在汉魏六朝盛行的原因。见[日]
　　松浦友久著,孙昌武、郑天刚译:《中国诗歌原理》,辽宁教育出版社,1990
　　年,第 125—130 页。

也。诗法备于魏晋,宋齐但扩充之,陈隋则开新派矣。"①顺应诗歌发展趋势,汉魏六朝小说中相应出现了为数不少的五言诗。

　　汉魏六朝小说中的辞赋文本,以"楚辞体"为主。关于"楚辞",清姚鼐《古文辞类纂序》言:"辞赋类者,风、雅之变体也。楚人最工为之,盖非独屈子而已。余尝谓,《渔父》及《楚人以弋说襄王》、宋玉《对王问遗行》皆设辞,无事实,皆辞赋类耳……辞赋固当有韵,然古人亦有无韵者,以义在托讽,亦谓之赋耳。汉世校书,有《辞赋略》,其所列者甚当。"②清吴曾祺《文体刍言》辞赋类第十二亦曰:"辞为文体之名,犹之论也,盖语言之别称,惟论则质言之辞,则少文矣。故《左传》称子产有辞是也,而后之文体,亦由此而分。曾氏每以无韵者入之论著类,以有韵者入之辞赋类,即其义也。春秋以后,惟楚人最工此体,故谓之楚辞。"③在姚鼐等人看来,楚辞为辞赋之正宗。楚辞受南方文化影响,借由神话传说,用比喻、象征、托物起兴等手法,表达丰富、细腻的情感。其内容、表现手法不仅被汉魏六朝小说所汲取、吸收,文体体式也一并融入,如《西京杂记》"黄鹄歌",黄鹄下太液池,上为歌曰:"黄鹄飞兮下建章,羽肃肃兮行跄跄,金为衣兮菊为裳;嗟嗟荷荷,出入兼葭。自顾菲薄,愧尔嘉祥。"④《志怪》中庐山夫人之女婉与曹著相见后欣悦,抚琴而歌曰:"登庐山兮郁嵯峨,晞阳风兮拂紫霞。招

---

①［清］王闿运著,王简编辑:《湘绮楼说诗》卷六,文海出版社,1974年,第98页。

②［清］姚鼐纂集,胡士明、李祚唐标校:《古文辞类纂》序目,第16—17页。

③吴曾祺:《文体刍言》,见吴曾祺:《涵芬楼文谈》附录《文体刍言》,第43页。

④［汉］刘歆撰,［晋］葛洪集,向新阳、刘克任校注:《西京杂记校注》,第35页。

若人兮濯灵波,欣良运兮畅云柯。弹鸣琴兮乐莫过,云龙会兮乐太和。"①融入汉魏六朝小说中的楚辞体辞赋文本,多与故事内容相结合,是小说文体不可或缺的组成部分。而其他辞赋体式,如《西京杂记》"梁孝王忘忧馆时豪七赋""文木赋",纯粹为应景、娱乐之作,对故事的叙述没有太多的意义。长篇累牍的辞赋文本反"喧宾夺主",使小说的故事性大打折扣。

汉魏六朝小说之"诗笔",主要表现为直接或间接引用诗、辞赋。大部分诗赋作为描写人物的手段,与情节有机融合。而唐代诗歌盛行,吟诗、赋诗成为一代之风尚。受此风熏染,小说家以"诗"的才情观照小说,小说使用"诗笔"的形式、手段更加灵活、多样。作品不仅仅征引了大量的诗、辞赋,韵散相间的骈文本也较为常见。作者以"诗笔"创作小说,作品开始"诗意化"。"诗笔"被广泛运用于创作,成为唐代小说的一大特色而使它们独具魅力。

第二节　唐代小说之"诗笔"

唐代小说具有"诗笔"的特点,引起了不少研究者的重视、思考。宋洪迈《容斋随笔·唐诗人有名不显者》曰:"大率唐人多工诗,虽小说戏剧,鬼物假托,莫不宛转有思致,不必颛门名家而后可称也。"②元虞集《道园学古录·写韵轩记》亦言:"盖唐之才人,于经艺道学有见者少,徒知好为文辞,闲暇无所用心,辄想象幽怪

---

①［晋］祖台之:《志怪》,见［魏］曹丕等撰,郑学弢校注:《列异传等五种》,第47页。
②［宋］洪迈:《容斋随笔》,上海古籍出版社,1978年,第192页。

遇合、才情恍惚之事,作为诗章答问之意,傅会以为说。"①明杨慎《升庵集·唐人传奇小诗》曰:"诗盛于唐,其作者往往托于传奇小说神仙幽怪以传于后,而其诗大有绝妙今古、一字千金者。"②近代、现当代学者在古人研究的基础上,对唐代小说中的"诗笔"现象进一步探研。20 世纪 20—90 年代,鲁迅《中国小说史略》指出《莺莺传》文章虽尚非上乘,而诗歌的融入,给作品增添了不少情致,并考证、辨析了李绅、杨巨源辈受诗坛"唱和"之风影响,同题赋诗,分别撰有《莺莺歌》《崔娘诗》。就连元稹自己亦续有《会真诗》三十韵。《会真诗》等以抒情为主,用和谐的韵律节奏,直接抒发了莺莺、张生之间细腻缠绵的感情。而《莺莺传》以叙事为主,故事人物饱蘸的情感则寓于周详的叙事之中。韵文的"歌"与散文的"传",发挥了各自文体的优势。杨义《唐人传奇的诗韵乐趣》阐释了"诗笔"对唐传奇的意义,在于使子、史因素在新的小说体式中诗化,从而使小说带有诗的意味和特征③。程毅中《文备众体的唐代传奇》认为诗歌的穿插、诗语言的采用是让唐传奇成为"诗化小说"的重要原因④。近年来,邱昌员《诗与唐代文言小说研究》、崔际银《诗与唐人小说》、吴怀东《唐诗与传奇的生成》是研究"诗笔"与唐代小说之关系的三部专著。其中,《诗与唐代文言小说研究》根据李时人先生编纂的《全唐五代小说》,统计了融入单篇小说作品、小说集中的诗歌数量,融入唐代文言小说中的诗歌体类:《全唐五代小说》收录的大约 90 篇唐人单篇小说中,共有

---

①[元]虞集:《道园学古录》卷三八(5),商务印书馆,1937 年,第 645 页。

②[明]杨慎:《升庵集》,上海古籍出版社,1993 年,第 1270—50 页。

③见杨义:《唐人传奇的诗韵乐趣》,第 168 页。

④见程毅中:《文备众体的唐代传奇》,第 76 页。

37 篇融入了诗歌,融入诗歌的总量约为 200 首;唐代共有 56 部小说集中的 244 篇作品融入了诗歌,融入的诗歌总量接近 480 首;融入唐代文言小说中的体类,有四言诗、五言诗、七言诗、杂言诗、词散句。其中,四言诗大致有 20 余首,骚体诗不足 15 篇,五言诗和七言诗,总的数量接近 560 首(七言绝句 220 首之多,五言绝句 130 余首),杂言诗大约 40 首左右,词大约 5 首①。这些数据是作者在对文本进行研读的基础上,精心统计、分类、考索而得,"放在传世数万首之巨的唐诗中也许微不足道,但这一现象对于文学史来说却有着特殊的意义"②。崔际银《诗与唐人小说》以融入唐人小说中的诗歌为研究基点,重视"诗笔"在唐人小说中的功能及其对唐人小说文体的意义。不仅清理了诗在唐人小说中的基本情况,探讨了诗歌与小说之间互渗、融合的方式和规律,而且揭示了诗与小说融合的因缘。《唐诗与传奇的生成》客观诠释了诗赋与传奇的"共生"性、诗歌在传奇中的修辞功能、诗赋经验对唐传奇创作性质的影响、唐传奇好奇及诗性特征与科举制度的关系等问题,解析了唐传奇文体营构的系统,透视了唐传奇文体艺术美的规范,揭示了其生成的特点和规律。

　　学界对唐代小说与"诗笔"之关系进行了广泛、深入的研究。研究者既用具体数据统计了"诗笔"的类型、数量及在唐代小说中的分布情况,又从叙事学的角度对"诗笔"在唐代小说中的功能进行了切中肯綮的分析,并且综合考虑影响小说发展的文化、政治、

---

① 见邱昌员:《诗与唐代文言小说研究》,中国社会科学出版社,2008 年,第 35—37 页。

② 李时人:《诗与唐代文言小说研究》序,见邱昌员:《诗与唐代文言小说研究》,第 3 页。

经济等因素，探讨了"诗笔"融入唐代小说的原因，以及小说与"诗
笔"的相融、互渗。但较少从文体结构的层面探讨"诗笔"与小说
之关系。经考察，"诗笔"在唐代小说文体结构系统中的特点主要
表现为"小说与诗相配""'诗笔'包孕于小说文体结构之中"。

一、小说与诗相配

部分唐代小说中的诗文本与小说相配，诗文本与小说形成一
种并列关系。这种关系又分成两种：

第一，歌传相偶。

在唐代，诗人与小说家联袂创作，诗歌与传奇交相辉映。陈
寅恪曾指出："唐人小说例以二人合成之。一人用散文作传，一人
以歌行咏其事。如陈鸿作长恨歌传，白居易作长恨歌。元稹作莺
莺传，李绅作莺莺歌。白行简作李娃传，元稹作李娃行。白行简
作崔徽传，元稹作崔徽歌。此唐代小说体例之原则也。"①程毅中
《唐诗与唐代小说》还指出无名氏《霍小玉歌》与蒋防《霍小玉传》、
白居易《任氏行》与沈既济《任氏传》之两两配合的情形②。歌传
相偶，即诗与小说共同演绎同一题材的故事，相得益彰。如陈鸿
的《长恨歌传》和白居易的《长恨歌》，都叙述李、杨的爱情悲剧，但

①陈寅恪：《论再生缘》，出自陈寅恪：《寒柳堂集》，三联书店，2001 年，第
105 页。
②程毅中在《唐诗与唐代小说》一文中，探讨了唐代诗歌与小说相互呼应的
密切关系。唐代小说往往穿插故事中人物的诗歌，不仅恰当地表现了人
物的情感和性格，还提高了小说的艺术品位。同样，唐诗也接受了小说的
艺术手段，加强了叙事诗的创作。小说与诗歌相配，两者有相得益彰之
妙。见程毅中：《唐诗与唐代小说》，出自白化文等编：《周绍良先生欣开九
秩庆寿文集》，中华书局，1997 年，第 318—321 页。

《长恨歌》采用的是诗歌形式,《长恨歌传》采用的则是小说形式。刘开荣认为,"《长恨歌》写在先,《长恨传》写在后。《长恨传》里的事实及叙述的次序,——都与《长恨歌》无二"①。然韵文的"歌"与散文的"传",发挥各自文体的优势,首尾完整,又可以独立成篇。白居易的《长恨歌》以抒情为主,用和谐韵律、节奏,将对唐明皇和杨贵妃爱情的感叹和对他们祸国殃民的讽谏,畅快淋漓地抒发。而《长恨歌传》以叙事为主,作者将饱蘸的情感寓于周详的叙事之中。又如元稹作《莺莺传》,又自作《莺莺歌》(即《会真诗》)附于《莺莺传》文末,《莺莺歌》也可以从小说中分离出来而成为独立的诗歌,与《莺莺传》相配。在审美和艺术效果上,《莺莺歌》与《莺莺传》和《长恨歌》与《长恨歌传》有异曲同工之妙。

　　第二,诗、序相配②。

　　唐时期的小说,流行以诗配序。诗与具有小说特征的"诗序"相配,丰富了小说叙事。

　　如范摅小说集《云溪友议》中的《南海非》。《南海非》讲述了

①刘开荣:《唐代小说研究》,商务印书馆,1947年,第40页。
②吴怀东《唐诗与传奇的生成》系统探讨了诗、序相配不同于"歌传相偶"。诗、序相配是诗歌影响唐小说的另一种方式:"传奇小说影响诗歌还有一种表现形式,就是不少诗序采用叙事性的小说形式,这些诗序有比较完整的情节,甚至有虚构,写得趣味横生……因为这些诗序故事性强,影响甚至超过原诗,后人误以为是独立单行的传奇小说。"见吴怀东:《唐诗与传奇的生成》,安徽大学出版社,2008年,第231—232页。李时人在《全唐五代小说》中,认为一部分诗序具有小说特征,他把这些具有小说特征的诗序也纳入小说考察的范围。也就是说,唐五代小说中的一部分作品,是与诗歌相配的序言,它们像《桃花源记》一样,从诗歌中独立,成为小说文体。见李时人编校,何满子审定,詹绪左复校:《全唐五代小说》卷六九(第四册),第2340—2341页。

房千里与一位风尘女子的爱情故事。房千里,字鹄举,大和初登进士第,曾因事南贬,官终高州刺史,以著传奇《杨娟传》(载《太平广记》)著名,又撰《南方异物志》一卷、《投荒杂录》一卷,并传于世。房千里曾于岭南漫游,进士韦滂替他寻觅了一名十九岁的赵姓女子做妾,两人感情颇为融洽。后千里倦于游从,与女子短暂分别,相约肃秋再会。赵氏在离别之际潸然落泪,看似不舍。千里亦难分难舍,不仅赠诗以寄情,到襄州后,还把赵氏托付给许浑。许浑派人访赵,却得知已成为他人姬妾,只好写信告知千里真相。千里伤心欲绝,以诗报浑云:"春风白马紫丝缰,正值蚕眠未采桑。五夜有心随暮雨,百年无节待秋霜。重寻绣带朱藤合,却认罗裙碧草长。为报西游减离恨,阮郎才去嫁刘郎。"①鲁迅曰:"此传或即作于得报之后,聊以寄慨者欤。"②在这首诗前,有一段序言,详细交代了作诗的来龙去脉:

　　　　房千里博士初上第,游岭徼诗序云:"有进士韦滂者,自南海邀赵氏而来,十九岁,为余妾。余以鬓发苍黄,倦于游从。将为天水之别。止素秋之期,纵京洛风尘,亦其志也。赵屡对余潸然恨恨者,未得偕行,即泛轻舟,暂为南北之梦。歌陈所契,诗以寄情。"……曰:"鸾凤分飞海树秋,忍听钟鼓越王楼。只应霜月明君意,缓抚瑶琴送我愁。山远莫教双泪尽,雁来空寄八行幽。相如若返临邛市,画舸朱轩万里游。"……房君至襄州,逢许浑侍御。赴弘农公番禺之命,千

----

① 李时人编校,何满子审定,詹绪左复校:《全唐五代小说》卷六九(第四册),第2340—2341页。
② 鲁迅编录,曹光甫校点:《唐宋传奇集·稗边小缀》,上海古籍出版社,1998年,第405页。

里以情意相托,许具诺焉。才到府邸,遣人访之,拟持薪粟给
之,曰:"赵氏却从韦秀才矣。"许与房、韦,俱有布衣之分,欲
陈之,虑伤韦义;不述之,似负房言。①

此中的诗序及房千里所作之诗,皆收入《全唐诗》卷五一六。此诗
又见于《全唐诗》卷八〇〇赵氏名下,题作《寄情》。《才调集》卷
一〇则作无名氏诗收之,题《客有新丰馆题怨别之词》,"因诘传
吏,尽得其实,偶作四韵嘲之"②。这首诗歌和诗前小序,与小说
原文互相映衬。诗序所交代的创作背景,从一个层面反映了唐时
女子的再嫁之风。这与唐时政府法令文书对婚姻的较少限制与
规定有莫大关系。唐初,唐太宗颁布《令有司劝勉民间嫁娶诏》,
规定以男年二十、女年十五作为法定的婚龄,"皆任其同类相求,
不得抑取"③。凡是鳏夫、寡妇丧期已过的,"并须申以媒媾,令其
好合"④。因此,自上而下,除民间女子之外,就连唐朝公主再嫁
者,也不乏其人。据《新唐书·公主传》载,唐代公主再嫁者达 24
人,其中三次嫁人的就有 5 人。后来宣宗下诏,规定女子改嫁的
条件:"其公主、县主有子而寡,不得复嫁。"⑤但再嫁之风并未因
这一诏令有所收敛。在小说《南海非》中,房千里所爱慕的女子是
青楼女子,更无需考虑节义而再嫁。

　　韩愈《石鼎联句诗序》,描述了轩辕弥明、刘师服、侯喜三人联
诗的经过,刻画了三人的性格特征,渲染了三人赋诗所展示的才

①李时人编校,何满子审定,詹绪左复校:《全唐五代小说》卷六九(第四册),
　　第 2340 页。
②李剑国:《唐五代志怪传奇叙录》(下),第 524 页。
③[清]董诰等编:《全唐文》卷四,第 54 页。
④[清]董诰等编:《全唐文》卷四,第 54 页。
⑤见[宋]欧阳修、宋祁撰:《新唐书》卷八三,3672 页。

华。孟简《咏欧阳行周事》并序、李渤《南溪水诗》并序等,在诗歌前也以叙事性较长的小说为序,这实际上继承了陶渊明《桃花源记并诗》的传统。

以叙事性强的小说为序,诗歌与小说相辅相成。"诗序可以弥补抒情短诗的某种缺陷,它扩大诗歌的背景,增大其艺术涵量,增加了诗歌的历史感"①。同样,抒情性强的诗歌,也可以弥补诗序的缺陷,因诗歌以高度凝练、含蓄的语言抒发情感,让诗序可以更好地发挥叙事的长处,叙事与抒情水乳交融,情韵相生。这种诗与序相配的现象,"是文体上的一种创造"②,进一步印证了诗歌在唐代小说生成中的作用。

二、"诗笔"包孕于小说

诗、辞赋、骈文本等包孕于小说之中,成为小说整体结构中的组成部分。这是唐代小说中使用"诗笔"最多的方式。主要分为以下两种情形:

第一,"诗笔"处于小说行文之中,是情节结构的组成部分。

曲折、紧凑、跌宕起伏的故事情节,是小说吸引接受者的重要原因。唐代小说家往往遵循时间的线性流程,采用"开端——发展——高潮——结局"的情节发展结构模式。在描述矛盾冲突中,插入诗、辞赋、骈文本,或抒发感怀,或渲染气氛,"极摹人情世态之歧,备写悲欢离合之致"③,以求达到动人心魄的艺术效果。

---

①吴承学:《中国古代文体形态研究》,第125—126页。
②吴承学:《中国古代文体形态研究》,第83页。
③[明]抱瓮老人辑:《今古奇观》(一),上海古籍出版社,2005年,题识第1页。

李玫《纂异记·许生》叙述了五鬼魂相聚甘泉店甘堂馆,饮酒赋诗、抒泄情怀的故事。小说共有八处诗文本。其中白衣吏"朗吟",一白衣吏"又吟",一白衣吏"乃曰",一白衣吏"倡云",一"少年神貌扬扬者诗云",一"短小器宇落落者诗云",一"清瘦及瞻视疾速者诗云",一"长大少须算者诗云"。小说的叙事框架完全由在一个游宴场景中串吟的八处诗文本组成。老翁酒后容光焕发,精神振奋,边走边朗诵"春草萋萋春水绿,野棠开尽飘香玉。绣岭宫前鹤发人,犹唱开元太平曲"①的诗歌,流露出一个遗老对先朝无限留恋的情怀和感慨,特别惹人注目。老人的身份,不由得引人猜疑和好奇。于是,许生策马往前走,问老翁姓名。老翁微笑不答,用诗文本暗示自己的身份:"厌世逃名者,谁能答姓名。曾闻三乐否? 春取路傍情。"②此句,更激起了许生的好奇心,让许生尾随老翁前行。接下来,描述了五鬼以诗交流切磋、炫耀才学的场景,以诗酒娱乐的盛宴。各鬼通过吟诵诗歌,描述身世、感怀人生。

又如《梅妃传》讲述了盛极一时的梅妃与杨妃争宠失败,因所赋《楼东赋》招来杀身之祸的故事。梅妃失宠后,为让皇帝回心转意,曾央请高力士寻词人代其拟作司马相如《长门赋》。高力士正侍奉杨贵妃,且惧其势,以"无人解赋"为由推辞。梅妃只好亲自作《楼东赋》:

　　　玉鉴尘生,凤奁香殄,懒蝉鬓之巧梳,闲缕衣之轻练。苦

---

① 李时人编校,何满子审定,詹绪左复校:《全唐五代小说》卷五〇(第三册),第1724页。

② 李时人编校,何满子审定,詹绪左复校:《全唐五代小说》卷五〇(第三册),第1724页。

寂寞于蕙宫,但凝思乎兰殿。信摽落之梅花,隔长门而不见。
况乃花心飏恨,柳眼弄愁,暖风习习,春鸟啾啾。楼上黄昏
兮,听凤吹而回首;碧云日暮兮,对素月而凝眸。温泉不到,
忆拾翠之旧游;长门深闭,嗟青鸾之信修。忆昔太液清波,水
光荡浮,笙歌赏燕,陪从宸旒。奏舞鸾之妙曲,乘画鹢之仙
舟。君情缱绻,深叙绸缪。誓山海而常在,似日月而无休。
奈何嫉色庸庸,妒气冲冲,夺我之爱幸,斥我乎幽宫。思旧欢
之莫得,想梦著乎朦胧。度花朝与月夕,羞懒对乎春风。欲
相如之奏赋,奈世才之不工。属愁吟之未尽,已响劲乎疏钟。
空长叹而掩袂,踟蹰步于楼东。①

在梅、杨二妃争宠的明争暗斗中,才情横溢的梅妃处于劣势,独居
上阳东宫,不得见君一面,作《楼东赋》自述心意。梅妃事迹,《新
唐书》《旧唐书》《资治通鉴》等都不见其记载。鲁迅、郑振铎、刘大
杰等也否认梅妃的存在。可见,历史上并无梅妃其人,但这又是
凝聚了深厚历史文化内涵的典型人物形象:"我们很难说这个人
物是'一次性'地完成的,而且,很可能不是'一次性'就能够完成
的。我们很难说这个人物只是以某位妃嫔为原型,而很可能是以
不止一位妃嫔为原型的。我们很难说这个人物仅仅是那些被打
入冷宫的宫女们的创造,但是,这个人物形象的形成很可能包孕
着那些宫女们内心对皇帝的无限哀怨与对杨妃的刻毒仇恨。"②
《梅妃传》融入梅妃拟司马相如《长门赋》而成的《楼东赋》,有以借

①李时人编校,何满子审定,詹绪左复校:《全唐五代小说》卷五一(第四册),
　第1760页。
②董上德:《古代戏曲小说叙事研究》,广东高等教育出版社,2007年,第
　202页。

梅妃之事来写广大女性在爱情、婚姻中不幸的寓意。赋文本的出现,增加了作品的历史纵深感,拓展了作品反映社会问题的广度和深度。《楼东赋》也传达了梅妃千回百转的复杂心绪,反映了其敢于直言的性格特点。正因为梅妃把自己对皇帝、杨妃的真情实感在赋中直接抒发,杨妃以此为把柄,要求明皇赐死梅妃,造成了故事情节的突转。

第二,小说的"诗化"。

"诗化小说"是小说和诗融合、渗透后出现的一种新的文体类型。法国象征派诗人古尔蒙在 1893 年提出了"诗化小说"的原则:"小说是一首诗篇。不是诗歌的小说并不存在。"①从此,诗化小说作为一种融合了叙事文学的叙事方式和抒情文学的诗意方式的新小说类型,在西方小说史上一直绵延不绝,并影响了中国对小说的重新阐释。19 世纪 20 年代,周作人结合中国小说的自身特征,在介绍 Kupri 的小说《晚间的来客》以及 Zola 的《玛加尔的梦》时,提出了"抒情诗的小说",表明"诗化小说"概念在中国的接受②。"诗化小说的主导倾向,即语言的诗化与结构的散文化,小说艺术思维的意念化、抽象化,以及意象性抒情、象征性意境的

---

①转引自[法]布吕奈尔、库蒂、赛利埃、特吕菲著,郑克鲁等译:《20 世纪法国文学史》,四川文艺出版社,1991 年,第 37 页。

②周作人在《〈晚间的来客〉译记》一文中,指出在现代文学里,有一种小说不仅可以叙事,还可以抒情。这种小说的文学的特质重在传达情感,即使是纯自然派的描写,也仍然是"通过了著者的性情的自然"。这种小说就是形式特别的"抒情诗的小说"。见周作人:《〈晚间的来客〉译记》,出自钟叔河编订:《周作人散文全集》(14),广西师范大学出版社,2009 年,第 466 页。

营造等诸种形式特征"①。"诗化小说"不注重情节叙事,不致力于性格塑造,以抒情效果和诗样的意境取胜。虽然"诗化小说"的概念产生较晚,但在诗歌、散文、小说均繁荣发展的唐代,作家们常常破"体"为文,小说家以诗为小说,以一枝枝生花妙笔,抒写了一篇篇洋溢着浓郁诗情的小说故事。

唐代小说的"诗化"主要表现在以下三个方面:

第一,淡化情节,侧重抒情写意。

唐代小说中的一些作品,作家不是按时间顺序讲故事,也不是单刀直入地刻画人物,而是分解叙述,把事件分成散金碎玉般的意象,通过意象的重复出现描述故事。这些小说并不完全排斥人物性格、事件的描述,而是在描述的过程中,更注重感情的渗入,使环境、人物、事件等都带上作家特有的情致、情绪或情调。因而,此类小说既有诗的韵律、分行或节奏,又有小说的人物、情节和环境。

沈亚之的一系列小说,如《湘中怨解》《秦梦记》《感异记》等追求诗意美,不追求故事结构的严密和情节的完整。沈亚之很少让事件捆绑心灵,常常自由地表现自己的诗情意趣。"包括《秦梦记》在内,沈亚之所作的《异梦录》、《湘中怨解》、《感异记》等四篇都是'情语'之作,其共同的特点是具有浓郁的诗意,可视为抒情小说、诗化小说"②。情节的淡化,引起了小说一系列的变化。《湘中怨解》写孤女与郑生的爱情故事,但又很难理出一个完整的故事。依稀的情节都被接踵而来的细节冲淡了,被随意触发的联

①吴晓东:《象征主义与中国现代文学》,安徽教育出版社,2000年,第173页。
②姜宗妊:《谈梦——以中国古代梦观念评析唐代小说》,南开大学出版社,2006年,第90页。

想扯散了,被作家的情感淹没了。孤女的特殊出身,她的不幸遭遇,她多愁善感的个性,她对爱情地执着,对神仙世界的无奈,所有的一切则以"我"对孤女的深切思念和浓浓情爱贯串起来,含蓄蕴藉,回肠荡气。在《秦梦记》中,沈亚之自述己梦,以梦寄寓对人生遭际坎坷的慨叹。他笔下之"秦梦",是感伤的梦,惆怅的梦,其中还穿插诗文本渲染这种感伤情绪。以上两篇小说,题材相近,均写人神相遇与恋爱婚姻之事,"以华艳之笔,叙恍忽之情"①,篇中又穿插诗歌,增强抒情气氛,"李贺许其工为情语,有窈窕之思"②。

第二,语言的诗化。

唐代小说交错运用长短句,整散结合,使小说语言灵活,句式多变,富于音乐美和节奏感。如《灵怪集·郭翰》,讲述了郭翰与仙女之间旖旎动人的爱情故事。在明月悬空的盛夏,郭翰一人独处。在香气馥郁中,仙女伴随着清风,从天而降:

> 早孤独处,当盛暑,乘月卧庭中。时有清风,稍闻香气渐浓。翰甚怪之,仰视空中,见有人冉冉而下,直至翰前,乃一少女也。明艳绝代,光彩溢目。衣玄绡之衣,曳霜罗之帔,戴翠翘凤凰之冠,蹑琼文九章之履。侍女二人,皆有殊色,感荡心神。③

小说用诗一样的语言,把仙女降临人间描绘得如诗如画,颇有意

---

①鲁迅:《中国小说史略》,第75页。
②[唐]沈下贤著,肖占鹏、李勃洋校注:《沈下贤集校注》,南开大学出版社,2003年,第3页。
③李时人编校,何满子审定,詹绪左复校:《全唐五代小说》卷二〇(第二册),第684页。

境。韵散夹杂的小说语言,不同于广泛运用于其他小说中的纯散
文式语言,产生了诗句般的变化。语义往往超越逻辑,增强了句
与句之间的张力。整齐的四字句对仙女容貌的描绘鲜人耳目,环
境的布设又添了荡气回肠。忽张忽弛的节奏韵律,语气顿挫抑
扬;妙用心理动词,使情绪的流泻如溪穿涧石。这样的语言表达
方式,让人意识到语言美的可塑性。

又如《集异记·李子牟》中,作者对李子牟和老翁笛音的描
写,也是诗情画意俱佳:

> 子牟即登楼,临轩独奏,清声一发,百戏皆停,行人驻足,
> 坐者起听。曲罢良久,众声复喧。……子牟以授之,而叟引
> 气发声,声成而笛裂。四座骇愕,莫测其人。……叟乃授之
> 微弄,座客心骨泠然。叟曰:"吾愍子志尚,试为一奏。"清音
> 激越,遐韵泛溢,五音六律,所不能偕。曲未终,风涛喷腾,云
> 雨昏晦。少顷开霁,则不知叟之所在矣。①

这段文字,语言凝练、音调和谐,富于音乐性。小说用高度概括、
表现力强的语言,激发读者的想象,感受李子牟和老者所吹笛音
的区别,展示了老者无与伦比的演奏技巧。李子牟吹笛发出的是
清脆悦耳的声音,有着让周围所有喧嚣变得寂静,让所有人都沉
浸在美妙乐声中的效果。同是吹笛高手,老者更胜一筹。他试音
时,只是几声轻响,没有什么曲调,众人就觉得老者的笛音超凡脱
俗,有让人沉醉于其中的美妙。当老者正式吹奏时,他高蹈出世
的情怀与笛音融为一体,让听众有心旷神怡之感,宁静的夜晚霎
时乌云密集,平静的江水也变得波涛汹涌。《李子牟》用最能表达

---

① 李时人编校,何满子审定,詹绪左复校:《全唐五代小说》卷二九(第二册),
　第995—996页。

作者情感、最富有表现力的语言,渲染了李子牟和老者笛音的美。读者的情感随着小说情感韵律的节奏而起伏,随着作品描绘的意境而飞驰。

唐代小说家把自己充沛的情感融入小说作品中,用韵律相对整齐或跳跃性大的语言来高度集中地表现社会生活和人的精神世界,激发读者的想象,体会作品诗性语言带来的诗意美。

第三,化用诗赋的笔法、意境。

唐小说家很多都是诗人,具有深厚的诗学修养。他们善于以诗意的眼光来观照世俗、人生。"伫中区以玄览,颐情志于《典》《坟》。遵四时以叹逝,瞻万物而思纷。悲落叶于劲秋,喜柔条于芳春"①。生活中的某一细节、某一感触、某一情调,激发作者创作的灵感,使思绪在古典诗句的芳林中游弋,以诗意的心境去感受生活,给生活注入诗意的理想,找到小说情节与诗赋中情景的对应联系,创作出与原来诗赋意境相似或迥异的作品,让小说富有诗意。

如裴铏《传奇·裴航》对樊夫人、云英美貌的描绘:

夫人乃使袅烟召航相识。及褰帷,而玉莹光寒,花明丽景,云低鬟鬓,月淡修眉,举止烟霞外人,肯与尘俗为偶。②

因还瓯,遽揭箔,睹一女子,露裛琼英,春融雪彩,脸欺腻玉,鬓若浓云,娇而掩面蔽身。③

---

① [晋]陆机撰,张少康集释:《文赋集释》,第14页。
② 李时人编校,何满子审定,詹绪左复校:《全唐五代小说》卷六三(第四册),第2167页。
③ 李时人编校,何满子审定,詹绪左复校:《全唐五代小说》卷六三(第四册),第2168页。

显然,这两段文字受《诗经·卫风·硕人》对女子容貌描写的影响。《诗经·卫风·硕人》,运用形象的比喻,把女子的美变得可感、可视:"手如柔荑,肤如凝脂,领如蝤蛴,齿如瓠犀,螓首蛾眉。巧笑倩兮,美目盼兮。"①《传奇·裴航》的作者化用古诗的意境,以诗歌的情调和笔法抒写樊夫人、云英的美丽。

又如在《李娃传》中,李娃与荥阳公子分别时,李娃对荥阳公子生说:"送子涉江,至于剑门,当令我回。"②此情此景,与《诗经·氓》中女子送别其爱慕的男子形成鲜明对照:"送子涉淇,至于顿丘。"③不同之处在于,《氓》中的女子送别男子,是情人幽会后短暂的分别。而李娃如果与荥阳公子分别,则为永久的诀别。李娃化用《氓》中诗句,以《氓》中女子有短暂的归宿,反衬自己的孤独、落寞。临别前的这处诗文本,说明她虽然深明大义,但仍无法掩饰自己内心的凄凉。

张荐《灵怪集·郭翰》用第三人称全知叙事手法,详细铺陈了一场人仙之间的姻缘。全文包括书信末尾所附诗,共 5 处诗文本。当郭翰与仙女分别后,两人用书信传情达意。仙女与郭翰在书信中相互用诗歌酬答、传情,那些诗歌都是含而不露、温婉咏叹恋情的:

> 明年至期,果使前者侍女,将书函致。翰遂开封,以青缣为纸,铅丹为字。言词清丽,情意重叠。书末有诗二首。诗曰:"河汉虽云阔,三秋尚有期。情人终已矣,良会更何时?"

① 周振甫:《诗经译注》,第 82 页。
② 李时人编校,何满子审定,詹绪左复校:《全唐五代小说》卷二三(第二册),第 779 页。
③ 周振甫:《诗经译注》,第 84 页。

又曰:"朱阁临清汉,琼宫御紫房。佳期情在此,只是断
人肠。"①
化用古诗,增强了小说语言表达的凝练和含蓄,诗营造出与古诗
十九首"迢迢牵牛星,皎皎河汉女。纤纤擢素手,札札弄机杼。终
日不成章,泣涕零如雨。河汉清且浅,相去复几许? 盈盈一水间,
脉脉不得语"②相似的意境。跨越几千年的时空,在历史的记忆
中,引起接受者无限的遐想。

　　《柳毅传》将六朝"胡母班"、汉译佛经"龙王龙女"等素材精心
结撰,描写了一个"风华悲壮"的爱情故事。李剑国评曰:"作品语
言雄肆汪洋,酣畅淋漓,颇见辞赋家笔意。"③《广异记·王穆》中,
王穆奋勇杀敌,头"殪而陨地,筋骨俱断,唯喉尚连"④,仍未察觉,
其慷慨、悲壮,战争场面之惨烈,堪比屈原《国殇》。在六朝至唐代
小说之转折中,起承上启下作用的《古镜记》,"吸取了辞赋和骈文
的华丽文风,并结合六朝小说叙事简略的特点,行文既有藻彩,又
不失之繁缛"⑤。汪辟疆《唐人小说》谓其"上承六朝志怪之余风,
下开有唐藻丽之新体。洵唐人小说之开山也"⑥。

---

① 李时人编校,何满子审定,詹绪左复校:《全唐五代小说》卷二〇(第二册),
　　第685页。
② 张庚纂:《古诗十九首解》,中华书局,1985年,第9页。
③ 李剑国:《洞庭灵姻传》(柳毅传),见石昌渝主编:《中国古代小说总目·文
　　言卷》,第66页。
④ 李时人编校,何满子审定,詹绪左复校:《全唐五代小说》卷一六(第一册),
　　第548页。
⑤ 朱一玄、宁稼雨、陈桂生编著:《中国古代小说总目提要》,人民文学出版
　　社,2005年,第56页。
⑥ 汪辟疆校录:《唐人小说》,上海古籍出版社,1978年,第10页。

　　唐小说家们在小说中或化用古诗、辞赋中的句子,或借用其笔法、意境,以表达主旨,抒发思想感情,使小说显得古雅蕴藉,耐人寻味。洪迈在《容斋随笔》中指出,"唐人小说,不可不熟,小小情事,悽婉欲绝,洵有神遇而不自知者,与诗律可称一代之奇"①,十分精当地阐述了"诗笔"对汉唐小说的渗透。

第三节　"诗笔"在汉唐小说叙事中的作用

　　小说运用诗赋、骈文本,历史悠久,写作技法纯熟。因此,汉魏六朝、唐代小说中有不少佳作。《汉武故事》中,汉武帝幸河东,与群臣宴饮,顾视帝京所作秋风辞"泛楼船兮汾河,横中流兮扬素波。箫鼓吹,发棹歌,极欢乐兮哀情多"②,鲁迅《汉文学史纲要》评曰:"楚声之在汉宫,其见重如此,故后来帝王仓卒言志,概用其声,而武帝词华,实为独绝。当其行幸河东,祠后土,顾视帝京,忻然中流,与群臣醮饮,自作秋风辞,缠绵流丽,虽词人不能过也。"③《唐晅手记》中,唐晅悼念亡妻的诗作,"寝室悲长簟,妆楼泣镜台。独悲桃李节,不共夜泉开。魂兮若有感,仿佛梦中来",情真意切,感人泣下。融入汉魏六朝、唐代小说中的诗赋、骈文本数量、表现形式虽有差异,但在小说叙事中的作用却基本相同。诗赋、骈文本在汉唐小说叙事中的作用主要有以下几个方面:

---

① 引自[清]陈世熙:《唐人说荟》例言,埽叶山房石印本宣统三年石印(1911年)。
② 佚名撰,王根林校点:《汉武故事》,见上海古籍出版社编,王根林等校点:《汉魏六朝笔记小说大观》,第176页。
③ 鲁迅:《汉文学史纲要》,人民文学出版社,2006年,第48页。

一、预叙情节或推动情节发展

情节是叙事性文学的基本要素。亚里士多德认为,"情节是行动的模仿(所谓情节,指事件的安排),行动则是事件的表现"①。关于情节的重要性,高尔基说过:"文学的第三个要素是情节,即人物之间的联系、矛盾、同情、反感和一般的相互关系,——某种性格、典型的成长和构成的历史。"②简而言之,情节是人物性格成长的历史,它"是悲剧艺术最重要的成分"。汉唐小说家为吸引听众,使故事合乎情理,人物形象鲜活、生动,无不精心设计情节。在小说发展初期的汉魏六朝,小说家们多注重作品外在形式的"圆满"。他们以诗赋文本为统领小说的"纲目",故事情节的进展由诗赋预设、推动,结局也完全在意料之中。而唐代小说的艺术逐渐成熟,小说家们以诗赋预设情节的手法更巧妙。他们将潜藏深意的"诗赋文本"变成作品的内在结构,随着情节的发展,逐步揭晓诗赋文本的蕴义。这样,作品的内在结构与外在形式成为缜密不可分的整体,结构更加严谨。

第一,预叙故事情节。

小说之初,情节大多简单。作者为了增强故事的可信度,也为了让小说围绕某一主题而进行,往往以诗赋、骈文本预叙故事情节。《搜神记》"京师谣言""荆州童谣""长水县"、《异苑》"小儿辇沙"等,作品开篇用谣谚为作品即将展开的故事铺垫:

---

① [古希腊]亚里斯多德著,罗念生译:《诗学》,人民文学出版社,2002年,第20—21页。

② 高尔基:《和青年作家谈话》,见人民文学出版社编辑部编:《论写作》,人民文学出版社,1955年,第6页。

　　　　始皇时，童谣曰："城门有血，城当陷没为湖。"①(《搜神记》"长水县")

　　　　秦世有谣曰："秦始皇，何僵梁。开吾户，据吾床。饮吾酒，唾吾浆。飨吾饭，以为粮。张吾弓，射东墙。前至沙丘，当灭亡。"②(《异苑》"小儿辇沙")

《搜神记》"长水县"是一则关于陆沉的传说。魏郦道元《水经注》另据《神异传》引了此传说，并释曰："《吴记》曰：谷中有城，故由卷县治也。即吴之柴辟亭，故就李乡槜李之地。秦始皇恶其势王，令囚徒十余万人汙其土表，以汙恶名，改曰囚卷，亦曰由卷也。吴黄龙三年，有嘉禾生卷县，故曰禾兴。后太子讳和，改为嘉兴。《春秋》之槜李城也。"③作品引用秦代童谣作为陆陷的预兆，后长水县陷没为湖，如童谣所预言。《异苑》"小儿辇沙"中的谣谚是对秦始皇残酷盘剥人民罪行的揭露，是人民希望秦皇统治结束的诅咒。故事以秦始皇死于沙丘结束，与开篇的谣谚相呼应。

　　汉魏六朝小说作者主要在小说的铺垫、引导上下功夫，用于预设情节的诗赋文本意思明朗，接受者一览即知，能够很快把握作品的情节脉络、故事的前因后果。

　　唐代小说家重视作品的深层结构，虽以诗赋文本暗示情节，但诗赋文本的含义是朦胧、模糊不清的。其蕴义只有通过深入阅读，将情节与其相比照，才能逐渐知晓。因此，唐代小说情节腾挪跌宕，不再是一览无遗、毫无悬念的故事，如《传奇》中的《裴航》

---

①[晋]干宝撰，汪绍楹校注：《搜神记》，第 161 页。
②[南朝宋]刘敬叔撰，范宁校点：《异苑》卷四，第 29 页。
③[北魏]郦道元原注，陈桥驿注释：《水经注》，浙江古籍出版社，2001 年，第 460 页。

篇,樊夫人赠裴航的诗文本"一饮琼浆百感生,玄霜捣尽见云英。蓝桥便是神仙窟,何必崎岖上玉清?"①,接受者此时并不知道诗文本预示着裴航与仙女曲折的爱情路:当裴航经蓝桥驿侧近,因渴求浆而遇见了云英,印证了樊夫人的赠诗"一饮琼浆百感生";为迎娶云英,裴航按照老妪要求,在闹市上访求聘物玉杵臼,又不惜倾其所有,重价购得,与樊夫人的赠诗"玄霜捣尽见云英"暗合;裴航买得玉杵臼,为了不失约定的期限,徒步赶赴蓝桥,并捣药百日。至此,云翘夫人即当初樊夫人出场,为裴航和云英举行了一场盛大的婚礼,裴航也因之而成仙,结局与樊夫人预言的"蓝桥便是神仙窟,何必崎岖上玉清"相符。小说的故事情节、裴航的人生命运均遵照"樊夫人"的赠诗而展开,接受者也逐渐明白了樊夫人所赠诗之深意。

第二,推动故事情节的发展。

汉唐小说中诗赋、骈文本的恰当运用能推动情节向前发展,成为故事情节的重要组成部分。

汉魏六朝小说中推动情节发展的诗赋文本,多代表了时人信奉的禁忌。故事人物因触犯了禁忌而处于矛盾冲突之中,由此引发故事。如《西京杂记》"五日子欲不举"条,王凤的父亲因其出生于五月五日,引用俗谚,说明不想抚养他的原因:

> 王凤以五月五日生,其父欲不举,曰:"俗谚:'举五日子,长及户则自害,不则害其父母。'"②

在古人心中,五月是一个恶月。《礼记·月令》云:"是月也,日长

①李时人编校,何满子审定,詹绪左复校:《全唐五代小说》卷六三(第四册),第2167页。

②[汉]刘歆撰,[晋]葛洪集,向新阳、刘克任校注:《西京杂记校注》,第105页。

至,阴阳争,死生分。君子斋戒,处必掩身,毋躁。止声色,毋或进。薄滋味,毋致和。节嗜欲,定心气。百官静事毋刑,以定晏阴之所成。"①五月是阴阳互争、生死相斗的时节,有诸多禁忌,如不宜盖屋,"五月盖屋,令人头秃",不宜赴官,"五月到官,至免不迁"。就连五月生下的孩子也是不吉利的,《风俗通义》云:"俗说:五月五日生子,男害父,女害母。"②王充《论衡·四讳》也说:"五月子杀父与母,不得举也。已举之,父母祸死。"③《史记·孟尝君列传》记载,孟尝君田文"以五月五日生,婴告其母曰:'勿举也!'"田文是五月初五生的,他父亲颇为忌讳,欲将其置之死地。王凤的父亲也受这种陋习的影响,引用俗谚证明遗弃王凤只是继承了古人的传统,并未违背伦常。而王凤的叔父则力驳此说,反对将孩子弃之不养。孩子刚出生就处于抚养还是丢弃的激烈争论之中,原因就在于传承下来的古俗。

　　唐代小说中的诗赋、骈文本,是故事人物相识的缘由,也是情节进一步发展的动因,如《霍小玉传》,风尘女子霍小玉,初见李十郎,双方并无诗歌投赠,但因鸨母对小玉介绍:"汝尝爱念'开帘风动竹,疑是故人来'。即此十郎诗也。尔终日吟想,何如一见?"④这句话让霍小玉对李益顿生好感。李益与小玉因为诗而相识,两人的爱情故事亦因霍小玉喜欢李益的诗歌而展开。《莺莺传》中,崔莺莺约张生前来幽会,是故事的精彩之处。而促成两人幽会的

①[汉]郑玄注,[唐]孔颖达正义,吕友仁整理:《礼记正义》,第 669—670 页。
②[汉]应劭撰,王利器校注:《风俗通义校注》(下),中华书局,1981 年,第 561 页。
③[汉]王充著,黄晖撰:《论衡校释》(附刘盼遂集解),第 977 页。
④李时人编校,何满子审定,詹绪左复校:《全唐五代小说》卷二六(第二册),第 898 页。

也是一首"拂墙花影动,疑是玉人来"①的诗句。《谢小娥传》中,刚烈女子谢小娥通过猜字谜诗获得仇人的信息:

　　过期数月,妙寂忽梦父被发裸形,流血满身,泣曰:"吾与汝夫湖中遇盗,皆已死矣。以汝心似有志者,天许复仇,但幽冥之意,不欲显言,故吾隐语报汝,诚能思而复之,吾亦何恨。"妙寂曰:"隐语云何?"升曰:"杀我者,车中猴,门东草。"俄而见其夫,形状若父,泣曰:"杀我者,禾中走,一日夫。"②

字谜诗成为贯穿整个故事的红线。故事情节围绕这首字谜诗而展开:亡人托梦,用字谜诗暗示犯人——谢小娥寻觅能解字谜之人而与"我"相遇——根据字谜诗,谢小娥在仇家忍辱负重,借机杀死仇人——"我"因帮助谢小娥解字谜而再次与谢小娥相遇。

　　出于艺术构思的需要,汉唐小说家借助诗赋、骈文本推动故事情节的发展。"五日子欲不举"的俗谚,让王凤的父亲变得铁石心肠,欲将骨肉弃之不顾,因而与家人产生矛盾;《霍小玉传》中的诗文本,让霍小玉对李生产生爱慕之意,由此揭开了她与李生爱情故事的序幕;《莺莺传》中的诗文本,将莺莺与张生的恋爱推向高潮,让一直严守礼教的莺莺接受了张生;《谢小娥传》中的诗文本,让不知从何寻找仇人的谢小娥有了线索。谢小娥根据父亲、丈夫梦中所示,放弃安逸生活,踏上了复仇之路。复仇让她的命运发生了根本性的变化。父亲、丈夫托梦告知谢小娥的诗文本,是故事情节发展的转折点。诗赋、骈文本在小说情节的开端、发

---

① 李时人编校,何满子审定,詹绪左复校:《全唐五代小说》卷二四(第二册),第809页。
② 李时人编校,何满子审定,詹绪左复校:《全唐五代小说》卷四二(第三册),第1451—1452页。

展或高潮等环节中出现，推动故事情节的展开，故事情节的发展
也合乎情理。

二、控制叙述节奏

古希腊哲学家亚里士多德在其《诗学》中论及诗歌起源，就指
出了诗歌与节奏之间的关系。诗（指一切文学作品）的起源仿佛
有两个，一是"摹仿的本能"，一是"调感和节奏感"：摹仿出于人类
的天性，而音调感和节奏感（至于"韵文"，则显然是节奏的段落）
也是出于人类的天性，起初那些天生最富于这种资质的人，使它
一步步发展，后来就由临时口诵而作出了诗歌①。汉唐小说可以
用论说文本造成叙述的暂时性中断来控制小说的叙述节奏，也可
以用诗赋、骈文控制叙述节奏。

诗赋、骈文本控制叙述节奏的方式主要有三种：

第一，用诗赋、骈文本描写场景，舒缓叙述节奏。

抒情性因素很浓的场面穿插，对调节叙事节奏、加强人物联
系、刻画人物形象、丰富人物性格，有着不可低估的作用。大量诗
赋、骈文本的融入，是汉唐小说营构小说抒情场面、调节叙述节奏
的方式之一。

《搜神后记》"剡县赤城"描写人神之间的爱恋。凡间男子刘
晨阮肇于崇山峻岭追逐山羊，误入藏匿于人间的仙境：

　　　　上有水流下，广狭如匹布。剡人谓之瀑布。羊径有山穴
　　如门，豁然而过。既入，内甚平敞，草木皆香。②

这段文字如诗如画，展现了仙境静谧、祥和的美。可对接受者而

①见［古希腊］亚里斯多德著，罗念生译：《诗学》，第20—21页。
②［晋］陶潜撰，汪绍楹校注：《搜神后记》，第2页。

言,他们更在意的是刘晨阮肇进入异境的奇遇。叙述者故意切换到场景的描绘,偏不让精彩的场面立即开始,就是要缓缓叙来,以造成文势的曲折,撩拨接受者的好奇心。"让激烈、紧张的情节与轻松、平静的事件穿插搭配着进行,形成一种冷热相济、张弛相间的艺术节奏"[1]。《拾遗记》对洞庭山的诗意描写,"采药石之人入中,如行十里,迥然天清霞耀,花芳柳暗,丹楼琼宇,宫观异常。乃见众女,霓裳冰颜,艳质与世人殊别。来邀采药之人,饮以琼浆金液,延入璇室,奏以箫管丝桐"[2],与"剡县赤城"有异曲同工之妙。神仙洞窟类故事《搜神后记》"桃花源",渔人沿溪捕鱼,有幸光顾令人神往的桃源仙境:

> 缘溪行,忘路远近,忽逢桃花,夹岸数百步,中无杂树,芳华鲜美,落英缤纷。渔人甚异之。复前行,欲穷其林。林尽水源,便得一山。山有小口,仿佛若有光。便舍舟,从口入。初极狭,才通人。复行数十步,豁然开朗,土地旷空,屋舍俨然。有良田、美池、桑、竹之属。阡陌交通,鸡犬相闻。男女衣著,悉如外人。黄发垂髫,并怡然自乐。[3]

《桃花源》以武陵渔人进出桃花源的行踪为线索,虚构了一个与黑暗现实社会相对立的美好境界,表达了作者对现实生活的不满和对理想境界的追求。为突出此主题,作者在叙述过程中放慢叙述的节奏,铺排令人神往的桃源美景,让接受者沉醉于仙乡的美丽风情。

---

① 见宁宗一主编:《中国小说学通论》,安徽教育出版社,1995 年,第 1059 页。
② [晋]王嘉撰,[梁]萧绮录,齐治平校注:《拾遗记校注》卷一〇,第 235—236 页。
③ [晋]陶潜撰,汪绍楹校注:《搜神后记》,第 4 页。

《游仙窟》将风流士子、妖冶女子宴会之际欢娱、情趣的场景，表现得独具一格：

> 仆从汧陇，奉使河源。嗟运命之迍邅，叹乡关之眇邈。张骞古迹，十万里之波涛；伯禹遗踪，二千年之坂隥。深谷带地，凿穿崖岸之形；高岭横天，刀削冈峦之势。烟霞子细，泉石分明。实天上之灵奇，乃人间之妙绝。目所不见，耳所不闻。①

小说开篇，采用惯用的单刀直入的方式，用骈文本交代故事发生的地点、故事人物，节奏缓慢。在叙述上，语言文雅、纯净，在杳然深远的诗意中，引出故事。"我"在深山绝境出行，稍有不慎，便危机四伏，但其山林美景，让人忘记了它的险峻，尽情享受大自然的美景。后文中"我"与诸位女子赋诗娱乐、传情的场景，也是刻意营造一种舒缓、悠长的节奏。《开元明皇幸广陵》中，叶仙师用幻术让玄宗乘霓虹桥到夜色极艳的广陵，欣赏了陈设之盛的寺观、华丽的仕女，也巧遇了五色云中的神仙。美丽如画的夜色，被作者用"诗笔"渲染得绚丽多彩，勾勒出广陵一带经济富庶的繁荣景象。如昼的夜色、美丽的仕女、颜色绚烂的彩桥等场景描写，让故事的叙述节奏变得缓慢。《封陟传》中，作者用诗文本，描摹了仙女所居环境的清幽。这段场景描写，舒缓了仙女与封陟之间爱情故事的步伐，进入到与爱情故事无太大关联的场面介绍，从而控制了封陟与仙女之间爱情故事的叙述节奏。

在汉唐小说中，场景描写是控制其叙述节奏的方式之一。适当的场景点缀于故事情节，可加强作品的故事性、戏剧性，收到良

---

① 李时人编校，何满子审定，詹绪左复校：《全唐五代小说》卷六（第一册），第192页。

好的审美效果。如果静态的场景描写过多,且大多不是情节发展必须的,就会严重影响叙述的节奏,使情节推进缓慢。因此,对其必须进行合理的取舍、裁剪。

第二,用诗赋、骈文本营造宛转悠扬的情韵,从而舒缓叙述节奏。

汉唐小说常用诗赋、骈文本舒缓叙述节奏,使小说具有一种宛转悠扬、循环往复的音韵美。

《汉武帝内传》中,汉武帝、西王母及众仙于宴间共饮,侍女歌元灵之曲助兴。其词曰:

> 大象虽寥廓,我把天地户。披云沉灵舆,倏忽适下土。空洞成元音,至灵不容冶。太真嘘中唱,始知风尘苦。颐神三田中,纳精六阙下。遂乘万龙辕,驰骋眄九野。①

> 二曲曰:"玄圃遏北台,五城焕嵯峨。启彼无涯津,泛此织女河。仰上升绛庭,下游月窟阿。顾眄八落外,指招九云遐。忽已不觉劳,岂寤少与多。抚璈命众女,咏发感中和。妙畅自然乐,为此玄云歌。韶尽至韵存,真音辞无邪。"②

西王母为求仙心切的汉武帝安排了一场华丽的盛宴。侍女奉命起兴而歌,言众仙飘渺轻举之美。歌词韵味悠长,舒缓了作品叙事的节奏。《汉武故事》中,汉武帝幸河东,中流饮宴自作《秋风辞》:"泛楼船兮汾河,横中流兮扬素波。箫鼓吹,发櫂歌,极欢乐

---

① 佚名撰,王根林校点:《汉武帝内传》,见上海古籍出版社编,王根林等校点:《汉魏六朝笔记小说大观》,第142—143页。
② 佚名撰,王根林校点:《汉武帝内传》,见上海古籍出版社编,王根林等校点:《汉魏六朝笔记小说大观》,第143页。

兮哀情多。"①感秋怀人,慨叹人生易老,是西汉辞赋名篇。它虽
是汉武帝泛舟饮宴时的即兴之作,思致一波三折,在清丽如画的
写景中,将这位一代雄主的复杂情思,抒写得曲折而又缠绵。作
品也因这首辞赋文本的融入,语言清新流丽,意味深长。

《韦鲍生妓》中,鲍生与韦生酒意阑珊之时,韦生戏言鲍生可
以美妓换马。鲍生立即找来"四弦",让歌妓在宴会上展示才艺,
以歌劝酒,希望换得骏马:

> 鲍欲马之意颇切,密遣四弦,更衣盛妆,顷之乃至。命捧
> 酒劝韦生,歌一曲以送之云:"白露湿庭砌,皓月临前轩。此
> 时颇留恨,含思独无言。"又歌送鲍生酒云:"风飐荷珠难暂
> 圆,多生信有短因缘。西楼今夜三更月,还照离人泣断弦。"
> 韦乃召御者,牵紫叱拨以酬之。②

韦鲍二生酒意正浓、兴致酣畅之际,韦生提出以美妓换良马的戏
言,将故事情节推向高潮,加快了故事的叙事节奏。但作者并没
有直接进入鲍生以骏马与韦生交换歌妓的叙述,而是着重描写了
歌妓吟唱诗文本的场面。小说在悠扬的歌声中,节奏开始变得从
容、迂缓。本用于交流感情的诗文本,在这里成为舒缓故事节奏
的手段。

汉唐小说有时悬置正在进行的故事情节,将画面聚焦于宴饮
时众人吟咏诗赋。通过诗赋的风致传达别具韵味的情韵、格调,
以放慢叙述的步伐。王蒙在《小说漫谈》中,指出了《红楼梦》中诗

---

① 佚名撰,王根林校点:《汉武故事》,见上海古籍出版社编,王根林等校点:
　《汉魏六朝笔记小说大观》,第176页。
② 李时人编校,何满子审定,詹绪左复校:《全唐五代小说》卷五〇(第三册),
　第1720页。

词歌赋的意义之一为调节节奏："《红楼梦》里之所以有那么多的诗词歌赋，一方面是出于舒缓叙述节奏的需要。"①不仅《红楼梦》中的诗词歌赋具有为叙述节奏减速的功能，汉唐小说中的诗赋、骈文本同样如此。

第三，用诗赋、骈文本造成故事时空与叙事时空的错位，舒缓叙述节奏。

中国古代小说往往按照直线式的叙事时间方式进行故事的叙述，而故事发生的时间确是立体的。法国叙事学家托多罗夫指出，从某种意义上说，"叙事的时间是一种线性时间，而故事发生的时间则是立体的"②。为分头叙述不同时间、空间发生的事件，作者就得借助一定的叙事技巧。用诗赋、骈文本造成故事时空与叙事时空的错位，是其中之一。

杜兰香与张硕的爱情经历是《搜神记》"杜兰香"故事情节的主线。为交代神女杜兰香的身份，而又不在主干情节上节外生枝，小说插入了杜兰香自报身世的诗文本：

　　阿母处灵岳，时游云霄际。众女侍羽仪，不出墉宫外。
飘轮送我来，岂复耻尘秽。从我与福俱，嫌我与祸会。③
杜兰香所诵诗歌，以回忆性笔调陈述自己的身世，使叙事时间倒回此前杜兰香生活的场景，故事时间暂时呈现多维状态。这种叙事方式，打破了叙事时间的线性流动，解决了直线叙事与多维故

---

①王蒙：《小说漫谈》，《安徽师范大学学报》（人文社会科学版），2007年第6期，第622页。
②兹维坦·托多罗夫著，朱毅译：《叙事作为话语》，见张寅德编选：《叙述学研究》，中国社会科学出版社，1989年，第294页。
③［晋］干宝撰，汪绍楹校注：《搜神记》，第15—16页。

事时空的冲突。小说叙事的神秘性也由于叙述时空、故事时空的错位而得以加强。《穆天子传》中,西王母与汉武帝以诗歌唱和:

> 比徂西土,爰居其野。虎豹为群,于鹊与处。嘉命不迁,
> 我惟帝女。天子大命,而不可称。顾世民之恩,流涕卉陨。
> 吹笙鼓簧,中心翔翔。世民之子,唯天之望。①

西王母通过诗文本倒叙以前的生活,告知汉武帝自己为帝女的身份,以及居于旷野、与众兽同群的真实境况,抒发了孤独、落寞的情感。这种情感与此时和汉武帝相见时的欢娱形成极大反差。作者通过诗赋文本,巧妙地将发生于不同时空的事件和情感并置在一起,延宕了故事的时间,减缓了叙事节奏。这种叙事方式及技法,昆德拉断言是"小说家最高妙的艺术"②。

唐代小说也袭用此手法,使叙事节奏舒徐。《感异记》围绕沈警与神女的恋情而展开。文章开篇,作者仅用一句话概述为时人推重的沈警历经荆楚沦陷的战乱经历,叙事时间远小于故事时间,表明作者以时间强调叙事节奏的意识。在沈警经过张女郎庙时,通过旅人准备祭品祭奠神女、沈警自写祝词、自作歌曲等情节,渲染沈警不同凡俗的性情,与开篇对沈警性格的描绘相照应;接下来着重写神女与沈警的相遇,通过神女与沈警赋诗自述身世、相互传情、以古时人神相恋故事自喻、暗自伤神等情节,叙写沈警与神女之间没有结果的人神爱恋:

> 小女郎歌曰:"洞箫响兮风生流,清夜阑兮管弦道。长相

---

① 佚名撰,[晋]郭璞注,王根林校点:《穆天子传》,见上海古籍出版社编,王根林等校点:《汉魏六朝笔记小说大观》,第 14 页。

② 米兰·昆德拉:《关于小说结构艺术的谈话》,见徐岱、沈语冰编选:《文艺学基础文献选读》,浙江大学出版社,2009 年,第 324 页。

思兮衡山曲,心断绝兮秦陇头。"又题曰:"陇上云车不复居,
湘川斑竹泪沾余。谁念衡山烟雾里,空看雁足不传书。"警歌
曰:"义熙曾历许多年,张硕凡得几时怜? 何意今人不及昔,
暂来相见更无缘。"二女郎相顾流涕,警亦下泪。①

女郎通过吟诵的诗赋文本,述说自己常年独居湘川的孤寂、凄苦。
小说描绘的场景也因诗赋文本对女郎往事的追溯而发生改变,由
沈警与诸女郎饮酒赋诗的场面,跳跃到女郎此前所活动的时间和
空间。读者根据诗赋文本,发挥联想,展开想象,再现故事所营构
的真实场景。当女郎吟诵诗赋文本的行为结束后,故事的镜头拉
回现实,返回到诸人饮酒赋诗的场景。接着,沈警也通过吟诵的
诗赋文本,追忆往事。相应地,小说也转换到沈警此前经历的描
述。小说通过诸人吟诵的对往事追忆的诗赋文本,让故事画面在
过去与现实之间相互转换,使叙事时间和故事时间跳跃、变化,改
变叙事节奏。

　　《柳氏传》中,柳氏和李生互答的感慨身世际遇的诗文本;《许
元长》中,许元长吟诵的对亡妻怀念的诗文本;《蒋琛》中,蒋琛等
用骈文本感怀身世的文字等,和《感异记》中故事人物所吟诵的诗
赋文本有同样的叙述效果。这些插入的诗赋、骈文本能够使故事
时间与叙事时间产生错位的视觉效果的重要原因为:故事人物在
对往事的追溯中,让故事时间在现在和过去中闪回,打乱了小说
正常的时序发展,让叙事时间、空间发生变化,从而造成故事时间
与叙事时间错位的效果。汉唐小说作者通过插入的诗赋、骈文本
调控小说的叙述节奏,让情节跌宕生姿、富于情趣的同时,增加情

----

① 李时人编校,何满子审定,詹绪左复校:《全唐五代小说》卷二五(第二册),
　第 858—859 页。

节的容量,延长读者的艺术审美感受时值。

三、奠定叙述基调

　　叙述基调,是"作者在具体作品里通过他的富有个性特点的语言调子、语言色彩、语言气势、语言节奏等全部语言材料所显示出来的作品的基本调子。这是小说的内容和形式、思想和艺术相互融合之中显现出来的基本情致,是作品活的面貌、活的姿态、活的内心的生动显现,是作品风格的一种外在的显现"①。汉唐小说家深知叙述基调的奠定对作品的重要意义,往往借用一定的形式技巧,以准确奠定作品的情感基调。

　　汉魏六朝小说中用于奠定叙述基调的诗赋、骈文本多出现于文中,预示着故事人物的悲剧结局。如《燕丹子》,其中最震撼的场面,莫过于"易水送别"。尤其是众人吟唱"风萧萧兮易水寒,壮士一去兮不复还"②的诗句,将壮士临行前慷慨赴义的豪迈、洒脱淋漓尽致地刻画,将作品的情感推向高潮,也预示着此次行动必将失败,奠定了故事悲剧的基调。又如《异苑》"檀道济凶兆",檀道济于元嘉十二年(435 年),入朝与家人分别。识者知道济之不南旋,为其歌曰:"生人作死别,荼毒当奈何。"③此诗被收入今人逯钦立辑校的《先秦汉魏晋南北朝诗·宋诗》卷下。檀道济是南朝宋著名将领,《南史》有传。他因屡建战功,招致臣僚妒忌和皇帝猜疑而被召入朝阙。与其相识的友人明白檀道济即将面临的

---

① 庄涛等主编:《写作大辞典》,汉语大词典出版社,2003 年,第 191 页。
② 佚名撰,[清]孙星衍校,王根林校点:《燕丹子》,见上海古籍出版社编,王根林等校点:《汉魏六朝笔记小说大观》,第 43 页。
③ [南朝宋]刘敬叔撰,范宁校点:《异苑》卷四,第 36 页。

处境,生作死人之别,赠诗为其饯行,抒发了愤懑、哀怨、无奈错综交织的情感。诗文本所抒发的情感,也是作品情感基调所在。

唐代小说中的故事人物以诗赋、骈文本自诉,表达情感,渲染气氛,如《薛二娘》,老獭离开时吟诵的诗文本,安排在作品的结尾可以说是恰到好处。老獭精魅在众人逼迫之下,通过吟诵诗文本,既表达了对薛二娘的爱慕之情、对幼子的拳拳父爱,也表达了与薛二娘、幼子生离死别后溢于言表的悲哀、伤感。在这里,其情感的复杂与强烈,是整部作品中最为感人的。水獭精的有情有义感动了众人,他们让薛二娘把孩子归还给水獭。从情节层面来看,前面的内容都是为形成这一没有结果的人妖之恋的高潮作铺垫,是为了给读者制造悬念,而后面的内容则是为解决悬念来设计的。这是一个以情感的高潮支撑起来的情节转折点。这个转折点之重要,使我们有理由把这篇作品的主题定位在人与异类感情的悲欢离合上。又如《榕树精灵》,榕树精与穆师言的对话,颇得诗歌的蕴藉含蓄之美:"三代祖藻,词林重德,翰苑名流。月里高枝,记曾折矣;室中温树,未省言之。但抱端贞,岂惭松竹? 方当直上之拜,宁防委地之虞? 询制言词,遂遭谤铄,乃至摘伐,不返木革。茌苒流泉,飘然三代。妾承荫育,不识风霜。惟慕高才,虚心久矣。幸逢观看,得接光容。"①榕树精用暗示性的骈体语言,自述其悲惨身世,使作品笼罩在浓浓的哀愁之中。

抒情性强烈的诗赋、骈文本配合汉唐小说叙事言情的需要,把作者的喜怒哀乐、忧伤悲愁等情感在其中透露出来,为叙事注入抒情的色调,给主题带来强烈的感情因子。有时候,重要的诗

---

① 李时人编校,何满子审定,詹绪左复校:《全唐五代小说》卷八四(第六册),第2918—2919页。

赋、骈文本在情节的某个段落出现,往往成了作品人物情感的聚焦,标志着整部作品达到高潮。

四、揭示人物内心世界

汉唐小说对人物的心理描写虽尚未成熟,但小说家们做出了一些有益的尝试。或用书信呈现人物真实的内心世界,或通过独白,表现人物的内心活动。而让故事人物吟诵的诗赋、骈文本展示内心,则是常见的手法。

如《搜神记》"紫玉",这是一篇凄婉绝伦的爱情小说,表现了"情之至处生死不离"的动人主题。故事不仅情节曲折,紫玉死后重现人世吟诵的四言诗,恰到好处地配合着故事的主题,更增缠绵悱恻之感:"南山有鸟,北山张罗。鸟既高飞,罗将奈何!意欲从君,谗言孔多。悲结生疾,没命黄垆。命之不造,冤如之何!羽族之长,名为凤凰。一日失雄,三年感伤;虽有众鸟,不为匹双。故见鄙姿,逢君辉光。身远心近,何当暂忘。"①这首诗歌情真意切,凄婉动人。即使从作品中独立,也是一首声情并茂的佳作。诗文本酣畅淋漓地将女主人公对周遭"谗言孔多"的畏惧,与情人阴阳两隔的感伤,以及身远心近的思念等复杂的内心世界展露无遗。

又如《莺莺传》,莺莺与张生无疑是一见钟情、情投意合的一对。从两人互赠的诗文本来看,虽然张生、莺莺都才情横溢,但其中倾注的思想、情感也迥然不同:张生重视的是相聚时肉的欢悦和对功名利禄的追求,而莺莺期待的却是美好幸福的婚姻和终身的厮守。这为下文张生和崔莺莺爱情的突变埋下伏笔:两人分别

---

① [晋]干宝撰,汪绍楹校注:《搜神记》,第200页。

后,莺莺对张生念念不忘,多次派人送信并在信末附诗表白自己
对爱情的忠贞,甚至因想念张生染上疴疾,而张生在收到莺莺的
来信后,因急于攀附权贵,拒不回信,四处借贷,张罗与豪姓女子
的婚姻。最后,迫于舆论压力,他只好以莺莺是妖女、自己不能受
女色诱惑的托辞为自己辩解,恶意中伤莺莺。不久,张生如其所
愿,娶得贵姓女子。或许是豪姓女子虽然家世显赫,但并不适合
张生;或许是张生良心发现,对自己始乱终弃的行为感到内疚;或
许是他仍无法忘记莺莺的美貌……后来,张生借表兄的身份拜访
莺莺。已经看透张生的莺莺拒之不见,赠送"还将旧时意,怜取眼
前人"①的诗歌予以回绝。莺莺和张生吟诵、互赠的诗文本,是各
自思想性格的真实流露。

　　汉唐小说虽以讲述故事为目标,但也开始注重表现故事人物
的心理。小说家通过人物吟诵的诗赋、骈文本,把笔触深入内心,
毫无拘束地抒写一己之情,把对人世的感触直接表露。这些诗
赋、骈文本,集中分析故事人物的精神世界,从故事人物对生活的
感受中挖掘生活的真谛,暗示他们隐秘的内心活动和微妙的心理
状态。

　　诗赋、骈文本是构成汉唐小说"诗笔"的重要因素。诗赋、骈
文本运用于汉唐小说,在刻画故事人物心理、奠定叙述基调、营造
环境、渲染气氛等方面都有重要作用。大量诗赋、骈文本融入汉
唐小说,不仅改变了小说以散体语言行文的方式,还营造出优美
的意境,丰富了小说的表现手法。小说在叙述中,也因诗赋、骈文
的抒情性特征,行文带情以行,叙述与抒情水乳交融,故事更为生

---

① 李时人编校,何满子审定,詹绪左复校:《全唐五代小说》卷二四(第二册),
　　第814页。

动、形象。对汉魏六朝小说而言,作品中的"诗笔"主要表现为直接或间接引用诗、辞赋。接受者无需太多审美情感的投入,也不需要深入思考,一眼即可捕捉其内在、实质。而唐代小说家以"诗"的才情观照小说,不仅在作品中征引大量的诗赋,而且将"诗笔"之神韵与小说画面、场景、故事人物融为一体,在如梦似幻的情境中,通过曲折跌宕的情节,铺衍感人的故事。正因为唐代小说对诗、辞赋不是简单的挪移搬用,着力于构筑诗情画意之美,有着不同于汉魏六朝小说的意味、情调。从汉魏六朝小说过渡到唐代小说的过程中,"诗笔"的大量运用使唐代小说"叙述委婉""文辞华艳",表现出很高的艺术价值。

第七章　碑铭文与汉唐小说

　　"碑文"兴起于汉代，其文体体制可溯源至铭。褚斌杰《中国古代文体概论》言："铭文，最初就是指刻金勒石的文字说的。商周时代经常在所制的青铜器上铸上一些文字，起初只记器名、物主名、工匠名等，后来则用以记功颂德，发展下来便是后世的碑铭、墓志铭。"①因此，又有以碑铭、碑志称之"碑文"者。挚虞《文章流别论》、范晔《后汉书》、刘勰《文心雕龙》、萧统《文选》等都列有碑或碑文一体。

　　碑铭可分为记功碑文、宫室庙宇碑文、墓碑文三体。自产生后，文人纷纷投身于其撰作，成为历代文士写作的主要体式之一。蔡邕、庾信、张说、韩愈等文学大家，都撰有碑文传世。在今天流传下来的大量墓碑墓志中，不乏典雅优美之作，具有很高的文学价值。小说家也将之移用于小说，使其作为文体的有机组成部分，并在小说叙述中承担一定的叙事功能，而学界对此关注甚少。本书把融入汉唐小说中的碑铭视之为文本，梳理其在汉唐小说中的分布情况，从其在汉唐小说的数量、融入方式、内容等的变化，考察其对汉唐小说文体生成、演变的意义。

---

① 褚斌杰：《中国古代文体概论》（修订本），第413页。

第一节　汉魏六朝小说中的碑铭文本及其
叙事功能

　　汉代碑刻大兴,尤以东汉为盛。范文澜云:"东汉富贵人或名士墓前,往往立碑若干块,用以颂扬墓中人的功德。"①祝嘉《书学史》也描述了当时的盛况:"光武中兴,武功既盛,文事亦隆,书家辈出,百世宗仰,摩崖丰碑,几遍天下。"②碑刻的盛行,使碑铭文的创作也呈繁荣兴旺之势。碑铭文创作的繁盛,在小说中也得到了反映。

　　碑铭文本在汉魏六朝小说中的分布情况为:

　　1.《神异经》"中荒经"东王公西王母、"东荒经"茂陵宝剑两条。

　　2.《西京杂记》"茂陵宝剑""咸阳宫异物""滕公葬地"三条。

　　3.《博物志》"滕公冢""王史威""蔡伯公""昭华馆""卫灵公"五条。

　　4.《搜神记》"赤虹化玉""张颢"两条。

　　5.《搜神后记》"范启之妻"。

　　6.《拾遗记》"轩辕黄帝""高辛""唐尧""秦始皇""穿井得印"五条。

　　7.《异苑》"管涔王献剑""漆棺老姥""曹娥碑"三条。

　　8.《幽明录》"常山梁相"。

　　9.《语林》杨修的故事。

　　10.《世说新语》"魏武尝过曹娥碑下"。

---

① 范文澜、蔡美彪等:《中国通史简编》(2),人民出版社,1994年,第336页。
② 祝嘉:《书学史》,兰州古籍书店,1978年,第21页。

汉魏六朝小说中的碑铭文本,有补充故事内容、预示故事结局的叙事功能。

一、补充故事内容

英作家福斯特《小说面面观》认为,故事是按照时间顺序来叙述事件的,侧重对事情过程的描述。充实、饱满的故事内容,是小说表达的一种艺术手段,表现着作者的艺术感觉和剪接的能力。碑铭文本具有一定的叙事性,借助碑铭文本可补充、完善故事内容,丰富情节的艺术表现力和感染力,传达出更多的情感需求和信息含量。

如《神异经·中荒经》西王母和东王公的故事:

> 西王母岁登翼上,会东王公也。故其《柱铭》曰:昆仑铜柱,其高入天。员周妃削,肤体美焉。其《鸟铭》曰:有鸟希有,碌赤煌煌。不鸣不食,东覆东王公,西覆西王母。王母欲东,登之自通。阴阳相须,唯会益工。①

东王公、西王母是我国神话传说中的人物,共被道教奉为尊神,其形象、名称都经历了一个漫长的演化过程。东王公,又称木公,东华帝君,源于战国时期楚地太阳神(太阳星君)信仰。东王公一词,始见于晋葛洪《枕中书》:"元始君经一劫乃一施,太元母生天皇十三头,治三万六千岁,书为扶桑大帝东王公,号曰元阳父。"②"道教创立后,将东王公纳入神系,称其主阳和之气,理于东方,亦

---

① [汉]东方朔撰,[晋]张华注,[明]朱谋玮校:《神异经》,见上海古籍出版社编,王根林等校点:《汉魏六朝笔记小说大观》,第 57 页。
② [晋]葛洪:《枕中书》,中华书局,1991 年,第 2 页。

号王公焉。"①西王母，俗称王母娘娘，又称西姥、王母、金母和金母元君。早在殷商卜辞中，就有"西母"之称。《山海经·大荒西经》中，西王母以半人半兽的形象出现："西海之南，流沙之滨……有人，戴胜，虎齿，有豹尾，穴处，名曰西王母。"②《穆天子传》亦提到了西王母，她"爰居其野。虎豹为群，于鹊与处"③，与穆天子相会于瑶池的情节被后世增衍、改编，《汉武故事》《汉武帝内传》等即以此为蓝本。《归藏》中，西王母被描述成掌管不死之药的女仙，开始以仙的形象出现。在《神异经》中，被仙化的东王公和西王母产生交集，形成了这则有趣的故事。故事中东王公、西王母相会的具体情形，由文中的碑铭用凝练、整饬的四言韵语一一展开。"柱铭"点明东王公、西王母相会的地点，形象描绘了西王母风姿绰约的美。"鸟铭"具体铺叙东王公、西王母在希有鸟上相见的神异。碑铭文本作为前文所述内容的拓展和补充，丰富了故事的情节。此种叙事方式，融散体与韵语为一炉。散体抽绎出故事的中心情节，而韵语则将情节进一步细致化。它们以不同的方式为故事的叙述服务，有相得益彰之妙。

又如《西京杂记》"生做葬文"条：

> 杜子夏葬长安北四里，临终作文曰："魏郡杜邺，立志忠欵，犬马未陈，奄先草露。骨肉归于后土，气魂无所不之。何必故丘，然后即化。封于长安北郭，此焉宴息。"及死，命刊

---

① 张兴发编著：《道教神仙信仰》，中国社会科学出版社，2001年，第237页。
② 袁珂校注：《山海经校注》（增补修订本），第466页。
③ 佚名撰，[晋]郭璞注，王根林校点：《穆天子传》，见上海古籍出版社编，王根林等校点：《汉魏六朝笔记小说大观》，第14页。

石,埋于墓侧。①

一般来说,墓志由他人撰写,对死者的生平行事以及功德进行称颂。"自晋代陶渊明起,开始出现了自己写给自己的墓志,这类墓志与普通墓志铭的不同之处就在于作者必须设想自己已经死了,而用死者的眼光来回顾自己的一生,由自己对自己作一番盖棺定论式的评价"②。杜子夏在自撰的墓志中,对自己的籍贯、性情、葬所等有所交代。文中情感哀而不伤,表现出面对死亡的豁达胸怀。整个故事的情节,杜子夏作葬文——杜子夏之死——子夏所作葬文埋于其墓侧,并不完整。因为故事人物的基本情况,以及死后的葬所,仅从正文内容无法得知。碑铭文本的融入,追溯墓主的生平经历,恰好可以填补情节之缺省部分。"生做葬文"在故事整个情节框架中套入叙事性强的碑铭文本,内容上相互补充,形成一种独特的叙事结构。

碑铭文本融入汉魏六朝小说,体现了小说家对作品的一种剪裁、加工。经过适当的剪裁衔接,使直线贯穿的线索变得曲折有致,改变了单一的叙事结构,增加了小说的艺术效果。

二、预言故事结局

"谶"是能够预言吉凶祸福的文字、图记。《说文·言部》:"谶,验也。有征验之书。"③谶语以阴阳五行为理论核心,起源于

---

①[汉]刘歆撰,[晋]葛洪集,向新阳、刘克任校注:《西京杂记校注》,第 144 页。

②黄清发:《论唐人自撰墓志及其本质特征》,见《唐代文学研究》第 11 辑,广西师范大学出版社,2006 年,第 141 页。

③[汉]许慎撰,[清]段玉裁注:《说文解字注》,第 90 页。

河图、洛书。《说文解字》释"谶"又曰:"河洛所出书曰谶。"①明胡
应麟《少室山房笔丛》也认为:"谶纬之说,盖起于河洛图书。当西
汉末,符命盛行,俗儒增益,舛讹日繁。"②在古人心目中,河图洛
书昭示灾异吉祥,启示生死祸福来自天命所托。谶语常见的形式
是谣谶,用易于记诵的韵语宣扬天意、彰显天命。

　　"滕公葬地""滕公冢"两则故事中的铭文亦用谶谣预言故事
人物滕公死后的葬所,反映了此时迷信谶的虚诞之风:

　　　　汉滕公冢,求葬东都门外。公卿送丧,驷马不行,蹋地悲
　　鸣,跑蹄下地得石,有铭曰:"佳城郁郁,三千年见白日,吁嗟
　　滕公居此室。"遂葬焉。③(《博物志》)

　　　　文字皆古异,左右莫能知。以问叔孙通,通曰:"科斗书
　　也。"以今文写之,曰:"佳城郁郁,三千年见白日。吁嗟滕公
　　居此室。"滕公曰:"嗟乎,天也! 吾死其即安此乎?"死遂葬
　　焉。④(《西京杂记》)

《博物志》"滕公冢"中的铭文与《西京杂记》"滕公葬地"的铭文,内
容完全相同,所记故事的背景也都发生在夏侯婴死后。不过,《博
物志》"滕公冢"对送丧时马匹悲鸣、以足刨地、不行等细节进行描
摹,故事情节更加生动。铭文预先揭示滕公死后的所葬,给接受
者留下悬念,预想故事的结局是否如铭文中所预言。同时,引导
故事朝预设的结局发展,不偏离情节的主线,在小说的谋篇布局

---

①[汉]许慎撰,[清]段玉裁注:《说文解字注》,第90页。

②[明]胡应麟:《少室山房笔丛》,第293页。

③[晋]张华撰,范宁校证:《博物志校证》卷七,第85页。

④[汉]刘歆撰,[晋]葛洪集,向新阳、刘克任校注:《西京杂记校注》,第168—
　　169页。

方面发挥着重要作用。

又如《搜神记》"赤虹化玉"中的铭文,同样具有谶语的性质:

> 天乃洪郁起白雾,摩地,赤虹自上而下,化为黄玉,长三尺,上有刻文。孔子跪受而读之,曰:"宝文出,刘季握。卯金刀,在轸北。字禾子,天下服。"①

一向不语"怪力乱神"的孔子,被此故事拉过来接受神谕,预言刘姓家族将成为天下之主。古代圣贤"取象乎河洛,问数乎蓍龟,观天文以极变,察人文以成化"②,事关国家兴乱的谶语,或为反对势力起兵前施放的烟雾,或是百姓希望结束一朝暴政的美好期望。如秦始皇时期,民怨沸腾,盛传秦朝将灭的谶语:"亡秦者,胡也。"始皇末年,"有坠星下东都,至地为石,黔首或刻其石曰:'始皇帝死而地分。'"武则天登基前,民间流传"当有女武王者"的谶谣。汉高祖刘邦结束秦朝统治前如法炮制,用与其生活相距近二百年,且受万人敬仰的孔子亲自传布刘季将推翻秦朝统治的谶语,为汉朝取代秦朝合法制造声势。后秦朝果被刘季所灭,如铭文所预言。碑铭文本的融入,在作品中设置了悬念,吸引接受者深入对故事结局的思考。

汉魏六朝小说中,部分碑铭文本为谶语。谶语的神秘性,渲染了小说的怪奇色彩;谶语的预言性,刻意在作品中留下空白,激发接受者对故事结局的审美期待。在文体结构尚简单的小说发展初期,结局的预先设定,使故事情节按照预设的进程展开,便于故事的叙述。

除此之外,《神异经·东荒经》中的《茂陵宝剑》云:"昭帝时,

---

① [晋]干宝撰,汪绍楹校注:《搜神记》,第112页。
② [南朝梁]刘勰著,周振甫注:《文心雕龙注释》,第2页。

茂陵家人献宝剑,上铭曰:直千金,寿万岁。"①铭文寥寥几笔,介绍宝剑的价值和铸剑人对汉昭帝的祝福。《搜神后记·范启之妻》中的铭文则表明所葬之人身份。《博物志》"王史威"条葬铭曰,"明明哲士,知存知亡。崇陇原亹,非宁非康。不封不树,作灵乘光。厥铭何依,王史威长"②,则表达了对墓主的称颂与哀悼。

第二节　唐代小说中的碑铭文本及
其叙事功能

　　唐代小说使用碑铭文本的篇目与汉魏六朝小说相比,数量没有太大的变化,但融入唐代小说中碑铭文本的篇幅更长,叙事功能更丰富。

　　唐代小说使用碑铭文本的篇目有:牛肃《纪闻·牛氏僮》、戴孚《广异记·张琮》《卢彦绪》、陈绍《通幽记·陆凭》、林登《博物志·崔书生》、陆勋《集异记·汪凤》、佚名《说郛·开河记》、孔睿言《神怪录·王果》、李吉甫《异闻记·梁大同古铭记》《姜师度》、张读《宣室志·柳光》《邬载》《韩愈》《裴度》《王璠》、皇甫枚《玉匣记》、薛用弱《集异记·蔡少霞》、萧时和《杜鹏举传》、沈亚之《异闻记·秦梦记》、郑处海《明皇杂录·姚崇》等近30篇。其中,《卢彦绪》《崔书生》《杜鹏举传》《开河记》《王果》等篇目中的碑铭文本使用简明扼要的散体形式,《秦梦记》用骚体,《邬载》《开河记》《裴度》《王璠》《柳光》等篇则用诗体。

---

① [汉]东方朔撰,[晋]张华注,[明]朱谋㙔校:《神异经》,见上海古籍出版社编,王根林等校点:《汉魏六朝笔记小说大观》,第88页。
② [晋]张华撰,范宁校证:《博物志校证》卷七,第85页。

碑铭文本是唐代小说的重要组成部分,主要有介绍墓主的身世经历、抒发对墓主的哀悼和评赞,以及预示故事的走向和结局的叙事功能。

一、介绍墓主身世经历

小说惯用"某事某地某人发生了某事"的固定叙事结构。开篇即介绍人物,让接受者先于情节对主要故事人物形成整体印象,有助于对情节的把握。尤其是唐代小说不少作品产生于友朋闲谈、夜话,通过口头传播。"方舟沿流,昼宴夜话,各征其异说"①的《任氏传》,"会于传舍。宵话征异,各尽见闻"②的《庐江冯媪传》,"话及此事"③的《长恨歌传》,"尝话此事"④的《灌园婴女》,"忽话此事"⑤的《李太尉军士》,"因话奇事"⑥的《尼妙寂》等。以口头传播的小说,必须得有　条土线贯穿,尽量减少旁支。这样,听者才容易将故事的脉络理清。文中借碑铭文本说明故事人物的身世经历,解决了同时对两个或两个以上的故事人物进行介绍

---

① 李时人编校,何满子审定,詹绪左复校:《全唐五代小说》卷一九(第二册),第 673 页。
② 李时人编校,何满子审定,詹绪左复校:《全唐五代小说》卷二三(第二册),第 796 页。
③ 李时人编校,何满子审定,詹绪左复校:《全唐五代小说》卷二四(第二册),第 828 页。
④ 李时人编校,何满子审定,詹绪左复校:《全唐五代小说》卷八二(第五册),第 2864 页。
⑤ 李时人编校,何满子审定,詹绪左复校:《全唐五代小说》卷四四(第三册),第 1510 页。
⑥ 李时人编校,何满子审定,詹绪左复校:《全唐五代小说》卷四二(第三册),第 1454 页。

的不便,避免了头绪的繁杂。

如《崔书生》,小说用志怪中常见的人鬼相恋题材,叙述了一个主题、寓意都别出心裁的传奇故事。唐前的人鬼恋小说,如《搜神记》"崔少府墓"条,女子奉"鬼父"之命与卢充喜结良缘;"驸马都尉"条,男子因求食与鬼女相遇,享有三天的欢娱;"汉谈生"条,鬼女主动与男子结为夫妇。在这些故事中,作者并不将笔墨集中于描写男子与鬼女之间甜蜜、温馨的恋爱经过,相反,与鬼女结合给世间男子所带来的实际利益却是作品着力之处,鬼女的身份或由自己娓娓道出,或由男子携带鬼女所赠送的物品返回人世被其家人发现而告知。而《崔书生》详细铺叙了崔书生对玉姨的追求,以铭志揭示其身份:

　　　　见铭记曰:"后周赵王女王姨之墓。平生怜重王氏外生。外生先殁,后令与生同葬。"①

崔书生与酒醉的女子在榛莽丛中相遇,顿心生爱慕,赠予仆马护送其"回家"。女子也频频传情,心荡神摇的崔书生不由得紧随其至家中,"宴游欢洽,无不酬畅"。后因奴仆发掘坟墓,他们在惊慌忙乱中分别。崔书生苏醒后,桃李芬芳、屋宇华丽的居所被刻有铭志的坟墓所代替。由崔书生所见到的铭志,指出所见女子原来是后周赵王女玉姨的鬼魂。女子在暮色中醉醺醺地穿行于荆棘丛中、绝色的容颜、突破常规的热情等,都可以由碑铭文本对其身份的揭示而让接受者恍然大悟。

又如《宣室志·柳光》,当柳光南游时误入山中,意外发现刻在石壁上的碑铭:

---

① 李时人编校,何满子审定,詹绪左复校:《全唐五代小说》卷三四(第三册),第1182页。

　　有雕刻文字极多,遂写其字置于袖,词曰:"武之在卯,尧
王八季。我弃其寝,我去其宸。深深然,高高然。人不吾知,
人不吾谓。由今之后,二百余祀。焰焰其光,和和其始。东
方有兔,小首元尾,经过吾道,来至吾里。饮吾泉以醉,登吾
榻而寐。刻乎其壁,奥乎其义。人谁以辨,其东平子。①

柳光因夜行迷路,进入了云水环绕的石屋。石屋周围清清的泉流
纵横交错,灿烂的晚霞和青翠的松柏互相辉映,十分美丽。显然,
《柳光》以"神仙洞窟"类故事为题材,写柳光的奇遇。但因碑铭文
本的融入,《柳光》不是突出世外桃源的安宁,也不是敷衍柳光与
仙女的艳遇,而是由碑铭文本的含义,推测石屋主人的身世、经
历。误入石屋的柳光只是记下并不理解石铭,由此而引出解铭之
人,丰富了故事情节。

　　唐代小说中碑铭文本的融入,使其带有神秘色彩。《柳光》
《崔书生》等中的碑铭文本,一则是介绍鬼生前的经历,另一则是
介绍与石屋主人相关的情况,主人身份都神秘莫测。碑铭文本也
丰富了唐代小说介绍人物的方法。即使不用史传惯用的人物介
绍方式,小说也可以用碑铭文本来介绍人物的身世、经历。

二、抒发对墓主的哀悼和评赞

　　墓志铭是碑铭文中的重要一体,一般由志和铭两部分组成:
第一部分记叙死者世系、名字、爵位及生平事迹等的称为"志";第
二部分是"铭",多用韵文,表示对死者的悼念和赞颂。清人姚鼐
《古文辞类纂序》言:"碑志类者,其体本于诗。歌颂功德,其用施

————————————

① 李时人编校,何满子审定,詹绪左复校:《全唐五代小说》外编卷一五(第八
　册),第 4069—4070 页。

于金石。周之时有石鼓刻文,秦刻石于巡狩所经过,汉人作碑文,
又加以序。序之体,盖秦刻琅琊具之矣。……志者,识也。或立
石墓上,或埋之圹中,古人皆谓志。为之铭者,所以识之之辞也。
然恐人观之不详,故又为序。世或以石立墓上,曰碑,曰表;埋,乃
曰志。乃分志、铭二之,独呼前序曰志者,皆失其义。"①唐代小说
移用墓志铭文体,抒发故事人物对墓主哀悼或评赞的情感。

如《秦梦记》,采取"记梦体"形式,假托主人公的离奇梦境,铺
写沈亚之与公主弄玉之间一段缠绵悱恻的爱情故事。梦中,沈亚
之与姿色艳丽、身份高贵的公主缔结姻缘,志得意满,折射出此时
男子期望迎娶高门女子、攀慕权贵的心理。后公主因病遽然矢
亡,沈亚之为其撰写墓志铭:

> 又使亚之作墓志铭,独忆其铭,曰:"白杨风哭兮石甏髯
> 莎,杂英满地兮春色烟和。珠愁粉瘦兮不生绮罗,深深埋玉
> 兮其恨如何!"②

沈亚之颇有才情。公主死后,亚之为其撰写的挽歌,深情绵邈、凄
怆感人,得宫中上下一致赞赏。于是,穆公令亚之为公主撰作墓
志。这首用骚体写成的墓志,淋漓尽致地抒写了恩爱夫妻生离死
别的哀怨,为这段浪漫的婚姻增添了一抹虚渺悲凉的情氛。

又如《明皇杂录·姚崇》,姚崇病危之际,交代其子请张丞相
写墓碑文:

> 姚既病,诫诸子曰:"张丞相……便当录其玩用,致于张
> 公,仍以神道碑为请。……若却征碑文,以刊削为辞,当引使

---

① [清]姚鼐纂集,胡士明、李祚唐标校:《古文辞类纂》序目,第 11 页。
② 李时人编校,何满子审定,詹绪左复校:《全唐五代小说》卷二五(第二册),
　 第 863—864 页。

视其镌刻,仍告以闻上讫。"姚既殁,张果至……不数日文成……其略曰:"八柱承天,高明之位列;四时成岁,亭毒之功存。"①

张说、姚崇之间的矛盾,史书多有记载。《新唐书·姚崇传》《资治通鉴·唐纪二十六》、《旧唐书》卷二九《赵彦昭传》等,都详细记载了张说与姚崇之间的争斗。他们之间的斗争,在姚崇病重垂死之际,还在进行。在《明皇杂录·姚崇》中,姚崇死前最终赢了,也结束了他们之间的争执。以致姚崇死后,唐代还流行着"死姚崇犹能算生张说"②的说法。姚崇算计张生的方法,就是请张说为自己写碑文。平日,张说视姚崇为眼中钉,处心积虑进行陷害。张说在碑文中则对姚崇极力称颂,多是溢美之词。姚崇死后,家人持有张说为姚崇写的碑文,张说无法中伤、攻击姚崇。姚崇的才智,为儿孙们免除了一场大劫难。

　　唐代小说中的碑铭文本,有的融入了执笔人真挚的情感,感人泣下;有的出于墓主家人请求,无奈之下写下的褒谥之词。不管是融入了情感的感人之作,还是不带情感的形式之作,碑铭文本都对墓主进行了评价,传达了生人的哀悼之意。尤其是《姚崇》中的碑铭文本,是姚崇算计张说的成果。小说围绕"请张说写碑文"这一主题而进行,既表现了姚崇的才智过人,又体现了张说超凡的文字功底。

----

① 李时人编校,何满子审定,詹绪左复校:《全唐五代小说》卷五一(第四册),第1751页。
② 见卞孝萱:《唐人小说与政治》,第155页。

三、预示故事的走向和结局

唐代小说中的不少碑铭文本,也具有谶语的性质,或预言天下兴亡,或暗示人物命运。故事在展开的过程中,也往往围绕碑铭文本而进行,情节与情节之间一环扣一环,衔接紧密,结构也浑然一体。

如《汪凤》,苏州百姓汪凤所住的宅院怪异迭起,十几年内妻子仆人死丧殆尽。作者在此情节链中,先故意不揭示汪凤家人死亡的具体原因,为下文的展开埋下伏笔。接着,汪凤将怪宅卖与同乡盛忠,盛家住进后也连死数人。至此,对凶宅导致人死亡的原因,作品仍然没有透漏蛛丝马迹。凶宅的神秘、凶险吸引读者刨根究底,探寻凶宅致人死的原因。最后,富豪张励发现院内常有两股青气直冲云天,认为地下必有宝玉,便用低价从盛忠手里买下此宅,并迫不及待地带人前去掘宝。掘地后,看到一个制作精巧的石柜,砸开石柜后,柜中有具大铜釜,釜上盖着铜盘。拆下铜盘,发现釜口还蒙着好几层绸布。等张励揭开最后一层绸纱,忽有只巨猴跃出,转眼已无踪影。张励定神去看铜釜,只见里面有块石碑:

> 乃有石铭云:"祯明元年七月十五日,茅山道士鲍知远囚猴神于此。其有发者,发后十二年,胡兵大扰,六合烟尘,而发者俄亦族灭。"①

"祯明"是南唐皇帝陈叔宝年号,距此时已逾百年。小说写张励砸开石柜十二年后,安禄山起兵反唐,天下大乱,张励家族也在战乱

---

① 李时人编校,何满子审定,詹绪左复校:《全唐五代小说》卷四四(第三册),第 1518 页。

中全部灭绝,果如碑铭文本所预言。可见,此碑铭文本带有谶语的性质。"宅院地下镇有妖猴,其地就成了禁忌,任何形式的居住都是对禁忌的触犯"①。汪凤、盛忠家人的相继死亡,张励家族的灭亡,都是因为触犯了禁忌。尤其是张励将囚禁猴神的石柜破坏,导致了更大的灾难——张家的族灭和安史之乱的产生。从表面看来,把它们联系在一起的是触犯了猴神禁忌。其实,故事的深层意蕴表现了人们对宿命的无奈。

又如《杜鹏举传》,这是一则以生人进入冥间为题材的故事。"述生人入冥故事,唐代小说中多有,然叙述之详赡无过此篇者。此文创作年代较早,对后来传奇小说之兴起当有所影响"②。杜鹏举因冥间误抓同姓之人而有幸光顾阴间,见到了仙人,并提前得知自己的官运:

> 故鹏举墓志云:"及睿宗践祚,阴赞祥符。启圣期于化元,定成命于幽数。"③

唐前小说中也有不少因冥官失误而将阳寿未尽之人抓入冥间后又放回的作品,以传达生死祸福早已注定、非己力所能改变的人生幻灭感。这也是《杜鹏举传》的主题所在。故事在行将结束之际,作者还不忘通过墓志来进一步证实杜鹏举的官职升迁、睿宗继承王位如冥间所定,以表故事的真实可信。

《王果》《邬载》《裴度》《王璠》《柳光》《玉匣记》等篇目中的碑

---

① 万晴川:《巫文化视野中的中国古代小说》,中国社会科学出版社,2003年,第112页。

② 李宗为:《杜鹏举传》条,见刘叶秋、朱一玄、张守谦等主编:《中国古典小说大辞典》,河北人民出版社,1998年,第221页。

③ 李时人编校,何满子审定,詹绪左复校:《全唐五代小说》卷一九(第二册),第660页。

铭文本在叙事功能上与《杜鹏举传》《汪凤》中的大体类似。带有
谶语性质的碑铭文本为小说叙事设置了悬念,能使故事接受者产
生期待心理,有利于叙事者控制接受者的阅读张力。

　　汉魏六朝小说中的碑铭文本,部分用来补充故事内容,如《神
异经》西王母、东王公的故事,融入的两处碑铭文本将小说分成前
后相连的两个部分:一处介绍故事人物西王母,一处具体写西王
母、东王公的相会,都是对前文内容的补充。因碑铭文本的融入,
小说结构起伏跌宕,情节颇有波澜;部分用于预先设定故事的结
局,引导小说情节的发展。唐代小说中出现的碑铭文本,部分是
对墓主身世、经历的介绍,打破了套用史传结构叙事的陈规,丰富
了小说表现故事、塑造人物形象的手段;部分具有预言和谶语的
性质,预言的虚幻性和证实墓主身份、叙述墓主前生经历的真实
性,从不同层面影响作品的真实、虚幻色彩。汉魏六朝、唐代小
说,不论是情节、故事内容,还是外在的结构形式,都寻求新的表
现手段,突破史传的禁锢。碑铭文本的融入,对汉魏六朝、唐代小
说都有一定的意义和价值。不足之处为,预先揭示结局,虽便于
叙述者设计情节,使故事内容首尾连贯,不会顾此失彼,但与接受
者猎异、好奇的心理相违背,影响作品对接受者的审美期待,减少
了作品吸引接受者的艺术魅力。

第八章　词、判文与唐代小说

　　形成时代可溯源至隋的词①，以及文体体制约形成于六朝中后期的判文，直到唐代才作为一种文本出现于小说。来源于"胡夷里巷"、不登大雅之堂，却深受大众喜爱的词，与为"街谈巷语""道听途说"、被正统文学排斥在外的"小说"恰好有相融、共通的特性。活泼、音乐节奏感强的词文本融入唐代小说，增加了小说浪漫、抒情的色调。唐代法典完备，加之受科举制度等的影响，司法文书走向成熟，判文也随之兴盛："唐判的兴盛，一方面是受到科举考试的刺激，另一方面当时的社会风尚与价值标准也起推波助澜的作用。"②经历过科考训练的小说家受时代审美风尚以及价值取向的影响，很自然地把这种文体运用于小说的创作。词、判文融入唐代小说，使其呈现出与此前小说不同的风貌、特点。

第一节　唐代小说中的词文本

　　词是配合宴乐乐曲而填写的歌诗，形成年代可追溯至隋，兴盛则是五代十国后，是抒情文体之一。据《旧唐书》记载，"自开元

---

① 见周笃文：《宋词》，上海古籍出版社，2011年，第3页。
② 吴承学：《唐代判文文体及源流研究》，《文学遗产》1999年第6期，第23页。

以来,歌者杂用胡夷里巷之曲"①。来源于民间的词作,颇受大众喜爱。应唐代小说之需而融入的词文本,也体现了词自身质朴的生活气息。

在唐代小说中,词文本出现的篇目较少,主要有《伊用昌》《玄真子》《李贺》《广谪仙怨词》《海山记》《柳氏传》等。融入唐代小说中的词文本,主要为引用前代或同时人的词作,很难见到小说家创作的作品。虽只是引用他人的词作,却也体现了小说与词等俗文学的相融互动。受小说影响,词发展到宋代,苏轼也以小说体写词:"创造了以词这一体裁来写简短的小说,这不能不说是苏轼的创举,是一种空前的创作尝试。"②此后,词融入小说的现象相当普遍。不仅成为词坛的另一种风景,也对其他词作的创作、传播产生了重要影响。"小说作者有意识地引入诗词等相对典重的文学形式,以提高小说的品位和格调,求得文人士大夫的认可。因此,小说作者的创作在大量征引前代词作的同时,普遍地创作词,使词成为小说中习见的存在,从而增加词的传播途径,刺激词的创作和刊行"③。

唐代主要是词入小说。创作于贞元年间的《柳氏传》(又名《章台柳》)就融入了词文本。故事中,寒士韩翃与柳氏初次见面即心生爱慕,在友人相助下结为伉俪。恰值安史之乱,韩入平卢、淄青节度使侯希逸幕为书记,柳仍留京师。柳恐姿色绝丽为贼所伤,剪发毁形寄身佛寺,但仍被蕃将沙吒利劫去。两京收复后,韩翃使人潜寻柳氏,并寄以词曰:

---

① [后晋]刘昫等撰:《旧唐书》卷三〇,第1089页。
② 唐玲玲:《东坡乐府研究》,巴蜀书社,1993年,第178页。
③ 张若兰:《明代中后期词坛研究》,中国社会科学出版社,2010年,第268页。

　　　章台柳，章台柳，昔日青青今在否？纵使长条似旧垂，亦
　　应攀折他人手。①

柳氏捧词呜咽，答之以《杨柳枝》：

　　　杨柳枝，芳菲节，所恨年年赠离别。一叶随风忽报秋，纵
　　使君来岂堪折！②

"柳"是古典诗词中常见的意象，多见于朋友亲人之间的送别。
《柳氏传》中的两首词都以"柳"枝喻柳氏，借咏柳诉别离后的忧
伤。韩赠词重在抒发对柳氏的思念，以及对柳可能委身于他人的
忧虑、无奈；柳氏的答词托秋柳自喻目前境况，饱含着身不由己的
哀怨。这两处词文本，引发了故事人物的再次相会、结缘，成为贯
穿小说的主线。不仅如此，小说也因词文本的融入细腻地刻画了
故事人物的情感，奠定了以词传情的叙写方式。

　　又如《玄真子》中的《渔父歌》，亦有一处词文本：

　　　真卿为湖州刺史，日与门客会饮，乃唱和为《渔父词》。
　　其首唱即志和之词，曰："西塞山边白鸟飞，桃花流水鳜鱼肥。
　　青箬笠，绿蓑衣，斜风细雨不须归。"③

张志和这首《渔父词》是其和众文士们宴饮时，借渔翁自道其隐居
江湖之乐的即兴之作。《新唐书》本传称张志和"每垂钓，不设饵，
志不在鱼也"④，可见他怡情于山水、追慕自由闲适生活的情怀。

----

①李时人编校，何满子审定，詹绪左复校：《全唐五代小说》卷二二（第二册），
　第767页。
②李时人编校，何满子审定，詹绪左复校：《全唐五代小说》卷二二（第二册），
　第767页。
③李时人编校，何满子审定，詹绪左复校：《全唐五代小说》卷七九（第五册），
　第2714页。
④［宋］欧阳修、宋祁撰：《新唐书》卷一九六，第5608—5609页。

此词描绘了在秀丽的水乡风光中怡然垂钓的渔人生活情景,展现了真实、自然的生活常态,与下文所述众人用生花妙笔摹画词中传达的意境相互照应。小说也因词文本的融入,将"诗情""画意""宴饮之乐"水乳交融于小说的叙述之中,丰富了小说的艺术表现手法。

《玉堂闲话·伊用昌》作者用第三人称全知叙事视角,相当别致地描写了一对神仙夫妇不同于常人的奇异经历。作者不作静止、呆板的叙述,而采取形象化描写方法,在叙事中插入俏皮的词文本以抒情:

> 爱作《望江南》词,夫妻唱和。或宿于古寺废庙间,遇物即有所咏,其词皆有旨。熊只记得《咏鼓》词云:"江南鼓,梭肚两头栾。钉着不知侵骨髓,打来只是没心肝,空腹被人漫。"①

《咏鼓》词被《全唐诗》收录,《附词》注简单列述了伊用昌夫妇的事迹。明《神仙全传》也为伊用昌立传②。在这首咏物词中,作者抓住客观物象"鼓"的特点,准确、逼真地刻画了其"形象"。并发挥想象,由鼓与类似事物之联系,含蓄表达了对"无心肝之人"的揶揄讽刺。词文本语言通俗,风格朴素自然,让小说洋溢着浓厚的生活气息。在情节结构上,词文本将各叙事元素串联,是推动故事情节进一步发展的动因。伊用昌夫妇所经历的每一次波折,都

---

① 李时人编校,何满子审定,詹绪左复校:《全唐五代小说》卷八二(第五册),第2860页。
② 《神仙全传》云:"……河南伊用昌……夫妇每游江右庐陵,宜养诸郡。有心度世,假以乞食,爱唱《望江南词》。夫能饮,性多狂逸,人呼为伊风子。妻郦氏有珠色,音律女工皆妙……宿古寺废庙间,遇物即咏。"见[明]徐道著,王西平等点校:《神仙全传》,三秦出版社,1992年,第658—659页。

因他们所赋之诗、词而引发。作品因词文本的融入，既有对事件本末的详细交代，又有对故事人物的生动描写；既有精警深刻的说教，又有意味深长的抒情。而伊用昌夫妇异于常人的怪异，又增添了小说的奇异色彩。现实与神异的结合，在虚虚实实、迷离恍惚的故事情节中，揭示出更为深刻的寓意。

《玄真子》《李贺》《广谪仙怨词》《海山记》等都扼要叙述了词作产生的缘起和基本内容，可以说是词的本事。融入唐代小说的词文本，脱离了词的典型创作环境——酒宴歌席或文人书斋，具有丰富的现实内容和深广的社会基础，有着异于典型和传统的审美特征。这些词文本朴素、真率，内容一般无关宏旨，与"小家珍说"的小说一致。洋溢着生活气息的词文本融入小说，体现了小说进一步世俗化的轨迹。

第二节　唐代小说中的判文本

判文是一种历史悠久的文体，集文学性和实用性于一身。它源于诉讼，用于评判是非、辨明事理。徐师曾《文体明辨序说》曰："古者折狱，以五声听讼，致之于刑而已。秦人以吏为师，专尚刑法。汉承其后，虽儒吏并进，然断狱必贵引经，尚有近于先王议制及《春秋》诛意之微旨。其后乃有判词。唐制，选士判居其一，则其用弥重矣。"[1]先秦时期的折狱，是判文的源头。其文体体制，约形成于六朝中后期。作为一种文本在小说中出现，则是唐代。

判文出现于唐代小说，与此时期的科举考试、官吏的任用制

---

[1][明]徐师曾著，罗根泽校点：《文体明辨序说》，人民文学出版社，1998年，第127页。

度,以及世人把判文作为衡量士子才华的重要标准无不关系。唐代通过科举考试及第士子必须通过吏部的铨选"释谒试"才能为官。吏部铨选文官的标准为"身、言、书、判"四条,又称"四才"。《新唐书·选举志》云:"凡择人之法有四:一曰身,体貌丰伟;二曰言,言辞辩证;三曰书,楷法遒美;四曰判,文理优长。四事皆可取,则先德行;德均以才,才均以劳。得者为留,不得者为放。五品以上不试,上其名中书门下;六品以下始集而试,观其书、判。已试而诠,察其身、言。"①因"言""身"在实际铨选中的弊病,后逐渐变成了"吏部选人,必在书判"。判文水平的高下直接决定了士子能否步入仕途:"凡试判登科谓之'入等',甚拙者谓之'蓝缕'。选未满而试文三篇,谓之'宏辞';试判三条,谓之'拔萃'。中者即授官。"②判文的优劣也是逞才、夸耀的资本。《旧唐书》卷一九〇《文苑传》载:"乾封中,苏味道为天官侍郎,审言预选,试判讫,谓人曰:'苏味道必死。'人问其故,审言曰:'见吾判,即自当羞死矣!'"③杜审言因判文写得好而自得,可见其在时人心目中的地位不可小觑。融入了判文本的唐代小说作者牛僧孺位高至宰相;裴铏曾担任静海军节度使高骈从事,以御史大夫为成都节度副使;康骈为进士,官至崇文馆校书郎;戴孚与顾况同登进士第,任校书郎,终于饶州录事参军等。因科考、政务而经过长期训练以撰拟判词的他们,将之运用于小说的创作自然是得心应手。

　　唐代小说中的判文本大多集中在中晚唐时期的小说作品,具体篇目有《玄怪录·董慎》《传奇·封陟》《剧谈录·崔道枢食井

①[宋]欧阳修、宋祁撰:《新唐书》卷四五,第1171页。
②[宋]欧阳修、宋祁撰:《新唐书》卷四五,第1172页。
③[后晋]刘昫等撰:《旧唐书》卷一四〇,第4999页。

鱼》《广异记·长孙无忌》《续玄怪录·齐饶州》《传奇·文箫》《灯下闲谈·掠剩大夫》《燕子赋》《广导记·上官翼》九篇。《玄怪录·董慎》有两处判文本：

> 审通判曰：“天本无私，法宜画一。苟从恩贷，是恣奸行。令狐寔前命减刑，已同私请；程翥后申簿诉，且异罪疑。倘开递减之科，实失公家之论。请依前付无间狱，仍录状申天曹者。”①

> 审通又判曰：“天大地大，本以无亲。若使奉主，何由得一？苟欲因情变法，实将生伪丧真。太古以前，人犹至朴；中古之降，方闻各亲。岂可使太古育物之心，生仲尼观蜡之叹。无不亲，是非公也，何必引之？请宽逆耳之辜，敢荐沃心之药。庶其阅实，用得平均。令狐寔等并请依正法。仍录状申天曹者。”②

故事以府君迫于天曹施压，对与晋孝武帝、太元夫人沾亲的令狐寔量刑过轻招致犯人抗议开端。为平息事态，府君把秉性公正的董慎召入冥间对案件重审。董慎所作的第一道判文是为了安抚犯人，第二道是为了维护法律的公正。他的审断，公正严明，丝毫不考虑令狐寔与晋孝武帝、太元夫人的裙带关系。与叙述者开篇对其为人和品性的介绍相互呼应，凸显了董慎执法严明的人物形象。董慎秉公执法，天曹甚为不满。府君受责罚，董慎也因此而牵连。府君命重判。然董慎不惧权势，仍坚持此前的判决，并一

---

① 李时人编校，何满子审定，詹绪左复校：《全唐五代小说》卷三一（第二册），第 1083 页。

② 李时人编校，何满子审定，詹绪左复校：《全唐五代小说》卷三一（第二册），第 1084 页。

再强调不能徇私枉法。故事一开始,就把人物置于处理案件的矛盾冲突中。犯人特殊的身份,上层势力的介入,使得断案一次次受阻。董慎虽面临着巨大压力,仍一次次公正断案。这两道判文在小说叙事中将故事情节一步步推向高潮,展现了董慎大义凛然的气节。作者也通过生人入冥间断案的幻笔,影射唐代官场的黑暗,传达对清明吏治的期待。

又如《剧谈录·崔道枢食井鱼》。屡参加进士考试不第的崔道枢,因淘井意外捉到一条状貌奇异的鲤鱼,"长可五尺,鳞鬣金色,目光射人"①。崔道枢和表哥韦氏,不听众人劝说,煮食了此鱼。两宿之后,韦氏和崔道枢被召入水府,接受审判:

> 绣衣操笔而书讫,吏接之而出,令道枢览之。其初云:"某官,登四品,年七十二。"其后有判词云:"崔道枢所害雨龙,事关天府,原之不可。按罪急追,所有官爵,并皆削除,年寿亦减一半。"②

由判文可知,这条被煮食的"鱼"果然如小说篇首所述,不同寻常。作者也通过判文,将崔道枢屡不中进士的原因揭晓。唐时,士子终其一生所追求的最高荣誉之一就是"中进士",有"三十老明经,五十少进士"的说法。其中之艰辛苦楚,只有历经科考的士子才能体会。这篇小说融合"雨龙""死而复生""果报"类型故事,通过对崔道枢因杀雨龙考进士不第、减寿的叙述,表达了命运由天所定的主题。这是唐五代时期士子对难以考中进士的一种自我解

---

① 李时人编校,何满子审定,詹绪左复校:《全唐五代小说》卷七五(第五册),第 2601 页。
② 李时人编校,何满子审定,詹绪左复校:《全唐五代小说》卷七五(第五册),第 2602 页。

脱和精神安慰,也宣扬了不杀生、果报循环的思想。

《灯下闲谈·掠剩大夫》,向我们讲述了一种特殊官职——掠剩大夫的故事。一日,掠剩大夫与已免职的刘令相遇。他久闻刘善画骏马,于是请其为之作画,并进献天帝。天帝龙颜大悦,颁布了赏赐掠剩大夫的天判:

> 俄顷使回,执天判而下,曰:"李某捐有余而奉不足,行道也。既明折中,方议褒称,立功未满于三千,清秋遽延于五律。前志越同,上仙符到奉行,尔宜从命。"①

在判文中,天帝褒奖掠剩大夫行事公允,并御赐官职。因这道判文,掠剩大夫在官场平步青云。本已官职全无的刘令,也借掠剩大夫之力,重新步入仕途。掠剩大夫、刘令的升迁,不是有功于民,也不是个人才能出众,而是讨得了天帝的欢心。这不由得令人深思,仙界官员的升迁,全凭帝王喜好。人间官员职位的变更,也由掌权人所操控。天上、地下官场的黑暗、不公,由此可知。《掠剩大夫》用与事实完全不符的表彰掠剩大夫的判文,改变故事中人物的命运,平淡无奇的故事情节也因此而变得摇曳多姿。同时,对以天帝为首的宫廷予以嘲讽,深化了故事的主题。

《燕子赋》中也有断案的判文本。吴承学认为,敦煌俗赋《燕子赋》"这篇作品在形式上非常突出的特点是始终是围绕着凤凰的两道判来展开情节的,判是整篇作品的关键,起着举足轻重的作用"②。唐代小说中的《传奇·封陟》《广异记·上官翼》《续玄怪录·齐饶州》《传奇·文箫》等篇中的故事,都与断案相关,判文

---

① 李时人编校,何满子审定,詹绪左复校:《全唐五代小说》卷八四(第六册),第2939页。

② 吴承学:《唐代判文文体及源流研究》,《文学遗产》1999年第6期,第30页。

在小说叙事中的作用与《燕子赋》相似。

词、判这两种文体在唐之前已产生,尤其是判文先秦就相当成熟,可它们在小说中出现却是唐代。究其原因,主要是受时代审美风尚、科考制度、文体自身发展程度等多种因素的影响。词与诗歌虽同为抒情文体,但"诗庄词媚"。诗多关涉国家大事,而词则言乎日常生活,更贴近小说文体的本质特征。后词发展到宋代,人们以小说写词,是这两种文体相融、互渗之必然。融入了词文本的唐代小说,主要以引人入胜的故事介绍"词"的产生,是"词"之本事,拓展了汉魏六朝志怪小说的题材。情感浓烈、散发出强烈生活气息的词文本,也增添了小说浪漫、抒情的格调。唐之前就有关于冤狱、诉讼题材的小说,如《搜神记》"贾充""河间郡男女""苏娥"等、《列异传》"鹄奔亭"、《甄异传》"徐秋英"等,但作品中并无断案的判文本。直到唐代,在多种因素的综合作用下,小说中才开始出现,明显滞后于判文文体自身的发展。判文本融入唐代小说,一方面折射出唐代司法体系、司法制度的完善,另一方面揭露了当时法令由当权者操作的黑暗,使唐代小说反映生活的广度和深度都远远超过汉魏六朝小说。这也是唐代小说比汉魏六朝小说更富有现实意义的重要原因之一。判文本融入小说,推动、促进了后世元明清公案小说的产生。词、判等文本,虽在唐代小说中出现的频率不是很高,且主要集中在晚唐、五代时期,但它们在小说中的意义却不可忽视。

第九章　唐代小说对汉魏六朝小说的吸收

　　关于中国古代文言小说的分类,古、今人的看法颇有分歧,当今学者的意见也难以统一。郭英德《多维视角——中国古代文学史的立体建构》指出中国古代文言小说分类所应遵循的原则:"既不能全然'以西例律我国小说',也并非全然回归古人的认识,而是在尊重并对古人抱'理解之同情'的基础上,以现代眼光观照古代传统,尽可能在体认古代轨迹与投注现代目光之间找到切当的平衡。因此,现代学者的分类或许更值得参考。"①并追溯源流,列述了刘知幾、胡应麟、鲁迅、程毅中、侯忠义、宁稼雨等诸家的分类法及标准。一般来说,大多数学者赞同将中国古代文言小说分成志怪、志人(轶事)、传奇三类。杜贵晨《传统文化与古典小说》有言:"近世小说研究一般分文言小说为传奇、志怪、轶事或曰志人三类。"②

　　唐前主要是志怪和志人(轶事)小说,发展到唐代,志怪、志人小说都确确实实地存在。"论者或将志怪与志人小说限于魏晋六

---

①郭英德主编:《多维视角——中国古代文学史的立体建构》,北京师范大学出版社,2011年,第213页。
②杜贵晨:《传统文化与古典小说》,河北大学出版社,2001年,第113页。

朝,其后则绝口不谈,这不符合中国小说史的实际。虽然六朝之后出现了新的小说种类,并且成就斐然,但志怪与志人小说并未绝迹,仍在继续发展,成就亦不容低估"①,"志怪虽进化为传奇,但自身并未消失,而是以更为完善的形态继续发展,自成一系,唐、宋、元、明、清均有志怪佳作。志怪作为独立的一支,它满足着人们'独立'的一种心理需要"②。随着小说的发展变化,志人、志怪小说也不断演进,唐代的志怪、志人小说与汉魏六朝的志怪、志人小说虽无泾渭分明的界限,也有差异。其中,标志着汉唐小说质的飞跃的是唐传奇的出现。

唐代小说作为一种新产生的小说文体类型,受多方面因素的影响(关于唐传奇文体的渊源、产生,学界多有研究,绪论中已有详细阐述)。其中,题材、创作手法、创作意识等对此前的志怪、志人小说多有因袭,也有自己的发展和创新。相较于汉魏六朝的志怪、志人小说,唐代小说与之最大的区别之一就是作者有意识地将志怪、志人消解为自己文体的有机组成部分。学界在研究志怪、志人小说对唐代小说的影响时,主要从题材、创作手法、创作意识等层面进行探究而对唐代小说中的志怪、志人因子,没有详细的统计数据。本书把唐代小说与汉魏六朝志怪、志人小说文体因素相关的部分,看成是志怪、志人文本,考察志怪、志人文本在唐代小说中的使用情况,探析志怪、志人文本对唐代小说文体建构的意义,揭示汉魏六朝小说过渡到唐代小说的更深层原因。

---

① 苗壮:《笔记小说史》,第10页。
② 程金城:《中国文学原型论》,甘肃人民美术出版社,2008年,第109页。

第一节　唐代小说对志怪小说的吸收

"传奇者流,源盖出于志怪",鲁迅此番话,精辟概括了志怪小说与传奇小说的渊源关系,也说明唐代传奇小说或多或少都受到了志怪小说的影响。以文本学的理论视之,志怪文本不仅仅是唐传奇,也是整个唐代小说的重要组成部分。唐代小说对汉魏六朝志怪小说的吸收,主要有三个特点。

一、沿袭题材

唐代小说沿袭汉魏六朝志怪小说的题材,继续演绎花妖狐魅、精灵鬼怪、神仙道士等类型的故事。

如死而复生故事。"人生之难破者莫过于对死的恐惧,由生死关联而引起众生对死后世界的关注是地狱信仰的心理根源。佛教传入中土以后,带来了六道轮回和地狱学说,在汉魏泰山冥界信仰极盛时期,地狱主自然随机为太山神(或称太山府君)所代替。进入南北朝,地狱主始由阎罗王取代,迄唐代初期以后成为一种普遍的民间信仰"①。此信仰的繁盛,反映在文学中就是汉魏六朝、唐代小说涌现了大量死而复生的故事。汉魏六朝小说《搜神记》"王道平""河间郡男女""贾文合""李娥""史姁""戴洋复生""柳荣张悌""马势妇""颜畿""汉宫人冢""杜锡婢""冯贵人""广陵诸冢""千日酒""师门""琴高""人死复生""桓氏复生",《列异传》"杜拔复生""蔡支""谈生",《灵鬼志》"李通",《甄异传》"徐

---

① 夏广兴:《冥界游行——从佛典记载到隋唐五代小说》,见陈允吉主编:《佛经文学研究论集》,复旦大学出版社,2004年,第438—439页。

秋英",《搜神后记》"徐玄方女""干宝父妾""陈良",《异苑》"徐女复生""乐安章沉",《幽明录》"王姥""晋元帝世甲者""舒礼""卢贞""琅邪人""阮瑜之""陈良""卖胡粉女子""曲阿人父""赵泰"等。唐代小说中的作品有《纪闻·屈突仲任》《李思元》《李彊名妻》《广异记·李载》《王穆》《隰州佐使》《杨再思》《皇甫恂》《魏恂》《朝野佥载·杜鹏举传》《异闻集·杨昭成》《集异记·裴珙》《玄怪录·吴全素》《河东记·许琛》《崔绍》《辛察》《续玄怪录·梁革》《芝田录·五原将校》《酉阳杂俎·李简》《宣室志·刘溉》《本事诗·崔护》《神仙感遇传·杨大夫》等。

　　汉魏六朝以死而复生为主题的故事,主要出现于两类作品:一类是青年男女现实中不被允许的婚恋以人死再生的幻化形式获得。如《搜神记》"王道平",互相爱恋的一对男女,因男子被征伐多年不归,女方父母逼迫其嫁与他人。女子悒悒不欢,终至忿怨而死。男子凯旋归家,哭祭女坟,忠诚感动鬼神,女子复生为人,终于结为夫妻。故事虽荒诞无稽,现实生活的气息却扑面而来。作品正面抨击阻碍他们结合的恶势力,揭露了当时包办婚姻的不合理。死而复生的美好结局,只能是对奋起抗争精神的慰藉和美好爱情的憧憬和幻想。另一类是以濒死之人光顾冥间,亲见死后所受之苦,告诫世人要行善弃恶,信奉佛法。如《幽明录》"法祖与王浮":

　　　　蒲城李通死,来云:见沙门法祖为阎罗王讲《首楞严经》。
　　又见道士王浮身被锁械,求祖忏悔,祖不肯赴。①
"王浮是西晋惠帝时五斗米道士,为祭酒(道士头领)。与僧帛远每争佛道邪正,乃造《老子化胡经》谤佛。佛徒恨之入骨,编造说

———————————

① [南朝宋]刘义庆撰,郑晚晴辑注:《幽明录》,第169页。

王浮死后下了地狱受罪"①。小说对地府的描写,无疑是作者利用地府信仰对信徒的威慑,加强传播佛法的力量、扩大传播佛法的效果。"亡魂重返人世"宣扬佛法,也成为小说一种常见的叙述模式。

同以"死而复生"为题材,部分唐代小说袭用汉魏六朝志怪小说通过人死复生宣扬佛家教理的故事模式,有些情节与《搜神记》"王道平""河间郡男女""贾文合"相似。但唐代小说深入生活中的现实问题,以"生人入冥"影射人世,内容所涉及的范围更广泛。如《广异记·屈突仲任》,故事编得巧妙精细,借阴间断案,侧面暴露官场的营私舞弊,许多细节都来自现实生活。屈突仲任生前作恶,杀死飞禽走兽不可胜数。后暴亡入冥间,姑父张安不顾冤魂抗议,利用权势将其放回。冥间亦如人世,同僚沆瀣一气,罔顾"冥法"。又如《纪闻·李思元》采用在一个故事将结束时接续另一个故事的叙述方式。李思元入冥间,阎王用抓阄决定其生死。李思元有幸抓到可生还的阄,生前又吟诵佛经,因而得以重回世间。苏醒后即吩咐家人准备贡品、纸钱报答送其还魂的冥吏。故事至此本已圆满,作品续李思元因未宣扬佛法,再次被召入冥间,又因不食荤腥得以再生的情节。在这则故事中,李思元先后两次被召入冥间,弘教的意图非常明显。其中,阎王视生命如儿戏,通过抓阄裁断生死,李思元打赏冥吏的细节等都颇有意味,引人深思。冥吏如人世官吏,不仅昏庸糊涂,而且贪婪爱财,贿赂在冥间也大行其道。唐传奇小说家对汉魏六朝小说中的此类题材,不是简单地挪移套用,而是融进了大胆的想象、虚构,通过生人入冥的幻笔,暗讽官场黑暗,激发接受者对作品蕴义的思考。

---

① 李剑国:《唐前志怪小说史》(修订本),第247页。

　　爱情一直是人类永恒的话题，也是小说中重要的主题。汉魏六朝、唐代小说有众多感人泣下的人与鬼魅婚恋的故事。人鬼婚恋故事，可能直接来源于冥婚习俗①，"曲折反映出封建婚姻制度对青年男女自由结合的压力"②，"赞扬了要求婚姻自主的青年男女，客观上揭露了封建礼教的罪恶，具有反封建的意义"③。汉魏六朝小说人与鬼魅婚恋的小说有：《搜神记》"紫玉""驸马都尉""汉谈生""崔少府墓""杜兰香""弦超""张璞""建康小吏""蒋山祠"，《搜神后记》"李仲文女""张姑子""崔少府"，《异苑》"暂同阜虫""獭化""蜘蛛魅""王纂针魅"，《幽明录》"钟繇""淳于矜"，《列异传》"鲤魅"，《甄异传》"秦树""杨丑奴"，《述异记》"朱氏女"等。人神婚恋小说有：《搜神后记》"虹化丈夫"，《幽明录》"刘晨阮肇天台遇仙""黄原""徐郎""宋永兴县吏""看戏暮还""朱综母""石长和"，《续齐谐记》"赵文韶"，《志怪》"曹著"等。唐代小说人与鬼魅婚恋的故事有：《广异记·李元平》《广异记·刘长史女》《广异记·河间刘别驾》《广异记·范俶》《幽怪录·袁洪儿夸郎》《博物志·崔书生》《河东记·卢佩》《续幽怪录·窦玉妻》《集异记·金友章》《集异记·光化寺客》《集异记·崔韬》《酉阳杂俎·邱濡》《集异记·长须国》《潇湘录·王真妻》《宣室志·郑德楙》《宣室志·谢翱》《传奇·曾季衡》《仙传拾遗·文箫》《仙传拾遗·张不疑》《异闻集·樱桃青衣》《北梦琐言·云芳子魂事李茵》《北梦琐

① 见赖亚生：《神秘的鬼魂世界——中国鬼文化探秘》，人民中国出版社，1993年，第198页。
② 中国社会科学院文学研究所中国文学史编写组编：《中国文学史》（第一册），人民文学出版社，1962年，第298页。
③ 游国恩等主编：《中国文学史》（第一册），人民文学出版社，1963年，第349页。

言·刍灵祟》《稽神录·吴延瑫》《稽神录·番禺村妇》《灯下闲谈·榕树精灵》《鉴诫录·求冥婚》《搜神记·辛道度》《搜神记·王景伯》等。人神婚恋的故事有:《神仙感遇传·三女星精》《长恨歌传》《李章武传》《沈下闲文集·异梦录》《湘中怨解》《感异记》《秦梦记》《烟中怨解》《通幽记·赵旭》《通幽记·李伯禽》,《幽怪录·崔书生》《酉阳杂俎·崔罗什》《嵩岳嫁女·纂异记》《奇事记·冉遂》《逸史·太阴夫人》《逸史·马士良》《逸史·李主簿妻》《逸史·任生》《异闻录·后土夫人传》《传奇·裴航》《传奇·封陟传》《传奇·张无颇》《异闻集·华岳灵姻传》《云溪友议·苕罗遇》《三水小牍·郑大王聘严部女为子妇》《阙史·韦进士见亡妓》《闻奇录·画工》等。

汉魏六朝小说人与鬼魅、神仙婚恋故事,最具特色的是男神、男妖与凡女的婚恋,如《搜神记》"吴道子"、《搜神后记》"虹化丈夫":

> 会稽郧县东野,有女子,姓吴,字望子。年十六,姿容可爱。其乡里有解鼓舞神者,要之便往。缘塘行,半路,忽见一贵人,端正非常。……望子既拜神座,见向船中贵人,俨然端坐,即蒋侯像也。……数数形见,遂隆情好。……经三年,望子忽生外意,神便绝往来。[1]

> 庐陵巴邱人陈济者,作州吏。其妇秦,独在家。常有一丈夫,长丈余,仪容端正,著绛碧袍,采色炫耀,来从之。……济假还,秦惧见之,乃纳儿著瓮中。……后秦适田,见二虹于涧,畏之。须臾见丈夫,云:"是我,无所畏也。"从此乃绝。[2]

虹精与妇人、蒋侯神与女子的爱恋,建立在互相倾慕的基础上。

---

①［晋］干宝撰,汪绍楹校注:《搜神记》,第 60 页。
②［晋］陶潜撰,汪绍楹校注:《搜神后记》,第 48 页。

只要一方不情愿,男神、男妖马上终止他们之间的来往,绝不勉强。尤其是虹丈夫,有情有义,对自己所生之子关爱备至。虹精与有夫之妇情意缠绵,蒋侯神与吴望子私相交好,故事并未对他们加以斥责。而唐传奇中的此类故事,如《邱濡》《李主簿妻》《郑大王聘严郜女为子妇》,男神、男妖以魅惑的方式,强行将女子带至自己的居所。女子不是无法回到人世,过着不幸的生活,就是梦魇不醒。最后,故事都以破除幻术,将女子解救结束。魏晋时期,思想开明、开放,较少受到礼教的约束,男女地位也相对平等。"贞洁观念"官方虽有鼓吹,如宣帝神爵四年(前58年),诏赐"贞妇顺女帛",褒奖贞顺女子。《后汉书·孝安帝本纪》也记载,元初六年(119年)二月,诏赐"贞妇有节义十斛,甄表门闾,旌显厥行"①。现实中奉守贞洁并不被推崇,女子离婚再嫁是再正常不过的现象。当时许多名人,都曾娶寡妇为妻。曹丕甚至将有夫之妇甄氏娶过来为妻,蔡文姬也一嫁、再嫁、三嫁。而有唐一代寡妇虽可几番再嫁,公主也几易其主,但规定"凡为女子,先学立身,立身之法,惟务清贞,清则身洁,贞则身荣"②,贞操观念比魏晋时期强化。因此,不论对方婚否,魏晋小说中的男妖、男神均可与女子私自结合。故事结局虽不甚美满,或女子心生异心而移情别恋,或害怕被丈夫发现恋情而拒之不见,但男妖、男神并未对女性造成任何伤害。而唐传奇中,强占人妻的男妖或男神,被法术高强的人收服,故事也以女性重新回归家庭的大团圆结局完结。

人幻化成异类题材的故事。汉魏六朝、唐代小说中的人可以

---

① [宋]范晔撰,[唐]李贤等注:《后汉书》卷五,第229—230页。
② 产生于唐中期的《女论语》是民间妇女,也是后宫嫔妃教育的必读书。见
   [唐]宋若莘:《女论语》,《文渊阁四库全书本》880册,第39页。

幻化成异类,混居于人世。汉魏六朝小说中,人化成异类的具体篇目有:《搜神记》"人化鼋""人化鳖""宣骞母",《搜神后记》"化鼋",《异苑》"美女变虎""猎人化鹿""社公令作虎""吏变三足虎""神罚作虎""天谪变熊",《齐谐记·薛道询化虎》等。唐传奇中人幻化为异类的故事有:《纪闻·晋阳人妾》,《集异记·丁嵒》,《续幽怪录·张逢》《驴言》,《会昌解颐录·元自虚》《峡口道士》,《集异记·王瑶》,《酉阳杂俎·王用》,《潇湘录·杨真》《赵倜》《周义》《张全》《李审言》,《宣室志·李征》,《传奇·王居贞》,《原化记·南阳士人》《柳并》等。

在汉魏六朝志怪小说中,作品秉承道学经典《坐忘论》形神不可分离,否则异化的理念,把人化为异类作为自然现象描述,并未寄予深层含义。如《搜神记》"人化鼋",作品用简单、轻松地笔墨描述江夏之母垂暮之年神乱,"心识不可依怙",身化为鼋的前后经过。作品并未叙及江夏家人对母亲异化事件所采取的措施及情感、母亲化鼋后的具体情形,只是轻描淡写地交代了江夏家人不再食鼋肉,趁机宣扬道学思想。唐代小说不只描述人异化的现象,还赋予事件意义,从而表达一定的思想主题。如李复言《续玄怪录·张逢》把人化虎吃人的怪异之事与虎复人之原形后做官结合起来,官与虎难分彼此。寓意深长的是,张逢化虎后不仅吃人,而且将被吃女子的钗钏藏着,既吃人又谋财,巧妙影射赃官污吏的本性。尤甚者,《纪闻·晋阳人妾》写妾无辜被杀后化虎复仇,暴露了弱势群体在当时不能捍卫自己权益的困境。与汉魏六朝志怪小说相较,唐传奇人化异类的故事更关注人道德、思想、社会政治方面存在的问题,或揭露政治制度的弊端,或反映人性中的善恶美丑。

汉魏六朝小说"神仙异境"故事,《搜神记》"韶舞""桃花源"

"刘驎之""穴中人世"，《拾遗记》"岱舆山""昆吾山""洞庭山"等；"精魅报恩故事"，《搜神记》"病龙雨""苏意""鹤衔珠""黄衣童子"，《异苑》"囊珠报德""茗饮获报""金镜助赠"，《幽明录》"毛宝""桓恭""周敬"等；"鬼友故事"，《幽明录》"吉米翰从弟""张逢家鬼""怀仁"，《续齐谐记》"徐秋夫"等；"神仙法术故事"，《搜神记》"左慈""介琰""吴猛"，《搜神后记》"胡道人咒术"等各类题材，在唐代小说中都有体现。大凡生活中可见的事物，如犬、猴、狗、鸡、树、器皿、田螺、虾、水银等，或道教、佛教、远古神话虚构、信奉之物，都可以成为汉魏六朝、唐代小说的故事题材。如鬼友故事，汉魏六朝志怪小说中的一些鬼并不令人憎恶，也无害人之举，人表现出与鬼交往的渴慕。《幽明录》"任怀仁"，王祖因嫉妒杀害任怀仁，埋于徐祚田头。徐祚至朝、中、暮三时，辄分以祭之。如此积时，怀仁的鬼魂见形，与之交好；《续齐谐记》"徐秋夫"，徐秋夫医术闻名于世，夜闻鬼痛苦呻吟之声，亲切询问，并为之疗疾。人死后为鬼，仍被生前疴疾所困扰，且能医治此病的只能是世间人。这一设想，令人匪夷所思。徐秋英治好鬼的腰痛病后，鬼暗中助其升任"奉朝请"的官职。汉魏六朝志怪小说中的鬼，虽居幽冥世界，却有人的思想、情感、性情，也有疾病痛苦。现实中的人虽与鬼素未谋面，也素不相识，在鬼陷入困境的时候，及时伸出援助之手，帮其渡过难关。鬼也懂得知恩图报，人情味十足。人是根据自己所了解的人类世界来理解鬼所生活的世界的，鬼世界只不过是人类世界的曲折投射。唐代小说继续敷衍人与鬼结成友谊的故事。与汉魏六朝志怪小说中的鬼相比较，唐代小说中的鬼酷爱诗书，气度闲雅，才华出众。他们仰慕人的才学，主动与人结交，如《常夷》，小说篇首就交代常夷出色的才学："博览经典，雅有文艺。"①鬼与常夷初次会面，高标自己曾"举秀才高第"，告知常夷之所以现身，是因为"久处泉壤，常钦风味"②，欣赏常夷渊博的学识。又如戴孚《广异记·蔡四》，鬼因慕蔡四才德而常出入其住处："颍阳蔡四者，文词之士也。天宝初，家于陈留之浚仪。吟咏之际，每有一鬼来登其榻，或问义，或赏诗。"③唐时教育兴盛，科举繁荣，士子勤心读书，传奇中的鬼也"响应"这种时代风潮，以学问会友。

唐代小说虽袭用了汉魏六朝志怪小说的题材，并不简单照搬前代的故事模式，往往结合时代特征重新创作故事，作品的意境、主题都迥异于此前的作品。

二、增改情节

唐代小说的故事情节，很多是对唐前志怪小说情节的增衍或改编。增衍、改编的重要手段之一是将众多的"文本"汇集，以之为情节的重要组成部分。众多"文本"的融入，不仅充实了作品内容，而且使唐传奇融"史才、诗笔、议论"为一炉，具有"文备众体"的艺术特征。

人神婚恋小说是汉魏六朝、唐代小说的杰出之作，不仅被广为传诵，而且唤醒了千百年来潜藏于人类心灵深处的美好情感，

---

① 李时人编校，何满子审定，詹绪左复校：《全唐五代小说》卷一五（第一册），第 517 页。

② 李时人编校，何满子审定，詹绪左复校：《全唐五代小说》卷一五（第一册），第 518 页。

③ 李时人编校，何满子审定，詹绪左复校：《全唐五代小说》卷一六（第一册），第 544 页。

有较高的艺术价值。以神人爱情为主题的志怪故事都有一个相对固定的叙事模式①相遇——相恋——分别:神女与中意男子相遇后,以诗文的形式酬唱,并赠送男子珍奇异宝和具有神力的食物。此外,神女还传授男子一些与道家养生、修炼相关的秘笈,启示、帮助其荣登仙班,而神人之间的爱情往往以失败告终。

东晋曹毗《杜兰香传》是汉魏六朝志怪小说中人神婚恋的重要作品。小说不见著录,原传亦不传,仅从《齐民要术》《北堂书钞》《艺文类聚》等引用的佚文窥知其概貌。李剑国《〈神女传〉〈杜兰香传〉〈曹著传〉考论》一文,对诸书引用《杜兰香传》佚文的情况进行了详细的考辨、梳理。小说以"传"名篇,类同"传奇",再一次证明了志怪小说对唐传奇的影响。《杜兰香传》叙述了神女杜兰香奉母之命下降至张硕家与之配为婚姻,后因年命不合而分别:

　　汉时有杜兰香者,自称南康人氏。以建兴四年春,数诣张傅。傅年十七。望见其车在门外,婢通言:"阿母所生,遣授配君,可不敬从!"傅先名改硕。硕呼女前视,可十六七,说事邈然久远。有婢子二人,大者萱支,小者松支。钿车青牛,上饮食皆备。作诗曰:"阿母处灵岳,时游云霄际。众女侍羽仪,不出墉宫外。飘轮送我来,岂复耻尘秽。从我与福俱,嫌我与祸会。"至其年八月旦,复来,作诗曰:"逍遥云汉间,呼吸发九嶷。流汝不稽路,弱水何不之?"出薯蓣子三枚,大如鸡子,云:"食此,令君不畏风波,辟寒温。"硕食二枚,欲留一。不肯,令硕食尽。言:"本为君作妻,情无旷远。以年命未合,

────────────

① 见[日]小南一郎著,孙昌武译:《中国的神话传说与古小说》,中华书局,1993年,第249—262页;颜慧琪《六朝志怪小说异类姻缘故事研究》,文津出版社,1995年,第129页。

其小乖。太岁东方卯,当还求君。"兰香降时,硕问:"祷祀何如?"香曰:"消魔自可愈疾,淫祀无益。"香以药为消魔。①

作品穿插了杜兰香自作的两首诗,第一首诗作于杜兰香与张硕初次会面,目的是自告身份,威胁、吓唬张硕不可违背己意;第二首诗歌作于与张硕分别前,邀请其与自己一同前往仙乡。这两首诗意在宣扬道教,与作品的意境并未融合无间,可看出作者刻意雕琢的痕迹。神女与张硕之间的爱情,神女居高临下,不见一丝柔情。而张硕一直处于被动接受的尴尬地位,对神女更多的是出于敬畏、膜拜、信奉的宗教式情感,而不是发自内心的爱恋。这段不是建立在两情相悦基础上的恋情,最后以分道扬镳结束。故事的情节也非常简单,按照史传"某时某地某人发生了某事"的固定程式展开故事,以人物议论性的对话推进故事情节。

唐代小说一改志怪小说中人神婚恋刻意凸显宗教主题而忽略故事人物情感世界的不足,着重表现故事人物的恋爱历程,谱写了人神婚恋故事的新篇章。如《郭翰》,作品运用辞赋笔法,以如诗似画的笔墨,铺叙了织女降临人间风姿绰约的美。周围徐徐吹来的清风,馥郁的香气,体态轻盈、衣着艳丽的仙女,无不炫彩夺目,让男主人公郭翰心荡神摇。文中不止一处用"铺张扬厉""体物浏亮"的赋体。织女身着世间罕见的服饰、所使用的器物、清丽绝俗的容颜、与郭翰的尽兴欢娱等,无不以辞赋文本作穷形尽相地摹绘。李道和对《郭翰》辞赋文本的大量使用有评:"作品着力于物色的铺张细描、人性的全面透视,语言修饰华丽,句式骈散相间,节奏张弛有度,应有《汉武帝内传》之类降真小说的影子,

---

① [晋]干宝撰,汪绍楹校注:《搜神记》,第15—16页。

自然也该有汉赋笔法。"①文中还穿插有织女与郭翰往来的书信，以及信末所附之四首诗歌："河汉虽云阔，三秋尚有期。情人终已矣，良会更何时？""朱阁临清汉，琼宫御紫房。佳期情在此，只是断人肠。""人世将天上，由来不可期。谁知一回顾，交作两相思。""赠枕犹香泽，啼衣尚泪痕。玉颜霄汉里，空有往来魂。"这四首诗歌如泣如诉地吟咏恋人之间别离的情愫，细致入微地传达了他们之间的相思离愁，把人仙之间的爱恋提升到心灵与情感真正契合的境界。除此之外，郭翰与织女围绕天上星宿、牛郎等敏感问题的议论性对话，切合人物各自的身份、性情，推动故事情节进一步发展，使故事人物形象的塑造也更立体可感。《郭翰》袭用人神婚恋的叙事模式，借助融入的多种文本，对此类题材的故事进行增衍、改编：以书信、诗文本传达故事人物的情感，营造出诗情画意俱佳的意境；以辞赋铺写环境、描写人物外貌，不仅为故事人物的上场提供了美丽的背景，而且形神毕肖地展现了故事人物的性情；以论说文本说理，给作品增添了思辨色彩。诸多文本的融入，使故事的篇幅变长，情节节奏变得舒缓。作品在缓慢、悠长的情境中，轻诉人与神仙之间微妙、温婉、令人回味的爱恋。

　　自然生灵中，与人最具亲缘关系的当属灵长目猿猴类动物。汉魏六朝志怪小说中较早描写猴玃故事的是《博物志》"猴玃盗妇人"：

　　　　蜀山南高山上，有物如猕猴，长七尺，能人行，健走，名曰猴玃，一名化，或曰猳玃。同行道妇女有好者，辄盗之以去，人不得知。行者或每遇其旁，皆以长绳相引，然故不免。此得男子气，自死，故取女不取男也。取去为室家，其年少者终

────────────────

①李剑国主编：《唐宋传奇品读辞典》（上），第193页。

身不得还。十年之后,形皆类之,意亦迷惑,不复思归。……
故今蜀中西界多谓杨率皆猴玃、[马]化之子孙,时时相有玃
爪也。①

故事开篇以史传惯用笔法交代猴玃生活的环境,然后铺叙猴玃盗
取人妇的经过,最后解释蜀中西界百姓以杨为姓的原因。故事的
重心不在叙事,情节平淡无奇,缺少波澜,前文所叙都是为文末的
解释性文字作铺垫。

　　唐代小说《补江总白猿传》精心选择素材,有意借用此类小说
的情节,如汉焦延寿《易林》、干宝《搜神记》、梁任昉《述异记》等,
将旧素材融入新作,焕发新意:(一)猴玃形象人情化。《博物志》
中的猴玃,只知其专盗道行之有姿色者,其性情、形貌都是模糊不
清的。而《补江总白猿传》以赋体铺叙了白猿类同于人的性格特
征:喜奢华生活,贪爱钱财,博识多才,能言善辩。猴玃的形象,变
得栩栩如生。(二)把猴玃盗妇的情节推衍为寻妻、救妻。《博物
志》猴玃所盗妇人,家中无寻查其下落者。而《补江总白猿传》中
欧阳纥历尽艰险,竭力寻找妻子的下落。后同被掳掠的女子一起
谋划,将白猿杀死,所有人都成功获救。这部分增饰性文字,对猴
玃盗妇的情节重新整理,移花接木于新故事中,补充、完善了情
节。同时,将故事分割为猴玃盗妇与寻妻两条并行不悖的主线,
故事的结构趋于复杂。(三)主题、寓意迥异。《博物志》猴玃盗取
妇人,意在说明蜀中西界多杨姓的原因。而《补江总白猿传》开篇
即交代故事发生的背景是欧阳纥行兵略地至荒僻险阻的南蛮。
这样就将人事与志怪结合,形成志怪与历史人物之间的影射:
"《补江总白猿传》的作者心怀叵测,把欧阳颎改为欧阳纥,捏造白

———————————

① [晋]张华撰,范宁校证:《博物志校证》卷三,第36页。

猿窃掠纻妻'生一子'之事以诬蔑欧阳询。"①《补江总白猿传》对《博物志》猴玃等故事的增衍、改编,体现了唐代小说逐步以现实人事为主题的演进趋势。

与狐魅、世外桃源、果报等相关的唐代小说故事,《纪闻·张长史》《纪闻·田氏子》《广异记·刘甲》《广异记·秦时妇人》《仙游记》《博物志·阴隐客》可看出其在故事情节上与汉魏六朝小说《十洲记》《神异记》《搜神记·桃花源》《搜神记·韩友》《搜神记·吴兴老狸》《搜神记·胡博士》等作品有密切联系。

唐代小说或移用辞赋、诗、书信等诸多文本,对环境、故事人物心理等构成情节的基本要素进行填充,或结合时代背景,以志怪摹写现实,使唐传奇不论是篇幅,还是写人、叙事的技巧,较汉魏六朝小说都有长足的进步。

三、叙事思维

叙事思维是人类的原始思维,它使人类"改变了人的生存时间和空间的感觉","叙事让人重新找回自己生命的感觉,重返自己的生活想象的空间,甚至重新拾回被生活中无常抹去的自我"②。汉魏六朝志怪小说用这种思维方式,对现实事物加以变形或夸饰,希望借助某种特殊力量补偿自己现实心灵的欲求。佛道的盛行,使志怪充斥佛老之言,多用来"释氏辅教",人们更将这种外力的作用发挥到极致,宣称生活中的一切艰难险阻,都可以借助某种秘术得以解决。在这种思维方式影响下,汉魏六朝志怪小说记载了许多超自然的"幻术"。如《列异传》"营陵道人":

---

① 卞孝萱:《唐传奇新探》,第 23 页。
② 刘小枫:《沉重的肉身》,上海人民出版社,1999 年,第 35 页。

北海营陵有道人，能使人与死人相见。同郡人妇死已数年，闻而往见之，曰："愿令我一见死人，不恨。"遂教其见之。于是与妇人相见，言语、悲喜、恩情如平生。良久，乃闻鼓声，恨恨不能出户，掩门乃走，其裾为户所闭，掣绝而去。

后岁余，此人死。家葬之，开见妇棺盖下有衣裾。①

这是一则招魂故事。屈原《招魂》②载有具体仪式："魂兮归来！东方不可以托些。长人千仞，惟魂是索些。十日代出，流金铄石些。彼皆习之，魂往必释些。归来归来！不可以托些。"③道家认为，人死之后魂魄离开身体，利用法术可将其召回。北海男子以深情打动道人，道人用法术将其亡妻的魂魄召回与之相见。文末续写此男子死后与亡妻同葬，家人发现棺盖下其妻衣裾外露，证明此前魂魄确外出与丈夫见面。

又如《博物志》卷五"方术"，记有不畏严寒酷暑在大火、水中来去自如之法术：

近魏明帝时，河东有焦生者，裸而不衣，处火不燋，入水不冻。杜恕为太守，亲所呼见，皆有实事。④

能入火不燃，首先让人想到的就是传说中的火浣布。《博物志》有关于火浣布的记载："西域献火浣布，昆吾氏献切玉刀。火浣布汙则烧之则洁，刀切玉如腊。"⑤《海内十洲记》亦记："取其兽毛，以缉为布，时人号为火浣布，此是也。国人衣服垢污，以灰汁浣之，

①［魏］曹丕等撰，郑学弢校注：《列异传等五种》，第 17 页。
②《招魂》作者的归属尚有争议。司马迁说是屈原作，王逸说是宋玉作。经一些学者研究，一般都把它归于屈原名下。
③［宋］朱熹集注：《楚辞集注》，上海古籍出版社，1979 年，第 135 页。
④［晋］张华撰，范宁校证：《博物志校证》卷五，第 63 页。
⑤［晋］张华撰，范宁校证：《博物志校证》卷二，第 26 页。

终无洁净。唯火烧此衣服，两盘饭间，振摆，其垢自落，洁白如雪。"①因火浣布不怕火，人们以之来做灯罩："灯以火浣布为缠。"②《搜神记》"何参军女"也提到了火浣布："其母取巾烧之，乃是火浣布。"③火浣布作为现实中不可能存在的神物，其不燃的特性成为方士修炼的重要目标。同样，像鱼一样能在水中游动，也是人们渴求拥有的一种"神力"。焦生不惧水火的法术，看似让人不可思议，实际上是一种人类企图借助某种法术驾驭自然的愿望。

　　唐代小说亦讲述这类神秘的故事。如裴约言《灵异志·许志雍》，叙述了"善致人之魂"的男巫为裴约言亡妻招魂的故事。这则招魂故事，沾染了不少商业色彩。男巫招魂前先跟裴约言商量好所需资费："乃计其所费之直，果三贯六百耳。"④然后铺叙了招魂的详细经过，而这部分情节在汉魏六朝志怪小说中是语焉不详的："遂择良日，于其内洒扫焚香，施床几于西壁下。于簾外结坛场，致酒脯，呼啸舞拜，弹胡琴。"⑤至夕，亡妻靓装华服与之相会于堂内东隅，细叙款曲，一如平生。人鬼之间，因许生高超的招魂术而重逢。招魂术的形式虽然是神秘的，却颂扬了裴约言夫妇彼此恩爱的真挚情感。

----

① [汉]东方朔撰，王根林校点：《海内十洲记》，见上海古籍出版社编，王根林等校点：《汉魏六朝笔记小说大观》，第 65 页。
② [晋]王嘉撰，[梁]萧绮录，齐治平校注：《拾遗记校注》卷一〇，第 225 页。
③ [晋]陶潜撰，汪绍楹校注：《搜神后记》，第 35 页。
④ 李时人编校，何满子审定，詹绪左复校：《全唐五代小说》卷二六（第二册），第 905 页。
⑤ 李时人编校，何满子审定，詹绪左复校：《全唐五代小说》卷二六（第二册），第 906 页。

又如陈绍《通幽记·东岩寺僧》,寺庙僧人利用法术为非作歹,崔简用法术驱邪救人。故事在两人应对对方的法术中,将故事一步步推向高潮:

> 博陵崔简,少敏惠,好异术。……简问所欲,乃曰:"继代有女,未尝见人,闺帏之中,一夕而失。意者明公蕴非常之术,愿知所捕,瞑目无恨矣。"简曰:"易耳。"即于别室,夜设几席,焚名香以降神灵。简令吕生伏剑于户,若胡僧来,可执之求女,慎无伤也。简书符呵之,符飞出。食顷间,风声拔树发屋,忽闻一甲卒进曰:"神兵备,愿王所用。"简曰:"主人某日失女,可捕来。"卒曰:"唯东山上人,每日以咒水取人,得非是乎?"简曰:"若然,可速捕来。"卒去,须臾还曰:"东山上人闻之骇怒,将下金刚伐君,奈何?"简曰:"无苦。"又书符飞之。倏忽有神兵万计,皆奇形异状,执剑戟列庭。俄而西北上见一金刚来,长数十丈,张目叱简兵,简兵俯伏不敢动。简剑步于坛前,神兵忽隐,即见金刚走矣。久之,无所见。忽有一物,猪头人形,著豹皮水裈,云:"上人愿起居仙官。"简踞坐而命之,紫衣胡僧趋入,简让曰:"僧盗主人女,安敢妄有役使!"初,僧拒诈,吕生忽于户间跃出,执而尤之。僧迫不隐,即曰:"伏矣! 贫道行大力法,盖圣者致耳,非僧所求。今即归之,无苦相逼。向非仙宫之命,君岂望乎? 愿令圣者取来。"俄顷,见猪头负女至,冥然如睡。[1]

唐代商业经济发达,唐人有很强的经济意识。吕谊向道士崔简求助前,"遇简而厚币以遗,意有所为"。这在汉魏六朝志怪小说中

---

① 李时人编校,何满子审定,詹绪左复校:《全唐五代小说》卷二七(第二册),第 922—923 页。

是极少见到的。崔简收取钱财后,施展法术,通过役使天神,与胡僧斗法。胡僧不遵守佛家教义,背离人伦,偷淫民女,是作为反面形象出现的。而道士则代表着正义。道士与胡僧的斗法,是当时佛教与道教在思想文化、政治领域斗争的反映。小说的思想价值及艺术成就虽不甚突出,作者的想象却卓尔不凡。神仙、金刚本是道教、佛教中至高无上的尊神,受众人敬仰、膜拜。而作者却把他们分成势不两立的敌对阵营,听任崔简、寺僧的召唤,互相争斗。斗法场面也描写得起伏跌宕,有声有色。

唐代小说的一些名篇,如《枕中记》《南柯太守传》,作者将思维拓展到视觉所不能及的意识深处,借短暂的梦境来反映漫长现实人生中的荣辱得失。这种思维模式,源于刘义庆《幽明录》中的《焦湖庙祝》。《离魂记》中,倩娘为追求爱情的幸福,离魂私奔王宙的情节,也是受《幽明录·庞阿》石氏女神魂投奔意中人庞阿的启发。具有想象、幻想色彩的神仙法术、神鬼怪异故事,在汉魏六朝志怪小说、唐传奇中都数量众多。神仙法术最终目的在于为自己、他人和社会求福避祸,给生活带来便利。形式虽是虚幻的,却具有强烈的世俗功利色彩。尤其是唐传奇,拥有高超法术的僧人、术士或道徒,不是为了谋求一己之私欲,就是为了钱财、荣誉或地位。以超然物外自诩的高僧、道士,进行修炼的终极目的不过是为了现实生活。神仙怪异的原型也是现实事物的变形、夸大、增饰,寄托着人们对丑恶的憎恶,对美好幸福的追求,具有强烈的浪漫主义色彩。

第二节　唐代小说对志人小说的吸收

汉魏六朝的志人小说,很多以真人真事为素材,是对当时人生活的真实记录。小说中出现的人物,曹操、曹丕、晋武帝、晋明帝、晋简文帝等是拥有至高无上权力的帝王,陈仲举、周子居、郭林宗、荀淑、陈太丘、王导、谢安等是当时颇负盛名的名士,桓温、王敦、刘裕、祖狄、檀道济等是手握重兵的大将军。鲁迅《中国小说史略》对志人与志怪小说加以区分,指出志人小说最大的特征是"尚实":"世之所尚,因有撰集,或者掇拾旧闻,或者记述近事,虽不过丛残小语,而俱为人间言动,遂脱志怪之牢笼也。"①志人小说之语言,因受清谈风影响,不仅言简义丰,而且寥寥数笔即勾勒出人物的风雅神韵。汉魏六朝志人小说在记事写人方面的经验,是唐代小说取之不尽的宝库。

一、取材真实

以刘义庆《世说新语》为代表的六朝志人小说,主要是记载魏晋时期上层社会某些人物的传闻轶事。如《德行第一》二十四,载郗公永嘉丧乱穷馁求食后,含饭著两颊边,回家吐与二儿。故事通过"吐饭哺儿"这一动作,传神地表达慈父对幼儿的拳拳之爱。郗公"含饭哺儿"的美名也被人广为传颂。志人小说的篇幅虽不长,但人物的神情风度跃然纸上。如《德行第一》二十三,"王平子、胡毋彦国诸人,皆以任放为达,或有裸体者。乐广笑曰:'名教中自有乐地,何为乃尔也!'"②对王平子、胡毋彦国等人赤身露体追求所谓"名教"的怪诞行径,乐广一句话就揭露了他们的虚张声势。汉魏六朝志人小说家注重所述事件的真实,尽可能地以真

①鲁迅:《中国小说史略》,第60页。
②[南朝宋]刘义庆撰,[南朝梁]刘孝标注,余嘉锡笺疏,周祖谟等整理:《世说新语笺疏·德行第一》,第29—30页。

人、真事为题材进行创作,还原事件的本来面貌。

　　以真人、真事结撰小说,影响了唐代小说的创作。唐小说家也喜欢以现实或历史上真实存在的人为故事的题材。如佚名《邺侯外传》、沈汾《续仙传·司马承祯》、尉迟枢《中朝故事·李德裕广识》、何延之《兰亭记》、陈鸿《长恨歌传》《开元升平源》。因小说与历史的密切关系,陈寅恪、汪国垣、卞孝萱等老一辈大家运用"文史互证"方法"以小说证史",从小说中探究所隐藏事件的真相。汪国垣《唐人小说》对唐小说家以小说诽谤现实人物深表愤慨:"唐时风气,往往心所不慊,辄托文字以相诟,如本传《补江总白猿传》)及《周秦行纪》皆是已。李牛倾轧,或有所召。惟率更忠孝气节,冠冕唐初,文章书法,颉颃虞李。不知何以致此无妄之谤,斯足慨已。"①卞孝萱《唐传奇新探》由新旧《唐书》、《资治通鉴》所记元载、杨炎、刘晏之死事,推断沈既济创作《任氏传》的真正用意:"沈既济感到在实录中替杨炎辩解,还是有限度的,不如写小说自由,可以虚构、幻设,尽情渲染,而又不要负文责、担风险,于是《任氏传》与《枕中记》同时问世了。"②"《建中实录》一方面诬蔑刘晏'动摇储宫',另一方面歌颂元载'独保护上(指德宗)',沈既济偏袒元载、攻击刘晏的观点也是明显的。他描写雌狐变化为'丽人'任二十娘,对郑六忠贞不二,以讽刺刘晏背叛元载,人不如'妖',正是他亲元载、杨炎而敌视刘晏的立场观点的表现。"③周绍良《霍小玉传笺证》针对小说中男子攀附高门望族,根据《唐会要》等典籍所载,指出唐代婚姻贪图重聘之风的不良习

---

①汪辟疆校录:《唐人小说》,第 17 页。
②卞孝萱:《唐传奇新探》,第 94—95 页。
③卞孝萱:《唐传奇新探》,第 99—100 页。

气:"这种风气一直传到唐代,尤其当时更为重视门第,遂使寒门借聘礼雄厚来打动那些没落的高门来和自己结婚,而高门也借此以为要挟,唐太宗贞观十六年曾有诏整顿,可见当时已经成为一种社会问题。"①陈寅恪《元白诗笺证稿》把《长恨歌传》中事件与《新唐书》《旧唐书》《资治通鉴》等史书对照,对《长恨歌传》进行全面的探讨。如考证《长恨歌传》中杨太真入宫始末、杨太真度为女道士入宫、杨太真册封为贵妃等事件②。

　　汉魏六朝志人小说要求对人物、事件进行复写,不容许出现偏差,但不少志人小说有很多荒诞不实的内容,与所述事实有较大出入。这绝非作者本意,否则裴启就不会因谢安的指责而不安了。汉魏六朝志人小说的真实,只能是一种"真实的荒诞"。唐传奇继承此传统,以"实录"相标榜,不少篇目以真人、真事命名。有时作者对内容加以处理、加工,作品的形式看似虚诞,内容却很真实。因为对唐小说家和接受者来说,他们关注的不是故事内容、人物是否真实,而是意识到虚构故事可以作为一种表达真实的手段。唐代小说的真实是一种"荒诞的真实"。

二、娱乐

　　汉魏六朝志人小说的盛行,很大程度上是为了迎合人们消遣、娱乐的审美需要。鲁迅《中国小说史略》云:"记人间事者已甚古,列御寇韩非皆有录载,惟其所以录载者,列在用以喻道,韩在储以论政。若为赏心而作,则实萌芽于魏而盛大于晋,虽不免追

---

① 周绍良:《唐传奇笺证》,人民文学出版社,2000年,第168页。
② 见陈寅恪:《元白诗笺证稿》,第14—20页。

随俗尚，或供揣摩，然要为远实用而近娱乐矣。"①《陈书》卷三六《始兴王叔陵传》载："叔陵……夜常不卧，烧烛达晓，呼召宾客，说民间细事，戏谑无所不为。"②《魏书》卷九一《蒋少游传》载："高祖时，青州刺史侯文和……滑稽多智，辞说无端，尤善浅俗委巷之语，至可玩笑。"③

　　《笑林》是记魏晋时期人物言行的笑话类作品。"它是第一次以消闲的态度写人间故事，从这个意义上说，实为志人小说之滥觞"④。《笑林》作者邯郸淳初见曹植，植洗完澡后，"遂科头拍袒，胡舞五椎锻，跳丸击剑，诵俳优小说数千言讫，谓淳曰：'邯郸生何如邪？'"⑤曹植提及的"俳优小说"就是笑话。司马迁《史记·滑稽列传》中的东方朔、优孟、淳于髡、优旃等是说笑话的行家，司马迁说他们"谈言微中，亦可解纷"，肯定了笑话在言谈中调节气氛的意义。

　　《世说新语》作为志人小说之翘楚，注重载录上层贵族、名士们的轶闻逸事。这些轶闻逸事展现了他们超脱、尔雅有韵致的生活和精神世界，带给接受者不一样的审美愉悦。书中特列"排调"一类，专记人与人之间的玩笑。《任诞》所述刘伶纵酒、诸阮与猪同饮事：

　　　　刘伶恒纵酒放达，或脱衣裸形在屋中，人见讥之。伶曰：

---

① 鲁迅：《中国小说史略》，第 60 页。
② [唐]姚思廉：《陈书》，中华书局，1972 年，第 494 页。
③ [北齐]魏收撰：《魏书》卷九一《蒋少游传》，中华书局，1974 年，第 1971 页。
④ 魏宏灿：《逞才任情的乐章——曹操父子与建安文学》，安徽大学出版社，2010 年，第 35 页。
⑤ 见[晋]陈寿：《三国志·魏书·王粲传》裴松之注引，第 344 页。

"我以天地为栋宇,屋室为裈衣,诸君何为入我裈中,又何恶乎?"①

　　诸阮皆能饮酒,仲容至宗人间共集,不复用常杯斟酌,以大瓮盛酒,围坐,相向大酌。时有群猪来饮,直接去上,便共饮之。②

刘伶好酒,酩酊大醉后竟赤身裸体。其旷达、放任形骸,不禁令人莞尔。众阮更是放诞不羁,狂喝滥饮到与畜无别的境界,着实让人惊叹、诧异。鲁迅先生认为,"自《德行》至《仇隙》,以类相从,事起后汉,止于东晋,记言则玄远冷俊,记行则高简瑰奇,下至缪惑,亦资一笑"③。志人小说在资谈笑的同时,并没有让接受者一笑而过。诸名士狂放不羁的言行,是在当时黑暗、恐怖的政治环境下寻求的精神超越和解脱。

唐文人驿馆官舍"征奇话异",唐代小说也带有游戏娱乐的成分。如《东阳夜怪录》和《任氏传》,作者在文末交代故事来源的时候,就表明了娱乐意图:

　　前进士王洙,字学源,其先琅琊人。元和十三年春擢第。尝居邹鲁间名山习业。洙自云,前四年时,因随籍入贡,暮次荥阳逆旅。值彭城客秀才成自虚者,以家事不得就举,言旋故里。遇洙,因话辛勤往复之意。④

---

① [南朝宋]刘义庆撰,[南朝梁]刘孝标注,余嘉锡笺疏,周祖谟等整理:《世说新语笺疏·任诞第二十三》,第858页。

② [南朝宋]刘义庆撰,[南朝梁]刘孝标注,余嘉锡笺疏,周祖谟等整理:《世说新语笺疏·任诞第二十三》,第863页。

③ 鲁迅:《中国小说史略》,第61页。

④ 李时人编校,何满子审定,詹绪左复校:《全唐五代小说》卷二六(第二册),第883页。

《东阳夜怪录》和《任氏传》，都是文人士子在驿馆官舍"昼晏夜话"之作。《东阳夜怪录》是前进士王洙投宿荥阳旅馆之时与秀才成自虚谈论的有关往返于科考路途上的事。而《任氏传》则是沈既济等一行人从秦地到吴地的途中，晚上说话时记载下来的奇异故事。文人士子在驿馆官舍"昼晏夜话，各征其异说"之"说"和"话"，正透露出小说创作的消遣、娱乐性质。

出自《广古今五行记》的《纥干狐尾》，讲述了一个令人捧腹的故事：

> 并州有人姓纥干，好剧。承间在外有狐魅，遂得一狐尾，缀着衣后。至妻旁，侧坐露之。其妻私心疑是狐魅，遂密持斧欲斫之，其人叩头云："我不是魅。"妻不信。走遂至邻家，邻家又以刀杖逐之。其人惶惧告言："我戏剧，不意专欲杀我。"此亦妖由人兴矣。①

并州人纥干喜欢开玩笑。当村人正苦于狐媚为祟之时，他伪装成狐狸，戏弄妻子。他果真被当成了狐狸，遭到妻子、邻居的追逐、打杀。作者用诙谐的笔墨，将故事写得兴味盎然。纥干伪装成狐狸的得意、纥干被当成狐狸遭到妻子砍斫的磕头求饶、纥干被邻居追打后的惶遽，作者都描绘得趣味横生。在嬉笑声中，故事情节达到高潮。

唐代的小说观念和理论有了较大发展。唐前的志人小说，虽有娱乐的成分，人们却以真实的标准来要求志人小说。到了唐代，人们已经认识到小说的虚构特性，并不以绝对的真实来要求小说作品。唐小说家所认为的真实，不是所述事件的真实，而是

---

① 李时人编校，何满子审定，詹绪左复校：《全唐五代小说》卷七（第一册），第266页。

小说反映的人情物理的真实。因此,唐代小说"用让人们感到有趣的奇人奇事以反映世俗人情,认识到了小说应有娱乐性,思想性寓于娱乐性之中,而且愈加明确"①。柳宗元在《读韩愈所著〈毛颖传〉后题》,亦肯定"俳"有益于世:"其大笑固宜,且世人笑之也,不以其俳乎? 而俳又非圣人之所弃者。"②就连史学家刘知幾在《史通·书事》亦云:"《语林》《笑林》《世说》《俗说》,皆喜载调谑小辩,嗤鄙异闻,虽为有识所讥,颇为无知所说。而斯风一扇,国史多同。"③刘知幾充分认识到小说娱乐性的巨大影响力,以至于"斯风一扇,国史多同",小说的娱乐性质还影响到了史书的撰写。唐代小说中的不少作品,很多是赏心而作,有"远实用而近娱乐""足为谈助"等特点。这也符合小说消遣和娱乐的基本功能。

三、以情节展现人物性格

汉魏六朝志人小说截取人物瞬间的神情举止,用只言片语描绘人物的性格特征。"中国小说在六朝时期刻画人物只是素描速写,勾勒人物最有表现力的形象特征和神态,遂形成以形写神的志人小说审美规范"④。汉魏六朝志人小说,描绘了众多栩栩如生的人物形象。《世说新语·雅量》中,谢太傅与孙兴公诸人泛海戏,风起浪涌,"孙、王诸人色并遽,便唱使还。太傅神情方王,吟

---

①柯卓英:《唐代的文学传播研究》,第 334 页。

②[清]董诰等编:《全唐文》卷五八六,第 5922 页。

③[唐]刘知幾著,[清]浦起龙通释,王煦华整理:《史通通释卷八·书事第二十九》,第 214 页。

④吴功正:《中国文学美学》,江苏教育出版社,1990 年,第 675 页。

啸不言"①。危难之际,孙王诸人神色俱变,谢太傅则安之若素。《忿狷》中,性急的王蓝田食鸡子,"以箸刺之,不得,便大怒,举以掷地。鸡子于地圆转未止,仍下地以屐齿蹍之,又不得,瞋甚,复于地取内口中,啮破即吐之"②。以箸刺、举以掷地、以屐齿蹍、取纳口中、啮破吐之等一系列动作的勾画,生动展现了王蓝田的急性子。《德行》中,管宁、华歆园中锄菜,见地有片金,"管挥锄与瓦石不异,华捉而掷去之"③,管宁、华歆品行之高下立现。但汉魏六朝的志人小说往往只捕捉人物某一瞬间的性格特征,未能动态显示人物的情感、性格的发展。

　　受六朝志人小说的影响,唐代小说也塑造了许多惟妙惟肖的人物形象。但是,作者摒弃了静态式地勾勒人物的神貌、言语、动作,开始注重故事的情节性,通过故事情节来展现人物性格。

　　高尔基说过,情节是人物性格成长的历史,是叙事性作品的第一要素。作品要立体般的刻画和表现人物的性格,就必须设计好相关的情节。"情节的发展、推进、展开,是否自然、真切、合理,是否紧凑、起伏而有迭宕,不在于故事编得多么玄妙离奇,也不在于情节的发展多么惊险怪诞,而在于情节的发展是否符合人物性格的发展逻辑,是否按照人物自身性格的发展轨迹去组织情节、设计场面、推进矛盾、展开冲突"④。唐传奇以其独运匠

①[南朝宋]刘义庆撰,[南朝梁]刘孝标注,余嘉锡笺疏,周祖谟等整理:《世说新语笺疏·雅量第六》,第437页。

②[南朝宋]刘义庆撰,[南朝梁]刘孝标注,余嘉锡笺疏,周祖谟等整理:《世说新语笺疏·忿狷第三十一》,第1039页。

③[南朝宋]刘义庆撰,[南朝梁]刘孝标注,余嘉锡笺疏,周祖谟等整理:《世说新语笺疏·德行第一》,第16页。

④高峰:《艺术创作与技巧》,长春出版社,1990年,第86页。

心的情节设置与性格刻画,活灵活现地塑造了许多性格鲜明的典型形象。

一方面,唐代小说选择能集中展现人物性格的典型情节刻画故事人物。如《达奚盈盈传(节文)》,作品塑造了集美貌与聪慧于一身的贵族少妇形象。作者为完成对人物性格的刻画,通过盈盈与同官之子幽会长达数月而不被人知晓,以及盈盈在明皇颁布诏令搜寻同官之子的危急时刻,不仅想出应对的良策,而且让明皇误认为是虢国夫人藏匿同官之子,把过错转嫁给虢国夫人这两件典型事例,突出了盈盈不同寻常的智慧。《余媚娘叙录》同样选择了媚娘丧夫后,与心爱男子结婚,及因新任丈夫移情别恋而手刃与丈夫相好的女子这两件事,刻画媚娘的人物形象。当时对女子的禁锢虽不甚严,但再婚在世人普遍看来是失节,丧偶再婚需要勇气。媚娘不顾世俗非议,追求属于自己的幸福。丈夫婚后的朝三暮四,彻底激怒了将所有感情倾注于丈夫的媚娘。她将丈夫的出轨怪罪于与丈夫相好的女子,待丈夫外出之际,竟然将女子闭私室中,手刃杀之。这是一个敢爱敢恨、敢做敢当、温柔而又残酷的女子形象,在她身上体现了人性的多面。

另一方面,唐代小说把握人物性格发展的逻辑,把人物置于一定的矛盾冲突,在紧张、激烈的矛盾中展现人物的性格。这种刻画人物形象的方法,在以爱情为主线的小说中运用得比较多,《任氏传》《莺莺传》《李娃传》《霍小玉传》等都属于这一类。如《李娃传》,荥阳生与出身娼门的李娃相遇,因涉世未深而倾情投入这段难以有结果的恋情。当荥阳生忘情于与李娃的两人世界时,所有资财都已耗尽,以谋财为目的的鸨母见无利可图,欲将荥阳生骗走。面对荥阳生的情深义重,李娃内心焦灼,有许多不舍,是继续与荥阳生长相厮守还是离开? 这是第一次冲突。李娃最后敌不过鸨母的劝说,充当了赶走荥阳生的帮凶。荥阳生被骗后,穷困潦倒,沦落到乞讨度日。荥阳生的悲惨境遇,让心地本善的李娃内心五味杂陈。是选择帮助荥阳生还是视而不见?这是第二次冲突。经过痛苦的抉择,李娃供养荥阳生,扶助他考取功名。荥阳生中举后,世人争相奉承,就连对他弃之不顾的父亲,也重新与之相认。李娃是选择做荥阳生的夫人还是一个人开始新的生活?这是第三次冲突。深知两人身份无法匹配的李娃,经过慎重考虑,毅然做出了回家赡养老母的决定。从这一系列矛盾冲突中,一个美丽温柔而又深明大义的女性形象跃然纸上。

汉魏六朝小说对人物性格的塑造,往往用简短的语言展现最契合人物性格的言行,人物性格的变化很难看到。唐代小说不再局限于只言片语,它围绕小说的基本要素,讲述在一定时间流中发生的有首有尾的完整故事。在人物形象的塑造上,既重视人物内在精神的倾向,又不忽视对人物外在形体特征的描绘,并且在故事的时间流程中,可以感受到故事人物性格的变化。唐代小说可以刻画更为生动的人物形象,讲述更为曲折、动人的故事。

汉魏六朝小说篇幅短小、叙事结构简单,只是粗陈故事梗概。但在人物刻画、细节描写以及叙事语言的运用等方面,它们都为唐代小说的写作积累了经验。唐代小说在六朝志怪、志人小说的基础上,尤其是唐传奇,借用志怪、志人小说的故事题材、语言表达方式、思维方式等,并以之为文本,融入小说的叙述。有意为小说的唐小说家,把融入其中的志怪、志人文本重新组合,改变了小说的叙事模式。小说在生动曲折的情节中,展开人物形象的刻画,在自娱、娱人的同时,赋予小说深刻的社会蕴意。与此前的小说相比,唐代小说的文体独立性更强,标志着中国古代文言小说走向了成熟,它为中国文学开辟了一个崭新的艺术天地,也展示了独特的艺术魅力。宋以后,文言小说创作在唐代小说的影响下继续发展。唐代小说对宋元明清的通俗小说戏曲也产生了巨大影响,其中题材的承续、嬗变更为直接、多见。

第十章 "文本"的会通与汉唐小说的生成和演变

中国古代文体的形成过程中,各文体之间存在吸收、互融的现象。对此,吴承学有论:"中国古代讲究文体明辨,各种文体之间似乎界线分明,但实际上又存在着不同文体的互相融合互相吸收的情况。在两种不同文体互相融合的过程中,通常是以某一文体为基础,借用吸收另一种文体的体制。在中国古代文体学中,其实这种融合是有规律可循的,也就是说,借用哪些文体是有一定规则的。"①不少文论家对中国古代某些文体相互融合之规律,曾有阐论。潘德舆《养一斋诗话》卷二云:"以诗为词,犹之以文为诗也。韩昌黎、苏眉山皆以文为诗,故诗笔健崛骏爽,而终非本色;以诗为词,则其功过亦若是已矣。虽然,天下犹有以诗为文、以词为诗者:以诗为文,六朝俪偶之文是也;以词为诗,晚唐、元人之诗是也。知以诗为文、以词为诗之失,则知矫之者之为健笔矣,而所失究在于不如其分也。夫太白以古为律,律不工而超出等伦;温、李以律为古,古即工而半无真气。持此为例,则东坡之诗

①吴承学:《中国古代文体学研究》,人民出版社,2011年,第130页。

词,未能独占古今,而亦扫除凡近者欤!"①潘德舆指出了诗、词、文之间的越界、吸收现象。明王维桢以司马迁《史记》为例,指出叙事文和议论文这两种看似截然不同的文体也经常互渗、融合:"文章之体有二,序事议论,各不相淆,盖人人能言矣,然此乃宋人创为之……夫文体区别,古诚有之,然固有不可歧而别者,如老子、伯夷、屈原、管仲、公孙弘、郑庄等传,及儒林等序,此皆既述其事,又发其义。观词之辨者以为议论可也;观实之具者以为序事可也。变化离合,不可名物;龙腾虎跃,不可缰锁。"②抒情文体赋与论说文体诸子散文,也相融互渗。章学诚《校雠通义·汉志诗赋第十五》云:"古之赋家者流,原本《诗》、《骚》,出入战国诸子。假设问对,庄列寓言之遗也。恢廓声势,苏张纵横之体也;排比谐隐,韩非《储说》之属也;征才聚事,《吕览》类辑之义也。"③

中国古代小说的产生亦是如此。宋赵彦卫《云麓漫钞》卷八就唐代小说糅合其他多种文体的特性评曰:"唐之举人,先藉当世显人,以姓名达之主司,然后以所业投献;踰数日又投,谓之'温卷',如《幽怪录》、《传奇》等皆是也。盖此等文备众体,可以见史才、诗笔、议论。"④唐代小说"文备众体",汉魏六朝小说同样也兼备了多种文体。从汉魏六朝小说发展到唐代小说的过程中,小说文体以史传为基础,借用书牍文、公牍文、碑铭文、诗赋、骈文等多种文体,尤其是唐代小说,还借用了词、判文,以及此前的志怪、志

①郭绍虞编选,富寿荪校点:《清诗话续编》(四),上海古籍出版社,1983年,第2035页。
②[明]王维桢:《驳乔三石论文书》,见[清]黄宗羲编:《明文海》卷一五二,中华书局,1987年,第1527页。
③章学诚:《校雠通义》,中华书局,1985年,第46页。
④[宋]赵彦卫撰,傅根清点校:《云麓漫钞》,中华书局,1996年,第135页。

人小说叙事，"破体为文"，表现出从"杂糅众体"到"文备众体"的发展趋势，由此而推动汉唐小说的生成和演变。

　　不论是汉魏六朝小说的"杂糅众体"，还是唐代小说的"文备众体"，都喻指小说以海纳百川的胸怀兼收"众体"并加以"会通"。值得指出的是，融入汉魏六朝、唐代小说叙事中的某一种文体，已经丧失了原文体自身的独立性，与融入汉唐小说叙事中的其他文体元素、表现手法以及"营养"一样，成为小说文体结构的有机组成部分。然"营养"属于"内容"层面，文体、文体元素、表现手法则属于"形式"层面。虽然，以某一相对独立的"文体"形式融入小说叙事毕竟与以某一文体元素或者表现手法融入小说叙事明显有别，但是，为了叙述的便利，本书将融入汉唐小说叙事中的文体、文体元素、表现手法以及"营养"均视为"广义的文本"①。

　　汉唐小说是由多种"广义文本"会通而成的"文本共同体"。学界通常认为，文本的组合方式有三种：吸收、转化、组合②。虽然，融入汉魏六朝、唐代小说的文本形式有差异：第一，唐代小说融入了汉魏六朝小说不曾出现的词、判文本；第二，唐代小说将汉魏六朝小说作为文体的组成部分；第三，对单篇小说而言，尤其是

①"文本"有广义和狭义之分。"狭义的文本"是指我们通常意义上所说的一种用文字写成的有一个主题、有一定长度的符号形式。"广义的文本"是指某个包含一定意义的微型符号形式，如一个仪式、一种表情、一段音乐、一个词语、一个动作等，它可以是文字的也可以是非文字的，这种意义上的文本相当于人们常说的"话语"。见［法］雅克·德里达著，赵兴国等译：《文学行动》，中国社会科学出版社，1998年，第92页；王瑾：《互文性》，第98—99页。
②见［法］蒂费纳·萨莫瓦约著，邵炜译：《互文性研究》，天津人民出版社，2003年，第137—140页。

唐传奇,唐代小说融入的文本数量多于汉魏六朝小说。但是,汉魏六朝、唐代小说的文本组合方式却基本相同,都主要运用了吸收和组合两种文本组合方式。"吸收"就"形式"层面而言,指汉唐小说在"形式"上吸收前代不同的文体或不同文体元素及其表现手法加以会通;"组合"就"内容"层面而言,指汉唐小说在"内容"上从前代作品中吸取相似或相近的"文本"加以会通。

汉唐小说文本会通的方式主要有两种:一是以一种"文体"为骨架会通其他"文本";二是以一种"文本"为核心融合其他多种"文本"。前者属于"形式"层面的文本会通,后者属于"内容"层面的文本会通。

第一节　以一种"文体"为骨架会通其他"文本"

小说是体裁的百科全书,任何体裁都能包容在小说这类结构里①。从"形式"的层面观之,汉唐小说一个显著的特征是以一种"文体"为骨架会通其他"文本",形成了文本之间的"相互指涉",使汉唐小说成为"以一种新的关系呈现出不同的意识形态和世界"②的"超文本"。

一、以史传为骨架融合其他文本

以史传为骨架融合其他文本进行叙述,是汉唐小说叙事的主

---

① 见巴赫金著,白春仁、晓河译:《小说理论》,河北教育出版社,1998 年,第 106—107 页。
② 王瑾:《互文性》,第 22 页。

要方式。对汉魏六朝小说来说,以"记""志""录"命名的志怪小说集,构成方式最为显著;对唐代小说而言,唐传奇较完整地借用了史传的笔法和体例。

汉魏六朝志怪小说之首的《搜神记》、仿《搜神记》而撰作的《搜神后记》、记录幽冥间异事的《幽明录》、以述异语怪为宗旨的《列异传》等,绝大部分篇目都是以史传为小说文体的基本骨架,与融入的其他文本相组合而成。

如《搜神记》"丁姑",小说开篇即以"者……也"句式,对故事人物"丁姑"的年龄、籍贯、姓氏等进行简短的介绍:"淮南全椒县有丁新妇者,本丹阳丁氏女。年十六,适全椒谢家。"①然后,按照丁姑出嫁——自杀——幽魂现形(丁姑索渡)——建祠庙祭奠丁姑的时间流程,展开故事的叙述。文末以丁姑至今被人信奉、瞻仰证故事所述内容不虚:"江南人皆呼为丁姑。九月九日,不用作事,咸以为息日也。今所在祠之。"②这则故事朴实无华,民俗风味颇浓,可看出与民间传说相融合的痕迹。其中,丁姑索渡环节,以人物议论性的对话推动情节的展开。丁姑的真实身份,由其以说教式的议论硬生生地直接告诉老翁,导致小说的神秘感顿失,削弱了作品的故事性。胡怀琛《中国小说研究》引此篇论曰:"这是一个女鬼的故事,是一个吊死鬼的故事,也和《九歌》里的鬼相像。后来小说中说吊死鬼特别的有灵,都本于此。"③看来,中国古代小说中的"吊死鬼",就是以此故事为原型发酵而成。丁姑因不堪夫家驱使于九月七日自经而死的这天,成为古人的公共休息

---

① [晋]干宝撰,汪绍楹校注:《搜神记》,第 61 页。
② [晋]干宝撰,汪绍楹校注:《搜神记》,第 62 页。
③ 胡怀琛:《中国小说研究》,中国书籍出版社,2006 年,第 49 页。

日："江南人皆呼为'丁姑',九月七日,不用作事,咸以为息日也。"①小说从开篇到结束,每一事件发生前,作品都以详细的时间标注,作者以时间流程叙事的意识非常明显。

又如《幽明录》"刘晨阮肇",叙述了两位男子天台遇仙的奇遇。为越过与故事情节主干无关的事件,小说借用史传叙事技巧,使叙事时间小于故事时间:"汉明帝永平五年,剡县刘晨、阮肇共入天台山,迷不得返。经十三日,粮食乏尽,饥馁殆死。"②"十日后,欲求还去。"③"遂停半年。"④故事发生于"汉明帝永平五年",刘晨、阮肇天台迷路的具体情形,不是故事重点所在,因此,作者用"经十三日"一笔略过;刘晨、阮肇遇仙后第一天的享乐生活,前文不惜浓墨重彩地铺叙,但迷恋尘世的念想,逐渐让他们对现有的生活滋生厌倦。为避免情节重复,也是为了突出两位男子对尘世生活的眷念,作者用"十日后""遂停半年"概括叙述他们在仙境度日如年的生活。在小说行文中,作者已经开始注意文辞的优美,用"诗笔"渲染刘晨、阮肇思归心切:"气候草木是春时,百鸟啼鸣,更怀悲思,求归甚苦。"⑤"诗笔"的融入,使小说在史传叙事框架中,增添了几许灵动的色彩。刘晨、阮肇遇仙故事对后世小说、戏曲影响深远,元末王子一《刘晨阮肇误入桃源》杂剧,即根据《幽明录》所叙情节演化而成。

《幽明录》"卖胡粉女子"、《搜神记》"黄祖"、《列异传》"陈宝

---

①[晋]干宝撰,汪绍楹校注:《搜神记》,第62页。
②[南朝宋]刘义庆撰,郑晚晴辑注:《幽明录》,第1页。
③[南朝宋]刘义庆撰,郑晚晴辑注:《幽明录》,第1页。
④[南朝宋]刘义庆撰,郑晚晴辑注:《幽明录》,第2页。
⑤[南朝宋]刘义庆撰,郑晚晴辑注:《幽明录》,第2页。

祠"、《灵鬼志》"高天大将军"等汉魏六朝小说,主要套用编年体史书的编写方式,以史传为骨架结撰而成,这也是绝大部分汉魏六朝小说的文体构成方式。唐代小说仍然以史传为基本骨架,不同的是,不少唐代小说,尤其是唐传奇小说,喜借用纪传体史书的编写体例作为文体的基本构架。

如《李赤传》,这是一则典型的以史传为骨架融合其他文本进行叙述的小说故事。从小说题目就可以看出作者有为故事人物——李赤立传的意识。文章开篇即交代主人公李赤是浪人的特殊身份,引起读者的注意:"李赤者,江湖浪人也。"①接着,文中以时序为线索,叙述了李赤与朋友游宣州途中的某夜,朋友多次救助李赤的始末。最后,文末用"柳先生曰"对故事进行评析结束全篇:

> 李赤之传不诬矣。是其病心而为是耶?抑固有厕鬼耶?赤之名闻江湖间,其始为士,无以异于人也。一惑于怪,而所为若是,乃反以世为溷,溷为帝居清都,其属意明白。今世皆知笑赤之惑也,及至是非取与向背决不为赤者,几何人耶?反修而身,无以欲利好恶迁其神而不返,则幸矣,又何暇赤之笑哉?②

这段话揭示了作品的主题:"对社会上大量美臭不分、是非颠倒的现象做了尖刻的讽刺,指斥那些为利欲所支配的人自以为聪明,

---

① 李时人编校,何满子审定,詹绪左复校:《全唐五代小说》卷二二(第二册),第758页。
② 李时人编校,何满子审定,詹绪左复校:《全唐五代小说》卷二二(第二册),第759页。

实则愚惑不如李赤。"①围绕这一主题,作者以夸张、荒诞的表现手法,借"人真"而"事非"的厕鬼故事,曲折地反映社会现实。从人物形象的塑造、选材、布局谋篇等,都表现了作者在史学意识影响下,以史传文本作为文章主体骨架,融合虚构、想象的志怪文本来结撰作品,达到"有补于世"的目的。

又如《纪闻录》的《僧伽大师》,亦包含为奇僧僧伽大师立传的意图:

> 僧伽大师,西域人也,俗姓何氏。唐龙朔初,来游北土,隶名于楚州龙兴寺。后于泗州临淮县信义坊乞地施标,将建伽蓝。于其标下,掘得古香积寺铭记并金像一躯,上有普照王佛字,遂建寺焉。②

小说开篇交代故事发生的具体时间,简述大师的身世背景,符合史传文学某时、某地、某人、发生了某事的叙述结构。故事按时间顺序,叙述了唐景龙二年至景龙四年(708—710 年)间,僧伽大师与中宗皇帝之间的故事。这则故事篇幅不长,然时间跨度却比较大。作者突出描写了僧伽大师为百姓祈雨和皇帝、大臣对僧伽大师的怀念两个故事场景:前者从正面展现僧伽大师对百姓的爱护和法术的高强,后者通过皇帝和大臣的缅怀和谈论,侧面烘托僧伽大师的灵异。小说在描写僧伽大师生前的神奇和死后自然天象的奇异的时候,显然又吸收了志怪小说的幻笔。史传文本与志怪文本相互交融,突破了以讲述真人、真事为主旨的史传笔法的限制。小说在艺术表现手法上,多次采用了概述的方法,如"师常

---

① 孙昌武:《柳宗元传论》,人民文学出版社,1982 年,第 414 页。
② 李时人编校,何满子审定,詹绪左复校:《全唐五代小说》卷八(第一册),第 296 页。

濯足""常独处一室",一个"常"字,以低频率的形式概述高频率发生的事件,使故事时间远远小于叙事时间,加快了叙述的节奏。小说追述僧伽大师生前劝说万回不要留恋人世,补充交代僧伽大师早已预知自己与万回不会久留人世,进一步突出僧伽大师的灵异。最后,小说在文末以史传常用的"互见法"指出:

> 师平生化现事迹甚多,具在本传。此聊记其始终矣。①

从叙事模式和文体建构进行考察,这是一篇"有意"以史传为骨架,会通志怪、论说文本而生成的小说。

唐代为历史人物立传的传奇小说,如《迷楼记》《海山记》《韩愈》等,在叙事模式和文体结构上,均采用以史传为骨架会通其他文本的形式。

长期以来,学界对唐传奇来源于志怪、杂史杂传还是其他多种文体,颇有争议。从文体构成而言,志怪小说、唐传奇比志人小说更接近史传的叙事体例。尤其是唐传奇,许多篇目都较完整地借鉴了史传体例。在文体类属上,志怪与传奇相似,有时难以区分。胡应麟《少室山房笔丛》坦言:"小说家一类又自分数种,一曰志怪,《搜神》、《述异》、《宣室》、《酉阳》之类是也;一曰传奇,《飞燕》、《太真》、《崔莺》、《霍玉》之类是也;一曰杂录,《世说》、《语林》、《琐言》、《因话》之类是也;一曰丛谈,《容斋》、《梦溪》、《东谷》、《道山》之类是也;一曰辨订,《鼠璞》、《鸡肋》、《资暇》、《辨疑》之类是也;一曰箴规,《家训》、《世范》、《劝善》、《省心》之类是也。谈丛、杂录二类最易相紊,又往往兼有四家,而四家类多独行,不可搀入二类者。至于志怪、传奇,尤易出入,或一书之中二事并

---

① 李时人编校,何满子审定,詹绪左复校:《全唐五代小说》卷八(第一册),第 297 页。

载,一事之内两端具存,姑举其重而已。"①志怪小说《幽明录》"刘晨阮肇"、《搜神记》"崔少府墓""杜兰香传"、《拾遗记》"薛灵芸"、《续齐谐记》"赵文韶""王敬伯"、《冥祥记》"刘萨荷"等志怪小说不论是篇幅,还是艺术价值,都可与唐传奇相媲美而丝毫不逊色。不少研究者也认为这些作品可以看成是传奇。薛洪勣《传奇小说史》就说过,《拾遗记》中"一些篇幅较长的作品,如《薛灵芸》《翔风》《糜竺》等,都曾被视为传奇小说而单独流传过"②,"《博物志》中的《猛兽》条,很可能是篇传奇小说的梗概或原型。《搜神记》则较完整地保存了晋人张敏的传奇小说《神女传》、佚名作者的《杜兰香别传》的片断等"③。可见,史传对志怪、传奇生成和演变的意义,以及志怪与传奇之间的承继关系就一目了然了。

二、以书牍文本为骨架融合其他文本

汉魏六朝小说《殷芸小说》"曹公《与杨太尉书》""张子房与四皓书""鬼谷先生与苏秦、张仪书"、《燕丹子》、《西京杂记》"飞燕昭仪赠遗之侈"等;唐代小说《通幽记·李哲》《通幽记·窦凝妾》《异闻记·梁大同古铭记》《鉴诫录·鬼传书》《鉴龙图记·传书燕》等围绕书牍文本展开故事情节。书牍文本是小说叙述结构和文体建构的关键,起着举足轻重的作用。

汉魏六朝志人小说《殷芸小说》,是第一部以"小说"命名的小说。原书早已散佚,鲁迅于1910年最早将它辑录成书。后余嘉锡、周楞伽推出《殷芸小说辑证》《殷芸小说》,在鲁迅的基础上重

---

①[明]胡应麟:《少室山房笔丛》,第282—283页。
②薛洪勣:《传奇小说史》,浙江古籍出版社,1998年,第25页。
③薛洪勣:《传奇小说史》,第25页。

新加以校勘、考释，分别辑得一百五十四条、一百六十三条。宋晁载之为此书所作跋曰："古钞殷芸《小说》，其书载自秦汉迄东晋江左人物，虽与诸史时有异同，然皆细事，史官所宜略。又多取刘义庆《世说》、《语林》、志怪等已详事，故钞之特略，然其目《小说》，则宜尔也。"①关于此书的创作，唐刘知幾《史通·杂说》言刘敬叔《异苑》称："汉高祖斩蛇剑穿屋而飞，其言不经。致梁武帝令殷芸编诸《小说》，及萧方等撰《三十国史》，乃刊为正言。"②汉姚振宗《隋书经籍志考证》卷三二言："此殆是梁武作通史时，凡不经之说为通史所不取者，皆令殷芸别集为小说，是小说因通史而作，犹通史之外乘。"殷芸奉梁武帝之命将正史所不载的"不经之说"编入《小说》。正因为其选才为正史拾遗，所以保存了许多宝贵的历史资料，"曹公与《杨太尉书》"就是其中之一：

> 曹公与杨太尉书论刑杨修云："操白：足下不遗贤子见辅，今军征事大，吾制钟鼓之音，主簿应掌，而贤子恃豪父之势，每不与吾同怀。念卿父息之情，同此悼楚。谨赠足下锦裘二领，八节银角桃枝一枚，官绢五百匹，钱六十万，四望通幰七香车一乘，青牸牛二头，八百里骅骝一匹，戎装金鞍辔十副，铃苞一具，驱使二人侍卫之。并遗足下贵室错彩罗縠裘一领，织成靴一量有心，青衣二人奉左右。所奉虽薄，以表吾意，足下便当慨然承纳，不致往返。"③

①丁锡根编著：《中国历代小说序跋集》，人民文学出版社，1996年，第276页。
②[唐]刘知幾著，[清]浦起龙通释，王煦华整理：《史通通释卷十七·杂说中第八》，第449页。
③[南朝梁]殷芸编纂，周楞伽辑注：《殷芸小说》，上海古籍出版社，1984年，第91—92页。

杨太尉答书云："彪白：小儿顽卤，常虑当致倾败，足下恩矜，延罪讫今；闻问之日，心肠酷裂！省览众赐，益以悲惧。"①

曹公卞夫人与太尉夫人袁书："卞顿首顿首：贵门不遗贤郎辅佐，方今戎马兴动，主簿股肱近臣，征伐之计，事须敬咨。官立金鼓之节，而闻命违制，明公性急，辄行军法。伏念悼痛酷楚，情不自胜。夫人多容，即见垂恕。故送衣服一笼，文绢一百匹，房子官绵百斤，私所乘香车一乘，牛一头。诚知微细，以达往意，望为承纳。"②

杨太尉夫人袁氏答书："袁顿首顿首：路歧虽近，不展淹久，叹想之情，抱劳山积。小儿疏细，果自招罪戾，念之痛楚！明公所赐已多，又加重赉礼，颇非宜荷受，辄付往信。"③

整篇小说由曹操与杨修之父杨彪、卞夫人与杨修之母袁夫人往来的四封书信组成。除书牍文本外，并无增饰性文字，书牍文本是这篇小说的主体。根据书牍文本内容，可推知故事发生的背景：杨修恃才无恐，一次次当众冒犯曹操，曹操早就想除之而后快。这一次，杨修猜出曹操在花园门上所写"活"字的用意，并收拾行装准备返回，曹操借机以"扰乱军心"的罪名斩之，将首级悬于辕门外。当时，杨修之父杨彪官至太尉，考虑到其家的声望、地位，曹操、卞夫人以书信安抚杨修父母，掩盖其因妒忌而杀害杨修的丑行。杨修父母忌曹操之权势，强忍失子之悲，对曹操夫妇的抚慰表示感激，曲承儿子被法律严惩是咎由自取。书信与书信之间，用"曹公与杨太尉书论刑杨修云"，"杨太尉答书云"，"曹公卞

①［南朝梁］殷芸编纂，周楞伽辑注：《殷芸小说》，第92页。
②［南朝梁］殷芸编纂，周楞伽辑注：《殷芸小说》，第92页。
③［南朝梁］殷芸编纂，周楞伽辑注：《殷芸小说》，第92—93页。

夫人与太尉夫人袁书","杨太尉夫人袁氏答书"串联,充当过渡之用。既点名了写信的缘由,又指出写信的主体。这些散体文字与书信结合在一起,构成首尾相连的整体。

"鬼谷先生与苏秦、张仪书"结合历史人物、历史事件展开故事的叙述,但是,叙述故事的不是有首有尾的情节性文字,而是书信。作品通过书信反映当时的时代特征,时人的思想、文化观念,为接受者提供了一个可揣摩故事情节的背景。接受者根据平时的阅读经验和知识积累,对故事的具体情节进行想象、填充:

> 鬼谷先生与苏秦、张仪书云:"二君足下,功名赫赫,但春华到秋,不得久茂;日数将冬,时讫将老。子独不见河边之树乎?仆御折其枝,波浪荡其根,上无径寸之阴,下被数千之痕,此木非与天下人有仇怨,盖所居者然。子不见嵩、岱之松柏,华、霍之檀桐乎?上枝干青云,下根通三泉,上有猿狄,下有赤豹麒麟,千秋万岁,不逢斧斤之患,此木非与天下之人有骨肉,亦所居者然。今二子好朝露之荣,弃长久之功,轻乔松之永延,贵一旦之浮爵。夫女爱不极席,男欢不毕轮,痛夫!痛夫!二君,二君!"①

小说以"鬼谷先生与苏秦、张仪书"开篇,点名写信之人,接下来进入正文,也就是具体介绍书信内容,书信是这篇小说的主体。苏秦、张仪是当时左右政局的风云人物,而鬼谷先生则是他们的老师。鬼谷先生写信给二徒,意在劝二位功成身退,以求永年。整体而言,《殷芸小说》在编选体例上,以历史发展的线索结构全书,有"通史"之规模,而这两篇小说以书牍文本结构全篇,颇具特色。唐代小说《梁大同古铭记》的结撰方式,与这两篇小说类似,正文

---

① [南朝梁]殷芸编纂,周楞伽辑注:《殷芸小说》,第52—53页。

主体也全部由书信组成,可看出汉魏六朝小说对它的影响。

汉魏六朝小说以书牍文本作为小说文体骨架撰写的小说,往往是对历史故事的戏剧化、传奇化①。由于书信之间缺少敷衍情节的增饰性文字,小说的情节只能由接受者根据书信内容推衍,以致有些学者认为这一类小说只起到了保存史料的作用,不符合小说的概念:"《张子房与四皓书》及四皓答书,《鬼谷先生与苏秦、张仪书》苏、张答书等。这类史料,虽与小说之义不符,又为《世说新语》等书所不载,却为后世史家所珍重。"②但这是一种新的编写小说的方式,打破了史传对小说文体的束缚。唐代小说进一步发展了此种创作小说的方式,并在书信与书信之间用大量文字敷衍、补充,小说的故事性、情节性得到了加强。

《李哲》,小说先以史传文本简介李哲的身世,接着按照时序讲述一对鬼夫妇与他抢夺住宅的故事。然鬼与李哲之间的争斗不是面对面的冲突,而是通过鬼投给李哲家人书信的形式而展开,鬼与李哲之间的书信来往组成故事发展的情节链条。鬼魅复杂多变、凶狠狡诈的个性,也在其书信中表现得惟妙惟肖。鬼魅初次在李哲家为祟,李哲家人不知所措。李哲听到经验丰富的仆妇的建议后,准备用砍伐竹林的办法来驱赶鬼魅。然鬼魅未卜先知,写信给李哲的家人,表明砍伐竹林驱鬼的方式不足为惧,更加得意猖狂。接着写李哲将事情原委告诉朋友,友人仗义怒骂鬼魅,鬼魅发怒以偷帽来捉弄李哲的朋友,后因李哲朋友的祈求、告饶而归还其帽。接着鬼魅又给李哲的家人写信,展示其爱好文

---

① 王瑶《中古文学史论》具体阐释了魏晋时期时人喜将历史故事传奇话、戏剧化的风气。见王瑶:《中古文学史论》,北京大学出版社,1998年,第224页。
② 侯忠义:《汉魏六朝小说史》,第223页。

学、温柔可亲的一面。当鬼魅被怀疑偷盗李哲家里财物的时候，它亦用文绉绉的语言给李哲写信，既有迂腐书生之气，也有类似于小孩的调皮可爱。当鬼魅丈夫被杀后，鬼魅妇人写信给李哲家人，塑造了一个对丈夫有情有义、绝不亚于人类的刚烈女子形象。

《李哲》以书信串联故事情节链条，推动故事情节一步步走向高潮。故事首尾结构完整，有开端、发展、高潮、结局。《李哲》是一篇叙事性很强的传奇小说，对故事背景的介绍、故事人物心理的刻画、故事情节之间的衔接等，小说用史传散体叙述语言作为情节过渡的必要手段，控制着叙事的节奏。

《开元天宝遗事》中的《传书燕》，书牍文本不仅占了较大的篇幅，而且是推动情节展开的核心线索。它与史传、志怪文本相结合，讲述了燕子替人送信的感人故事。《传书燕》开篇，即以史传惯用笔法，简述故事人物——绍兰的身世经历：她出生于富裕之家，后嫁给巨商任宗。仁宗在外经商数年未归，音讯全无。接着，详叙燕子送信的过程。在写这一部分的时候，以志怪小说常用的幻笔，把燕子写得颇有人情味。她不但同情绍兰的遭遇，还为其送信。最后，神异的燕子在不知绍兰丈夫身居何处的情况下，准确地把信件送到他的手中。小说的主要情节链寄信——送信——收信——丈夫归家，都是围绕着书牍文本而展开。书牍文本，不仅寄托了绍兰对夫君的思念，而且也是燕子为其送信的缘由，更是她与丈夫情感交流的纽带。通过书牍文本，作者为我们塑造了一个孤苦、寂寞而又眷念丈夫的思妇形象。

《鉴诫录》中的《鬼传书》，以书信为主会通诗、论说、志怪等多种文本，通过人与鬼争地之事，影射当时官府抢占民田、民宅的阴暗现实。《鬼传书》没有用史传惯用的体例开篇，也没有用"某某曰"来结尾。文章以西川高相公筑蜀城，命诸指挥使开掘古坟而开端,引出坟墓主人与人之间的矛盾。冥司赵畬写给姜指挥使的书信,在解决矛盾的同时将故事推向高潮。冥司赵畬在书信中不是威逼利诱,而是自陈身世,以精诚感动姜指挥使,请求其不要开掘坟墓。尤其是书信末尾所附之诗文本"我昔胜君昔,君今胜我今。人生一世事,何用苦相侵"①,进一步渲染了冥司的凄苦、无奈和对人生的感慨,丰富了小说的意蕴。替冥司赵畬送信给姜指挥使的鬼吏与姜指挥史之间关于钱财对话的论说文本,暗含作者以冥间事来影射现实的创作目的。《鬼传书》按照事情发生的先后顺序,以书牍文本推动故事情节发展,有条不紊地将发生在蜀地的人与鬼之间的故事写得真切动人。此外,《窦凝妾》《梁大同古铭记》也是以书牍文本为主,会通碑铭、诗、史传、志怪等文本展开叙事的。

　　汉魏六朝小说以书牍文本为骨架的作品,书信占了小说绝大部分篇幅。小说中穿插的散体文字,字数有限,仅用来衔接书信,交代写信的主体及缘由,对故事情节并没有太多的意义。而唐代小说以书牍文本为骨架的作品,书信是情节的重要组成部分,推动了情节的进一步展开,且与融入的史传、碑铭、诗等多种文本组合,与这些文本共同叙述情节完整的故事。这些以书牍文本为骨架融和其他文本而成的作品可看成中国较早的书信体小说。对于书信体小说,理查森在《克拉丽莎》的"附言"中谈到了他对这种小说样式的创作见解:"笔者认为一个故事……用一系列不同人物的书信组成,不采用其他评论及不符合创作意图与构思的片

---

① 李时人编校,何满子审定,詹绪左复校:《全唐五代小说》卷八五(第六册),第2964页。

段,这显然是新颖独特的。"①书信体小说可产生即时创作(writtentothemoment)的艺术效果,因为书信是在对每一种具体情况的即刻印象下写成的。书信体小说比用通常的叙事手法写成的小说更真实并更具吸引力:写信时作者必须全身心地投入,书信体形式比一般叙述手法能更加直接和真实地反映人物的各种复杂情感。汉唐小说以书牍文本为骨架叙述故事,打破了传统手法不擅长描述人物内心的局限,全方位地呈现作者、故事人物隐秘的心理活动,让接受者步入作品的精神世界,了解作者的真实情感,快速把握作品的题旨。

三、以公牍文本为骨架融合其他文本

部分汉唐小说以公牍文本为骨架,融合其他文本叙事。

汉魏六朝小说《幽明录》"许攸",讲述了故事主人公许攸所做的一个梦。梦中许攸被冥府征召担任北斗君的职位,而陈康为其主簿。梦醒后,到文书限定的时间,许攸、陈康同时死去,赴任阴职:

> 许攸梦乌衣吏奉漆案,案上有六封文书,拜跪曰:"府君当为北斗君,明年七月。"复有一案,四封文书,云:"陈康为主簿。"觉后,适康至,曰:"今当来谒。"攸闻益惧,问康。曰:"我作道师,死不过作社公;今日得北斗主簿,余为忝矣!"
>
> 明年七月,二人同日死。②

"梦是人体一种特殊的生理和精神现象。人类对'梦'所进行的分析和思考,涉及人类文明的诸多方面。从远古时代起,梦就成为

---

① 转引自李维屏:《英国小说艺术史》,上海外语教育出版社,2003 年,第 76 页。
② [南朝宋]刘义庆撰,郑晚晴辑注:《幽明录》,第 140 页。

我们祖先执着探究的对象。在古代信仰中,梦作为人与神交往的途径,成为人们崇拜的对象"①。在古人看来,神人以梦境的形式,启示、警告,或预先告知世人即将发生之事。"许攸"中,冥府将任命其担任冥府官职的公文,让他在梦中亲自翻阅。另一位将担任他下属的陈康亦以此形式提前得知自己的"官运"。这样,小说以梦的形式,按照"入梦——梦醒——入冥"的时间流程,分头叙述同时进行的故事,而不使其相冲突。故事人物许攸、陈康的命运,因冥府颁布的公文而引发。陈康也因得知自己将担任许攸副职的公文,登门造访许攸,让素无往来的两人产生交集,从而引出两人会面的情节。

《世说新语》"桓宣武上表除太宰"围绕桓宣武的奏章展开叙述。小说生动刻画了桓宣武、简文帝的心理,展现了当时君臣之间尖锐的矛盾、斗争。桓宣武的表文和简文帝的诏书是情节的主线和小说的主体。

汉魏六朝小说以公牍文本为骨架的作品,文中的散体文字,将公牍文本与情节有条不紊地组合在一起,但公牍文本甚少与其他文本相融合。唐代小说承继、发展了汉魏六朝小说这种创作小说的体例。

李玫《纂异记》中的《徐玄之》、王仁裕《王氏见闻录》中的《王承休》、郑还古《博异志》中的《白幽囚》等。特别是《王承休》,全文4300多字,奏文本为2300多字,其中后主下达的制文本有200多字,而君臣所赋诗文本有10处。公牍文本占全部文章篇幅的一半以上,诗文本的数量也比较多。

---

① 苟波:《仙境　仙人　仙梦——中国古代小说中的道教理想主义》,巴蜀书社,2008年,第201页。

　　《王承休》，载于《太平广记》卷二四一的"诐佞"类，记述了前蜀灭亡前君臣之间盘根错杂的关系，深刻地揭示了前蜀灭亡的真正原因。"有关前蜀政权内部情况的史料，传世甚少。因此具体情况不为一般人所知。……因此无论对研究前蜀史和整个五代史都很有参考价值"①。《王承休》以历史人物和事件作为素材，以公牍文本为主体，会通诗文本和史传文本展开故事的叙述。其中，公牍文本的叙述功能表现在：1.塑造前秦川节度判官蒲禹卿忠臣形象，衬托蜀主的昏庸。蒲禹卿听到蜀主要游秦州的诏令后，叩马泣血，真心为国的形象跃然纸上。他的奏文本，不是迂回曲折地"讽谏"，而是激情迸发地直接指陈时弊，指出国君的过失，体现了他身上的铮铮铁骨，反映了蜀主的治国无能和气度偏狭。据史料记载，蜀主王衍耽于女色，强抢民女，霸占人妻。即使是大臣之女，只要自己喜欢，也抢入宫中，令满朝文武大臣人人心寒；2.蒲禹卿的奏文本指出当时蜀国面临的形势，要求借鉴历史上明君治理国家的方式，字里行间透露出对国家命运的担忧；3.作者借人物谏书，指陈时弊，表达对时局的忧虑，体现了作者对故事的干预。如蒲禹卿谏曰："蒲禹卿作为一介忠臣，在进谏的时候，言辞何等犀利。然蒲禹卿讽谏并没有被采纳，蜀主仍然带领大臣前往秦州，让敌军乘虚而入，前蜀灭亡。《王承休》还用3处诗文本展现前蜀君臣的荒乐：1.君臣在游秦途中赋诗娱乐，浑然不知国之将灭亡；2.蜀主喜好文学。在敌军已经深入的情况下，他想的不是怎样应对当前敌人的入侵，而是令群臣针对此事赋诗；3.在敌军已经冲入阵营的时候，随行的大臣居然还浑然不知。中书舍人王仁裕所

----

①见王汝涛等选注《太平广记选》中对《王承休》的题注，齐鲁书社，1980年，第586页。

赋诗曰:

> 剑牙钉舌血毛腥,窥算劳心岂暂停? 不与大朝除患难,
> 惟于当路食生灵。从将户口资噉口,未委三丁税几丁。今日
> 帝王亲出狩,白云岩下好藏形。①

翰林学士李浩弼作诗曰:

> 岩下年年自寝讹,生灵餐尽意如何? 爪牙众后民随减,
> 溪壑深来骨已多。天子纪纲犹被弄,客人穷独固难过。长途
> 莫怪无人迹,尽被山王税杀他。②

王仁裕、李浩弼等一行人,在危机四伏的险境中,仍然通过吟诗来歌功颂德,完全没有意识到路途中的异象预示着大难即至。

又如《徐玄之》,既有奏状文本,也有表和上疏文本。小说围绕这三道状、表、疏文本展开叙述。小说分成梦前和梦后两个部分。前部分用轻松幽默的笔调写王子的游乐:王子带领大量侍从,纵兵大猎,极为穷奢极欲。不仅如此,不学无术的王子还嘲笑儒生徐玄之,讽刺他饱读诗书却落魄潦倒。徐玄之轻挥手中书卷,狂妄自大的王子竟然因此受惊而得厥疾。不辨是非的国王亦听"诡随之议",下令对徐玄之处以肉刑。如何处置徐玄之,引发了蚍蜉国政治的矛盾、争端。这部分是故事的前奏和铺垫。正直的太史令马知玄,对王子的胡作非为直言指斥:

> 议状未下,太史令马知玄进状论曰:"伏以王子日不遵典
> 法,游观失度,视险如砥,自贻震惊;徐玄之性气不回,博识非

---

① 李时人编校,何满子审定,詹绪左复校:《全唐五代小说》外编卷二三(第八册),第 4430 页。
② 李时人编校,何满子审定,詹绪左复校:《全唐五代小说》外编卷二三(第八册),第 4430 页。

浅，况修天爵，难以妖诬。今大王不能度己，返恣胸臆，信彼
多士，欲害哲人。窃见云物频兴，沴怪屡作，市言讹谶，众情
惊疑。昔者秦射巨鱼而衰，殷格猛兽而灭。今大王欲害非
类，是蹑殷秦，但恐季世之端，自此而起。"王览疏大怒，斩太
史马知玄于国门，以令妖言者。①

马知玄在决议文书还没下达前，不畏权势，为徐玄之辩护，指出王
子惊悸完全是咎由自取：第一，王子外出游观，有违法度，是他让
自己陷于危险之境，与徐玄之无关；第二，徐玄之见识广博，仁义
忠信，难以诬蔑他是妖邪；第三，大王听信佞臣之言，任意处置跟
自己不是同类的人，是重蹈殷朝和秦朝的覆辙。太史令马知玄由
徐玄之一事，直捣产生问题的最根本原因：国王的昏庸愚昧，纵容
了王子的为非作歹，导致百姓惊慌疑虑，国家出现异常。马知玄
直接斥责君王，言辞犀利，锋芒毕露。奏状文本，塑造了一个直言
敢谏、刚直不阿的忠臣形象。

　　马知玄的奏状文本，让国王恼羞成怒，他下令斩杀太史令马
知玄。正处刑时，突然下起暴雨。草民蠁飞上疏请国王勿滥杀
忠臣：

　　　　是时大雨暴至，草泽臣蠁飞上疏曰："臣闻纵盘游、恣渔
　　　猎者，位必亡；罪贤臣、戮忠谠者，国必丧。伏以王子猎患于
　　　绝境，钓祸于幽泉，信任幻徒，荧惑儒士，丧履之戚，所谓自
　　　贻。今大王不究游务之非，返听诡随之议，况知玄是一国之
　　　元老，实大朝之世臣，是宜采其谋猷，匡此颠仆。全身或止于
　　　三谏，犯上未伤于一言，肝胆方期于毕呈，身首俄惊于异处。

①李时人编校，何满子审定，詹绪左复校：《全唐五代小说》卷五〇（第三册），
　第1742页。

臣窃见兵书云'无云而雨者天泣',今直臣就戮而天为泣焉！伏恐比干不恨死于当时,知玄恨死于今日。大王又不贷玄之峻法,欲正名于肉刑,是抉吾眼而观越兵,又在今日。昔者虞以宫之奇言为谬,卒并于晋公;吴以伍子胥见为非,果灭于句践。非敢自周秦悉数,累黩聪明,窃敢以尘埃之卑,少益嵩华。"①

草民蠚飞的上疏,主要针对王子外出受到惊吓和国王斩杀马知玄事件。首先,他直陈王子游乐无度和国王斩杀马知玄的后果。接着,他坦陈王子受惊是自作自受。然后,他以比干、伍子胥、宫之奇等历史人物典故,直陈国王的过失。如果国王不察忠臣之言,国危矣！蠚飞虽身份卑微,却见识深远。他指斥政弊,引经据典,酣畅淋漓。

蚍蜉王迫于形势,下令厚赏蠚飞和马知玄的儿子蚳。并授予蠚飞谏议大夫之职,又追封太史令马知玄为安国大将军,以他的儿子蚳为太史令,决定等听取诸臣意见后再处理徐玄之。故事至此,忠臣冤屈得以昭雪,忠臣之子得到了赏赐,敢于进谏的草民也授予了官职。照常理,故事应该结束。但作者笔锋突转,蚳的表文本彻底改变了故事的结局,让故事的结局在情理之中,又出乎意料之外:

> 于是蚳诣移市门,进官表曰:"伏奉恩制云:'马知玄有殷王子比干之忠贞,有魏侍中辛毗之谏诤,而我亚以用己,昧于知人。蓺栋梁于将为大厦之晨,碎舟楫于方济巨川之日。由我不德,致尔非辜。是宜褒赠其亡,赏延于后者。'宸翰忽临,

---

① 李时人编校,何满子审定,詹绪左复校:《全唐五代小说》卷五○(第三册),第1742—1743页。

载惊载惧,叩头气竭,号断血零。伏以臣先父臣知玄,学究天人,艺穷历数,因玄鉴得居圣朝。当大王采刍荛之晨,是臣父展嘉谟之日。逆耳之言难听,惊心之说易诛。今蒙圣泽旁临,照此非罪,鸿恩沾洒,犹惊已散之精魂;好爵弥缝,难续不全之腰领。今臣岂可因亡父之诛戮,要国家之宠荣。报平王而不能,效伯禹而安忍。况今天图将变,历数堪忧,伏乞斥臣退方,免逢丧乱。"王览疏不悦,乃返寝于候雨殿。①

蚳给皇帝上表,有如下意图:第一,对皇帝降诏深表惶恐;第二,感激皇帝为父亲平反昭雪,表明了自己不能因先父被杀戮而领受国家俸禄,接受皇帝封赏;第三,婉拒皇帝授予的官职。蚳在给皇帝的表文本中,由天象和历法的异常,预言国家即将面临祸乱。后来,蚍蜉国的命运,果如蚳表文本中所预言。《徐玄之》的作者李玫,主要生活于太和、大中、咸通时。此时,朋党相争,宦官专权,国家政权摇摇欲坠。显然,作者借志怪小说中常见的精怪题材,以蚍蜉国之事影射现实。"作者将鞭挞的目标直指最高统治者,将关注的目光聚焦于朝议上,显然是借此影射人间最高统治集团。……毫不隐讳地揭露和抨击晚唐政治中的弊病和黑暗现象。作者虽对政治危机痛心疾首,却又无可奈何,只好把深沉的忧国之思,寓于一个意味深长的结尾中"②。

《徐玄之》由故事人物徐玄之搬迁到吴地凶宅开篇,小说基本上是在他的视角下进行的。故事发生的主要场景是蚍蜉国,故事矛盾的焦点是怎样处理徐玄之让王子受惊一事。马知玄的奏状

---

① 李时人编校,何满子审定,詹绪左复校:《全唐五代小说》卷五〇(第三册),第1743—1744页。
② 李剑国主编:《唐宋传奇品读辞典》,新世界出版社,2007年,第679页。

文本,由徐玄之之事,引申到蚍蜉国内部的政治矛盾和斗争,指陈时弊,将矛盾进一步激化;蠹飞的上疏文本,使国王为马知玄平冤昭雪,矛盾开始缓和;而蚍的表文本,指出蚍蜉国即将遭遇灭顶之灾,又将矛盾激化。故事围绕着这三道表、状、疏文本而展开,情节一波三折。其中,穿插了蠹飞为皇帝解梦的论说文本。这段论说文本与蚍的表文本在内容上相互映衬,暗示蚍蜉国大厦将倾之必然。与其他大臣阿谀逢迎的解梦之语相较,进一步烘托了蠹飞的刚正不阿。

由于公牍文本用于官府之间往来的特殊性,汉魏六朝、唐代小说以公牍文本为骨架会通其他文本讲述故事的小说,内容上多写政治历史题材。汉魏六朝小说以公牍文本为主体会通其他文本讲述故事的小说,散体文字夹杂于小说行文之中,将各部分内容接合在一起。而唐代小说以公牍文本为主体会通其他文本讲述故事的小说,大多产生于中晚唐和五代,多与诗、志怪、史传等文本相融合。

四、以诗文本为骨架融合其他文本

汉唐小说家尊重诗歌的写作规律,吸取诗歌的精神,使之融入小说充当文体的基本骨架,与其他文本会通叙述故事。

中国古代小说"在叙事时间上基本采用连贯叙述,在叙事角度上基本采用全知视角,在叙事结构上基本以情节为结构中心"[1]。汉魏六朝小说以诗文本为骨架会通其他文本而产生的作品,将谣谶作为情节开端、发展、结局的内核,使小说围绕某一主题,形成叙述的中心。如《异苑》"长安谣""女水""小儿辇沙":

---

[1]陈平原:《中国小说叙事模式的转变》,上海人民出版社,1988年,第4页。

　　晋时长安谣曰：“秦川城中血没踠，惟有凉州倚柱看。”及
惠愍之间，关内歼破，浮血飘舟。张轨拥众一方，威恩共著。①

　　临淄牛山下有女水，齐人谚曰：“世治则女水流，世乱则
女水竭。”慕容超时，干涸弥载，及天兵薄伐，乃激洪流。②

　　秦世有谣曰：“秦始皇，何僵梁。开吾户，据吾床。饮吾
酒，唾吾浆。飧吾饭，以为粮。张吾弓，射东墙。前至沙丘，
当灭亡。”始皇既坑儒焚典，乃发孔子墓，欲取诸经传，圹既
启，于是悉如谣者之言。又言谣文刊在冢壁，政甚恶之，乃远
沙丘而循别路，见一群小儿輂沙为阜，问，云：“沙丘。”从此
得病。③

张轨，《周书》卷三七有传。永宁元年（120 年）出任凉州刺史，因举
措深得民心，西晋末年，虽中原屡遭战乱，洛阳和长安两大重镇都
先后被攻陷，而凉州却相对安定，流民纷纷来此避难。第一条“长
安谣”，引用谣谶预言天下大乱，只有张轨的治所凉州才能幸免。
后文所述，印证前文谣谚不虚。第二条“女水”以临淄牛山下水源
的枯竭、满溢预兆齐地的动乱、和平，是齐人由河源崇拜衍生的传
说故事，反映了齐地的一种“征兆信仰”。文末以慕容超和“天兵
征伐”证谣谚的真实。第三条“小儿輂沙”中的谣谚，是人民大众
对秦始皇暴政的控诉和结束秦朝统治的希望。谣谚后的内容，秦
始皇焚书坑儒、发孔子墓、至沙丘等情节，都在谣谚中预先揭示。
《搜神记》“葛由”“京师谣言”“荆州童谣”、《灵鬼志》“谣征四则”等
谣谚的作用亦然。

――――――――――

① ［南朝宋］刘敬叔撰，范宁校点：《异苑》卷三，第 28 页。
② ［南朝宋］刘敬叔撰，范宁校点：《异苑》卷三，第 29 页。
③ ［南朝宋］刘敬叔撰，范宁校点：《异苑》卷三，第 29 页。

汉魏六朝小说以诗文本为骨架融合其他文本的小说篇幅较短,所有内容都以谣谚为中心而进行。甚至可以说,这类小说基本不具备情节因素,叙述性文字只是为了说明谣谚的真实性,谣谚才是整篇小说的主要部分。唐代小说以诗文本为骨架会通其他文本而产生的作品则不然,作品以诗文本为首尾贯穿的主线,推动故事的展开。

沈亚之的《感异记》远接《列仙传·江妃二女传》,近承唐传奇小说《游仙窟》,是一篇优美的人神相爱小说。《感异记》以诗文本为主,将诗与辞赋、祝文、史传、志怪等文体元素和表现手法熔为一炉。《感异记》用志怪的幻笔虚构了神女与沈警相遇的故事,用赋体语言铺叙故事中两位神女的姿容娇丽,而以神女与沈警连吟诗文本作为叙事和展现人物气质的主要手段。

《感异记》开篇在介绍沈警的身世之后,有意安排沈警祝祷,让神女好奇感动,从而引发一段人神之间的爱恋。祝文本是这篇故事的引子,接着以诗文本推动故事情节的发展。首先,沈警在月夜,凭轩远眺,孤苦、寂寞的情感悠然而生。于是,他通过吟咏诗文本来排遣孤寂:

> 既暮,宿传舍,凭轩望月,作《凤将雏含娇曲》,其词曰:"命啸无人啸,含娇何处娇?徘徊花上月,空度可怜宵。"又续为歌曰:"靡靡春风至,微微春露轻。可惜关山月,还成无用明。"吟毕。闻簾外叹赏之声,复云:"闲宵岂虚掷,朗月岂无明?"音旨清婉,颇异于常。忽见一女子褰簾而入,拜云:"张女郎姊妹见使致意。"①

---

① 李时人编校,何满子审定,詹绪左复校:《全唐五代小说》卷二五(第二册),第857—858页。

神女听到沈警吟诵的诗文本大加赞赏,进而感叹"未见其人而先闻其声"。在充满诗意的情调中,神女飘然现身。接着,沈警与神女之间通过诗文本进行对话:

> 小婢丽质,前致词曰:"人神路隔,别促会赊。况姮娥妒人,不肯留照;织女无赖,已复斜河。寸阴几时,何劳繁琐?"……复置酒,警又歌曰:"直恁行人心不平,那宜万里阻关情。只今陇上分流水,更泛从来呜咽声。"警乃赠小女郎指环,小女郎赠警金缕合欢结。歌曰:"结心缠万缕,结缕几千回。结怨无穷极,结心终不开。"大女郎赠警瑶镜子,歌曰:"忆昔窥珞镜,相望看明月。彼此俱照人,莫令光彩灭。"①

诗文本为小说"提供一个开放的领域,使物象、意象作'不涉理路'、'玲珑透彻'、'如在目前'、近似电影水银灯的活动与演出"②,建构了一个令人遐想的诗意空间,暗示沈警与神女虽相逢恨晚,但前景难料。接着,相逢、相知的恋人,抓住难得一遇的机缘,享受男女之间的欢爱。此刻,神女援引江妃二女的典故,亦用一首诗来传情达意。最后,曲终人散,沈警与神女在怅恨中以诗作别。故事共有四个场景:神女意外出现;神女与沈警在知道相恋无果的情况下,倾诉衷肠;神女与沈警的交欢;神女与沈警分别。每个场景,都由相应的诗文本组合而成。诗文本是《感异记》渲染气氛、抒发人物情感、推动故事情节发展的主要元素。从审美角度来说,这篇小说不是靠跌宕起伏的故事情节和人物之间尖锐的矛盾冲突取胜,而是以浓重抒情的"诗笔"来表现人物内心微

---

① 李时人编校,何满子审定,詹绪左复校:《全唐五代小说》卷二五(第二册),第859—860页。
② [美]叶维廉:《中国诗学》(增订版),人民文学出版社,2006年,第34页。

妙细腻的心理变化,渲染如情似梦的气氛,委婉含蓄、深沉隽永。正如海德格尔所说,文学是人们在天地之间创造出来的崭新的诗意的世界,是借文字展示的诗意的生存的生命。日常生活是非诗意的,我们可以通过文学的引导达到诗意,感受无限,领悟神圣①。

《游仙窟》是唐五代小说中诗文本使用较多,且融合了多种文本的传奇小说。全文共有 90 多处诗文本,如十娘与"余"初次相见,即通过吟诵诗文本来问话传情:

> 须臾之间,忽闻内里调筝之声,仆因咏曰:"自隐多姿则,欺他独自眠。故故将纤手,时时弄小弦。耳闻犹气绝,眼见若为怜?从渠痛不肯,人更别求天?"片时,遣婢桂心传语,报余诗曰:"面非他舍面,心是自家心。何处关天事,辛苦漫追寻!"余读诗讫,举头门中,忽见十娘半面……②

"余"在门外草亭等候之时,询问先前所遇浣衣女子宅院主人的身份。通过浣衣女子介绍,间接引出故事人物——十娘。忽然,"余"听屋里传出弹筝的声音,知是主人,于是"以诗传话",向主人借宿。果然,十娘亦用诗文本遣婢回报"余"话。香气袭人、芳草遍地的神仙之境,有擅长弹筝的绝色佳丽。更让人惊叹的是,此佳丽满腹才情,善吟诗作赋。在十娘还未出现前,就已经令人神往。接着,十娘露出半面,再次遣婢以"诗"传情。诗文本成为十娘与"余"传递信息、交流情感的渠道。用含蓄、蕴藉的诗文本传话,正符合未曾谋面之人的心境。十娘用诗文本向"余"真诚地表

---

① 见[德]海德格尔:《赫贝尔——家之友》,出自成穷等译,唐有伯校:《海德格尔诗学文集》,华中师范大学出版社,1992 年,第 246—264 页。

② 李时人编校,何满子审定,詹绪左复校:《全唐五代小说》卷六(第一册),第 193 页。

达情意,"余"不便表白,以书牍文本陈述心意:

> 于是夜久更深,沉吟不睡,彷徨徙倚,无便披陈。彼诚既有来意,此间何能不答? 遂申怀抱,因以赠书曰:"余以少娱声色,早慕佳期,历访风流,遍游天下。弹鹤琴于蜀郡,饱见文君;吹凤管于秦楼,熟看弄玉。虽复赠兰解珮,未甚关怀;合苔横陈,何曾惬意! 昔日双眠,恒嫌夜短;今宵独卧,实怨更长。一种天公,两般时节。遥闻香气,独伤韩寿之心;近听琴声,似对文君之面。向来见桂心谈说十娘,天上无双,人间有一。依依弱柳,束作腰支;敁敁横波,翻成眼尾。才舒两颊,熟疑地上无华;乍出双眉,渐觉天边失月。能使西施掩面,百遍烧粘;使南国伤心,千廻扑镜。洛川回雪,亦堪使叠衣裳;巫峡仙云,未敢为擎靴履。忿秋胡之眼拙,枉费黄金;念交甫之心狂,虚当白玉。下官寓游胜境,旅泊闲亭,忽遇神仙,不胜迷乱。芙蓉生于涧底,莲子实深;木栖出于山头,相思日远。未曾饮炭,腹热如烧;不忆吞刃,肠穿似割。无情明月,故故临窗;多事春风,时时动帐。愁人对此,将何自堪! 空悬欲断之肠,请救临终之命。元来不见,他自寻常;无事相逢,却交烦恼。敢陈心素,幸愿照知。若得见其光仪,岂敢论其万一!"①

这封骈体书信,以相对整齐的四六句式,借卓文君、弄玉之事,铺叙了"余"年少时对男女之情的向往;以洛神、西施、秋胡与十娘相较,铺陈、渲染了十娘的美貌举世无双;以空悬欲断之肠为喻,描摹了"余"对十娘的苦苦思念。这封书信,穿插司马相如和卓文

---

① 李时人编校,何满子审定,詹绪左复校:《全唐五代小说》卷六(第一册),第194—195页。

君、弄玉、秋胡等典故,不仅把词句装饰得典雅富丽,而且用简省的语言表现了"余"爱慕、执着于十娘的情感,创造出幽婉缠绵的艺术意境。不仅如此,作者还用赋文本反复渲染、铺陈了十娘居室的华美、十娘的美貌、"余"的心理。《游仙窟》中骈赋文本的大量使用,"是受到六朝骈文及晚唐骈体回潮影响所致……赋体以语词华艳藻饰、叙写细密详备、抒情往复回环为特征,以之加入小说,使小说具有了赋的艺术特征"①。

《游仙窟》采用自叙体形式,以志怪小说中常见的人神相恋题材,写"余"在神仙窟与十娘等女子的欢娱。作者以四六骈文的形式进行创作,韵散夹杂,写得生动活泼,文辞华艳。诗文本占小说绝大部分篇幅,是故事的主体骨架。作者在故事的叙述过程中,通过人物吟诵的诗文本展开对话,以故事人物的对话推动故事情节的发展。同时,用自述心声的骈体书信,刻画故事人物心理,将"余"不便于直陈的心意传达给十娘。以夸饰的赋文本描摹故事人物外貌、心理等。诗文本与骈、赋、志怪等文本相会通,叙述了"余"一夜的艳遇。虽然人物和情节中都有虚构的成分,却很可能有作者真实感情经历的影子。

《感异记》《通幽记》《郑德璘》等篇,也是以诗文本为主会通其他文本而形成的传奇小说。石昌渝在《中国小说源流论》中曾指出:"诗赋在传奇小说中有多方面的作用,归纳起来,大体有这样五个方面:一、男女之间传情达意;二、人物言志抒情;三、绘景状物;四、暗示情节的某种结局;五、评论。"②以诗文本为主体会通史传、论说、志怪等文体元素和表现手法是唐代小说文体生成的

---

① 崔际银:《诗与唐人小说》,第 251 页。
② 石昌渝:《中国小说源流论》,第 167 页。

重要方式之一。

　　同样以诗文本为骨架融合其他文本结撰小说，汉魏六朝小说、唐代小说表现出较大的差异。汉魏六朝小说处于此种体制的摸索期，作者尚未将诗文本与情节、人物自然融合，本应为情节服务的诗文本，反倒变成了情节服务于诗文本，情节成为诗文本的附庸。唐代小说家从诗歌的抒情性特征出发，将诗文本与作品的情景、意境水乳交融，隽永含蓄地传达了人物的心理、情感，和小说中的形象、情节化为一体。这不仅增加了小说的表现手段，而且使一些作品弥漫着抒情的气氛，洋溢着诗情画意。甚至部分小说疏离了叙事的本质向抒情靠拢，在叙述中传递一种意境，由此而形成"诗化小说"。诗文本与辞赋、志怪等文本相组合，也扩大了小说内容的含量，敷衍了故事的情节，唐代小说的故事性、文学性都得到了加强。

五、以碑铭文本为骨架融合其他文本

　　碑铭文自身具有一定的叙事性。"中国叙事文类涵盖着异常丰富复杂的文体……除了《诗经》、汉魏六朝'乐府'以来的叙事诗之外，还有许多短小的形式存在于人们的日常生活交往之间。比如《昭明文选》有碑文、墓志、行状的类别"①。汉唐小说借助碑铭文的叙事性，以之为小说文体的骨架，融合其他文本叙述故事。

　　《世说新语》捷悟第十一"魏武尝过曹娥碑下"②，是汉魏六朝时较典型的以碑铭文本为骨架融合其他文本进行叙述的小说作品：

――――――――――

① 杨义：《中国叙事学》，人民出版社，2009年，第18—19页。
② 此则故事也见于《异苑》"曹娥碑"。

　　魏武尝过曹娥碑下,杨修从,碑背上见题作"黄绢幼妇,外孙齑臼"八字。魏武谓修曰:"解不?"答曰:"解。"魏武曰:"卿未可言,待我思之。"行三十里,魏武乃曰:"吾已得。"令修别记所知。修曰:"黄绢,色丝也,于字为绝。幼妇,少女也,于字为妙。外孙,女子也,于字为好。齑臼,受辛也,于字为辞。所谓'绝妙好辞'也。"魏武亦记之,与修同,乃叹曰:"我才不及卿,乃觉三十里。"①

小说以曹操、杨修同过曹娥碑下,发现蕴含深意的碑刻文字引发故事。小说按照发现碑文——思考碑文含义——解开碑文之谜的时间顺序,次第展开。其中,穿插了曹操解释碑文的论说文本,为接受者解开碑文之谜。在这则故事中,曹操之所以关注曹娥碑,是因为其碑刻文字不似寻常碑文,一览即知;文中曹操与杨修之对话,也是为了给曹操解开碑文思考的时间;文末曹操的解释性文字,更是为了突出曹娥碑的含义。故事从开端至结尾,人物的思想、心理、行动都朝怎样解开曹娥碑义之谜而展开。

《搜神记》"赤虹化玉""葛由""京师谣言""荆州童谣"、《博物志》"滕公蒙"、《西京杂记》"滕公葬地"、《灵鬼志》"谣征四则"的文体构成方式与《世说新语》"魏武尝过曹娥碑下"相似,都是以碑铭文本为骨架会通其他文本而成。由于碑铭文本自身具有叙事的特点,在故事情节开始前,已将小说内容浓缩于其中。换句话说,情节只是碑铭文本的容器,为拓展、补充其隐含内容而存在。由于碑铭文本对小说内容早有揭示,情节都在意料之中,缺少引人入胜的张力。唐代小说以碑铭文本为主体融入其他文本的作品

---

① [南朝宋]刘义庆撰,[南朝梁]刘孝标注,余嘉锡笺疏,周祖谟等整理:《世说新语笺疏·捷悟第十一》,第 684 页。

则不然。在紧张的矛盾冲突中,碑铭文本介入、强化情节,用以展示人物性格和表现主题。介入、强化情节的结果,也强化了小说的矛盾冲突。

牛肃《纪闻》中的《牛氏僮》是一篇争夺宝物的故事。牛肃家奴梦中经神人指点,发现黄金和铭文:

> 乃行求仙人杖。得大丛,掘其根,根转壮大。入地三尺,忽得大砖,有铭焉。揭砖已下,有铜钵斗,于其中尽黄金铤,丹砂杂其中。安不知书,既藏金,则以砖铭示村人杨之侃。留铭示人,而不告之。铭曰:"砖下黄金五百两,至开元二十八年五月十八日,有下贼胡人年二十二姓史者得之,泽州城北二十五里白浮图之南,亦二十五里,有金五百两,亦此人得之。"①

这则铭文本,在故事中有着其他文本不可替代的重要功能。铭文本引发、推动了故事的发展。整个故事围绕着发现铭文——拷问发现铭文之人——寻找铭文所示藏宝地——家奴取走宝藏四个情节而展开。同时又"节外生枝",引出与寻宝故事相关的其他人物的活动,使叙述头绪变得复杂。当牛氏僮被拘禁的时候,作者刻意安排了画工因买丹砂,与牛氏僮的一次会面。画工与牛氏僮见面后,得知牛氏僮有丹砂的真相,就把这个秘密泄露给裴氏。本来就怀疑牛氏僮持有黄金的裴氏,这下更是深信不疑。牛氏僮因画工的告密,再一次遭到严刑拷打。这一情节从另一个层面展现了牛氏僮对金银财物的执着、狂热,裴氏为了金银财宝的残忍,画工为了金银财宝的背信弃义。这显然是用史传叙述的笔法。

---

① 李时人编校,何满子审定,詹绪左复校:《全唐五代小说》卷一〇(第一册),第350页。

而牛氏僮能够发现铭文,主要是受梦中神人的指引,小说又借用了志怪文本常见的神仙"梦幻"之笔。作者用散体语言,对这个梦境、神仙进行了描述。牛氏僮所做的这个梦,是他能发现宝藏的契机。没有这个梦,就没有这个寻宝的故事。众人对牛氏僮是否发现宝物的热衷与眼红,亦采用了概述性的散体语言。在有限的篇幅内,把牛氏僮、众人对财物的迷恋刻画得入木三分,最后以牛氏僮拿走黄金逃离而结束。

又如《王果》(节文),当王果路经三峡时,望见江岸石壁悬棺。他命人爬上悬崖,发现悬棺上有石铭:

> 有石志云:"三百年后水漂我,欲及长江垂欲堕,欲堕不堕逢王果。"①

《王果》是典型的以"某时、某地、某人、发生了某事"开篇的史传结构方式。接着,小说详细描述了悬棺周围壁立千仞的险峻环境。不管是对故事人物的介绍,还是描述悬棺摇摇欲坠的情形,小说都是围绕悬棺上铭文本的内容而展开。作者介绍人物,是为了引出发现铭文本之人;描述悬棺周围环境,是为了突出王果在冥冥之中早已与铭文本结下不解之缘。可见,铭文本在《王果》中主要是作为一种预言而出现。故事的具体经过、事件之间的前因后果,铭文本都给予了揭示。

《卢彦绪》《汪凤》《姜师度》等篇,也是以碑铭文本为主,吸收其他文本而形成的。以碑铭文本为主的唐代小说作品,篇幅多简短,带有预言、谶语的性质,多与史传、志怪、诗赋、论说文本交融。

综合以上对汉唐小说文本组合使用情况的分析,很显然,汉

---

① 李时人编校,何满子审定,詹绪左复校:《全唐五代小说》外编卷七(第七册),第3752页。

魏六朝、唐代小说虽然都使用了以诗、碑铭、书牍、公牍、史传文本为骨架融入其他文本的组合方式,但是融入的具体文本形式却有差别。汉魏六朝小说以某以文本为骨架融合其他文本的组合方式,除了占主导地位的文本外,只有不多的散体文字零星点缀于其中。唐代小说不仅以某一种文本为主体,还吸收其他文本,如诗歌、辞赋、骈文、书牍文、论说文等,在叙述过程中将这些不同文学"体裁"的文本功能运用得恰到好处。它们利用散体语言可长可短、行文自由、不受约束的特点,用来书写人物对话、人物的曲折经历或者充当故事过渡承接的关节点;又结合骈文本辞藻华丽、句式整齐的特色,用来表现场景、描绘容貌、渲染气氛等;再借助诗、赋文本押韵抒情的优势,来抒发人物的内心情感,拉长故事叙述的时间,塑造更为立体、饱满的人物形象;还用论说文本来说理,深化故事内容,升华主题。这样就使得小说故事的叙述张弛有度,节奏分明,呈现出一种集各种"文学体裁"之长的艺术美。这些在小说文体骨架上融入的其他文本,可看成是叙述者的一种特殊语言。"既担负着联缀故事情节、填补叙事空白的任务,也暗中起着分析、介绍文本的背景情况与材料,为隐含作者的价值评价作出铺垫,替整个文本的叙事风格的形成定下基色和主调的作用"①。唐代小说吸收不同文本叙述故事,充分发挥了各种文本的功能。文本的重新组合即意味着文本功能的相互交融,从而产生新的文学视界。文学作品的"文学性"正是由于此种"文本"的吸收、交融。

---

① 徐岱:《小说叙事学》,商务印书馆,2010 年,第 130 页。

第二节　以一种"文本"为核心融会
其他"文本"

从"形式"层面看,汉唐小说以某一种文本为主体会通其他文体元素和表现手法叙述一个故事;从"内容"层面看,汉唐小说亦善于从前代作品中吸取创作素材。"故事的关联是判断文本间关系,并结构文本链的标准,其内涵与'本事'一词基本相当"①。汉唐小说通常以前代作品中的某一人物、某一事件为核心文本,与其他文本相融合,衍生出一个或者多个不同的故事。作者或者对故事原型进行增减,或者对相似的事件加以重组形成情节类似的故事群。这种多个情节类似的故事群可称为一个"类型"(type)②。

一、从史传中选取核心文本加以衍生

从前代史传中"拿来"一个"文本"作为核心加以衍生,是汉唐小说生成、演变的主要方式。

汉唐小说不仅借鉴史传的叙事模式、文体结构和表现手法,而且还直接从史传中选取创作的题材。换言之,史传也是汉唐小说题材的重要来源。

如《搜神记》"黄玉刻文",原文如下:

> 孔子修《春秋》,制《孝经》,既成,斋戒,向北辰而拜,告备

① 黄大宏:《唐代小说重写研究》,重庆出版社,2004年,第31页。
② 见李道和:《晋唐小说螺女故事考论》,见陈勤建主编:《文艺民俗学论文集》,上海文化出版社,2009年,第123页。

于天。天乃洪郁起白雾,摩地,赤虹自上而下,化为黄玉,长三尺,上有刻文。孔子跪受而读之,曰:"宝文出,刘季握。卯金刀,在轸北。字禾子,天下服。"①

孔子在六经之外,还有一套不轻传人的隐秘学问。关于这一点,《史记·天官书》云:"孔子论六经,纪异而说不书。至天道命,不传;传其人,不待告;告非其人,虽言不著。"②《史记》对孔子不见著述的天道秘而不言,更增添了孔子天命观的神秘,为小说提供了可供阐释的空间。随着儒学的谶纬化、神学化,孔子的形象也带有宗教的色彩。《搜神记》中,孔子被神圣化为天命祥瑞的代言,为刘季成为天下之主披上了一层合法的外衣。后起的《宋书》几乎原封不动地将《搜神记》所记直接录入史册:"鲁哀公十四年,孔子夜梦三槐之间,丰、沛之邦,有赤烟气起,乃呼颜渊、子夏往视之。驱车到楚西北范氏街,见刍儿摘麟,伤其左前足,薪而覆之。孔子曰:'儿来,汝姓为赤诵,名子乔,字受纪。'孔子曰:'汝岂有所见邪?'儿曰:'见一禽,巨如羔羊,头上有角,其末有肉。'孔子曰:'天下已有主也,为赤刘,陈、项为辅,五星入井从岁星。'儿发薪下麟示孔子,孔子趋而往,麟蒙其耳,吐三卷《图》,广三寸,长八寸,每卷二十四字,其言赤刘当起,曰:'周亡,赤气起,大耀兴,玄丘制命,帝卯金。'孔子作《春秋》,制《孝经》,既成,使七十二弟子向北辰星罄折而立,使曾子抱《河》、《洛》事北向。孔子斋戒向北辰而拜,告备于天曰:'《孝经》四卷,《春秋》、《河》、《洛》凡八十一卷,谨已备。'天乃洪郁起白雾摩地,赤虹自上下,化为黄玉,长三尺,上

①[晋]干宝撰,汪绍楹校注:《搜神记》,第112页。

②[汉]司马迁撰,[宋]裴骃集解,[唐]司马贞索隐,[唐]张守节正义:《史记》,中华书局,1999年,第1153页。

有刻文。孔子跪受而读之曰:'宝文出,刘季握。卯金刀,在轸北。字禾子,天下服。'"①史书与小说之间题材的相袭沿用,说明了这两种文体的相互影响、相互渗透。史书简约的书写原则,为小说提供了可资参稽的资料,也留下了想象、发挥的空间。小说将史书言之不详的内容具体化、虚构化,敷衍出不同于史传的故事。

又如《列异传》"陈宝祠",据唐以前的史籍而有所增饰:

> 秦穆公时,陈仓人掘地得异物,若羊非羊,若猪非猪,牵以献穆公。道逢二童子,曰:"此名为'媪',常在地下食死人脑。若欲杀之,以柏捶其首。"媪曰:"此二童子名为'鸡宝'。得雄者王,得雌则霸。"陈仓人舍媪逐二童子。二童子化为雉,飞入平林。

> 陈仓人告穆公。穆公发徒大猎,果得其雌,又化为石。置之泾渭之间。至文公,为立祠,名陈宝。②

秦始皇统一天下前,民间就流传秦将平息各国纷争、统一天下的谶语。《史记·封禅书》云,秦缪公"病卧五日不寤;寤,乃言梦见上帝,上帝命缪公平晋乱。史书而记藏之府"③。《汉书》卷二五郊祀志又记载了秦文公在陈仓北阪城获得奇石的神异:"作鄜畤后九年,文公获若石云,于陈仓北阪城祠之。其神或岁不至,或岁数。来也常以夜,光辉若流星,从东方来,集于祠城,若雄雉,其声殷殷云,野鸡夜鸣。以一牢祠之,名曰陈宝。"④秦文公把从天而

---

① [梁]沈约撰:《宋书》卷二七(第三册),中华书局,1974年,第766页。

② [魏]曹丕等撰,郑学弢校注:《列异传等五种》,第1—2页。

③ [汉]司马迁撰,[宋]裴骃集解,[唐]司马贞索隐,[唐]张守节正义:《史记》,第1165页。

④ [汉]班固撰:《汉书》,第1195页。

降的陨石附会成来自东南方的神鸡,于其地筑祠祭祀,称之为"陈宝"神。《列异传》"陈宝祠"融会《史记》秦将统一天下和《汉书》秦文公获得异石的故事文本,在此基础上加以变形、改编,将内容变为陈仓人给秦穆公进献能称霸天下的"鸡宝",质朴、平实的史传叙述变得神奇、怪异,情节也颇具波澜。

汉魏六朝小说以历史人物、事件为题材的,如《汉武帝内传》《燕丹子》《汉武故事》《拾遗记》,以及记人物言行的志人小说,很多材料都来自史书,是对历史的移植、变形、夸饰。从史籍中脱胎而出的小说,因不拘于历史所限,对历史事件进行必要的提炼、虚构,故事矛盾冲突集中,经重编后焕发出新意。唐代小说继续从史传中吸取素材,创作新的作品。

唐前史传有许多刺客、侠客的故事,《史记》就专列游侠列传,讴歌打抱不平、行侠仗义的侠客。唐代小说以此前史籍记载中的这些人物故事为蓝本,对此加以增衍。

如牛肃《纪闻·隋炀帝》,隋炀帝《隋书》有传,对其奢侈淫佚的生活有所记载:"盛治宫室,穷极侈靡,召募行人,分使绝域。诸蕃至者,厚加礼赐,有不恭命,以兵击之。……帝性多诡谲,所幸之处,不欲人知。每之一所,辄数道置顿,四海珍羞殊味,水陆必备焉,求市者无远不至。"[1]在牛肃《隋炀帝》中,萧后借用隋炀帝亡国之史事讽谏唐太宗:

> 隋主享国十有余年,妾常侍从,见其淫侈。隋主每当除夜(至及岁夜),殿前诸院设火山数十,尽沉香木根也。每一山焚沉香数车,火光暗则以甲煎沃之,焰起数丈,沉香甲煎之香,旁闻数十里。一夜之中,则用沉香二百余乘,甲煎二百

---

①[唐]魏徵、令狐德棻撰:《隋书》卷四,第94页。

石。又殿内房中不燃膏火,悬大珠一百二十以照之,光比白
日。又有明月宝夜光珠,大者六七寸,小者犹三寸,一珠之
价,直数千万。妾观陛下所施,都无此物。殿前所焚,尽是柴
木,殿内所烛,皆是膏油。但乍觉烟气薰人,实未见其华丽。
然亡国之事,亦愿陛下远之。①

萧后所言与史书对炀帝的记载基本相同。小说以历史人物隋炀
帝骄奢淫逸作为文本核心,铺衍了一代明妃萧后与唐太宗的故
事。作品的寓意十分明显,暗讽唐太宗必须勤俭治国,否则将步
隋炀帝之后尘。

又如李隐《奇事记·王常》,小说开篇极力突出王常身上"侠"
的气质:"王常者,洛阳人,负气尚义。见人不平,必手刃之;见人
饥寒,至于解衣推食,略无难色。"②与《史记》对游侠身上可贵品
质的褒奖如出一辙:"今游侠,其行虽不轨于正义,然其言必信,其
行必果,已诺必诚,不爱其躯,赴士之阸困,既已存亡死生矣,而不
矜其能,羞伐其德,盖亦有足多者焉。"③然后,移用志怪中常见的
神仙法术题材,叙王常欲济天下苍生的抱负感动神灵,得神仙相
助炼成"黄白术"的前后经过。因时代历史的变迁、社会文化语境
的改变,小说将史传"游侠"故事与志怪小说相结合,对故事文本
进行了重组。小说中的"侠客"沾染了仙风道骨,故事的情节也多
有改变,主题更有时代色彩,并以新的形式广泛传播。

---

① 李时人编校,何满子审定,詹绪左复校:《全唐五代小说》外编卷三(第七
　　册),第 3629 页。
② 李时人编校,何满子审定,詹绪左复校:《全唐五代小说》卷五一(第四册),
　　第 1772 页。
③ [汉]司马迁撰,[宋]裴骃集解,[唐]司马贞索隐,[唐]张守节正义:《史
　　记》,第 2413 页。

　　章太炎说:"国民常性,所察在政事日用,所务在工商耕稼。志尽于有生,语绝于无验。"①这种"重实际而黜玄想"的民族文化心理,表现在文学创作上,就是喜欢拟古、因袭。中国古代小说的主要源头是先秦史传文学,《新唐书·艺文志》亦指出:"传记、小说,外暨方言、地理、职官、氏族,皆出于史官之流也。"②明代笑花主人在《今古奇观序》中说:"小说者,正史之余也。"③中国古代小说"从它一开始产生就带着史传文学的鲜明'胎记',在其不断发展与成熟的漫长过程中,史传文学对其多方面的影响是贯彻始终的"④。小说家出于提升小说地位的目的,把小说当成劝世讽谏的工具,特喜欢以历史题材、历史人物作为创作的素材。崔令钦《教坊记》中关于皇室教坊的故事,就是教坊中人亲自为作者言说后所记的。《北梦琐言》的作者孙光宪在序中亦言:"唐自广明乱离,秘籍亡散,武宗已后,寂寞无闻,朝野遗芳,莫得传播。仆生自岷峨,官于荆郢,咸京故事,每愧面墙,游处之间,专于博访。顷逢故凤翔杨玭少尹,多话秦中平时旧说,常记于心。他日渚宫见元澄中允,款狎笑语,多符其说。……厥后每聆一事,未敢孤信,三复参校,然始濡毫。非但垂之空言,亦欲因事劝戒。三纪收拾筐篚,爰因公退,咸取编连。先以唐朝达贤一言一行列于谈次,其有事类相近,自唐至后唐、梁、蜀、江南诸国所得闻知者,皆附其末,

---

①章太炎著,傅杰编校:《章太炎学术史论集》,中国社会科学出版社,1997年,第201页。

②[宋]欧阳修、宋祁撰:《新唐书》卷五七,第1421页。

③[明]抱瓮老人辑:《今古奇观》,上海古籍出版社,2005年,第1页。

④刘人杰主编:《中国文学史》(第一卷),中国对外翻译出版公司,1999年,第126页。

凡纂得事成三十卷。"①

汉唐小说中,素材与历史相关的小说集《拾遗记》《西京杂记》《明皇杂录》《中朝故事》《隋炀帝海山记》《迷楼记》《开元天宝遗事》等,不少作品都是以史传文本为核心加以衍生而成的。但是,汉魏六朝和唐代小说对史传文本进行衍生的方式却有差异。汉魏六朝小说对史传文本进行幻化,将之变为诡异奇绝的故事,"明神道之不诬",宗教色彩浓厚,如《汉武帝内传》中的东方朔,几乎无所不能,无所不晓,人物原型与历史相差甚远。《博物志》中的张华同样如此。因为汉魏六朝人普遍接受佛道思想,相信世间存在着异于常人的神力,有超自然的神灵,宗教迷信观念极大地支配着他们对小说的编撰。并且不少小说编撰者为证佛教、道教的真实,他们用"释氏辅教之书"弘教,也是顺理成章。唐代小说以史传文本为核心加以衍生的作品,宗教色彩退化,主要表现在两个方面:第一,以移植的志怪文本对史传文本进行虚构、加工,赋予作品一定的现实意义,如张读《宣室志·李贺》,以志怪小说常见的"梦幻"题材,借年少即夭折的才子李贺的历史故事,为其因父名晋肃,避父讳不能举进士鸣不平。第二,将史传文本与现实政治相结合,以古喻今,或借古讽今,突出小说家"补史之阙"的创作意识,如《隋炀帝海山记》《开元升平源》《贾昌》等。以"实录"自诩的汉魏六朝小说,有些作品虽以史传文本为核心衍化而来,作者却并没有将之真实化,反倒增添了许多虚幻不实的内容。而唐人为达到补史的目的,或将史传文本与关乎政治、现实人事的题材相结合,或在怪诞不实的叙述中寄寓一定的寓意。以这种方式写成的小说作品内容虽不一定真实,却比真实的历史更具现实价

---

① 上海古籍出版社编:《唐五代笔记小说大观》,第 1803 页。

值和意义。从汉魏六朝小说发展到唐代小说的过程中,小说虽仍有神奇怪异的题材,作品的主旨却进一步人情化、世俗化,展示了小说发展、演变的轨迹。

二、从诗歌中选取核心文本加以衍生

从前代诗歌中"拿来"一个"文本"作为核心加以衍生,亦是汉唐小说生成、演变的重要方式之一。

我国第一部诗歌总集《诗经》,有不少关于男女之间爱情的诗歌。如描写男女之间彼此爱慕、约会恋爱的《关雎》《卷耳》《桃夭》《蒹葭》等;又如描写男女间谈婚论嫁、夫妻恩爱的《雀巢》《殷其雷》《绿衣》《终风》《硕人》等;还有描写婚后感情走向破裂的《氓》《汝坟》《江有汜》《日月》等。这些诗歌,有着很强的叙事因子,完全可以当成小说来读。

汉魏六朝小说很少触及女子在婚姻中的不幸,一般从正面描写男女之间至死不渝的爱情。即使恩爱的双方最终不能结合,也不是因为男子负心,而是因为或被社会、世俗所不允许,或其中一方夭亡,另一方为其殉情。此时期的诗歌,倒有不少控诉男子喜新厌旧、负心休妻的。如《吴声歌曲·子夜歌》其三十六:"侬作北辰星,千年无转移。欢行白日心,朝东暮还西。"以女子之口吻,表达了对男子朝三暮四的谴责,言辞之间充满了激忿之情。又如汉乐府民歌《上山采蘼芜》:"上山采蘼芜,下山逢故夫。长跪问故夫:'新人复何如?''新人虽言好,未若故人姝。颜色类相似,手爪不相如。''新人从门入,故人从阁去。''新人工织缣,故人工织素。织缣日一匹,织素五丈余,将缣来比素,新人不如故。'"诗歌截取弃妇与故夫重逢时的一番简短对话,咏唱弃妇不幸的命运。汉魏六朝小说不受此时期诗歌的影响,以《诗经》中

男女之间约会恋爱和婚嫁为核心文本，大肆渲染男女之间美好的爱情。

《幽明录》"卖胡粉女子"中男子与女子的相恋与《诗经·氓》颇相似。《诗经》中，"氓"每次以布匹换丝为借口，向女子求婚："氓之蚩蚩，抱布贸丝。匪来贸丝，来即我谋。"①《幽明录》中，富家子为赢得所爱女子的芳心，每天以买胡粉的名义接近她。日久姑娘生疑，问其缘由，少爷自述心迹感动女子，两人遂相好：

> 有人家甚富，止有一男，宠恣过常。游市，见一女子美丽，卖胡粉。爱之，无由自达，乃托买粉。日往市，得粉便去，初无所言。积渐久，女深疑之。明日复来，问曰："君买此粉，将欲何施？答曰："意相爱乐，不敢自达，然恒欲相见，故假此以观姿耳。"女怅然有感，乃相许以私，剋以明夕。②

出人意料的是，幽会时发生了不幸的事，富家子突然死去，情节陡然生变。女子被送至官府，引发一场诉讼。这时女子不吝一死，"乞 临尸尽哀"，没想到出现奇迹，富家子"豁然更生"，二人"遂结为夫妇"，他们的爱情获得了圆满的结局。小说中，作者以诗歌"男女相恋"为文本核心，融合志怪常见的"死而复生"文本，在故事内容的组织安排上别具匠心：富家子不计出身贵贱，对贫家女一见钟情，费尽心机赢得其芳心。可好景不长，第一次约会时，富家子欢娱过甚而亡，女子惶惧而走，作品就此留下悬念。结尾以"人死复生"的喜剧场面结束，充满浪漫主义色彩。整篇小说情节波澜起伏，迭宕有致，人物性格鲜明，足具唐传奇

---

① 周振甫：《诗经译注》，第84页。
② ［南朝宋］刘义庆撰，郑晚晴辑注：《幽明录》，第3页。

之风采。

　　又如吴均《续齐谐记》"成武丁"关于牛郎、织女的故事。牛郎
织女传说及七夕节之风俗,由来甚古①。《诗经·小雅·大东》
云:"维天有汉,监亦有光。跂彼织女,终日七襄。虽则七襄,不成
报章。睆彼牵牛,不以服箱。"②这是关于牛郎织女传说的最早记
载,形成了牛郎织女神话的雏形。"成武丁"以这首诗歌中牛郎织
女故事为核心文本,敷衍出织女嫁牵牛的故事:

　　　　桂阳成武丁,有仙道,常在人间,忽谓其弟曰:"七月七
　　日,织女当渡河,诸仙悉还宫。吾向已被召,不得停,与尔别
　　矣。"弟问曰:"织女何事渡河? 去当何还?"答曰:"织女暂诣
　　牵牛,吾复三年当还。"明日失武丁,至今云织女嫁牵牛。③

"成武丁"是《续齐谐记》中最为读者熟知的民俗题材,讲述了牛郎
织女七夕在"有仙道"的成武丁的见证下相会。《诗经》中牛郎织
女的故事,已具悲剧品格。这则故事以《诗经》牛郎织女相会为文
本核心,既不对牛郎织女隔河相对"脉脉不得语"的悲剧表示惋
惜,也未指出牛郎织女终年分居的缘由,仅以志怪笔调述及"七月
七日织女当渡河","暂诣牵牛",创作上颇具匠心。《殷芸小说》也
以此故事为原型,想象牛郎娶织女,以及他们每年只能相会一次
的缘由:"天河之东有织女,天帝之子也,年年织杼劳役,织成云锦

---

①李剑国《唐前志怪小说辑释》勾稽了历世有关牛郎织女及七巧节的文献材
　料。见李剑国辑释:《唐前志怪小说辑释》注,第 635 页。
②周振甫:《诗经译注》,第 330—331 页。
③[梁]吴均撰,王根林校点:《续齐谐记》,见上海古籍出版社编,王根林等校
　点:《汉魏六朝笔记小说大观》,第 1007—1008 页。

天衣。天帝怜其独处,许嫁河西牵牛郎。嫁后,遂废织红。天帝怒,责令归河东,唯每年七月七日夜渡河一会。"①后明冯应京《月令广义》卷一四《七月令》引殷芸《小说》,也意在说明牛郎织女何以终年只能相会一次。《荆楚岁时记》记载了七夕节民间的盛况:"七月七日,为牵牛织女聚会之夜。是夕,人家妇女结彩缕,穿七孔针,或以金、银、鍮石为针,陈几筵、酒、脯、瓜果、菜于庭中以乞巧。有喜子网于瓜上,则以为符应。"②牛郎织女故事经文人的进一步加工,更富传奇色彩。唐代传奇小说《郭翰》更是将此类故事推向新的高度。

汉魏六朝以诗文本为核心加以衍生的小说,旨在歌颂美好的爱情,反映青年男女为幸福婚姻与世俗、社会大胆抗争的现实。而唐代以诗文本为核心衍生的作品,一方面,沿袭汉魏六朝小说颂男女之间美好爱情的立意,以诗歌中男女双方美满婚恋故事为核心文本加以衍生,如《裴航》《申屠澄》《柳毅传》,演绎出以大团圆结局的才子佳人故事。另一方面,以诗歌"男子负心"为核心"文本"衍生,如《霍小玉传》《莺莺传》等,演绎出以悲剧结局的爱情故事。小说的悲剧结局,让作品更具动人心魄的艺术魅力。

《霍小玉传》是继《莺莺传》之后中唐传奇的压卷之作。《霍小

①袁珂《中国神话史》认为鲁迅、余嘉锡、周楞伽三家所辑《殷芸小说》,都未辑入"牛郎织女"这一条(即使存疑,也当辑入),应是疏漏。见袁珂:《中国神话史》,上海文艺出版社,1988年,第318页。
②[梁]宗懔撰,宋金龙校注:《荆楚岁时记》,山西人民出版社,1987年,第53—55页。

玉传》中的小玉是假托高门、沦落风尘的妓女①。她与李生之间的爱情故事，与《㲋》的故事情节稍有差异，经历了相遇、相恋、负心、复仇四个环节。《㲋》中的女主人公面对被弃，无可作为；而《霍小玉》篇中的小玉，则是义无反顾地以生命为代价进行复仇：

> 我为女子，薄命如斯。君是丈夫，负心若此。韶颜稚齿，饮恨而终。慈母在堂，不能供养。绮罗弦管，从此永休。征痛黄泉，皆君所致。李君李君，今当永诀！我死之后，必为厉鬼，使君妻妾，终日不安！②

小玉相思成疾，百般设法以求与李益相见，李益总是避不见面。最后一黄衫豪士"怒生之薄行"，将李益强拉到小玉处。小玉悲愤交集，怒斥李益。这段义正词严的血泪控诉和强烈的复仇意绪，表现了一个备受欺凌的弱女子临终前最大程度的愤怒和反抗。至此，小玉性格中的温柔多情已为坚韧刚烈所取代，但这坚韧刚烈中却渗透了无比的凄怨。黄衫豪士的侠义行为，显然受前代侠客文本的影响，而小玉死后变鬼复仇，吸收了前代志怪小说中的

---

① 程国赋师在《唐五代小说的文化阐释》一书中，从同姓不婚的角度来分析《霍小玉传》中小玉的身份："霍小玉号称'故霍王小女'，这里所提到的霍王指唐高祖第十四子李元轨的曾孙李晖，嗣霍王封号。既然是霍王之女，小玉必然姓李，如果她与李益联姻，那么不仅仅属于良贱通婚，而且属于同姓婚姻，当然为社会、法律所不容。而在小说中，小玉却没有顾忌李益的姓氏，反而提出八年欢爱的短愿；李益负心，主要是因为严母之命，再加上担心良贱通婚会影响个人前程，并没有提及'同姓不婚'的法律规定。从这一点似乎可以确认霍小玉的身份并非'霍王小女'，只是一名普通的妓女，所谓出身王府不过是妓女假托高门而已。"程国赋师：《唐五代小说的文化阐释》，第 174—177 页。

② 李时人编校，何满子审定，詹绪左复校：《全唐五代小说》卷二六（第二册），第 902 页。

"鬼"故事文本。《霍小玉》以"痴情女子负心汉"为核心"文本",会通侠客文本、志怪小说中的鬼故事文本,成功塑造了李益这一薄情郎形象,表达了作者对小玉的同情,对李益的谴责。明代胡应麟称赞唐人小说纪闺阁事绰有情致,并认为"此篇尤为唐人最精采动人之传奇,故传诵弗衰"。鲁迅评《霍小玉传》说:"李肇(《国史补》中)云:'散骑常侍李益少有疑病。'而传谓小玉死后,李益乃大猜忌,则或出于附会,以成异闻者也。"①汪辟疆也说:"夫妇之间无聊生者,或为当日流传之事实。小说多喜附会,复举薄倖之事以实之,而'十郎'薄行之名,永垂千古矣。"②

又如在《裴航》中,士子裴航遇仙、求仙,并与仙女喜结良缘。士子与仙女相遇的方式与《虬》中男女主人公不同。《虬》中的男女主人公,在自由恋爱的基础上,遵守礼法,由媒妁说和而成,而裴航与仙女则是不期而遇。仙女在世间的居所,与常人无异,是简陋、矮小的茅屋,但进入藏匿于人间的仙境后,别是一番风景:

> 如此日足,姬持而吞之,曰:"吾当入洞而告姻戚,为裴郎具帐帏。"遂挈女入山,谓航曰:"但少留此。"逡巡,车马仆隶,迎航而往。别见一大第连云,珠扉晃日,内有帐幄屏帏,珠翠珍玩,莫不臻至,愈如贵戚家焉。仙童侍女,引航入帐就礼讫……姬遂遣航将妻入玉峰洞中,琼楼珠室而居之。饵以绛雪、琼英之丹,体性清虚,毛发绀绿,神化自在,超为上仙。③

---

① [晋]干宝撰,鲁迅编录,曹光甫校点:《搜神记·唐宋传奇集》,上海古籍出版社,1998年,第391—392页。
② 汪辟疆校录:《唐人小说》,第83页。
③ 李时人编校,何满子审定,詹绪左复校:《全唐五代小说》卷六三(第四册),第2169页。

《裴航》中对神仙生活的描写，洋溢着富足、奢华的贵族习气。罕见的稀世珍宝、炫人耳目的服饰、山珍海味、琼台玉阁，如同诗画一般，令人难以置信。显然，这与神仙洞窟类志怪小说对仙境的描绘如出一辙。裴航对仙女是一见钟情，为了爱情，他可以舍弃功名利禄，历经考验。他对仙女的追求是真诚而热烈的，既不是为了功名利禄，也不是贪慕长生，更不是出于垂涎仙女的美色，而是为了永恒的爱情。可见，裴航与仙女的恋爱，又移用了人神婚恋的故事文本，颠覆了"痴情女子负心汉"的故事主旨；小说中还穿插了不少传情的诗文本，如裴航落第遇美人时，美人回赠了一首暗藏机语的诗文本，创造了轻烟缥缈般的梦幻境界，增添了小说的诗意色彩。

《裴航》从前代诗歌中"拿来"一个"文本"作为核心加以衍生，移用志怪小说中"神仙洞窟""人神婚恋"的故事文本，又与具有抒情色彩的诗文本会通，演绎出神女与士子的婚恋故事。

汉魏六朝和唐代以诗文本为核心衍生的小说，都是以诗歌为基础，进行加工、创作的产物。汉魏六朝小说为满足人们的好奇心，对诗歌未说明之内容进行简单的补充。作品的篇幅虽很简短，但体现了古人对此类问题的思考，以及他们的美好祝愿。而唐代小说将诗的神韵、灵魂融入作品，并移置志怪、辞赋等文本对此类故事进行重组，故事人物、情节与诗歌内容相比已有很大区别。石昌渝论及唐小说"诗的神韵"与"元和体"诗风的融通关系时，指出："情感和想象是诗歌的灵魂，这个灵魂附于小说，小说亦有诗的神韵。唐代传奇小说是在诗歌的文化氛围中成长壮大的，它的许多作者同时也是诗人。它的鼎盛时期几乎与'元和体'诗歌时代同时决不是偶然的。"①为了全面、感人地展示故事人物的

---

① 石昌渝：《中国小说源流论》，第 160 页。

情感世界,作者有意识地调动了各色叙事手法,以辞赋、志怪等多种文本辅助叙事。因诸多文本的融入,小说的篇幅明显变长。作者在宏大的叙事篇幅中,对人们普遍关切的爱情世界进行诗意描摹和勾勒。情节经由作者的精心设计,往往借助抒情浓烈的诗词、性情个性毕肖的对话,以及大起大落的误会、冲突、逆转等叙事技法,延长了故事的进程,放缓了叙事节奏,从而拉长了小说的叙事篇幅。唐代小说以诗歌文本为核心,将"诗韵"与志怪、辞赋、民间传说等多种文本相融合,推陈出新,创作出新的故事。"诗性精神"的渗透,是汉唐小说生成、演变的重要因素。

三、从辞赋中选取核心文本加以衍生

辞赋对小说的影响深远。刘勰《文心雕龙》已注意到小说与赋之关系:"于是东方枚皋,铺糟啜醨,无所匡正,而祗嫚媟弄,故其自称为赋,乃亦俳也;见视如倡,亦有悔矣。至魏文因俳说以著笑书,薛综凭宴会而发嘲调,虽抃[捭]席,而无益时用矣。然而懿文之士,未免枉辔;潘岳丑妇之属,束皙卖饼之类,尤而效之,盖以百数。"①又说"文辞之有谐隐,譬九流之有小说,盖稗官所采,以广视听"②。明代胡应麟《少室山房笔丛》卷二九《九流绪论》则指出,"子虚、上林不已而为修竹、大兰,修竹、大兰不已而为革华、毛颖,革华、毛颖不已而为后土、南柯"③。汉唐小说中有些作品受辞赋之影响,从前代辞赋中"拿来"一个"文本"作为核心加以衍生,是其生成、演变的重要方式之一。

---

① [南朝梁]刘勰著,周振甫注:《文心雕龙注释》,第 159 页。
② [南朝梁]刘勰著,周振甫注:《文心雕龙注释》,第 160 页。
③ [明]胡应麟:《少室山房笔丛》,第 283 页。

　　先唐的辞赋,像署名屈原的《卜居》《渔父》,署名宋玉的《风赋》《登徒子好色赋》,署名司马相如的《美人赋》等,都用铺陈华美的笔墨、精彩纷呈的构思来说理抒情、写景喻物,大多都有一定的故事情节。特别是蔡邕的《青衣赋》写男女之间的秘密相会,其情节与小说无异。郭绍虞就曾说过,"小说与诗歌之间本有赋这一种东西,一方面为古诗之流,而另一方面其述客主以首引,又本于庄、列寓言,实为小说之滥觞"①。汉魏六朝小说《幽明录》"河伯嫁女"、《搜神记》"张姑子""成公智琼""卢充"、《列仙传》"江妃二女",唐代小说《游仙窟》《传奇·封陟》等情节与辞赋中的情节非常相似,都是以辞赋文本为核心加以衍生而成的。

　　西汉刘向《列仙传》"江妃二女"以《离骚》《九歌》中湘夫人与湘君的爱情传说为文本核心加以衍生:

　　　　江妃二女者,不知何所人也。出游于江汉之湄,逢郑交甫,见而悦之,不知其神人也。谓其仆曰:"我欲下请其佩。"仆曰:"此间之人皆习于辞,不得,恐罹悔焉。"交甫不听,遂下与之言曰:"二女劳矣。"二女曰:"客子有劳,妾何劳之有!"交甫曰:"橘是柚也,我盛之以笥,令附汉水,将流而下,我遵其傍,采其芝而茹之,以知吾为不逊也。愿请子之佩。"二女曰:"橘是柚也,我盛之以莒,令附汉水,将流而下,我遵其傍,采其芝而茹之。"遂手解佩与交甫,交甫悦,受而怀之,中当心,趋去数十步,视佩,空怀无佩。顾二女,忽然不见。《诗》曰:"汉有游女,不可求思。"此之谓也。②

---

①郭绍虞:《赋在中国文学史上的位置》,见郭绍虞:《照隅室古典文学论集》
　　(上编),上海古籍出版社,1983年,第87页。
②王叔岷:《列仙传校笺》,第52页。

郑交甫于江畔相遇的两位女子,即帝尧之女,亦是舜之二妃娥皇、女英。郭璞注《山海经·中次十二经》"洞庭之山"云:"天帝之二女而处江为神也。"汪绂云:"帝之二女,谓尧之二女以妻舜者娥皇、女英也。相传谓舜南巡狩,崩于苍梧,二妃奔赴哭之,陨于湘江,遂为湘水之神,屈原《九歌》所称湘君、湘夫人是也。"①屈原《楚辞·湘夫人》描绘出湘君思念湘夫人驰神遥望、遇之无因的惆怅:"帝子降兮北渚,目眇眇兮愁予。……思公子兮未敢言。荒忽兮远望,观流水兮潺湲。……时不可兮骤得,聊逍遥兮容与。"②《江妃二女》以湘君企盼湘夫人不来而产生的深切思慕和愁怨之情为核心进行敷衍,以追求者的失落和迷惘劝诫人们,不必执着于没有结果的爱情。文末引《诗经》"汉有游女,不可求思"之诗句,再次咏叹郑交甫对神女无可奈何的愁绪,完整展现了这位公子由希望到失望,再到幻想破灭的过程。故事篇幅短小,叙事简约,文笔朴素,但人物形象鲜明,情节生动曲折,因而具有较强的艺术感染力。

　　唐代小说集《云溪友议》卷上的《巫咏难》,就是直接以《高唐赋》中的"巫山神女"传说为核心文本加以衍生的。《文选·高唐赋》记载:当年,楚襄王与宋玉游于云梦之台,望高唐之观。见其上独有云气,须臾之间,变化无穷。于是,楚襄王与宋玉之间展开了一段关于云梦之台云气的对话:

　　　　王问玉曰:"此何气也?"玉对曰:"所谓朝云者也。"王曰:"何谓朝云?"玉曰:"昔者先王尝游高唐,怠而昼寝,梦见一妇人曰:'妾巫山之女也,为高唐之客。闻君游高唐,愿荐枕

①袁珂:《山海经校注》郭璞注中山经,第216页。
②[宋]朱熹集注:《楚辞集注》,第35—37页。

席。'王因幸之。去而辞曰：'妾在巫山之阳，高丘之阻，旦为朝云，暮为行雨。朝朝暮暮，阳台之下。'旦朝视之如言。故为立庙，号曰'朝云'。"①

宋玉用巫山神女的故事来解释朝云，因赋体所限，神女、先王的形象模糊，神女与先王相遇的具体经过，作品也没有详细展开，而这些是最让人们神往的部分。因此，自宋玉的《高唐赋》一出，"巫山神女"就成为辞赋作家笔下经常吟咏的对象。"宋玉之后，以人神之恋来发泄巫山神女情结的赋体文学不绝如缕，而且几乎一律是对《高唐》《神女》二赋的模仿。基本模式可概括为：邂逅神女—美丽多情—相恋—含恨分离"②。如汉末建安年间杨修、王架、陈琳、应场等同题所作的《神女赋》。不仅如此，还出现了以"巫山神女"为文本核心的小说作品。

唐小说集《云溪友议》卷上的《巫咏难》，是以"巫山神女"故事为核心文本，以诗文本为故事载体，通过故事人物对话展开情节而敷衍生成的。相较于《高唐赋》，《巫咏难》最大的特点是文中有6处诗文本吟咏巫山神女，小说以诗文本来敷衍和解读与巫山神女相关的故事。

《巫咏难》以繁知一将经巫山，先于神女祠粉壁题诗，希白居易留下吟咏巫山神女的诗作，引出白居易不敢题诗的尴尬。再由白居易道出刘禹锡没有在神女祠壁题诗的原委：刘禹锡涂掉神女祠壁的一千多首诗，留下了四首杰作，自知难以超越，因而无法在神女祠壁题诗。白居易援引刘禹锡之事，暗示自己亦有不敢题诗的胆怯。刘禹锡、白居易认为自己无法超越的这四首杰作分别是

---

① ［梁］萧统编，［唐］李善注：《文选》卷一九《高唐赋》，第 875—876 页。

② 李定广：《古典文学新视角》，汕头大学出版社，2005 年，第 15 页。

沈佺期、王无竞、李端、皇甫氏所作。这四处诗文本从不同层面完善、敷衍了巫山神女的故事,丰富了巫山神女的故事内核,表达了诗人们对神女无限神往却又无可奈何的失望和惆怅。而段成式针对李德裕吟咏巫山神女的诗作而发的议论,则让"巫山神女"故事的涵义不再局限于人神相会:"段成式一番议论意在谏劝李德裕,宋玉写巫山之雨,无非以假托之辞,感襄王,并不是真有其梦。后人遂以为真事,思与巫山神相会,也是虚妄之举。"①段成式对"巫山神女"故事的看法,彻底颠覆了文人们"巫山神女"的文化情结。故事的蕴意,在他讽谏式的议论中得以升华。从小说整体结构来看,《巫咏难》虽并没有就"巫山神女"故事自身而展开,但诗文本却是"巫山神女"故事的载体。

在唐代小说集《集仙录·云华夫人》中,作家以宋玉《高唐赋》"巫山神女"为核心文本,融入了大禹治水的神话传说。《高唐赋》《巫咏难》中的神女,身份不明,而"巫山神女"在《云华夫人》中,变成了炎帝的少女瑶姬,又名"云华夫人",身份高贵。云华夫人已经是肩负起协助大禹治水、拯救世人的"女神",不再是《高唐赋》中贪恋与人间男子婚恋、满足自己私欲的"神女"。

"巫山神女"的故事亦成为后世人神婚恋小说的蓝本。汉魏晋小说《续齐谐记》中的《清溪庙神》描写了赵文韶与神女的一段亘古奇缘。在皎洁的月色下,赵文韶咏唱哀怨的思乡之曲,婢女弹奏《繁霜》之曲,神女则以箜篌伴奏。此情此景,令人思绪万千。小说写得清新雅洁,别有风致,被汤显祖誉为:"骚艳多凤,得九歌如余意。"②裴铏《传奇》中的《萧旷》,与《清溪庙神》有异曲同工之

---

① 戴伟华:《唐代幕府与文学》,现代出版社,1990年,第163页。
② 袁宏道参评,屠隆点阅:《虞初志》,北京市中国书店,1986年,第12页。

妙。萧旷在月朗风清的深夜,于孝义馆的双美亭,弹奏寂寞、凄苦的琴音。绰约多姿的神女被萧旷的琴音打动,她在悠扬、凄美的琴音中出场。在美丽的月色下,萧旷和神女一见倾心,互诉衷肠。尤其是神女对曹植《洛神赋》的多次提及,使小说穿越古今,具有深厚的历史文化内涵,也使小说气氛变得暧昧而幽怨缠绵,具有忧郁、惆怅的诗意色彩。

唐代小说《郭翰》《文萧》《华岳灵姻传》《苧罗遇》等,也是以"巫山神女"故事为蓝本而催生的人神婚恋小说。

汉魏六朝、唐代以辞赋文本为核心衍生的小说,大多以人神相遇为题材,描写神女与凡男之间未能如愿的爱情。由于辞赋本身具有即事抒怀、借事言志的特点,班固《两都赋序》云:"赋者,古诗之流义。"刘勰《文心雕龙·诠赋》进一步解释为:"诗有六义,其二曰赋。赋者,铺也;铺采摛文,体物写志也。"①赋是一种与"比、兴"并列的文学表现手法,不仅自身具有很强的叙事因子,而且讲究词藻,"极靡丽之辞"以愉悦耳目,"极声貌以穷文",对客观事物进行精细的描摹、铺陈。因而以辞赋文本为核心衍生的小说作品,叙事技法娴熟,叙事能力比以诗、史传等为文本核心加以衍生的作品更强。董乃斌《中国古典小说的文体独立》将辞赋对小说文体的意义归纳为:"第一,赋体文章普遍采用虚构故事的叙述框架;第二,赋大大提高了叙述和描绘客体世界的精细程度;第三,叙事风格呈多样化的发展态势。"②薛洪勣《传奇小说史》认为小说与辞赋之间的互相借鉴体现在四个方面:"首先,二者的创作方法相同,即都是虚构性的作品,而且也都是有人物,以情节为结构

---

① [南朝梁]刘勰著,周振甫注:《文心雕龙注释》,第 80 页。
② 董乃斌:《中国古典小说的文体独立》,第 127 页。

框架的。……其次,二者常有混体现象。辞赋可以分为诗(骚)赋和文赋(包括骈体、韵体)两大类,大多都有故事性。……第三,辞赋在题材方面,对小说也有启示。除了社会政治题材外,辞赋还较早的以文体大胆地描写了非政治性的性爱现象。……第四,辞赋和传奇小说常用相同的叙述和描写方法。辞赋的笔法很多,常用排语、偶语、骈语、韵语等进行描写或与散笔相杂相间。有大量的传奇小说也是如此。"①汉魏六朝、唐代小说以辞赋文本为核心加以衍生的作品,都在辞赋这个框架中,营造最佳抒情、叙事之境,有更多的相融互通之处,也都具有较高的艺术价值,是小说由稚嫩发展到成熟的重要因素。

四、唐代小说从志怪中选取核心文本加以衍生

汉魏六朝志怪小说为唐代小说提供了重要素材。唐代小说从前代志怪中"拿来"一个"文本"作为核心加以衍生,是其生成最为常见的方式。

唐代小说表现出从志怪到传奇的因革特点。如"扣树传书"系列故事,就源于曹丕《列异传》中"胡母班"的故事:

> 胡母班为泰山府君赍书诣河伯,贻其青丝履,甚精巧也。②

《列异传》中"胡母班"的故事(《太平御览》卷六九七引)只有一句话,简述胡母为泰山府君给河伯送信,河伯回赠"青丝履",无"情节"。而在唐五代小说中的"扣树传书类型"故事,通过对不同文本的移植、敷衍和重组,不仅故事内容完整,情节曲折生动,人物

---

① 薛洪勣:《传奇小说史》,第 22—23 页。
② [魏]曹丕等撰,郑学弢校注:《列异传等五种》,第 19 页。

形象也栩栩如生。如《柳毅传》以"扣树传书"为核心文本，与龙的传说、人神通婚的故事相交融：柳毅与受丈夫摧残的龙女相遇，在正义感的驱使下，替龙女送信，引出钱塘君杀小龙，解救龙女，龙女与家人团聚。接着，故事因袭人神婚恋的故事模式，写柳毅与化身为寻常女子的龙女缔结连理，后亦仙去。整个故事，以"扣树传书"为核心文本，与龙的传说、人神婚恋故事相融合，演绎出人神婚恋的感人故事。

　　曹丕《列异传》中"胡母班"的故事，只为以后的"扣树传书"系列故事提供了一个简单的文本原型。胡母班、泰山府君、河伯的人物形象，胡母送信的经过，胡母送信后的情况，《列异传》中都没有具体的叙述，留下了叙事的"空白"。这些空白，最能引起人们的兴趣，也能激发创作者的灵感，更为创作者的进一步创作提供了故事的模板。唐五代小说中的许多作品，就是对此文本遗留的"空白"进行"填充""敷衍"。唐五代以"扣树传书"为内核进行"敷衍"的小说，构成了"扣树传书"的系列故事。如《酉阳杂俎·诺皋记上》中关于"邵敬伯"的故事，也是以"扣树传书"为核心。故事以吴江使请邵敬伯送信给齐伯开端。接着，邵敬伯按吴江使所示，取树叶投之于水。他在使者的引领下进入水晶宫殿，见到了齐伯，听到了"裕兴超灭"的预言。最后，故事以邵敬伯听到的预言应验结束。邵敬伯因送信获赠的刀，让他免于灾祸。故事的主题，不像《柳毅传》是为了突出送信者的侠肝义胆、乐于助人，而是表达了作者对天灾人祸不可避免的宿命论思想。文中最后一句话，"世传社林下有河伯冢"，表明此故事也融合了民间传说"河伯冢"故事的文本，带有民间传说的痕迹。

　　李復言《续玄怪录·刘贯词》也是以"扣树传书"为核心文本，融合"胡商""龙的传说"的故事文本，敷衍出刘贯词替化身为蔡霞秀才的龙神送信的故事。刘贯词替蔡霞秀才送信,引出故事人物龙母、龙妹。送信使命完成后,故事并没有结束,龙母的异于常态、龙妹牵强的解释,都是为了故事的进一步展开而埋下伏笔。最后,由胡客之口,揭示蔡霞秀才一家的真实面目。蔡霞秀才并不是正人君子,他为了避祸利用刘贯词送信;龙母见到刘贯词的失态,是因为难以抑制的食人本性;龙妹的掩饰和奉劝老母,也是出于让刘贯词送走偷盗得来的碗。刘贯词出于好意,替所谓的朋友送信,没想到由此而得祸。可见,《续玄怪录·刘贯词》中,蔡秀霞一家,狡猾、阴险、奸诈,尤其是龙母,食人本性暴露无遗。她性情中更多的是异于常人的"兽性"。

《柳毅传》《邵敬伯》《刘贯词》这三则故事,同以"扣树传书"为核心文本,经由不同作者的加工、创作,虚构三个截然不同的故事。不仅故事主题迥异,故事人物形象也是千姿百态,绝不相似。

又如"幽冥类故事"系列。唐代小说中,关于"幽冥类"故事的篇目有很多。如《北齐仕人梁》《马嘉连》《孔恪》《柳智感》《赵文信》《杨师操》《李氏》《释慧如》《谢弘敞妻》《方山开》《刘摩儿》《李知礼》《裴则子》《仁义方》《卢元礼》《曲阜皇甫氏》《信都元方》《高法眼》《刘公信妻陈氏母》《萧氏女》《李思元》《僧齐之》《李虚》《季攸》《李僵名妻》《田氏》《张纵》《李载》《杨再思》《韦讽女奴》等,均以刘宋刘义庆《幽冥录》中对冥间的描写为内核。《幽冥录》中的"李通"条为:

> 蒲城李通死来云:见沙门法祖为阎罗王讲《首楞严经》。又见道士王浮身被锁械,求祖忏悔,祖不肯赴。①

李通简述自己在冥间所见:沙门为阎罗王讲经,道士王浮浑身披

---

① [南朝宋]刘义庆撰,郑晚晴辑注:《幽明录》,第169页。

枷带锁受罚,李通求沙门为之忏悔。语言简单,人物形象也不够鲜明。

唐代小说中的"幽冥类"系列故事,同写人在冥间的经历,因与其他故事文本相融合,作者不仅补充了故事人物进入冥间的前因后果,还敷衍了故事人物在冥间的具体情形,情节比《幽冥录》中的"李通"更为丰富,蕴义也更为深广。

如《法苑珠林》中的《萧氏女》,以对冥间的描写为故事内核,融合"妒妇""果报"的故事文本,讲述了萧氏女因妒忌而冥间受苦的故事。这两篇小说的作者采用了不同的叙事视角:在《幽冥录》"李通"条中,李通自述冥间经历,而在《萧氏女》中,由婢女转述萧氏女在冥间的经历。《萧氏女》以萧氏女因妒忌、好打奴婢被罚入地狱开端。接着,小说叙述了常被萧氏女毒打的婢女闰玉在"三七日"与萧氏女相见,萧氏女向婢女讲述自己在冥间的痛苦遭遇。然后,萧氏女携闰玉进入冥间,让闰玉亲眼见证自己在冥间的痛苦。最后,皇帝下敕,要求信奉佛法,而叙述者在文末也发表议论,宣扬因果报应的主题。整个故事的情节链为:萧氏女因妒忌被罚入冥间——家人为萧氏女做法,萧氏女现形——婢女听萧氏女讲述冥间经历——萧氏女携婢女进入冥间——婆罗门礼赞婢女前世积有功德——皇帝下敕信奉佛法。相较于《幽明录》中的"李通"条,《萧氏女》中的故事人物颇多,有斋僧、婢、萧氏女的父亲萧铿、婆罗门、皇帝等。并且小说同时叙述了萧氏女、闰玉进入冥间的经历,头绪可谓纷繁复杂。但作者以时序为线索,将故事叙述得有条不紊。

《萧氏女》以"妒妇"故事文本中的人物为故事人物,以"幽冥类"故事为文本核心,结合因果报应观念,一方面宣扬佛法,另一方面也警戒世人要善待婢女。

《韦讽女奴》亦以"幽冥类"故事为文本核心,融合"妒妇"的故事文本,还融合了志怪小说中常见的"复生"和"修炼成仙"的故事文本,在主题和寓意上,与其他"幽冥类"故事明显不同。《韦讽女奴》由韦讽家小童发现女奴、女奴复生开篇:

> 小童薙草锄地,见人发,锄渐深渐多而不乱,若新梳理之状。讽异之,即掘深尺余,见妇人头。其肌肤容色,俨然如生。更加锹锸,连身皆全。唯衣服随手如粉。其形气渐盛,顷能起,便前再拜⋯⋯①

女奴的复生颇具神异色彩。韦讽家的小童锄地,意外发现容貌如生的女奴尸体。当女奴尸体被挖出来后,她渐渐恢复元气,很快就能行动自如。小说写女奴复生的奇异,暗示女奴的身份不同寻常,为下文铺垫。女奴复生后,小说融合"妒妇"和"幽冥类"的故事文本,详述女奴的死因及她在冥间的经历:女奴因女主人的嫉妒而被活埋入地,她在冥间因冤死而再得十一年的寿禄。最后,文末移用"修炼成仙"的故事文本,揭示女奴死而复生的真正原因是因为她已经得道成仙:

> 常曰:"修身累德,天报以福。神仙之道,宜勤求之。"数年后,失讽及婢所在。亲族于其家得遗文,纪在生之事。②

文末宣扬了修炼成仙的神仙道家思想。

《萧氏女》《韦讽女奴》都是以"幽冥类"故事为文本核心,加以衍生的小说故事。因融合了"妒妇""修炼成仙""复生"等故事文

---

① 李时人编校,何满子审定,詹绪左复校:《全唐五代小说》卷二七(第二册),第949页。
② 李时人编校,何满子审定,詹绪左复校:《全唐五代小说》卷二七(第二册),第950页。

本,小说的人物形象更为生动,情节更为曲折。故事的主旨也不仅仅在于宣扬果报观念,更有警示世人的现实意义。唐代小说逐渐从宣扬宗教的"释世辅教"之作向表达有一定现实主题的文学作品发展。"中国古小说具有强烈的沿袭性,这一特征使得许多辅教之书中的作品,在其承传、演变的过程中,逐渐丧失了其原有的宗教色彩而蜕变成文学性更'纯'的作品"①。

　　唐代小说中的《樊光》《殷安仁》《康报》《崔浩》《宜城民》《季全闻》等果报故事;《隋蜀部灌口山竹林寺释道仙传》《妙女》《杨敬真》等修炼成仙故事;《陈严恭》《安南猎者》《怿州刺史》等报恩故事,都是从前代志怪小说中"拿来"一个"文本"作为核心加以衍生而成的,志怪小说对唐代小说的产生有重要意义。

　　通过对汉唐小说"死而复生""扣树传书""巫山神女""爱情"系列故事的比较分析,可以看出汉唐小说作者从前代史传、志怪小说、辞赋、诗歌中"拿来"一个"文本"作为核心,与其他故事交融而衍生为一个"超文本"。核心文本,是小说故事情节发展的依据和动因,作者可以根据自己的意图,随意组合其他文本。如"扣树传书"系列故事与龙神、河伯的传说重组,"巫山神女"系列故事与神话、民间传说重组,重组则是对"前文本"的隐括和延宕。而核心文本被从故事原型中剥离出来,作为一个片断,嵌入新的叙事,按照新的需要,则成为"超文本"的有机组成部分。不论是汉魏六朝小说的"杂糅众体",还是唐代小说的"文备众体",应该探寻和解释"所有使一文本与其他文本产生明显或潜在关系的因素"②。

――――――――――

①陈洪:《佛教与中古小说》,学林出版社,2007年,第93页。
②[法]热拉尔·热奈特著,史忠义译:《热奈特论文集·隐迹稿本(节译)》,百花文艺出版社,2001年,第68—69页。

结　语

　　中国古代小说在文体构成上的一个显著特点就是"杂糅众体"。胡应麟《少室山房笔丛》云："小说，子书流也，然谈说理道或近于经，又有类注疏者；纪述事迹或通于史，又有类志传者。他如孟棨《本事》、卢环《抒情》，例以诗话、文评，附见集类，究其体制，实小说者流也。至于子类杂家，尤相出入。郑氏谓古今书家所不能分者有九，而不知最易混淆者小说也，必各见简编，穷究底里，庶几得之，而冗碎迂诞，读者往往涉猎，优伶遇之，故不能精。"①小说其实包含了"多种声音、多种语言"，具有语体甚至文体上的"混作性"。其他文体因素如"散文""故事"或"叙事""虚构"等，在漫长的时间长河中，逐渐被自觉或不自觉地汇聚，最后成就为小说②。汉唐小说也由最初的"杂糅一种或几种文体"向"众体共生"的趋势发展、演变。融入汉唐小说的诸文体，不仅呈现出阶段性演进特征，而且它们在小说文本中的组合方式也经历了从结构松散到紧密结合、从单一到复杂的动态变化过程。融入汉唐小说的诸文体与汉唐小说之间复杂的关系变化，直接影响着小说文体

---

① ［明］胡应麟：《少室山房笔丛》，第 283 页。
② 转引自［法］贝尔纳·瓦莱特著，陈艳译：《小说——文学分析的现代方法与技巧》，天津人民出版社，2003 年，第 3 页。

的演进。

　　汉唐小说由"杂糅众体"到"文备众体"不仅揭示了汉唐小说的叙事特点和文体特征,具有叙事学、文体学的意义,尤其重要的是,它揭示了汉唐小说的形态和生成、演变规律,具有发生学的意义。任何一种文体都不是一种简单的拼凑或混乱的杂糅,而是"文本基本要素……在相互作用中所形成的和谐的、相对稳定的特殊关系,正是文本诸要素的完美的结合,构成了某一体裁的独特的审美规范"①。近代西方"文本间性"理论本质上与小说"杂糅众体"相通。从这一意义上说,"杂糅众体"揭示了小说创作的一个基本规律,具有普遍意义。我们应该从这一层面来理解汉唐小说由"杂糅一种或几种文体"到"文备众体"的现象,重新认识汉唐小说在中国文学发展史上的价值与意义。

　　汉唐小说不仅吸收某一文体、某一文体元素或其表现手法进行小说叙事,还从前代作品中吸取"营养"进行创作。融入汉唐小说叙事中的某一种文体,已经丧失了原文体自身的独立性,与融入汉唐小说叙事中的其他文体元素、表现手法以及"营养"一样,成为小说文体结构的有机组成部分。"营养"属于"内容"层面,而文体、文体元素、表现手法则属于"形式"层面。本书将融入汉唐小说叙事中的文体、文体元素、表现手法以及"营养"均视为"广义的文本"。汉唐小说正是由多种"广义文本"会通而生成的"文本共同体"。汉唐小说的文本会通方式主要有两种:第一,从"形式"层面言之,以一种"文体"为骨架会通其他"文本"。史传体作为小说的母体,充当了汉唐小说大部分作品文体结构的基本"骨架"。因史传为小说创作提供了既定的模式,小说家遵循以时间为序的

①童庆炳:《文体与文体的创造》,第105页。

理念,由对人物的介绍转入主体故事的叙述。这种叙述首尾完整
有序,有条不紊。同时,汉唐小说也有以书牍、公牍、诗、碑铭等文
本为基本“骨架”会通其他文本的。这反映了汉唐小说家对小说
创作方式的探索,他们试图改变小说一直以来以史传文本为骨架
的单一的文体结构方式。小说也可以书牍、公牍、诗、碑铭等其他
文本作为情节链的核心线索展开故事的叙述;第二,从“内容”层
面言之,以一种“文本”为核心融会其他文本。史传、诗歌、辞赋等
是汉唐小说创作的素材库。小说家从前代“史传”“诗歌”“辞赋”
等中选取一个“核心文本”,与其他故事交融而衍生出新的故事。
这是汉唐小说生成的基本规律。

　　汉唐小说之所以不断演变,主要因为融入汉魏六朝、唐代小
说的各文本,组合方式虽然相同,但在小说发展的不同时期,融入
其中的文本形式、各文本在小说中篇幅的长短及叙事功能却有
差异。

　　第一,融入汉唐小说各文本的特点为:汉魏六朝小说中的论
说文本多于唐五代小说,唐五代小说中诗赋文本的数量远远超过
汉魏六朝小说;汉魏六朝小说中没有出现判文、词文本,唐代小说
中出现了为数不多的词、判文本;祝文、书牍文、碑铭文、祭诔文、
公牍文等文本在汉唐小说中的比率相差不大;史传文本虽几乎出
现在所有的汉唐小说中,但汉魏六朝小说对史传文学的接受,侧
重于创作意识,而唐代小说家不仅以“史识”来结撰小说,更重要
的是他们采用了史传惯用的叙述模式,小说的文体结构也更为规
范、完整。就单篇小说而言,融入汉魏六朝小说的各文本,不仅比
融入唐代小说的文体篇幅短,而且形式相对也要少。较多、较长
篇幅的其他文本的融入,是唐代小说摆脱“粗陈梗概”“残丛小语”
的重要原因。更重要的是,构成小说“诗笔”意味的诗赋、骈文,在

汉魏六朝小说中主要以直接或间接引用的形式介入,而唐代时期更注重以诗赋、骈文之文体要素来营构诗歌意境。

第二,由对融入汉魏六朝、唐代小说各文本的叙事功能进行比较可知,介入唐代小说中的书牍、公牍、诗赋等各文本,叙事功能远比汉魏六朝小说中的强大。因而,唐代小说塑造人物的方法、敷衍故事情节的方式、描写环境的手段更为丰富。唐代小说家不仅,利用各种文体来服务故事的叙述,而且以创作者的价值判断和意识形态对小说进行"干预"。这也是唐人"有意为小说"的重要体现。

第三,融入汉魏六朝、唐代小说的各文本,在小说中组合方式的特点为:1.小说从汉魏六朝发展到唐代,进入其中的论说文本数量明显减少,且以之构成文体基本骨架的功能逐渐退却。因为小说主要以故事、情节赢得接受者,太多的议论、枯燥的说教,不符合小说愉悦受众的特点。小说中议论因素的减少,凸显了其助谈笑、以之"娱乐"的特征;2.构成"诗笔"意味的诗赋、骈文本与其他文本相融合的组合方式在唐代小说中大量出现。"诗笔"的融入,小说语言变得纯净、文雅的同时,丰富、完善了小说敷衍情节、描绘场景、刻画人物的手段;3.唐代小说中的许多作品喜欢以汉魏六朝的志怪、志人小说为题材,在此基础上进行重组、建构,因而产生了传奇、志怪难以完全区分的现象。志怪与传奇的难以辨别,也证实了传奇与志怪的渊源关系。

要之,"时运交移,质文代变"①,"一种文学体式的萌生、成长、成熟、繁荣乃至衰亡,是多种条件共同作用的结果,其他文体的影响就是重要条件之一,在东、西方都属后起的文体——小说

---

① [南朝梁] 刘勰著,周振甫注:《文心雕龙注释》,第 476 页。

尤其如此"①。在汉唐小说生成、演变的过程中,史传文本不仅充当了绝大部分小说文体的基本框架,而且小说借用史传笔法按故事发生时间先后叙述故事,让小说情节与情节之间井然有序;小说家逐渐以诗的才情观照小说,减少了小说中的议论因素,摆脱了诸子文学对小说的束缚,小说的文学意味更浓;以赋的笔法对故事进行铺叙,小说的情节更为曲折、引人入胜;以书牍文、公牍文、碑铭文等多种文本自陈身世、展现人物内心,故事人物形象更为立体、生动;论说文、诗赋、书牍文等多种文本充当小说文体的基本骨架,突破了以史传作为其框架的文体建构方式,小说在拟史与非史中渐渐发展、成熟;诗赋、志怪、史传等为小说提供了丰富的素材,尤其是对唐代小说而言,对多种文体及其文体因素的吸收,突破了小说诞生期尚处混沌状态的具体表现,"破体为文",形成了"文备众体"的艺术体制,标志着中国古代文言小说文体的真正独立。

---

① 吴怀东:《唐诗与传奇的生成》,第 12 页。

主要参考文献

一、典籍

［汉］刘歆撰，［晋］葛洪集，向新阳、刘克任校注：《西京杂记校注》，
　　上海古籍出版社，1991 年。

［魏］曹丕等撰，郑学弢校注：《列异传等五种》，文化艺术出版社，
　　1988 年。

［晋］干宝撰，［宋］陶潜撰，李剑国辑校：《新辑搜神记　新辑搜神
　　后记》，中华书局，2007 年。

［晋］干宝撰，汪绍楹校注：《搜神记》，中华书局，1979 年。

［晋］王嘉撰，［梁］萧绮录，齐治平校注：《拾遗记》，中华书局，
　　1981 年。

［晋］张华撰，范宁校证：《博物志校证》，中华书局，1980 年。

［南朝宋］刘义庆撰，［南朝梁］刘孝标注，余嘉锡笺疏，周祖谟等整
　　理：《世说新语笺疏》，上海古籍出版社，1983 年。

［南朝宋］刘义庆撰，郑晚晴辑注：《幽明录》，文化艺术出版社，
　　1988 年。

［南朝宋］刘敬叔撰，范宁校点：《异苑》，中华书局，1996 年。

［南朝梁］刘勰著，周振甫注：《文心雕龙注释》，人民文学出版社，

1981 年。

［唐］刘知幾著，［清］浦起龙通释，王煦华整理：《史通通释》，上海
　　古籍出版社，2009 年。

［唐］长孙无忌等撰，刘俊文点校：《唐律疏议笺解》，中华书局，
　　1996 年。

［后晋］刘昫等撰：《旧唐书》，中华书局，1975 年。

［宋］李昉等编：《太平广记》，中华书局，1961 年。

［宋］欧阳修、宋祁撰：《新唐书》，中华书局，1975 年。

［宋］王溥撰：《唐会要》，中华书局，1955 年。

［宋］张君房编，李永晟点校：《云笈七签》，中华书局，2003 年。

［宋］赵彦卫撰，傅根清点校：《云麓漫钞》，中华书局，1996 年。

［宋］朱熹集注：《楚辞集注》，上海古籍出版社，1979 年。

［元］辛文房撰：《唐才子传》，中华书局，1991 年。

［明］汪瑗撰，董洪利点校：《楚辞集解》，北京古籍出版社，1994 年。

［明］吴讷著，于北山校点：《文章辨体序说》，人民文学出版社，
　　1962 年。

［明］徐师曾著，罗根泽校点：《文体明辨序说》，人民文学出版社，
　　1998 年。

［清］严可均校辑：《全上古三代秦汉三国六朝文》，中华书局，
　　1958 年。

［清］彭定求等编，陈尚君补辑，中华书局编辑部点校：《全唐诗》，
　　中华书局，1999 年。

二、专著

卞孝萱：《唐代文史论丛》，山西人民出版社，1986 年。

蔡静波:《唐五代笔记小说研究》,陕西人民出版社,2007年。

陈洪:《中国小说理论史》,天津教育出版社,2005年。

陈珏:《初唐传奇文钩沉》,上海古籍出版社,2005年。

陈平原:《中国小说叙事模式的转变》,北京大学出版社,2003年。

陈谦豫:《中国小说理论批评史》,华东师范大学出版社,1989年。

陈尚君辑校:《全唐诗补编》,中华书局,1992年。

陈文新:《中国文言小说流派研究》,武汉大学出版社,1993年。

陈文新编著:《六朝小说》,文化艺术出版社,1997年。

陈文新:《文言小说审美发展史》,武汉大学出版社,2002年。

陈文新:《传统小说与小说传统》,武汉大学出版社,2007年。

陈文新:《中国小说的谱系与文体形态》,中国社会科学出版社,
　　2012年。

陈寅恪:《元白诗笺证稿》,三联书店,2001年。

陈友冰:《海峡两岸唐代文学研究史1949—2000》,广西师范大学
　　出版社,2001年。

程国赋师:《唐代小说嬗变研究》,广东人民出版社,1997年。

程国赋师:《唐代小说与中古文化》,文津出版社,2000年。

程国赋师:《唐五代小说的文化阐释》,人民文学出版社,2002年。

程国赋师编著:《隋唐五代小说研究资料》,上海古籍出版社,
　　2005年。

程千帆:《唐代进士行卷与文学》,上海古籍出版社,1980年。

程蔷、董乃斌:《唐帝国的精神文明——民俗与文学》,中国社会科
　　学出版社,1996年。

程毅中:《唐代小说史话》,北京文化艺术出版社,1990年。

程毅中:《唐代小说史》,人民文学出版社,2003年。

崔际银:《诗与唐人小说》,天津古籍出版社,2004年。

董乃斌:《中国古典小说的文体独立》,中国社会科学出版社,1994年。

董希文:《文学文本理论研究》,社会科学文献出版社,2006年。

杜继文:《中国佛教与中国文化》,宗教文化出版社,2003年。

张燕瑾等主编,杜晓勤撰,葛晓音审定:《20世纪中国文学研究·隋唐五代文学研究》,北京出版社,2001年。

徐中玉主编,方正耀著,郭豫适审订:《中国古典小说理论史》(修订版),华东师范大学出版社,2005年。

傅璇琮、蒋寅总主编:《中国古代文学通论·隋唐五代卷》,辽宁人民出版社,2005年。

傅璇琮、罗联添主编:《唐代文学研究论著集成》第5卷,三秦出版社,2004年。

傅璇琮:《唐代科举与文学》,陕西人民出版社,2007年。

葛晓音:《诗国高潮与盛唐文化》,北京大学出版社,1998年。

葛兆光:《道教与中国文化》,上海人民出版社,1987年。

郭英德:《中国古代文体学论稿》,北京大学出版社,2005年。

郭箴一:《中国小说史》,中国社会科学出版社,2010年。

韩瑜:《唐代小说与唐代民间信仰》,中国社会科学出版社,2013年。

韩云波:《唐代小说观念与小说兴起研究》,四川民族出版社,2002年。

侯忠义:《中国文言小说参考资料》,北京大学出版社,1985年。

侯忠义:《中国文言小说史稿》,北京大学出版社,1990年。

侯忠义:《隋唐五代小说史》,浙江古籍出版社,1997年。

胡邦炜、[日]冈崎由美:《古老心灵的回音——中国古典小说的文化—心理学阐释》,四川文艺出版社,1991年。

胡大雷:《中古文学集团》,广西师范大学出版社,1996年。

黄大宏:《唐代小说重写研究》,重庆出版社,2004年。

黄霖等:《中国小说研究史》,浙江古籍出版社,2002年。

黄毅、许建平:《二十世纪中国古代小说研究的视角与方法》,上海复旦大学出版社,2008年。

纪德君:《中国古代小说文体生成及其他》,商务印书馆,2012年。

江守义:《唐传奇叙事》,安徽人民出版社,2006年。

康韵梅:《唐代小说承衍的叙事研究》,台北里仁书局,2005年。

柯卓英:《唐代的文学传播研究》,中国社会科学出版社,2009年。

李丰楙:《六朝隋唐仙道类小说研究》,台北学生书局,1986年。

李剑国、陈洪主编:《中国小说通史》,高等教育出版社,2007年。

李剑国:《唐前志怪小说辑释》,上海古籍出版社,2011年。

李剑国:《唐五代志怪传奇叙录》,南开大学出版社,1993年。

李剑国:《古稗斗筲录——李剑国自选集》,南开大学出版社,2004年。

李剑国:《唐前志怪小说史》(修订本),天津教育出版社,2005年。

李时人编校,何满子审定,詹绪左覆校:《全唐五代小说》,中华书局,2014年。

李宗为:《唐人传奇》,中华书局,2003年。

刘开荣:《唐代小说研究》(修订本),商务印书馆,1947年。

刘敏:《天道与人心:道教文化与中国小说传统》,中国社会科学出版社,2007年。

刘明华:《丛生的文体——唐宋文学五大文体的繁荣》,江苏教育出版社,2000年。

刘叶秋:《魏晋南北朝小说》,中华书局,1961年。

刘叶秋:《历代笔记概述》,北京出版社,2003年。

刘叶秋:《古典小说笔记论丛》,南开大学出版社,1985 年。

刘瑛:《唐代传奇研究》,正中书局,1982 年。

刘勇强:《中国古代小说史叙论》,北京大学出版社,2007 年。

鲁迅:《中国小说史略》,人民文学出版社,2007 年。

鲁迅校录:《古小说钩沉》,齐鲁书社,1997 年。

罗宁:《汉唐小说观念论稿》,巴蜀书社,2009 年。

罗宗强:《隋唐五代文学思想史》,中华书局,2003 年。

苗壮:《笔记小说史》,浙江古籍出版社,1998 年。

宁稼雨:《中国志人小说史》,辽宁人民出版社,1991 年。

宁稼雨:《传神阿堵,游心太玄——六朝小说的文体与文化研究》,
　百花文艺出版社,2002 年。

宁稼雨主编:《六朝小说学术档案》,武汉大学出版社,2011 年。

宁宗一主编:《中国小说学通论》,安徽教育出版社,1995 年。

潘建国:《中国古代小说书目研究》,上海古籍出版社,2005 年。

齐裕焜主编,吴小如审订:《中国古代小说演变史》,敦煌文艺出版
　社,1990 年。

钱锺书:《管锥编》,中华书局,1986 年。

邱昌员:《诗与唐代文言小说研究》,中国社会科学出版社,
　2008 年。

上海古籍出版社编,王根林等校点:《汉魏六朝笔记小说大观》,上
　海古籍出版社,1999 年。

上海古籍出版社编:《唐五代笔记小说大观》,上海古籍出版社,
　2000 年。

申丹:《叙述学与小说文体学研究》,北京大学出版社,2007 年。

石昌渝:《中国小说源流论》,三联书店,1994 年。

石昌渝主编:《中国古代小说总目·文言卷》,山西教育出版社,

2004 年。

石麟:《传奇小说通论》,中州古籍出版社,2005 年。

宋常立:《中国古代小说文体论》,天津社会科学院出版社,2000 年。

孙昌武:《唐代文学与佛教》,陕西人民出版社,1985 年。

孙昌武:《道教与唐代文学》,人民文学出版社,2001 年。

孙逊、孙菊园编:《中国古典小说美学资料汇粹》,上海古籍出版社,1991 年。

孙逊:《中国古代小说与宗教》,复旦大学出版社,2000 年。

谭帆等:《中国古代小说文体文法术语考释》,上海古籍出版社,2013 年。

谭正璧著,谭寻补正:《话本与古剧》,上海古籍出版社,1985 年。

汤华泉:《唐宋文学文献研究丛稿》,安徽大学出版社,2008 年。

汤用彤:《汉魏两晋南北朝佛教史》(增订本),昆仑出版社,2006 年。

陶东风:《文体演变及其文化意味》,云南人民出版社,1994 年。

陶敏、李一飞:《隋唐五代文学史料学》,中华书局,2001 年。

童庆炳:《童庆炳文集》第四卷《文体与文体的创造》,北京师范大学出版社,2016 年。

万晴川:《中国古代小说与方术文化》,中国社会科学出版社,2005 年。

汪辟疆:《唐人小说》,上海古籍出版社,1978 年。

王国良:《唐代小说叙录》,台北嘉新文教基金会,1979 年。

王国良:《魏晋南北朝志怪小说研究》,文史哲出版社,1984 年。

王国良:《六朝志怪小说考论》,文史哲出版社,1988 年。

王昊:《敦煌小说及其叙事艺术》,安徽人民出版社,2005 年。

王瑾:《互文性》,广西师范大学出版社,2005年。

王梦鸥:《唐人小说研究——〈纂异记〉与〈传奇〉校释》,艺文印书馆,1971年。

王梦鸥校释:《唐人小说校释》,台北正中书局,1985年。

王平:《中国古代小说叙事研究》,河北人民出版社,2001年。

王庆菽:《敦煌文学论文集》,吉林人民出版社,1987年。

王汝涛编校:《全唐小说》,山东文艺出版社,1993年。

王瑶:《中古文学史论》,北京大学出版社,1998年。

王运熙:《汉魏六朝唐代文学论丛》(增补本),复旦大学出版社,2002年。

王枝忠:《汉魏六朝小说史》,浙江古籍出版社,1997年。

吴承学、何诗海编:《中国文体学与文体史研究》,凤凰出版社,2011年。

吴承学:《中国古代文体学研究》,人民出版社,2011年。

吴怀东:《唐诗与传奇的生成》,安徽大学出版社,2008年。

吴礼权:《中国笔记小说史》,商务印书馆,1993年。

吴士余:《中国古典小说的文学叙事》,上海古籍出版社,2007年。

吴志达:《中国文言小说史》,齐鲁书社,1994年。

郗文倩:《中国古代文体功能研究——以汉代文体为中心》,上海三联书店,2010年。

萧兵:《古代小说与神话》,辽宁教育出版社,1992年。

萧虹:《世说新语整体研究》,上海古籍出版社,2011年。

谢明勋:《六朝志怪小说研究述论:回顾与论释》,台北里仁书局,2011年。

薛惠琪:《六朝佛教志怪小说研究》,文津出版社,1995年。

严杰:《唐五代笔记考论》,中华书局,2009年。

颜慧琪:《六朝志怪小说异类姻缘故事研究》,文津出版社,
　　1994年。

杨星映:《中西小说文体形态》,中国社会科学出版社,2005年。

杨义:《中国古典小说史论》,人民出版社,1998年。

杨义:《中国叙事学》,人民出版社,2009年。

杨子坚:《新编中国古代小说史》,南京大学出版社,1990年。

余恕诚、吴怀东:《唐诗与其他文体之关系》,中华书局,2012年。

俞晓红:《佛教与唐五代白话小说研究》,人民出版社,2006年。

袁行霈、侯忠义编:《中国文言小说书目》,北京大学出版社,
　　1981年。

袁珂:《山海经校注》(增补修订本),巴蜀书社,1992年。

张新科:《唐前史传文学研究》,西北大学出版社,2000年。

张毅:《文学文体论》,中国人民大学出版社,1993年。

张振军:《传统小说与中国文化》,广西师范大学出版社,1996年。

赵明政:《文言小说:文士的释怀与写心》,广西师范大学出版社,
　　1999年。

中国社会科学出版社文学编辑室编:《小说文体研究》,中国社会
　　科学出版社,1988年。

周次吉:《六朝志怪小说研究》,文津出版社,1990年。

周勋初:《唐人笔记小说考索》,江苏古籍出版社,1996年。

周勋初:《唐代笔记小说叙录》,凤凰出版社,2008年。

[德]黑格尔著,朱光潜译:《美学》(第一卷),商务印书馆,1996年。

[法]蒂费纳·萨莫瓦约著,邵炜译:《互文性研究》,天津人民出版
　　社,2003年。

[法]热拉尔·热奈特著,王文融译:《叙事话语　新叙事话语》,中
　　国社会科学出版社,1990年。

［法］托多罗夫著，蒋子华、张萍译：《巴赫金、对话理论及其他》，百花文艺出版社，2001年。

［美］华莱士·马丁著，伍晓明译：《当代叙事学》，北京大学出版社，2005年。

［美］浦安迪教授讲演：《中国叙事学》，北京大学出版社，1995年。

［日］内山知也著，查屏球编，益西拉姆等译：《隋唐小说研究》，复旦大学出版社，2010年。

［日］小南一郎著，孙昌武译：《中国的神话传说与古小说》，中华书局，1993年。

［苏联］巴赫金著，白春仁、晓河译：《小说理论》，河北教育出版社，1998年。

三、期刊论文

卞孝萱：《唐代小说与政治》，《中华文史论丛》1985年第1辑总第33辑，上海古籍出版社，1985年。

卞孝萱：《从〈唐代小说与政治〉说文史兼治》，《古典文学知识》1993年第5期。

陈平原：《江湖仗剑远行游——唐宋传奇中的侠》，《文艺评论》1990年第2期。

陈平原：《中国古小说的演进》，《寻根》1996年第3期。

陈勤建：《论唐传奇的繁荣与民间文学的关系》，《华东师大学报》（哲学社会科学版）1982年第5期。

陈文新：《论唐人传奇的文体规范》，《中州学刊》1990年第4期。

程国赋：《唐代小说创作方法的整体观照》，《暨南学报》（人文科学与社会科学版）1997年第3期。

程国赋:《论唐五代小说的叙事艺术》,《西南师范大学学报》(人文社会科学版)2003 年第 3 期。

程毅中:《唐代小说琐记》,《文学遗产》1980 年第 2 期。

程毅中:《试谈唐代传奇的演进》,《古典文学论丛》第 2 辑,陕西人民出版社,1982 年。

程毅中:《古代小说与古籍目录学》,《传统文化与现代化》1995 年第 1 期。

程毅中:《略谈古代小说的类别》,《明清小说研究》2006 年第 1 期。

褚斌杰、王恒展:《论先秦历史散文中的小说因素》,《天中学刊》1995 年第 2 期。

丁肃清:《小说元素组合之透视》,《江淮论坛》2005 年第 6 期。

丁勇望:《神话思维与原始思维》,《西北师大学报》(社会科学版)1992 年第 4 期。

董国炎:《唐代小说史探疑》,《中州学刊》1989 年第 6 期。

董乃斌:《论中国叙事文学的演变轨迹》,《文学遗产》1987 年第 5 期。

董乃斌:《叙事方式和结构的新变——二论唐传奇与小说文体的独立》,《文学遗产》1991 年第 1 期。

董希文:《文学研究中的互文与影响》,《烟台师范学院学报》(哲学社会科学版)2005 年第 3 期。

方正耀:《中国古代小说的文备众体》,《中州学刊》1989 年第 1 期。

葛永海:《古代志怪小说本体价值观的演变》,《浙江师范大学学报》(社会科学版)2004 年第 5 期。

顾颉刚:《唐代的孟姜女故事的传说》,《中华文史论丛》1982 年第 3 辑。

韩云波、青衿:《初盛唐佛教小说与唐传奇的文体发生》,《浙江大学学报》(人文社会科学版)2000 年第 6 期。

韩兆琦:《〈史记〉与我国古代小说》,《渭南师专学报》(哲学社会科
　　学版)1996 年第 1 期。

何满子:《释唐人"有意为小说"》,《古典文学知识》1994 年第 5 期。

胡大雷:《汉魏六朝时代对小说观赏性质的认识》,《文学评论》
　　1985 年第 2 期。

胡大雷:《论唐人对小说本质的全面把握》,《广西师范大学学报》
　　(哲学社会科学版)1985 年第 4 期。

黄霖:《中国古代小说理论研究刍议》,《社会科学研究》1985 年第
　　1 期。

李国涛:《小说文体的自觉》,《小说评论》1987 年第 1 期。

李剑国:《小说的起源与小说独立文体的形成》,《锦州师范学院学
　　报》(哲学社会科学版)2001 年第 3 期。

李剑国:《早期小说观与小说概念的科学界定》,《武汉大学学报》
　　(人文科学版)2001 年第 5 期。

李伟昉:《略论六朝志怪小说的两大叙事特征》,《社会科学研究》
　　2004 年第 5 期。

李一飞:《中唐传记文学鸟瞰》,《文学遗产》1992 年第 1 期。

李忠明:《汉代"小说家"考》,《南京师大学报》(社会科学版)1996
　　年第 1 期。

李忠明:《中国古代小说概念的演变与小说文体的形成》,《明清小
　　说研究》2005 年第 1 期。

刘湘兰:《从古代目录学看中国文言小说观念的演变》,《江淮论
　　坛》2006 年第 1 期。

刘勇强:《古代小说文体的动态特征与研究思路》,《文学遗产》
　　2006 年第 1 期。

鲁德才:《谈中国古代小说的文体》,《明清小说研究》2006 年第 3 期。

孟祥荣:《唐人小说二题》,《文学遗产》1991 年第 1 期。

孟昭连:《论唐传奇"文备众体"的艺术体制》,《南开学报》(哲学社会科学版)2000 年第 4 期。

宁宗一:《中国古代小说观念的三次重大更新》,《武汉教育学院学报》(哲学社会科学版)1988 年第 3 期。

石昌渝:《"小说"界说》,《文学遗产》1994 年第 1 期。

石昌渝:《关于〈中国古代小说总目〉》,《明清小说研究》2004 年第 3 期。

孙逊、柳岳梅:《中国古代遇仙小说的历史演变》,《文学评论》1999 年第 2 期。

孙逊、潘建国:《唐传奇文体考辨》,《文学遗产》1999 年第 6 期。

谭帆、王庆华:《中国古代小说文体流变研究论略》,《文艺理论研究》2006 年第 3 期。

谭帆:《小说学的萌兴——先唐时期小说学发覆》,《文学评论》2004 年第 6 期。

王国安:《略谈唐传奇中的爱情主题》,《光明日报》1978 年 10 月 17 日。

王恒展:《已始"有意为小说"——〈幽明录〉散论》,《中国文言小说研究》2002 年第 4 期。

王连儒、白青:《"经史之鉴"与志怪小说理论及创作》,《北京大学学报》(哲学社会科学版)2000 年第 1 期。

王连儒:《志怪小说与诗赋》,《聊城大学学报》(社会科学版)2008 年第 6 期。

王齐洲:《中国古小说概念的发生与演变》,《荆州师专学报》(哲学社会科学版)1989 年第 3 期。

王齐洲:《应该重视中国古代小说文体研究》,《明清小说研究》
  2006 年第 3 期。

王汝涛:《论唐代的豪侠小说》,《南开学报》(哲学社会科学版)
  1984 年第 5 期。

王瑶:《原始神话与汉代小说》,《东北师大学报》(哲学社会科学
  版)1997 年第 2 期。

王运熙、杨明:《唐代诗歌与小说的关系》,《文学遗产》1983 年第
  1 期。

王运熙:《试论唐传奇与古文运动的关系》,《光明日报》1957 年 11
  月 10 日。

吴怀东、余恕诚:《论唐传奇的文化精神——兼论中国古代小说文
  体独立的文化内涵》,《江海学刊》2009 年第 3 期。

吴士余:《古典小说中文学议论》,《齐齐哈尔师范学院学报》(哲学
  社会科学版)1983 年第 1 期。

吴志达:《古小说探源》,《武汉大学学报》(人文科学版)1986 年第
  6 期。

杨义:《唐人传奇的诗韵乐趣》,《中国社会科学》1992 年第 6 期。

杨义:《中国古典小说的叙事原则》,《河南大学学报》(社会科学
  版)2004 年第 5 期。

叶岗:《〈汉志〉"小说"考》,《文学评论》2004 年第 4 期。

一波:《中国古代小说的史体结构》,《社会科学》1987 年第 2 期。

于天池:《唐代小说的发达与行卷无关涉》,《文学遗产》1987 年第
  5 期。

袁维国:《唐传奇行卷说质疑》,《唐代文学论丛》总第 5 辑,陕西人
  民出版社,1984 年。

张鸿勋:《敦煌发现的话本一瞥》,《甘肃社会科学》1980 年第 4 期。

张鸿勋:《试论敦煌文学的范围、性质及特点》,《甘肃社会科学》
　　1983 年第 2 期。

赵逵夫:《论先秦时代的讲史、故事和小说》,《文史哲》2006 年第
　　1 期。

周楞伽:《中国小说的起源和演变》,《上海师范大学学报》(哲学社
　　会科学版)2004 年第 2 期。

四、学位论文

郭丽:《元前小说观演变研究》,山东大学中国古代文学专业 2010
　　年博士学位论文。

何悦玲:《中国古代小说中的"史传"传统及其历史变迁》,陕西师
　　范大学中国古代文学 2011 年博士论文。

林沙欧:《中国古代小说体叙事的历时性研究》,浙江大学文艺学
　　专业 2003 年博士论文。

罗欣:《汉唐博物杂记类小说研究》,四川大学中国古代文学专业
　　2009 年博士论文。

魏世民:《魏晋南北朝小说的嬗变》,华东师范大学中国古代文学
　　专业 2003 年博士论文。